T0274574

La primera mentira gana

Ashley Elston

La primera mentira gana

Traducción de
Santiago del Rey Farrés

Penguin
Random House
Grupo Editorial

Título original: *First Lie Wins*

Primera edición: septiembre de 2024

© 2024, Ashley Elston
Esta edición se ha publicado por acuerdo con Sterling Lord Literistic y MB Agencia Literaria.
© 2024, Penguin Random House Grupo Editorial, S. A. U.
Travessera de Gràcia, 47-49. 08021 Barcelona
© 2024, Santiago del Rey Farrés, por la traducción

Impreso en Colombia - *Printed in Colombia*

ISBN: 978-84-9129-722-2
Depósito legal: B-10416-2024

A Miller, Ross y Archer

1

Todo empieza por pequeñas cosas: un cepillo de dientes en el vaso del lavabo, unas prendas en el cajón más pequeño, cargadores de teléfono en ambos lados de la cama. Luego esas pequeñas cosas dan paso a otras algo más importantes: las cuchillas de afeitar, el enjuague bucal y las píldoras anticonceptivas comienzan a disputarse el espacio en el botiquín y la pregunta cotidiana pasa de «¿Vas a venir?» a «¿Qué hacemos para cenar?».

Y por más que lo haya estado temiendo, este paso de ahora era inevitable.

Aun cuando sea la primera vez que veo a la gente que está sentada alrededor de la mesa, gente que Ryan conoce desde la infancia, a nadie se le ha escapado que yo ya me he incorporado a su vida por completo. Son esos pequeños toques que una mujer aporta al hogar de un hombre (como los cojines a juego con el sofá o el leve aroma a jazmín del difusor de la estantería) y que todas las demás mujeres advierten en cuanto cruzan la puerta.

Una voz flota a través de la mesa iluminada con velas, sortea el centro de mesa que me aseguraron que era «delicado, pero con carácter» y se cierne en el aire frente a mí.

—Evie… Qué nombre tan insólito.

Me vuelvo hacia Beth con la duda de si debo responder a esa pregunta que en realidad no es una pregunta.

—Es la abreviatura de Evelyn. Me pusieron el nombre de mi abuela.

Las mujeres intercambian miradas furtivas, comunicándose en silencio a través de la mesa. Cada respuesta que doy es sopesada y catalogada para un análisis ulterior.

—¡Ay, me encanta! —dice Allison con un gritito—. A mí también me pusieron el nombre de mi abuela. ¿De dónde has dicho que eras?

No lo he dicho, y ellas lo saben. Como aves de presa, picotearán una y otra vez durante toda la noche hasta obtener las respuestas que desean.

—De una pequeña ciudad de Alabama —respondo.

Antes de que puedan preguntar de cuál, Ryan cambia de tema.

—Allison, la semana pasada vi a tu abuela en el supermercado. ¿Cómo lo lleva?

Así me ha proporcionado unos preciosos momentos de alivio mientras Allison explica cómo sobrelleva su abuela la muerte del abuelo. Pero no tardaré mucho en volver a ser el centro de atención.

No me hacía falta conocer a esta gente para saberlo todo de ellos. Son los que empezaron el parvulario juntos, formando un reducido círculo hasta que terminaron la secundaria. Luego abandonaron la ciudad en grupos de dos o tres para estudiar en las universidades que quedan a una distancia razonable en coche. Allí se unieron a hermandades masculinas y femeninas con otros grupos de dos o tres con antecedentes similares, para acabar regresando a esta pequeña ciudad de Luisiana y volver a cerrar el círculo. Los caracteres griegos de las hermandades han dado paso a los carnets de asociaciones femeninas de voluntariado, cenas en grupo y golf los sábados por la tarde, siempre que no interfieran con un partido de fútbol americano.

No les culpo por ser como son; los envidio. Envidio lo cómodos que se sienten en estas situaciones, el hecho de saber exactamente qué pueden esperar y qué se espera de ellos. Envidio la desenvoltura que brinda la conciencia de que todo el mundo aquí conoce lo peor de ellos y aun así los acepta.

—¿Cómo os conocisteis vosotros dos? —pregunta Sara, de manera que toda la atención vuelve centrarse en mí.

Es una pregunta inocente, pero igualmente me pone nerviosa.

La sonrisa de Ryan me dice que sabe cómo me siento por ser interrogada al respecto y que él va a responder por mí, pero yo prescindo de su ayuda.

Limpiándome la boca con delicadeza usando una de las servilletas blancas que he comprado expresamente para la ocasión, digo:

—Me ayudó a cambiar una rueda desinflada.

Ryan les habría dado más datos de los que merecen, y por eso he impedido que respondiera él. No menciono que fue en la parada de camiones de las afueras de la ciudad en cuyo pequeño restaurante trabajaba yo, ocupándome de que los clientes no dejaran de consumir. Ni tampoco que mientras que ellos están familiarizados con todo tipo de acrónimos, desde MBA hasta MRS, yo solo conozco el GED*.

Esta gente, sus amigos, aun sin quererlo, utilizarían esos datos básicos contra mí. Y tal vez ni siquiera se darían cuenta de que lo estaban haciendo.

Le dije a Ryan que me daba miedo cómo me juzgarían cuando descubrieran que mi vida había sido tan distinta a la suya. Él me aseguró que no le importaba lo que pensaran, pero sí le importa. El hecho mismo de que cediera y los invitara a todos, y de que se haya pasado la semana ayudándome a diseñar el menú «adecuado», me dice más que sus susurros en la oscuridad asegurándome que le gusta lo diferente que soy: diferente de las chicas con las que se ha criado.

Allison se vuelve hacia él y dice:

—Vaya, sí que eres mañoso.

Yo miro a Ryan. Acabo de reducir en una frase todo nuestro primer encuentro y, por ahora, él me lo ha permitido.

La sonrisita que aparece en su rostro mientras me devuelve la

---

* MBA: Máster de Administración de Empresas. MRS: falso acrónimo para las jóvenes que van a la universidad a encontrar marido. El GED es el diploma de secundaria. *(N. del T.).*

mirada me dice que quien dirige el cotarro soy yo —por esta vez— y que está dispuesto a seguirme la corriente.

Cole, el marido de Allison, añade:

—No me sorprendería que él te hubiera desinflado la rueda para ayudarte a arreglarla.

Hay una carcajada general alrededor de la mesa, y probablemente un codazo de Allison a su marido por ponerse del lado de Ryan, que menea la cabeza sin dejar de mirarme.

Yo me río, aunque no muy fuerte ni mucho rato, para mostrar que también encuentro divertida la idea de que Ryan hubiera llegado a tal extremo para conocerme.

Sí, es divertido pensar que alguien, una persona cualquiera, pudiera haber observado a otra lo bastante como para saber que siempre repostaba en esa estación de servicio los jueves por la tarde, después de pasar el día en su oficina del este de Texas. Que ese alguien supiera que él prefería los surtidores del lado occidental de la gasolinera y que sus ojos casi siempre se demoraban un poco más de la cuenta en cualquier mujer que se cruzara en su camino, sobre todo en las que llevaban minifalda. Que ese alguien se hubiera fijado en ciertos detalles —como la gorra de béisbol de los LSU Tigers de su asiento trasero, o la camiseta de una hermandad que se traslucía a través de su camisa blanca, o la pegatina del club de campo que llevaba en la esquina inferior izquierda del parabrisas— para que cuando se conocieran tuvieran algo de qué hablar. Y, sobre todo, que ese alguien hubiera apretado delicadamente una válvula con un clavo para que se escapara el aire del neumático.

O sea, es divertido pensar que una persona pudiera llegar a tales extremos simplemente para conocer a otra.

—Me ha salido bordado —digo mientras sumerjo el último plato en el fregadero lleno de agua jabonosa.

Ryan se sitúa detrás de mí, rozándome las caderas con los brazos hasta envolverme por completo la cintura. Apoya el mentón en mi hombro y pega los labios a mi nuca de un modo que sabe que adoro.

—Les has encantado —susurra.

No, no les he encantado. Como mucho, he satisfecho la primera oleada de curiosidad. Y me imagino que ya antes de que el primer coche saliera del sendero, las mujeres, sentadas en el asiento del copiloto, debieron de lanzarse a mandar mensajes al grupo desmenuzando todos y cada uno de los aspectos de la velada a la vez que hacían búsquedas en las redes sociales para intentar averiguar quién soy exactamente y de qué pequeña ciudad de Alabama procedo.

—Ray acaba de enviarme un mensaje. Sara quiere tu número para invitarte a almorzar la semana que viene.

Va más rápido de lo que había previsto. Supongo que la segunda oleada de curiosidad se aproxima hacia mí a toda velocidad, alimentada por la comprobación de que todas sus búsquedas han arrojado un mínimo de información, y por el deseo acuciante de saber más.

—Ya se lo he enviado. Espero que te parezca bien —dice.

Yo me giro en redondo para mirarlo y deslizo las manos por su pecho hasta sujetarle la cara.

—Claro. Son tus amigos. Y espero que también lleguen a ser amigos míos.

Así que ahora habrá un almuerzo en el que las preguntas serán más directas porque Ryan no estará allí para evitarlo.

Poniéndome de puntillas, lo atraigo hacia mí hasta que mi boca queda a unos centímetros de la suya. A ambos nos encanta esta parte, esta expectación, cuando se mezclan nuestros alientos y mis ojos castaños se clavan en sus ojos azules. Estamos cerca, pero no lo bastante. Él mete las manos bajo mi blusa y me hunde los dedos en la piel mullida de la cintura. Yo deslizo las mías hasta su nuca y enrosco mis dedos en su pelo oscuro. Ryan lo lleva ahora más largo que cuando nos conocimos, que cuando yo empecé a observarlo. Yo le dije que me gustaba así, que me gustaba tener algo que agarrar, y él dejó de cortárselo. He notado que sus amigos se sorprendían al verlo, porque, según mi propia búsqueda en las redes sociales, a él nunca le había llegado el pelo hasta el cuello de la camisa. Y he notado que después me miraban a mí como preguntándose: «¿Por qué ha cambiado Ryan? ¿Es a causa de esta chica?».

Él desliza las manos más abajo, estrujando mis muslos bajo la minifalda y alzándome de manera que pueda envolverlo con las piernas.

—¿Te quedas? —susurra pese a que somos las únicas personas que hay en la casa.

Me hace esta pregunta cada noche.

—Sí —susurro yo.

Mi respuesta es siempre la misma.

La boca de Ryan planea sobre la mía, pero todavía dejando un espacio mínimo entre ambos. Su cara se me desenfoca. Aunque me muero de ganas, aguardo hasta que él cierre la distancia entre los dos.

—No quiero tener que preguntarlo más. Quiero que estés aquí cada noche. Esta es tu casa también. ¿Lo harás? ¿Quieres convertir esto en tu hogar?

Hundo los dedos en su pelo y lo rodeo más estrechamente con las piernas.

—Creía que nunca ibas a pedírmelo.

Siento su sonrisa sobre mis labios. Empieza a besarme y me lleva en brazos por la cocina y a lo largo del pasillo hasta el dormitorio.

Nuestro dormitorio.

2

Desde que Ryan me pidió que me fuese a vivir con él y yo le dije que sí, hace ahora cinco días, él se ha mostrado impaciente por hacerlo realidad. A la mañana siguiente de la cena, lo oí al despertarme hablando por teléfono con una empresa de mudanzas y tratando de concertar sus servicios para ese mismo día, aprovechando una cancelación de última hora.

Lo convencí de que esperase al menos una semana para asegurarnos de que eso era realmente lo que quería, y no algo que había dicho tras una velada con vinos caros y solomillo cocinado a la perfección. Además, le dije que igual se estaba precipitando un poco al llamar a los de la mudanza cuando yo aún no había embalado mis cosas.

—Si realmente no quisieras mudarte conmigo, me lo dirías, ¿no?

Ryan está frente al espejo del baño haciéndose el nudo de una corbata a rayas grises y azul marino, y tratando de actuar como si me hubiera preguntado algo insignificante. Hace un mohín contrariado, algo que he visto en él otras veces cuando no se sale con la suya.

Yo me subo a la superficie de mármol blanco y me deslizo hasta quedar sentada frente a él. Ryan mira por encima de mi hombro, como si todavía pudiera verse la corbata en el espejo que está detrás de mí. Se está comportando un poco como un crío esta mañana.

Me sé su cara de memoria, pero aún la estudio a cada ocasión que se presenta, buscando algún pequeño detalle que se me haya podido escapar. Es atractivo en un estilo clásico. Tiene un pelo oscuro y tupido que tiende a rizarse en las puntas si lo lleva demasiado largo, como ahora. Sus ojos azules son impresionantes y, aunque acaba de afeitarse, sé que cuando vuelva a verlo esta noche, tendrá una sombra de barba en la mandíbula y me pondrá la carne de gallina al rozarme el cuello.

Apartándole las manos, termino de atarle la corbata.

—Claro que quiero mudarme aquí. ¿A qué viene eso?

Ryan baja la vista a la corbata y la alisa aunque ya está alisada, simplemente por hacer algo. No me ha tocado esta mañana y apenas me ha mirado. Sí, totalmente como un crío.

Puesto que no me ha respondido, añado:

—¿Eres tú el que ha cambiado de idea? Ya sé que crees que he estado postergando el momento de empaquetarlo todo, pero me he reservado hoy todo el día para hacerlo, y los de la organización Goodwill vendrán a recoger lo que ya no necesito y he decidido donarles. Aunque puedo llamar y anularlo…

Sus ojos y sus manos están por fin sobre mí.

—Sí, sigo deseando que vivas aquí. No sabía que era eso lo que tenías previsto para hoy. Pero has escogido el único día en el que no puedo echarte una mano. Hoy estoy a tope.

Es jueves, y Ryan pasará el día en su oficina del este de Texas, a ochenta kilómetros de aquí. Como todos los jueves.

—Ya lo sé, no podía haberlo escogido peor. Pero hoy era el único día que podía tomarme libre en el trabajo y en el que Goodwill disponía de un camión. Tampoco tengo tantas cosas, así que no debería llevarme mucho tiempo aunque lo haga yo sola.

Me estrecha la cintura con las manos mientras se inclina para besarme en los labios. Su puchero ya ha desaparecido hace rato, y yo le engancho la parte posterior de los muslos con los pies y lo atraigo hacia mí.

—Quizá podría llamar y decir que estoy enfermo. Soy el jefe, al fin y al cabo, y ya va siendo hora de que empiece a abusar de mi poder —dice riéndose.

Yo también me río entre beso y beso.

—Guárdate ese día para algo mejor que un traslado. Y, la verdad, no habrá mucho que embalar, porque voy a darlo casi todo. —Miro el dormitorio a través de la puerta—. Mis muebles no son tan bonitos como los tuyos; no tiene sentido conservarlos.

Él me coge la cara con las manos.

—Ya te dije que si quieres traerte cualquier cosa, le haremos sitio. No tienes por qué deshacerte de todo.

Me muerdo el labio inferior y respondo:

—Te aseguro que no te gustaría tener mi horrible sofá de segunda mano en tu sala de estar.

—¿Cómo voy a saberlo si nunca me has dejado verlo? —Intento sortear ese campo minado mirando para otro lado, pero él me empuja el mentón con un dedo hasta que volvemos a quedar frente a frente—. No tienes motivos para avergonzarte.

—Sí, los tengo —digo sosteniéndole la mirada. Luego me inclino y le beso rápidamente para evitar otro puchero—. Ya lo verás el sábado cuando quedemos allí con los de la mudanza. Concerté ayer la cita. Y el domingo nos lo pasaremos buscando espacio aquí para mis cosas. Resérvate lo del día por enfermedad para el lunes. Estaremos exhaustos para entonces y seguro que necesitamos pasarnos un día en pijama. Bueno… El pijama será opcional.

Él apoya la frente sobre la mía; su sonrisa es contagiosa.

—Trato hecho.

Con un último beso rápido, se aparta de mí y sale del baño.

Veinte minutos después de que el Tahoe de Ryan salga de la casa, yo hago otro tanto con mi viejo 4Runner, que tiene diez años. Lake Forbing es una ciudad de tamaño medio del norte de Luisiana conocida por sus fértiles tierras de cultivo y sus profundos pozos de gas natural. Hay mucho dinero en esta zona, pero del tipo discreto. Desde la casa de Ryan se tarda quince minutos en llegar a los apartamentos Lake View, que en realidad no quedan nada cerca del lago que dio nombre a la ciudad.

Aparco en el hueco reservado para el apartamento 203, justo al lado del camión de Goodwill.

—Llegas pronto, Pat —le digo al conductor cuando los dos hemos bajado del vehículo.

Él asiente.

—El primer viaje no ha durado tanto como me imaginaba. ¿Qué apartamento es?

Pat me sigue por las escaleras mientras su ayudante abre la trasera de la enorme caja del camión. Me detengo frente a la puerta y saco la llave del bolso.

—Es aquí.

Él asiente otra vez y vuelve a bajar. Necesito un par de intentos para abrir la cerradura, que se ha vuelto rígida por la falta de uso. Ya estoy girando el pomo cuando oigo el traqueteo metálico de la carretilla en los escalones.

Sostengo la puerta abierta mientras Pat y su ayudante forcejean para hacer pasar la carretilla por el estrecho marco.

—¿Dónde quieres que deje las cajas? —pregunta.

Recorro con la vista el apartamento vacío.

—Déjalas ahí en medio —digo.

Echo un vistazo al primer montón de cajas, que contienen los objetos que me he pasado los últimos cuatro días escogiendo, cosas que Pat me ha guardado en ese camión hasta que yo le dijera que podía traerlas aquí. Cosas que trasladaré a la casa de Ryan el sábado y que diré que son mías desde hace años, no desde hace unos días.

Hacen falta dos viajes para subir todas las cajas. Saco del bolsillo trasero cinco billetes de veinte y se los doy a Pat. Este no es uno de los servicios que ofrece Goodwill, pero por una cantidad como esta en efectivo, estuvo más que dispuesto a prestármelo.

Ya casi están en la puerta cuando pregunto:

—Ah, ¿habéis traído las cajas adicionales?

Pat se encoge de hombros y mira a su ayudante, que dice:

—Sí, están en el fondo del camión. ¿Quiere que las suba? Si encuentran todo esto extraño, no lo demuestran.

—No. Podéis dejarlas en la acera, delante de mi coche.

Los sigo por la escalera. Mientras ellos bajan el montón de cajas de cartón todavía sin montar, yo voy al maletero de mi coche y saco una pequeña bolsa negra. Cuando suben otra vez a la cabina del camión, vuelvo a darles las gracias. Ya solo me quedan unas pocas cosas que hacer.

La distribución del apartamento es muy sencilla. La puerta principal se abre a una pequeña sala de estar con una cocina montada en la pared del fondo. Un angosto pasillo lleva al baño y al dormitorio. Moqueta beige, linóleo beige, paredes beige.

En la zona de la cocina, abro la bolsa negra y saco cuatro menús de restaurantes cercanos y tres fotos mías con Ryan que imprimí en la máquina automática de la tienda CVS, junto con siete imanes para sujetar cada una de estas cosas en la nevera. Luego saco un surtido de condimentos, vacío la mitad de cada uno en el fregadero y los coloco alineados en la parte interior de la puerta de la nevera. Pasando al baño con la bolsa negra a remolque, saco el champú y el acondicionador, vierto la mitad de cada uno por el sumidero, tal como he hecho con los condimentos, y dejo los dos botes en el borde de la bañera. Desenvuelvo una barra de jabón Lever 2000, la coloco en el sumidero del lavabo, abro el grifo y la voy girando cada pocos minutos hasta que desaparece el logo y se suavizan los bordes; luego la dejo en el pequeño hueco empotrado en la pared de la ducha. Queda solo el dentífrico. Empezando por el extremo, vacío una buena porción, aunque dejando un grumo o dos en el borde del lavabo, tal como hago en casa de Ryan, pese a saber que él se pondrá quisquilloso. Con el tapón quitado, dejo el tubo junto al grifo.

La última parada es en el dormitorio. Saco un surtido de perchas de plástico y alambre, los últimos objetos de la bolsa, y las cuelgo espaciadamente en la barra metálica vacía. De vuelta en la pequeña sala de estar, esparzo el ordenado montón de cajas hasta que queda cubierto todo el suelo. Separo un par de cajas, una llena de libros y otra con un surtido de viejos frascos de perfume, y las abro. La caja de los libros resulta fácil de vaciar; en cosa de un minuto ya tengo varias pilas junto a la caja, como si aún no hubiera podido guardarlos.

Los frascos de perfume me llevan un poco más de tiempo. Coloco la caja en la reducida encimera de la cocina, desenvuelvo los cuatro primeros y los dejo sobre la superficie de formica. La luz de la ventana les da de lleno, y el fino cristal de colores actúa como un prisma proyectando rayos de tono azul, púrpura, rosa y verde por la sórdida habitación.

De todas las compras que he hecho esta semana, los frascos de perfume han resultado los más difíciles y, sorprendentemente, los más divertidos de encontrar. Si tuve que ponerme a buscarlos fue por pura casualidad; de hecho, porque tropecé con una foto que Ryan había colgado en Facebook, y comprendí que este era el tipo de objeto que yo debía «coleccionar». Él le había comprado uno a su madre el año pasado por su cumpleaños. Era una pieza de *art déco*, una esfera de vidrio grabado, bañada en plata y decorada con cuadritos de espejo, y parecía justo el tipo de regalo que Jay Gatsby le habría hecho a Daisy. Era un frasco precioso, y por la sonrisa que tenía en la cara su madre, le había encantado.

Así pues, si yo era la clase de chica que coleccionaba algún objeto, tenía que ser este sin la menor duda.

Reviso la sala de estar por última vez. Todo tiene el aspecto que quería que tuviera. O sea, como si lo hubiera embalado todo, salvo unas cuantas cosas que no me ha dado tiempo a terminar, unas pocas pertenencias pendientes de recoger.

—Toc, toc —dice una voz desde el umbral.

Me giro en redondo.

Es la mujer que trabaja en la oficina de este complejo, la que me alquiló este apartamento el lunes por la tarde.

Entra en la sala de estar y echa un vistazo al desbarajuste de cajas que hay en el suelo.

—Me preocupé al no ver a nadie por aquí desde el lunes.

Me meto las manos en los bolsillos de delante y me apoyo en la pared contigua a la encimera de la cocina, cruzando un tobillo sobre el otro. Mis movimientos son lentos pero calculados. Me inquieta que esté aquí, para controlarme, y que pueda sentir la misma necesidad el sábado, cuando Ryan venga a ayudarme a recogerlo todo. Escogí expresamente un sitio donde los vecinos no se molestaran en conocerse unos a otros, y donde el alquiler incluyera los servicios básicos, ya que los apartamentos pueden alquilarse por semanas. Y yo solo necesitaba una semana.

Debió de picarle la curiosidad el hecho de que yo escogiera uno de los pocos apartamentos no amueblados. Normalmente, si alguien se molesta en traerse el mobiliario, es porque planea quedarse más de siete días, pero yo no quería que Ryan creyera que llevaba una vida tan provisional como para no tener siquiera mi propio sofá; así que un apartamento amueblado estaba descartado. Y al cuarto día, aquí estoy sin nada que confirme mi estancia en el apartamento, salvo ocho cajas estratégicamente distribuidas por la habitación.

La mujer desliza la mano por la parte superior de la caja más cercana y observa los frascos de perfume de la encimera. Conozco a este tipo de mujer. Lleva un exceso de maquillaje y ropa ceñida, y en tiempos debió de considerársele guapa, pero los años no han sido piadosos con ella. Sus ojos se empapan de todo lo que sucede a su alrededor. Este es el tipo de lugar que suele alquilarse con fines ilícitos, y ella dirige todo el cotarro, siempre ojo avizor por si se presenta una situación de la que pueda aprovecharse. Ahora mismo ha cruzado el aparcamiento y ha venido hasta aquí porque sabe que me traigo algo entre manos, aunque no se le ocurre cómo utilizarlo contra mí.

—Solo quería comprobar que se está instalando —dice.

—Así es —respondo. Luego miro la placa de identificación que lleva prendida en su escotada blusa—. Mire, Shawna, su preocupación es innecesaria. E inoportuna.

Se le pone rígida la espalda. La brusquedad de mi tono contrasta con mi postura relajada. Ella ha entrado aquí creyendo que dominaba la situación, que la comprendía en cierto modo, pero yo la he desconcertado.

—¿Sigo dando por supuesto que habrá vaciado el apartamento y devuelto la llave el domingo a las cinco? —pregunta.

—Tal como yo doy por supuesto que no habrá más visitas inesperadas —respondo ladeando la cabeza hacia la puerta y dirigiéndole una sonrisita.

Ella chasquea la lengua contra el paladar y da media vuelta para irse. Tengo que hacer un esfuerzo para no echar el cerrojo en cuanto sale. Pero ya casi he acabado aquí, y aún me quedan cosas que hacer antes de que Ryan cruce esta tarde, a las cinco y media, la frontera del estado de Luisiana.

3

El abuelo de Ryan falleció hace tres años, solo uno después que su esposa, y le dejó a su nieto la casa junto con todo el mobiliario, toda la vajilla del aparador y todos los cuadros colgados en las paredes. Ah, y una abultada suma de dinero.

Tal como Ryan lo explica, un día en que pasó a ver a su abuelo, descubrió que había muerto apaciblemente mientras dormía y, al cabo de una semana, se trasladó aquí. Las únicas pertenencias que se trajo fueron la ropa, los artículos de tocador y un colchón nuevo para el dormitorio. Así que probablemente habría podido hacer sitio para un feo sofá de segunda mano… si yo lo hubiera tenido.

La calle está flanqueada por grandes robles cuyas ramas dejan en sombra hasta el último centímetro de la acera. Los vecinos son todos de más edad y más acomodados, y se complacen en contarme cómo han visto crecer a ese «chaval tan encantador» desde que era un bebé. Este es el tipo de casa en la que vives cuando al fin has alcanzado una posición estable, cuando has tenido un par de hijos y el temor a no poder afrontar las facturas disminuye y ya no tiene el poder de asfixiarte.

Pero es demasiado grande para Ryan. Tiene dos pisos, con un amplio porche y un gran patio trasero, fachada blanca con postigos de color verde oscuro, primorosos parterres de flores y un sendero de ladrillo para acceder a la puerta principal desde la calle. Tardarías varios minutos en recorrerla si tuvieras que ir examinando cada habitación. En fin, es tan grande que alguien podría entrar por la puerta del garaje y tú no lo oirías desde el dormitorio principal.

Entro marcha atrás por el sendero de acceso para reducir la distancia que tendré que recorrer cargada con las cajas. Justo al levantar el capó del maletero reparo en que los vecinos de la izquierda, Ben y Maggie Rogers, están observándome desde su porche. Siempre puntuales. Su paseo matinal coincide con nuestra salida hacia el trabajo, y sus cócteles vespertinos en el porche ya están en marcha cuando nosotros llegamos a casa al final de la jornada. Pero este es el ambiente general en esta calle, pues la mayoría de la gente está jubilada o poco le falta.

La señora Rogers me sigue con la mirada mientras saco la primera caja del maletero del 4Runner. Este claro indicio de que he pasado a ser algo más que una invitada nocturna se difundirá mañana por la mañana por el resto de la calle cuando ella vaya haciendo su ronda durante el paseo. Los Rogers son los reyes de la vigilancia vecinal.

Permanecen como mudos espectadores mientras yo descargo una caja tras otra. Ryan está entrando en el sendero cuando cojo la última. En cuanto se baja del coche, viene corriendo para librarme de su peso.

—Trae, déjamela a mí —dice.

Me pongo de puntillas y le beso. La caja impide que tengamos ningún contacto, salvo con los labios.

Antes de entrar en casa, él saluda a los Rogers.

—¡Buenas tardes!

La señora Rogers se levanta y camina hasta el final del porche, acercándose todo lo posible sin caer sobre sus arbustos de azalea.

—¡Os veo muy atareados! —grita.

Con los brazos ocupados, él no puede hacer otra cosa que señalarme con la cabeza.

—Evie se viene a vivir aquí.

Su gran sonrisa me produce una pequeña palpitación, y no puedo evitar que aparezca en mi cara una sonrisa tan amplia como la suya.

La señora Rogers le lanza a su esposo una mirada de «te lo dije» al ver confirmadas sus sospechas.

—Ah. Bueno, supongo que los jóvenes se saltan hoy en día algunos pasos importantes.

Emite una risa ahogada para suavizar la pulla, pero Ryan no se inmuta.

—Nuestros pasos tal vez se den en un orden distinto, pero los daremos todos.

A mí se me escapa de los labios un gritito antes de que pueda evitarlo, y hago un esfuerzo para no sacar demasiadas conclusiones de esa charla entre ambos.

El señor Rogers se une a su mujer en el extremo del porche.

—¡Bueno, entonces tenemos que darle a Evie la bienvenida al barrio como es debido! Venid a tomaros unos cócteles una tarde de estas.

La verdad es que si al señor Rogers le molestan las novedades, lo disimula muy bien.

—Nos encantaría. ¿Quizá la semana que viene? —responde Ryan por los dos.

El señor Rogers sonríe con sinceridad cuando añade:

—Acabo de recibir un nuevo ahumador de whisky que estaba deseando probar.

Ryan se echa a reír.

—Ya ha pasado bastante tiempo desde que me tomé uno de tus old fashioned. Estoy deseando repetir.

Dicho lo cual, me roza con el hombro para que sigamos hacia la casa.

Al fin estamos dentro. Ryan deja la caja junto a las demás en el amplio vestíbulo de la parte de atrás.

—Me he adelantado y he traído la ropa y los zapatos. ¿Qué tal tu día?

Él se encoge de hombros.

—Largo. Habría preferido pasarlo embalando cosas contigo.

Ryan siempre se mantiene muy reservado sobre lo que hace los jueves. Y aunque esta mañana ha bromeado sobre la posibilidad de saltarse hoy el trabajo, los dos sabemos que jamás habría hecho tal cosa.

Lo que hace los jueves es importante.

Echa un vistazo a lo que me he traído. Las cajas sin montar que los chicos de Goodwill me han dejado en la acera esta mañana ahora están llenas con los únicos objetos que poseo realmente y que voy a conservar. Ryan coge un mechón que se ha soltado de mi moño alborotado y lo enrosca alrededor de su dedo.

—¿Has avanzado en tu apartamento?

Sonrío de oreja a oreja.

—¡Sí, mucho! Ya estoy lista para el camión de mudanzas del sábado. Aunque, te soy sincera, probablemente nos las arreglaríamos con nuestros dos coches. Al final, he acabado dando todos los muebles. Solo quedan ocho o diez cajas —digo mientras empujo la más cercana con el pie.

El desconcierto y cierta tristeza cruzan su rostro.

—Evie —dice suavemente—. ¿Lo has dado todo?

Deslizo el pulgar por su frente borrando las arrugas que se le han formado.

—Tú vives en una casa en la que cada mueble tiene un significado o encierra un recuerdo. Te criaste con estas cosas alrededor y ahora forman parte de ti. Con las mías no ocurría lo mismo. Eran objetos de pura necesidad. Un sitio donde sentarse para no hacerlo en el suelo, nada más. Me ha resultado muy fácil darlo todo.

Aunque los muebles de los que hablo no los he regalado hoy, mis sentimientos son auténticos.

Ryan se saca del bolsillo el móvil y hace una llamada. Yo lo observo preguntándome qué se propone.

—Hola, soy Ryan Sumner. Evie Porter contrató sus servicios para el sábado, pero tengo que anular la cita.

Con la mano libre, me atrae hacia sí y me estrecha contra su costado. Escucha un momento lo que le dicen y luego les da las gracias y cuelga.

—Vamos a buscar lo que queda. Ahora mismo. Yo me encargaré de todo, porque estoy seguro de que tú estás hecha polvo. Dame solo cinco minutos para cambiarme.

Abro la boca para protestar, pero él pone sus labios sobre los míos acallando mis palabras. Me besa el tiempo suficiente como para que ambos consideremos la idea de dejarlo para el sábado, pero luego se aparta y se aleja corriendo.

—¡Cinco minutos! —grita desapareciendo en el interior de la casa.

Me apoyo en la pared y miro el reloj. Son las seis y media. La oficina de los apartamentos Lake View está cerrada a esta hora y la mujer que trabaja allí ya se ha ido.

Ryan me sigue con su Tahoe hasta el apartamento. Me alegro de no estar en el coche con él cuando descubre a dónde nos dirigimos, aunque así al menos suena verídico el hecho de que yo me sintiera avergonzada.

Aparca a mi lado y se baja en un abrir y cerrar de ojos. Antes de que yo abra la puerta, ya está junto a mi coche.

—Deberías haberme explicado que era aquí donde vivías.

Escruta el aparcamiento como tratando de localizar el peligro que le consta que existe en esta zona.

Sujetándolo de las presillas del cinturón, lo atraigo hacia mí.

—Por eso precisamente no te lo expliqué.

Busco su mano izquierda con la derecha y él me la sujeta con fuerza mientras lo llevo hacia la escalera. Noto que repara en cada luz estropeada del trayecto.

La cerradura cede algo más fácilmente esta vez y, en cuanto se abre la puerta, Ryan me arrastra dentro y la vuelve a cerrar. Luego recorre el apartamento con las manos en jarras. Detesto reconocerlo, pero me encanta la actitud agresiva con la que inspecciona la habitación. El instinto protector que desprende me resulta tan insólito como reconfortante.

Me agacho junto al montón de libros y empiezo a meterlos en una caja vacía que he dejado cerca.

—Había olvidado que quedaban algunas cosas por guardar.

Ryan se acerca a la encimera y coge uno de los frascos de perfume. Sujetándolo en alto, lo inspecciona de arriba abajo; luego hace lo mismo con los otros tres alineados a su lado.

—¿Los coleccionas?

Yo le sonrío.

—¡Sí!

Y luego me dispongo a contarle que los colecciono porque me hacen pensar en mi abuela; pero esa mentira se me queda atragantada. En su lugar digo:

—Vi una foto de uno y me sorprendió lo preciosos… lo diferentes que pueden llegar a ser. Me impresionó. Y desde entonces los colecciono. El morado es mi preferido.

Siempre es preferible mantener la mentira lo más cerca que se pueda de la verdad y decir lo menos posible, pero esto ya es más que de sobra. No quiero mentirle si no es necesario.

Él no menciona que su madre también colecciona frascos de perfume ni comenta que tengo algo en común con ella, y yo no me entretengo en analizar cómo me hace sentir que no diga que es algo que compartimos las dos. Después de dejar el frasco sobre la encimera, Ryan empieza a abrir los cajones de la cocina y luego mira la puerta de la nevera. Coge una de las fotos de ambos y la examina. Es un selfie que nos sacamos al poco de conocernos. Hacía frío fuera y estábamos acurrucados frente al pequeño brasero de su patio de atrás. Yo había llevado ingredientes para tostar malvavisco con chocolate y teníamos trocitos de las dos cosas por la cara. En la foto aparezco sentada en su regazo y ambos, mejilla contra mejilla, sonreímos de oreja a oreja.

—Qué noche tan buena —dice.

—Sí —respondo.

Fue la primera noche que pasé en su casa. La primera vez que dormí en su cama. Él sigue mirando la fotografía y yo no puedo evitar preguntarme qué se le pasará por la cabeza al recordar aquello.

Por fin, quita todas las fotos y los menús pegados a la nevera los amontona sobre la encimera, y abre la puerta.

—Todavía tienes algunas cosas aquí dentro —dice.

—¡Ay, vaya! Creía que lo había limpiado todo. ¿Puedes tirarlo a la basura?

Oigo que recoge los envases y abre el armario de debajo del fregadero donde está guardado el cubo de basura. Los tira todos sobre varias cajas de comida para llevar y otros desperdicios que encontré en uno de los contenedores de fuera. Ray saca el cubo de basura y pregunta:

—¿Queda algo más que tirar antes de que lo baje al contenedor?

Frunzo el ceño mientras lo pienso.

—Sí, quizá haya algunas cosas en el baño que habría que tirar también.

Me sigue por el pasillo hasta el baño. Saco la gastada barra de jabón de la ducha y la tiro al cubo. Luego cojo el champú y el acondicionador, los sopeso como decidiendo si queda lo suficiente para conservarlos y acabo tirándolos también.

Ryan está hurgando en los cajones y los armarios, revisando cada hueco. Es más concienzudo de lo que había imaginado.

De vuelta en la sala de estar, mira en algunas de las cajas que he llenado unas horas antes. Pero es más que un vistazo; es como si estuviera buscando algo.

Después de que haya hurgado en tres cajas, pregunto:

—¿Buscas algo?

Levanta la cabeza y me mira a los ojos. Al esbozar una leve sonrisa, aparecen sus hoyuelos.

—Solo pretendo saber todo lo que haya que saber sobre ti.

Son unas palabras que a cualquier chica le encantaría escuchar, pero suenan muy medidas. Pesan. Y me pregunto si él está escogiendo sus palabras con tanto cuidado como yo.

4

Hay un montón de motivos por los que no he pasado por aquí en la última semana —las compras, el embalaje, la mudanza—, pero la verdad es que lo he demorado lo máximo posible. Faltan quince minutos para la hora de cerrar; podría acceder más tarde con la contraseña, pero no quiero que quede registro de ello.

Como casi todas las mujeres que me cruzo, voy con mallas negras, camiseta y zapatillas de deporte. La larga melena oscura la llevo recogida en un moño flojo que queda justo debajo de la tira de atrás de mi gorra de béisbol. Bajo la cabeza y la inclino hacia la izquierda para asegurarme de que la cámara de la esquina no capta una imagen clara de mí. Hay una cola de varias personas que esperan a que les atienda el siguiente empleado, incluida una mujer que sujeta con dificultades un montón de cajas pequeñas, haciendo malabarismos, hasta que al final se le caen todas al suelo. Las dos personas que tiene delante se agachan para ayudarla a recogerlas, intentando al mismo tiempo que no se les caigan las suyas. Yo sorteo el alboroto y me deslizo hasta el fondo del local, donde se alienan a lo largo de la pared los casilleros de los apartados postales.

Esquina inferior izquierda. Casillero 1428.

Estos casilleros funcionan con una contraseña, no con una

llave, así que utilizo el segundo nudillo del índice para introducir los seis dígitos. La puerta se destraba, pero no se abre del todo. Usando los nudillos de la mano derecha, la abro.

Saco el pequeño sobre que llevo metido en la cinturilla de las mallas y vacilo un segundo o dos antes de introducirlo en el casillero vacío.

Cierro la puerta firmemente y vuelvo a introducir la contraseña para trabarla otra vez. Luego salgo del local tan deprisa como he entrado.

5

Llego tarde al almuerzo con las chicas. En los últimos días Sara y yo hemos intercambiado mensajes de texto para encontrar un día que nos cuadrara a todas. Incluirme en su grupo de mensajes nos habría ahorrado mucho tiempo, pero hará falta más de una cena para que se produzca esa invitación.

Ellas querían que quedáramos en el pequeño salón de té situado en la parte trasera de una tienda de regalos que vende de todo, desde joyas confeccionadas a mano hasta blusones de bebé, pasando por productos para la piel de alta gama. Pero, en ese caso, ellas habrían conocido a cada persona de cada una de las mesas, así como a todas las clientas con las que se cruzaran al dirigirse a la zona del restaurante.

Aunque estoy dispuesta a ser interrogada por las mujeres que Ryan considera amigas suyas, no quiero abrirme a nadie más. Aún no. Al menos hasta que esté segura de saber más sobre ellas de lo que ellas sabrán jamás sobre mí.

Así que hemos quedado en un pequeño restaurante no lejos de donde trabajo. Después de que nos conociéramos, solo tuvo que pasar aproximadamente una semana para que Ryan me consiguiera un nuevo empleo: uno que no le hiciera titubear cuando sus amigos le preguntaran dónde trabajaba. Ahora soy la ayudante del coordinador de eventos de una pequeña galería del centro de la ciudad. El trabajo es sencillo y, como el jefe, el señor Walker, es cliente de Ryan, nos saltamos esa parte en la que yo debía presentar tres referencias y explicar mi experiencia laboral anterior.

Beth, Allison y Sara ya están sentadas junto a otra mujer que no asistió a la cena, pero que reconozco por algunas fotos como integrante del compacto grupo que forman.

Las observo a través de la ventana mientras me acerco por la acera. Es más bien una cafetería, y la mayoría de los clientes van con traje de oficina o con ese uniforme de poliéster que están obligados a llevar los empleados de los juzgados. Las cuatro mujeres parecen incómodas y, por las miradas que lanzan alrededor del reducido local, deduzco que están tratando de entender cómo han ido a parar a un sitio donde el hedor de la freidora acabará impregnando su pelo, su ropa y su cutis, y no las abandonará durante el resto del día. Una clase de establecimiento en el que no se demorarán cuando haya terminado la comida.

Sara se pone de pie al verme, haciéndome señas. Las cuatro emplean el tiempo que me lleva cruzar el restaurante para supervisar mi aspecto. Sus ojos pasan de la escotada abertura lateral de mi falda larga de reluciente color azul a la finísima camiseta blanca que apenas puede ocultar mi sujetador azul celeste, y a los montones de pulseras que llevo en las muñecas y que tintinean cuando camino. He tardado un buen rato en decidir qué aspecto quería tener ante ellas: el de alguien que quiere encajar o el de alguien que desea llamar la atención.

Hoy es difícil que pase desapercibida.

—Hola, Evie. Me alegro de volver a verte —dice Sara antes de volver a sentarse. Y, señalando a las demás, añade—: Ya recordarás a Beth y a Allison.

—Claro —respondo haciéndoles un gesto a ambas.

—Y esta es Rachel Murray. Rachel, esta es Evie Porter.

Rachel agita levemente la mano desde el otro lado de la mesa.

—Hola, encantada de conocerte, Evie. Me han hablado mucho de ti.

No tengo la menor duda.

—Yo también estoy encantada de conocerte.

Resulta algo incómodo que el motivo de que no nos conozcamos es que Ryan no la invitase a la cena, pero eso fue una decisión de él. Estuvo sopesándolo, pero al final decidió excluirla porque, según sus propias palabras, a veces es capaz «de ponerme de los putos nervios». Además, es soltera, con lo cual habríamos sido impares en la mesa.

Justo cuando estoy dejando el bolso en el suelo junto a mi silla, capto la vibración de un mensaje en el móvil. Con una mirada rápida compruebo que es de Ryan:

Diviértete en el almuerzo, pero no les pases ni una.
Llámame cuando acabes.

Me muerdo el labio para disimular mi sonrisa.

—Gracias por venir aquí. Mi pausa para el almuerzo no es muy larga —digo cogiendo el menú plastificado que está metido entre el azucarero y un bote de kétchup.

Sara coge otro menú y dice:

—De nada. Nosotras nunca venimos al centro, así que resulta divertido.

Seguramente las otras tres han tenido que hacer un esfuerzo para no poner los ojos en blanco. Este no es su ambiente. En absoluto.

—Bueno —dice Beth—, las copas antes del derbi del sábado las tomamos en nuestra casa.

Llevo dos semanas mirando esa invitación colgada en la nevera de Ryan. Aunque no estamos ni mucho menos cerca de Kentucky, nos han invitado a una fiesta para ver un derbi en una granja de caballos de las afueras. La invitación promete julepes de menta y sándwiches calientes y anima a llevar sombrero: «Cuanto más grande, mejor».

El grupo intenta simpatizar conmigo a base de incluirme en su charla intrascendente, pero está claro que yo no conozco la gente, los sitios o los eventos a los que se refieren, o sea que, en lugar de participar, las observo. Observo cómo interactúan entre sí, sus peculiaridades, las palabras que escogen. Ellas creen que este almuerzo les servirá para saber cosas de mí, pero al final seré yo quien habrá sacado más información.

Después de pedir —agua y ensaladas para todas—, las cuatro mujeres se echan hacia delante y yo me preparo para lo que se avecina.

Rachel es la primera en intervenir, cosa nada sorprendente.

—Bueno, ya que me perdí la cena de la otra noche, ¡ponme al día! Cuéntamelo todo sobre ti.

Me echo atrás en la silla, tratando de poner la máxima distancia posible entre nosotras.

—No hay mucho que contar, en realidad —digo.

Ellas esperan que continúe, que proporcione al menos algunos detalles, pero van a tener que esforzarse más.

Sara juguetea con su vaso, con la servilleta, con su móvil.

—Es de Alabama —dice mirando a Rachel y respondiendo por mí.

Sara es el tipo de chica que quiere que todo el mundo se lleve bien. Seguramente había rosas de un tono claro en su boda y escogió expresamente la misma porcelana que había escogido su suegra.

—¿De qué parte de Alabama? —pregunta Beth.

—Junto a Tuscaloosa —respondo.

—¿Fuiste a la uni en Alabama? —pregunta Allison.

Y, al mismo tiempo, Rachel opta por ser más directa:

—¿Cómo se llama tu ciudad natal?

Yo miro a Allison, decidiendo responder a la pregunta menos agresiva.

—Fui solo un tiempo.

Las miradas alicaídas que circulan por la mesa me demuestran lo frustradas que están.

Un viejo dicho afirma: «La primera mentira gana». No se refiere a esas mentirijillas piadosas que salen sin pensarlo; se refiere a la mentira más gorda. A la que lo cambia todo. A la que se dice deliberadamente. A la que prepara el escenario para todo lo que vendrá después. Esa mentira, una vez dicha, es lo que la mayoría de la gente considera la verdad. La primera mentira debe ser la más sólida. La más importante. La que hay que contar.

—Soy de Brookwood, que en realidad es un suburbio de Tuscaloosa. Fui a la Universidad de Alabama un par de cursos académicos, pero no me gradué. Mis padres y yo tuvimos un accidente muy grave hace unos años. Yo fui la única superviviente. Cuando me dieron el alta en el hospital, comprendí que necesitaba un cambio, así que he estado yendo de acá para allá desde entonces.

Sus expresiones cambian instantáneamente. Esto debería acabar con las preguntas, porque si ahora siguen hurgando quedarán como unas cretinas.

—Siento mucho lo de tus padres —dice Sara, y es evidente que lo dice de verdad.

Yo asiento y me muerdo el labio inferior sin mirar a los ojos a nadie. Mi lenguaje corporal les está diciendo que estoy a un paso de descomponerme y que perderé el dominio de mí misma si me obligan a seguir hablando del tema.

Rachel me dirige una leve sonrisa, como si entendiera mi pena, mientras que las otras tres se retuercen en sus asientos, a todas luces incómodas. Estaban esperando descubrir algún cotilleo, tal vez algo que les permitiera profundizar más, que las ayudara a desenterrar cosas que pudieran utilizar más adelante en mi contra, si fuera necesario. Pero ahora se dan cuenta de que tal vez hayan pinchado en hueso conmigo, porque ¿cómo vas a avasallar a una pobre huérfana?

Se hace un silencio en la mesa durante unos momentos; luego Rachel vuelve a la carga, por incómodo que resulte.

—¿Y cómo acabaste en Lake Forbing?

Empiezo a entrever cómo podría ponerte esta mujer «de los putos nervios». Con esta pregunta es con la que debo andarme con más cuidado. Esta no es una ciudad grande, y no es un sitio donde escojas instalarte al azar, a menos que tengas aquí familiares o amigos.

—Me tropecé en internet con una oferta de trabajo. Hice la solicitud, me aceptaron y vine. Luego el trabajo no acabó de concretarse, pero ya estaba aquí y me busqué la vida.

—¿Dónde era ese trabajo? —pregunta Rachel.

—En el hospital —respondo.

—Ah —dice Rachel—. ¿En qué departamento?

Sí, no cabe duda: me está poniendo de los putos nervios. Las demás se dan codazos entre sí. Cada una pretende que sean las otras las que impidan esta colisión de trenes.

—En el departamento de facturación —respondo.

Sara, cansada de nuestro toma y daca, mete baza.

—No puedo ni imaginarme lo difíciles que deben de haber sido las cosas para ti. Pero me alegro de que encontraras a Ryan y de que Ryan te encontrara a ti.

Traen la comida y se me concede un respiro cuando todas empiezan a comer. Rachel sigue lanzándome miradas, tratando de descifrarme. Buena suerte.

Al cabo de unos minutos, ensarta un tomate con el tenedor y lo apunta hacia mí.

—Es sorprendente ver a Ryan tomándoselo en serio tan rápidamente. Beth dice que ya te has ido a vivir a su casa. ¿Cuánto hace que lo conoces? ¿Dos meses?

Se acabó lo de hacerme la buenecita.

—Rachel... —susurra Allison.

Alzo la mano para tranquilizarla.

—Lo entiendo. De veras que lo entiendo. Vosotras conocéis a Ryan de toda la vida y de repente aparezco yo como salida de la nada. —Se me dibuja una sonrisa en la cara—. Tiene suerte de contar con vosotras. De tener unas amigas que se preocupan tanto por él. —Y mirando a Rachel a los ojos, añado—: Así que, venga, preguntadme lo que queréis saber realmente. ¿Voy detrás de él por su dinero? Quiero decir, esa es la verdadera preocupación, ¿no? Que lo estoy utilizando.

Sara tartamudea.

—No, no, no…

Pero Rachel dice:

—Me preocupa que esté pensando con la polla y no con el cerebro.

Allison se agarra la cabeza con las manos, obviamente avergonzada, mientras que Beth pone los ojos en blanco.

—Ya basta, Rachel —dice.

En este momento probablemente se alegran de no conocer a nadie en el restaurante.

La verdad sea dicha: aunque Rachel me irrite, es la que me inspira más admiración.

Me inclino hacia delante apartando el plato para poder apoyar los brazos en la mesa. Automáticamente, ellas se inclinan también.

—No tenéis ningún motivo para confiar en mí, para creer que mis intenciones son buenas. Pero confiad en vuestro amigo. Aunque no me sienta cómoda para contaros todo lo que queréis saber, sí se lo he contado a él. Eso es lo máximo que puedo ofreceros por ahora.

No queda mucho más que decir, llegados a este punto. Si interpreto bien sus expresiones, Beth, Sara y Allison irán a contarles a sus parejas lo humilladas que se han sentido por el comportamiento de Rachel, no lo preocupadas que están por mis intenciones respecto a Ryan. Y como Rachel ni siquiera pasó el filtro para ser invitada a la cena, no me inquieta demasiado la influencia que pueda ejercer sobre él. Pero lo más importante es que nadie cuestiona quién soy o de dónde vengo.

La primera mentira gana.

Terminamos de comer rápidamente, sin apenas conversar, y se produce casi una carrera para ver quién se marcha más deprisa. Observo desde la acera cómo se dispersan hacia distintos aparcamientos, caminando cada una con determinación.

Las amigas son siempre las que requieren más trabajo. Saco el móvil y busco en Google «Evie Porter» y «Brookwood, Alabama», tal como sé que harán ellas en cuanto se encuentren en la intimidad de sus vehículos. La primera página está llena de artículos más bien vagos que mencionan el accidente, un accidente que los auténticos residentes de Brookwood tal vez tengan dificultades para recordar (aunque eso jamás lo reconocerían, porque ¿qué clase de persona puede olvidar que hayan muerto dos miembros de su comunidad?). Los artículos están fechados varios años atrás, pero en realidad no existían hasta hace un par de meses. Se crearon para darme credibilidad y justificar por qué no me gusta hablar de mi pasado.

Apago el móvil, lo meto dentro del bolso y luego recorro las dos manzanas para volver al trabajo.

6

Ryan aparece en la puerta del pequeño cuarto de trabajo del sótano de la galería. El almuerzo ha terminado hace menos de dos horas. Estoy impresionada por la velocidad con la que le ha llegado la noticia.

—Me han dicho que el almuerzo ha sido genial —dice sonriendo.

La sonrisa la reconozco; la expresión de sus ojos, no. Hoy viste de modo informal, con unos tejanos que probablemente tiene desde la universidad, y lleva por fuera una camisa que me consta que es suave al tacto. Este look le sienta bien; le da un aire más despreocupado y más joven de lo que es.

No le he preguntado esta mañana, mientras nos vestíamos, por qué no llevaba traje y corbata y el pelo impecablemente peinado, y él por su parte no me ha dado ninguna explicación.

—Realmente genial —respondo devolviéndole la sonrisa.

Tengo setenta y cinco tarjetas esparcidas sobre la mesa, y hay que añadirles un código de color que identifique el menú escogido por cada uno de los asistentes al almuerzo de mañana. Ryan se deja caer en la silla que hay a mi lado y desliza un pie hacia los míos mientras coge las dos tarjetas que le quedan más a mano.

—Estas dos tienen que estar lo más separadas que puedas.

Echo un vistazo a los nombres. Ya me habían advertido que podría haber un problema si las situaba en la misma mesa, pero yo decidí hacerlo igualmente. A ver, un almuerzo cuyo tema es «Introducción al Coleccionismo de Arte 101» bien puede admitir una dosis extra de emoción.

—Tomo nota.

Él deja las tarjetas sobre la mesa.

—Me sorprende que no me hayas llamado despúes —dice.

Giro la silla para mirarlo de frente.

—No ha sido algo que no pudiera manejar.

—Pero no tenías por qué manejar algo así.

Me coge la mano y me atrae hacia su regazo. Echo un vistazo a la puerta abierta, confiando en que nadie nos sorprenda así. Solo llevo un par de semanas en este trabajo, y todo el mundo sabe que si me lo dieron fue para hacerle un favor a Ryan, no por nada más.

—Esto no va a contribuir a mi credibilidad aquí —digo, aunque sigo acurrucándome contra su cuerpo.

Ryan me rodea con un brazo para sujetarme bien, y desliza el dedo por el borde superior de mi fina camiseta.

—Pues a mí esto me está poniendo a cien, que lo sepas.

Me inclino sobre su mano y él echa un vistazo al pasillo para comprobar que seguimos estando solos aquí abajo. Pero antes de que se le ocurra hacer una travesura, digo:

—Sé que estás muy ocupado para venir aquí corriendo a ver cómo estoy. —Entrelazo mis dedos con los suyos para detener su exploración—. ¿Cuál de ellas te ha llamado?

Apuesto a que ha sido Sara.

—Sara. Le preocupa que ahora las odies. —Suelta una risita y luego su expresión cambia, se vuelve seria—. ¿Quieres hablar de ello? —pregunta.

Meneo la cabeza.

—No. No me preocupa lo que ellas piensen. —Me giro para poder mirarlo bien—. Pero sí me preocupa lo que tú pienses.

Ryan me pasa una mano por el pelo y enrolla las puntas alrededor de su puño. Sujeta mi cara a unos centímetros de la suya.

—Yo pienso que eres maravillosa.

—Bueno, yo creo que tú también eres realmente maravilloso.

Y, por primera vez, no digo estas palabras solo para afianzar mi posición. Por primera vez, pienso lo que estoy diciendo.

En momentos como este me gustaría que las cosas fuesen diferentes. Que esto fuera la vida real y que yo no tuviera otra inquietud que este pequeño drama con sus amigas de infancia. En estos momentos pienso que ojalá sí que fuera la chica que tenía un neumático deshinchado y él el chico que apareció casualmente para ayudarme. Ojalá tuviéramos un futuro de verdad.

Hay muchas cosas que él no sabe. Muchas que no puedo contarle. Muchas que nunca le contaré.

Ryan observa el desbarajuste que tengo sobre la mesa.

—Supongo que no hay forma de que termines más temprano.

—No. Tengo que terminar esto para mañana y comprobar antes de irme que todas las mesas tienen mantel.

Me aparto de su regazo y vuelvo a mi silla.

Él se echa hacia delante, como si no quisiera que se estableciera demasiada distancia entre los dos.

—Ven a trabajar conmigo. Así podremos salir temprano todas las veces que queramos.

Ryan ya me ha hecho esta propuesta otras veces, pero esta es la primera vez que parece hablar en serio.

Yo me afano en apilar las tarjetas por grupos.

—Trabajar juntos sería una distracción excesiva. Para los dos —digo con una risita y los ojos deliberadamente fijos en la tarea que tengo delante.

Sus pies se enredan con los míos.

—Tienes razón. Nunca terminaría nada. Me pasaría el día siguiéndote y desatendería todo lo demás —dice.

La vibración amortiguada de su teléfono le obliga a echar un vistazo a su reloj para ver quién llama. Con un gruñido, se pone de pie y saca el móvil del bolsillo trasero de los pantalones.

—Un segundo —dice.

Y sale al pasillo a atender la llamada.

Aquí abajo hay el suficiente silencio como para que no tenga que esforzarme mucho en escuchar lo que dice.

—¿Confirmado? —pregunta. Y al cabo de un momento—: Con un día debería haber de sobra. Envía el coste estimado y organiza la llegada para este jueves a las once de la mañana.

Jueves.

—¿Ha surgido algo más? —pregunta.

Los hombros se le ponen rígidos mientras escucha a su interlocutor. Como estoy preparada para el vistazo que me lanza por encima del hombro, me ve totalmente concentrada en el diagrama de los asientos que tengo delante. Luego se aleja un paso más por el pasillo. Ahora baja el tono de voz. No puedo distinguir las palabras, pero es obvio que se siente descontento y así lo está manifestando. No hace otra cosa que rezongar al teléfono. Es un aspecto suyo que no había visto hasta ahora.

—Encuéntralo —dice alzando la voz, y cuelga.

Ahora quisiera saber qué ha perdido.

—¿Todo bien? —pregunto mientras él se guarda el móvil y regresa a mi lado.

Ryan elude el asunto con un gesto e incluso me dedica esa sonrisa que muestra su hoyuelo.

—Sí, solo un pequeño problema en el trabajo.

Vuelve a dejarse caer en la silla contigua.

Yo giro la mía para mirarlo de frente.

—Supongo que si trabajase para ti, podría ayudarte a solventar este tipo de problemas.

En realidad, el problema que tiene en el trabajo no es de aquellos de los que yo estaría al corriente si aceptara el puesto que me estaba ofreciendo.

Está tenso, pero aun así se las arregla para acercarse un poco más y deslizar su mano en la mía.

—Pero tú me has rechazado, así que supongo que tengo que arreglármelas yo solo.

Los dos bailamos alrededor de cosas que no podemos decir.

Los sentimientos que noto hacia Ryan me están llevando por un camino que no puedo tomar, así que este pequeño recordatorio de todo lo que él me oculta y de todo lo que yo le oculto a él me viene muy bien.

—¿Cuándo crees que terminarás? —susurra antes de besarme suavemente en los labios.

Yo me separo lo suficiente para responder.

—¿Quizá dentro una hora? ¿Cuándo terminas tú?

—Más o menos igual. —Ryan me da un último beso y se levanta. Ya está casi en la puerta cuando me dice—: Tú sabes que puedes contarme cualquier cosa, ¿no?

Asiento y me remuevo en la silla.

—Lo sé.

Él me mira unos segundos, el tiempo suficiente como para que una parte irracional de mí piense que puede ver a través de esta reluciente capa que me he creado. Luego añade:

—Incluso aunque mis amigas actúen como unas cretinas.

Sonriendo, le respondo:

—Incluso en ese caso. No te preocupes, no me asusto fácilmente. Nos vemos enseguida en casa.

Ryan echa un vistazo a su móvil. Luego vuelve a mirarme.

—Eso suena bien.

Lo observo hasta que desaparece por el fondo del pasillo y dobla la esquina.

Las tarjetas de emplazamiento ya están listas. La señora Roberts y la señora Sullivan se mirarán mutuamente a través de la mesa 1, y estoy segura de que el resto de la gente estará mirándolas a ellas. Ya he tachado todas mis demás tareas pendientes, pero antes de fichar y retirarme por hoy, tengo que hacer una llamada.

Responde al segundo timbrazo.

—Hola, Rachel —digo—. Soy Evie. ¿Tienes un minuto?

Silencio. Y luego:

—Claro. ¿En qué puedo ayudarte?

Me echo atrás en la silla y miro hacia el pasillo para comprobar que no anda nadie por ahí.

—Hemos empezado con mal pie y me sabe muy mal. —Dejo flotar estas palabras unos segundos y añado—: Me encantaría que lo intentáramos de nuevo.

Ella se ha quedado callada; luego oigo una risa ligera.

—Tengo que reconocer que, después de todas las llamadas que he recibido sobre nuestro almuerzo, esta no me la esperaba.

Ryan debe de haberla llamado, pero a ella eso no la habrá sorprendido. Y ahora siento curiosidad por saber qué le habrá dicho él.

—Yo soy tan culpable como la que más por cómo han ido las cosas —digo—. Me cuesta mucho hablar de mi pasado.

—No, yo no debería haber presionado tanto. Ha sido muy insensible de mi parte.

Dice «insensible» como si esa hubiera sido la principal crítica que le han hecho en las conversaciones anteriores.

—¿Firmamos una tregua? —pregunto.

—Claro, la firmamos —responde con sequedad.

Suelto un suspiro de alivio que procuro que oiga.

—¡Perfecto! Bueno, supongo que nos veremos el sábado en la fiesta del derbi.

—Me muero de impaciencia —dice Rachel, y cuelga.

Sonrío mientras echo el móvil al bolso.

Probablemente Rachel se ha echado atrás en su silla y está repasando mentalmente la conversación mientras mira por la ventana de su pequeño despacho, tres puertas más allá del codiciado de la esquina al que estoy segura de que le echó el ojo el primer día que cruzó los pasillos del bufete más prestigioso de la ciudad: el reservado a los socios. Es el mismo bufete de abogados donde, en los periodos de vacaciones de la facultad de Derecho, hacía prácticas durante los días laborables y se tiraba a un socio junior los fines de semana. El mismo bufete que se ocupa de todos los asuntos de Ryan.

Rachel estará desmenuzando mi historia, buscando la verdad que se oculta tras mis palabras. Y, por lo que he averiguado, es buena en su trabajo. Hay algo en mis antecedentes que no acaba de cuadrarle y estará tratando de decidir si vale la pena seguir hurgando, aun a riesgo de perder su amistad con Ryan.

Es a Rachel a quien debo vigilar un poco más de cerca.

7

Esto es ridículo —digo mirándome en el minúsculo espejo del parasol para hacerle los últimos ajustes a la tira de espumeante tela rosa que recubre el ala de mi sombrero—. Estoy ridícula.

Ryan se mete con el todoterreno por un largo sendero de grava y cruza una ornamentada verja abierta con un rótulo en letras metálicas a lo largo del dintel: FINCA MONTAÑAS OCULTAS. Me echa una mirada rápida.

—El tuyo no será el sombrero más grande.

—¿Estás seguro? Porque yo estoy convencida de que me están tendiendo una trampa. —Accedí a salir de compras con Sara y Beth para la fiesta del derbi y ellas me aseguraron que este sombrero era exactamente lo que necesitaba—. Y no es justo que yo tenga que andar con esta cosa en la cabeza todo el día mientras tú vas con unos chinos y una camisa sport.

—Estás espectacular. Como siempre —dice.

Me aparta la mano del sombrero, se la lleva a los labios y me besa suavemente cada uno de los dedos.

El hecho de irme a vivir con él ha estimulado su actitud romántica, que abarca desde simples caricias hasta palabras cariñosas y gestos dulces. Se desvive para hacerme feliz. Cuando no está en el trabajo, estamos juntos. Por lo que escucho de sus conversaciones telefónicas, deduzco que a sus amigos no les complace que esté monopolizando su tiempo. Una buena novia insistiría en que saliera con sus amigos, haría lo posible para que no perdiera el contacto con las personas más cercanas…, pero yo no soy una buena novia.

—¿Tus amigos se habrán enfadado porque nos hayamos saltado la fiesta previa? —pregunto mientras nos acercamos a nuestro destino.

Si nos hemos saltado las copas en casa de Beth y Paul no ha sido porque yo no pudiera soportar la idea de estar con Rachel: era Ryan el que no podía soportarlo. Aún no ha digerido su comportamiento en el almuerzo, aunque a estas alturas la cosa se ha magnificado y convertido en algo más importante de lo que realmente fue. Ella me presionó con sus preguntas, no me dio un puñetazo en la cara, pero en ciudades pequeñas y entre reducidos grupos de amigos, no hay mucha diferencia entre las dos cosas. Ryan es rencoroso.

—Seguro que me dirán algo, pero no hay problema.

Probablemente vamos a llegar aquí antes que sus amigos, así que será interesante ver hacia quién gravita Ryan, ya que raramente asiste a un evento semejante sin su grupo habitual. Cuando paro frente al puesto del aparcacoches, me siento por lo menos complacida al comprobar que él tenía razón: mi sombrero no es el más grande ni el más horrendo, aunque eso solo significa que todas tenemos pinta de idiotas.

Hacemos nuestra primera parada en el bar.

—Bienvenidos a la finca Montañas Ocultas —dice la mujer que está detrás del tosco mostrador de madera—. ¿Pueden decirme su nombre antes de que les sirva sus cócteles?

Yo encuentro insólita esta petición, pero Ryan no vacila.

—Ryan y Evie.

La camarera asiente y se agacha unos momentos detrás de la barra. Me entretengo observando a la mujer que hace cola detrás de nosotros. Estoy segura de que el caballo de plástico que lleva adosado al sombrero es el mismo que me regalaron por Navidades una vez cuando era niña: un caballo de Barbie, con la silla rosada y un lazo en la crin. La camarera emerge otra vez de detrás de la barra y empieza a prepararnos un julepe de menta. No sé si podemos escoger otra bebida, porque ella no nos ha preguntado qué queríamos, pero como veo que está echando un generoso chorro de bourbon Woodford, no voy a protestar. Cuando termina, nos tiende una copa plateada a cada uno. La de Ryan lleva un «R» grabada, y la mía una «E».

Mientras nos alejamos del bar, yo sigo examinando la copa.

—Esto es una pasada —digo—. O sea, si yo hubiera dicho que me llamo Quinn, ¿habría sacado una copa con una «Q»?

—Cuando confirmé nuestra asistencia, di nuestros nombres. En casa tengo toda una colección. Esta es la sexta.

—Ridículo —musito mientras él se ríe.

Avanzamos entre la gente y Ryan habla con casi cada una de las personas que nos cruzamos, rodeándome con un brazo y presentándome como su novia.

—¡Eh, vosotros dos!

Ryan y yo nos giramos y vemos a su vecina, la señora Rogers, caminando hacia nosotros. Yo recibo de su parte una palmadita en el brazo, mientras que Ryan se ve agraciado con un abrazo completo. Me asombra la habilidad de la mujer para abrazarlo tan estrechamente sin alterar el precario equilibrio del sombrero que tiene encaramado sobre la cabeza.

—¿A que es divertidísimo?

—Muy divertido —respondo.

Enseguida se aleja para repartir más abrazos, y Ryan se enfrasca en una profunda conversación con un juez de la zona sobre las próximas elecciones, así que yo me tomo unos momentos para mirar alrededor. Este sitio es precioso. El sinuoso sendero de acceso es tan largo que no se ve la carretera principal ni se oye el tráfico desde la casa, con lo cual da la sensación de que está escondida del resto del mundo, tal como indica su nombre. Los establos, de madera roja, se hallan en lo alto de una colina y los pastos descienden a su alrededor como un mar verde flanqueado por cercas blancas. Hay una pantalla enorme, tan grande como la de un cine, montada en un lado del edificio, y también otras más pequeñas entre las mesas cubiertas de manteles blancos, que mostrarán las imágenes de la carrera. Los camareros deambulan entre la gente con bandejas plateadas de minitostas calientes, porciones individuales de sémola de maíz con queso y delicados sándwiches.

El juez se aleja y Ryan reacciona con sorpresa al ver acercarse a una pareja.

—¡Ryan! —dice el hombre rodeándole el cuello con un brazo y estrechándolo con fuerza.

Mientras ellos se abrazan, estudio a la mujer que lo acompaña. Es alta, casi de mi estatura, y tiene una larga melena de tono castaño claro. Es delgada pero musculosa, y no puedo por menos que percibir lo parecidas que somos físicamente.

Cuando Ryan se separa por fin, su amigo me tiende la mano.

—Así que tú eres la chica que ha puesto a Ryan de rodillas —dice con una amplia sonrisa.

Ryan se vuelve hacia mí.

—Evie, este es un viejo amigo mío, James Bernard. James, esta es mi novia, Evie Porter.

Le tiendo la mano y él la estrecha con entusiasmo. James es un tipo alto y flaco, con pinta de tener problemas con las drogas. Se le nota en los huecos de las mejillas y en la sombra oscura bajo los ojos. También en el temblor de las manos y en la ropa, que le queda algo grande. Una ropa de vestir que seguramente ha rescatado del fondo de un armario para esta ocasión. Su compañera tiene mejor aspecto, no solo por su atuendo, sino en general. Lleva un vestido recto sin mangas de color crema que le llega hasta medio muslo, unos zapatos italianos caros y unas joyas sencillas pero refinadas. No pegan nada el uno con el otro.

—No sé si lo he puesto de rodillas del todo, pero estoy en ello —digo en tono de broma.

James se vuelve hacia Ryan.

—Chico, me alegro muchísimo por ti.

Ryan y yo nos miramos. No es que estemos prometidos siquiera, así que esa entusiasta felicitación parece un tanto excesiva.

—Gracias —le dice Ryan rodeándome con el brazo.

Ambos miramos a la mujer que está junto a él, y Ryan la señala con la cabeza.

—Preséntanos a tu amiga.

James se gira rápidamente, a todas luces avergonzado por haberse olvidado de ella.

—Ryan, Evie, esta es Lucca Marino.

Ese nombre me recorre como una descarga eléctrica.

—Lucca —digo en voz baja, paladeándolo con la lengua—. Es un nombre insólito.

Me doy cuenta de que sueno igual que Beth la noche de la cena. Ella sonríe y pone los ojos en blanco.

—Lo sé. Me pusieron el nombre de la ciudad de Italia de donde eran mis abuelos. Es con dos «c». Nadie lo deletrea bien.

Bajo la mirada a la copa plateada que tiene en la mano; la letra L se adivina en los espacios que hay entre sus dedos.

James y Ryan empiezan a comentar por quién van a apostar en la carrera, pero yo sigo hablando con la mujer.

—¿Eres de aquí? —pregunto.

De repente noto la boca seca. Doy un sorbo rápido a mi bebida, pero nada más.

—No. Soy de un pueblecito de Carolina del Norte, muy cerca de Greensboro. Es diminuto, seguro que nunca has oído hablar de él.

—Eden —suelto sin poder contenerme.

Ella da un leve respingo.

—Uau, sí… Eden. ¿Cómo lo has…?

—Pura chiripa. En la universidad conocí a una chica que era de esa zona.

Tengo que recobrar la compostura. Inspiro hondo y mantengo el aire un momento antes de dejarlo escapar suavemente. Dos veces más hasta que noto que el ritmo cardíaco empieza a serenarse.

—¿Todavía tienes familia allí? —pregunto una vez que vuelvo a sentirme centrada.

—No —dice ella frunciendo el ceño—. Éramos solo mamá y yo, pero ella falleció cuando yo estaba en secundaria. De cáncer de mama.

Yo ya había reparado en lo parecidas que somos, pero ahora mis ojos la devoran con avidez. Me fijo en cada centímetro de su físico para poder compararlo con el mío. Las dos llevamos el pelo hasta media espalda, con una leve ondulación, aunque el suyo es más claro que el mío: del color que tendría normalmente el mío si no me lo hubiera teñido antes de venir aquí. Color de los ojos: igual. Tez: igual.

Ella percibe mi atenta inspección y emprende otra por su parte. Veo que su mirada arranca en mis pies y sube directamente hasta el enorme y ridículo sombrero. ¿Está sorprendida por lo mucho que nos parecemos?

—¿Tú has estado alguna vez en Eden? —me pregunta.

—Sí. Esa amiga de la que te hablaba nos llevó a varios a un festival. Creo que se llamaba algo así como… ¿Springfest? ¿Lo digo correctamente?

Es un test. Una prueba que deseo que falle.

Se le dibuja una sonrisa en el rostro y alza las cejas.

—¿Has estado en el Fall Riverfest? Es siempre en septiembre, en torno a mi cumpleaños. ¡Me encanta ese festival!

No. No, no, no.

Asiento y luego me vuelvo hacia Ryan. Está enfrascado en una conversación con James, pero lo interrumpo igualmente.

—Oye, voy a buscar el baño. Vuelvo en un momento.

Antes de que Ryan pueda decir algo u ofrecerse a ayudarme a encontrarlo, desaparezco. Mientas camino a toda prisa con mi ceñido vestido negro y mis tacones de diez centímetros, poco me falta para que se me escape la copa metálica con la letra E, resbaladiza a causa de la condensación. Y casi me caigo encima de una mujer al acercarme al módulo de baño portátil ridículamente lujoso que han traído para la ocasión.

—Uy, ¿se encuentra bien? —pregunta sujetándome del brazo para que no me caiga.

Asiento, incapaz de hablar. La mujer intercambia con su marido una mirada de preocupación cuando me zafo de ella delicadamente; luego observan cómo me alejo.

Tengo que hacer un esfuerzo enorme para dominarme hasta que me encierro en uno de los cubículos del baño, porque estoy absolutamente cagada de miedo.

En cuanto estoy dentro y he echado el cerrojo, me desplomo contra la puerta. Doy un grito silencioso y cierro los ojos con fuerza.

«Esto no pinta bien. Esto no pinta bien. Nada bien».

Ella no es de Eden, Carolina del Norte: lo soy yo.

Su madre no murió de cáncer de mama: la mía sí.

Lucca Marino no es su nombre: es el mío.

Lucca Marino. Diez años antes

Abro lentamente la ventana. Esta tarde, cuando lo he probado, ha chirriado hacia la mitad, así que voy a intentar detenerme antes de llegar a ese punto. En cuanto veo suficiente espacio para colarme dentro, me lanzo.

El efecto de una oleada de adrenalina nunca defrauda.

Dejo la mochila en el suelo del cuarto de invitados, me saco rápidamente las mallas negras y me quito la sudadera con capucha procurando que no se me mueva el gorro de la peluca ni se me corra el maquillaje. Abro la mochila, saco el vestido de fiesta negro con lentejuelas y me lo pongo. Me entra como un guante y es lo bastante corto como para que se me vea todo si me agacho; o sea, perfecto para lo que pasa aquí esta noche.

Luego viene la larga peluca caoba. Le doy la vuelta y me tomo unos minutos para ajustarla. Lo he practicado las veces suficientes en la oscuridad como para saber cuándo queda en su sitio. Unos zapatos de tacón altísimo y un bolso de mano negro completan el atuendo.

Escondo mis cosas bajo la cama y salgo de la habitación con sigilo.

La fiesta está en pleno apogeo y solo hay un breve trayecto desde el cuarto de invitados hasta el centro de la casa. Afuera hay una banda tocando. La mayor parte de la comida está dispuesta en un bufet en el comedor; sin contar las bandejas de ostras Rockefeller y rollitos de langosta que he visto que estaban preparando en la cocina cuando he estado aquí hace unas horas. Me ruge el estómago, pero no cojo uno cuando pasa un camarero con una bandeja. Ya comeré más tarde.

Una mujer tropieza conmigo y tengo que sujetarla antes de que nos vayamos las dos al suelo.

—Ay, cielo. ¡Lo siento mucho! —dice arrastrando las palabras y cogiéndome del brazo.

Es la señora Whittington: la segunda señora Whittington, actual esposa del señor Whittington, a la que no hay que confundir con la primera señora Whittington, que disfruta despotricando sobre la segunda siempre que tiene ocasión.

—No se preocupe —respondo.

Ella me mira de arriba abajo.

—¡Me encanta ese vestido! ¿Dónde lo has encontrado?

—Ah, en una pequeña boutique que descubrí en unas vacaciones en Virginia Beach —respondo pronunciando sin ningún acento, algo que ha requerido más práctica que ponerme la peluca en la oscuridad.

Observo su rostro por si aparece alguna señal de que me ha reconocido, pero con esta ropa y este pelo, el maquillaje de *contouring* y los ojos ahumados, no hay nada mío reconocible. Tampoco viene mal el hecho de que nadie espere que la pobre chica que trabaja en la trastienda de la floristería se codee con la alta sociedad en la megafiesta de compromiso de una pareja cuyo matrimonio no durará ni un par de años. Vamos, que tendrán suerte si logran cruzar la nave de la iglesia.

Una vez que la señora Whittington recupera el equilibrio —en la medida de lo posible, considerando su estado—, sigo mi camino. Habría tenido problemas para entrar por la puerta principal, puesto que los padres de la novia y del novio están saludando a cada invitado que llega; en cambio, ahora que ya estoy en la fiesta, nadie cuestionará mi presencia.

Me abro paso por la enorme estancia de planta abierta hasta

un pasillo situado en el otro extremo. Normalmente no me veo obligada a aparecer ante la gente, pero tal como está distribuida esta casa, no me quedaba otro remedio. La banda se ha instalado justo frente a las ventanas del dormitorio de los dueños, así que tengo que entrar por la puerta de dentro.

Me quedo en la entrada del pasillo que me llevará a la suite principal de los Albritton. Con el móvil en la mano, encarno el papel de alguien que está buscando un rincón tranquilo para hacer una llamada. Mis ojos están pendientes de todo salvo del teléfono mientras calibro el grado de interés que despierto en los invitados. Tengo la otra mano en el bolso, con los dedos en torno a un dispositivo que llevo oculto dentro. Inspiro hondo y pulso el pequeño botón.

Un fuerte estrépito hace que todo el mundo se vuelva hacia la cocina, y yo me deslizo por el pasillo sin ser vista y entro en el dormitorio. Ahora buscarán la fuente de ese ruido, pero no encontrarán nada fuera de lo normal.

La habitación está a oscuras, pero en un momento llego al baño. Me pongo los guantes negros que llevaba en el bolso, abro el cajón del tocador empotrado y busco la caja con forma de corazón que sé que está guardada ahí. La encuentro. Hurgo en su interior y saco el anillo de zafiro, unos pendientes de esmeraldas y un collar con una amatista de tamaño decente rodeada de unos pocos diamantes engarzados en carril. Ojalá estuvieran aquí los pendientes y el colgante de diamantes que la señora Albritton lucía cuando vino la semana pasada a la floristería, pero estoy segura de que los lleva puestos ahora.

Meto esos tesoros en el bolso, seguidos de los guantes, y vuelvo sobre mis pasos. Este es un momento en que el temor a ser sorprendida amenaza con ahogarme, pero lo aparto de mi mente y, saliendo de la habitación, doblo la esquina y reaparezco en el salón como si siguiera exactamente donde se suponía que estaba.

Por suerte, nadie me presta atención. Me tomo mi tiempo para volver al cuarto de invitados, e incluso me demoro lo suficiente para pillar un rollito de langosta. Es tan delicioso como me imaginaba.

Mientras me saco el vestido, recojo la mochila escondida bajo la cama; luego me quito los zapatos de tacón. En cuestión de segundos, estoy otra vez con mallas y sudadera, y me escabullo por la ventana.

—¡Mamá, ya estoy de vuelta! —grito al entrar en nuestra caravana.

Mi acento del sur reaparece en cuanto cruzo el umbral.

—¡Hola, cariño! ¿Quién ha ganado el partido? —pregunta mamá desde su habitación.

Ya he liberado mi pelo castaño claro de la peluca y me he quitado bien el maquillaje de la cara. La sudadera negra la he cambiado por otra que muestra el nombre y la mascota de mi instituto.

Con una bolsa de papel marrón, cruzo la breve distancia que separa la sala de estar del dormitorio de mamá. Dejo la bolsa sobre la bandeja plegable que hay junto a la cama y me acurruco a su lado.

—Hemos perdido. Pero por poco —digo.

Mamá hurga en la bolsa; se le ilumina la cara con una sonrisa.

—Ay, cariño, no deberías haberte molestado.

El aroma a canela inunda la habitación, y mi corazón casi estalla ante este pequeño momento de felicidad provocado por algo tan sencillo como una golosina antes de acostarse.

—Tienes que comer más, mamá. Estás demasiado flaca.

Mamá quita el envoltorio y aparece el grueso rollo de canela, de aspecto tan delicioso como su olor.

—Mi preferido —susurra.

—Ya lo sé —respondo también susurrando.

Mientras ella va dándole mordisquitos, yo cojo un cuadrado de papel del montón que hay sobre la mesilla y empiezo a plegarlo tal como ella me ha enseñado. Mamá me observa mientras come. No me corrige cuando hago mal un pliegue; deja que yo misma descubra el error.

Tras varios minutos, el pequeño cisne blanco de papiroflexia toma forma en mi mano.

—Ah, este es muy bonito —dice cogiéndomelo de la palma de la mano y añadiéndolo a la colección del estante empotrado en la cabecera de su cama.

Tiene un montón de animales de papel distintos, de todos los colores y tamaños, montando guardia como centinelas por encima de su cabeza. Mamá siempre ha sido diestra con las manos; pero por mucho que ha intentado enseñarme, el cisne es el único que he llegado a dominar.

Cuando va por la mitad del rollo de canela, lo envuelve otra vez y lo deja en la mesita.

—Me lo acabaré mañana —dice, aunque ambas sabemos que no lo hará.

Ya es sorprendente que haya comido tanto.

—¿Qué planes tienes para el resto del fin de semana? —dice acurrucándose otra vez en la cama.

—Trabajar en la floristería. Hay un bodorrio mañana por la noche.

Ella se vuelve hacia mí y me toca la cara con su frágil mano.

—Trabajas demasiado. Es tu último año de secundaria; deberías salir con tus amigos y divertirte.

Yo meneo la cabeza y me trago el enorme nudo que tengo en la garganta.

—Puedo hacer las dos cosas —miento.

Las dos dejamos pasar la mentira en silencio.

—¿Has recibido ya alguna respuesta de las universidades a las que te presentaste? —pregunta ella.

Niego con la cabeza.

—Aún no, pero podrían llegar cualquier día.

No puedo decirle que no presenté ninguna solicitud porque no podemos pagar la tasa de inscripción; y por mucho que yo no quiera admitirlo, ella seguramente no estará aquí al lle-

gar el otoño y no podrá verme todavía atrapada en esta pequeña ciudad.

—Estoy segura de que todas te querrán. Tendrás que elegir.

Yo asiento, aunque no digo nada. Pero entonces ella se me
acerca aún más y me agarra la mano.

—Un día no muy lejano serás toda una adulta. —Suelta una
carcajada y añade—: ¿Qué digo? Pero si ya lo eres ahora, cui-
dándome a mí y de todo lo demás. Yo quiero muchas cosas para
ti, Lucca. Un hogar y una familia propia algún día. Quiero que
tengas esa casa con la que siempre hemos soñado. Quizá podrías
construirla en ese nuevo barrio de moda junto al lago.

—Y tendré una habitación para ti sola —digo continuando la
fantasía—. La pintaremos de verde, tu color favorito, y podrás
tener una cama con dosel. También podemos montar un huerto
en el patio trasero.

Ella alza la mano, me aparta un mechón de la cara y me lo
mete detrás de la oreja.

—Plantaremos tomates y pepinos.

—Y zanahorias.

Empiezan a pesarle los párpados. Sé que está solo a unos segundos de quedarse otra vez dormida, pese a que probablemente se ha pasado el día durmiendo.

—Claro, zanahorias. Tu hortaliza favorita. Y yo te haré un
pastel de zanahoria.

Se queda dormida. Me inclino para darle un beso en la mejilla
y procuro no alarmarme por lo fría que le noto la piel. Añado
otra manta al montón bajo el que se guarece y me salgo de la
cama.

Me voy directa a la diminuta habitación de la parte delantera
de nuestra caravana. No es más que un armario grande, pero es
como si entrara en otro mundo cuando cruzo la puerta. Antes
de que el cáncer hiciera estragos en su cuerpo, mamá se pasaba
los días aquí, con su máquina de coser y su mesa de trabajo.
Venían madres de toda Carolina del Norte para que les hiciera
vestidos para concursos de belleza o bailes de graduación, e in-

cluso algún que otro vestido de boda para sus hijas. Cuando yo era pequeña, me sentaba a los pies de mamá y miraba cómo entraban esas chicas insulsas y cómo salían transformadas después de haber pasado por las manos de mamá. Fue entonces cuando aprendí que, con el pelo, el vestido y los accesorios adecuados, puedes convertirte en otra.

Hay rollos de tela y de cinta amontonados contra una pared; los estantes de conglomerado de detrás de la máquina de coser contienen tarros llenos de plumas, diamantes de imitación y cualquier otro adorno que quepa imaginar.

Cuando mamá empezó a enfermar, yo me ocupé de sus encargos. La había ayudado en este cuarto desde que tenía memoria, así que tampoco supuso un gran salto. Pero los vestidos de concurso de belleza y la bisutería personalizada no aportaban lo suficiente para conseguir los tratamientos que mamá necesitaba o pagar los medicamentos que le habían prescrito. Así que tuve que volverme creativa.

La vacante en la floristería de Greensboro fue exactamente lo que me hacía falta. A las mujeres les encanta entrar allí ataviadas con sus mejores joyas y hablar de las fiestas que montan y de la impresionante lista de invitados. Y, por supuesto, necesitan que les llevemos los arreglos florales y que nos encarguemos de que esté todo perfecto.

Con el alboroto de los preparativos, es fácil colarse en una habitación olvidada y quitar el pestillo de una ventana. La clave está en no llevarme nada mientras estoy entregando las flores. Eso suscitaría muchas sospechas sobre el reducido grupo de personas que estaban presentes a primera hora del día. Es mejor dejar que la señora se engalane para la fiesta. Permitir que escoja entre sus joyas y decida cuáles le sentarán mejor. Así recordará las que quedaban en el joyero antes de que empiece la fiesta.

Entonces, cuando la casa está repleta de invitados, personas del servicio y camareros, la olvidada chica de la floristería tiene la oportunidad de volver a entrar y llevarse las piezas que no han sido escogidas para la velada. La policía preguntará inevitablemente a la señora Albritton cuándo fue la última vez que vio estas tres piezas, y ella dirá que justo antes de que comenzara la fiesta, descartando por lo tanto del grupo de posibles sospechosos al personal de la floristería.

También he aprendido que más vale separar esa versión de mí de la versión real. Lucca Marino es una chica de diecisiete años que está en el último curso de secundaria y que hace vestidos y bisutería personalizada para ayudar a su madre a pagar las facturas. La chica de la floristería tiene el pelo diferente, se maquilla de otro modo y responde a un nombre distinto.

Lleva su tiempo separar las piedras preciosas del engaste para poder echar el oro en un pequeño crisol. La semana que viene conduciré en la dirección contraria, cruzando a Virginia, para deshacerme de las piedras y el oro. Nadie reconoce sus propias piedras una vez que están separadas de los engastes.

Es mucho riesgo para un par de billetes de cien, pero necesitamos cada centavo que podamos conseguir. Otra cosa que he aprendido es que tengo que escoger el tipo de mujer adecuado. Ha de ser lo bastante adinerada como para contratar a un florista profesional para decorar su fiesta, y poseer unas cuantas joyas bonitas que no le importe guardar en un cajón del baño, pero no lo bastante rica como para tener una caja fuerte que haya que reventar o un sistema de seguridad que desactivar.

Trabajo con mucho cuidado. Observo cada pieza a través de una lámpara LED con lupa; debo proceder muy lentamente para levantar las grifas del engaste sin dañar la piedra. Mamá lo habría hecho en cuestión de minutos. Bueno, la verdad es que no. Ella me daría una paliza si supiera para qué estoy empleando sus utensilios. Hace mucho que llegué a la conclusión de que lo que no sabe no puede hacerle daño.

Termino poco antes de medianoche. Aún tengo que escribir un trabajo para clase y darle a mamá otra dosis de sus medicinas antes de meterme en la cama. Mientras guardo los utensilios y apago la luz, ya estoy pensando en la boda de mañana por la noche.

8

Presente

Necesito diez minutos para dominarme. Entrar en pánico ha sido una torpeza que espero no acabar lamentando.

No debería haberme separado de esa mujer.

Debería haber averiguado si ella solo sabía de Eden y de los hechos generales de mi vida, o si estaba al corriente de más cosas: de aquellas que solo unas pocas personas podrían haberle contado.

Tendría que haberla interrogado más a fondo y encontrado un fallo en su historia para poder desmontarla.

Debería haber previsto una cosa así.

Hacía mucho que no me pillaban desprevenida.

Cuando salgo del baño, veo que Ryan me está buscando entre la gente con la mirada. Sigue en el mismo sitio donde lo he dejado, seguramente pensando que me resultará más fácil localizarle si se queda donde está.

Pero James y la mujer que iba con él han desaparecido hace rato.

Ryan me atrae hacia sí cuando llego a su lado, rodeándome la cintura con el brazo.

—¿Te encuentras bien? —pregunta—. Estás pálida.

La aparición de esa mujer es preocupante, pero todavía no sé en qué sentido. Resulta fácil precipitarse a sacar conclusiones y suponer que esto tiene algo que ver con mi último trabajo, pero sería un error no considerar también las demás posibilidades. Me he creado un montón de enemigos en los últimos diez años, pero la gente en la que confías puede volverse contra ti con la misma facilidad.

Me recuerdo a mí misma que solo me guío por los hechos.

Carraspeo y asiento.

—Sí, estoy bien. Esa bebida se me ha subido a la cabeza.

Él parece aliviado al ver que mi problema tiene fácil remedio y me lleva al bufet y me llena un plato de comida. Encuentra dos huecos en una mesa cubierta con un mantel blanco y coloca el plato entre nosotros.

—Si no te sientes mejor después de comer un poco, podemos marcharnos.

Pero yo no puedo irme hasta que haya sondeado otra vez a esa mujer. Busco entre el contenido del plato y mordisqueo un sándwich mientras Ryan le hace una seña a un camarero para que traiga una botella de agua.

Respiro hondo. Tengo que volver a adoptar mi papel.

—Parece que hacía mucho que no veías a tu amigo James —digo.

—Sí, madre mía, seguramente dos años. De niños éramos muy amigos. Pero él no volvió después de la universidad. —Frunce el ceño—. Las cosas se le han complicado. Me ha dicho que ha venido porque su padre se cayó y se rompió una pierna. Parece que se quedará un tiempo para ayudar a su madre a cuidarlo.

—Quizá podríamos invitarlo a cenar mientras esté aquí. Para que os pongáis al día.

Él se encoge de hombros.

—Sí, quizá.

Quiero preguntar por la chica. Qué sabe de ella… si es que sabe algo. O si se ha enterado de algo más después de que yo me haya ido corriendo al baño. Pero eso no es propio de mí. Este «yo» que he creado no fisgonea. No hace preguntas innecesarias. No presiona para saber más sobre sus amigos o sus compañeros. Debo dejar que los momentos que incluyen a James y su novia queden difuminados con los demás del día y no se conviertan en un episodio que se destaque por sí mismo y cree su propio recuerdo.

Porque basta con eso. Dicen que si quieres que un fragmento de tiempo destaque, que se recorte con nitidez en tu mente, basta con una pequeña diferencia dentro de una secuencia rutinaria. Por ejemplo, si eres el tipo de persona a la que le cuesta recordar si ha cerrado la puerta con llave antes de salir de vacaciones, debes separar ese acto de todas las otras veces que has cerrado rutinariamente la puerta. Con algo tan sencillo como girar en círculo sobre ti mismo antes de introducir la llave en la cerradura ya es suficiente. Un simple movimiento y ese recuerdo queda grabado a fuego para siempre en tu memoria. Permanece en ella con la suficiente claridad como para poder evocarlo una y otra vez. Ves la puerta, la llave girando en la cerradura, el bamboleo del pomo al comprobar que has cerrado bien; y no tienes que andar preguntándote si lo has hecho o no, porque sabes que sí.

No quiero que Ryan analice este momento más tarde, que se pregunte por qué tenía yo tanto interés en su viejo amigo y en esa mujer de Carolina del Norte; por qué quería ponerme a buscarlos para que pasáramos más tiempo con ellos. No quiero que estas preguntas marquen el momento previo a cerrar la puerta rutinariamente.

Hay mucha gente aquí, pero no tanta como para que no volvamos a tropezarnos con ellos antes de que termine la fiesta. Por ahora, esperaré el momento propicio y analizaré todas las posibilidades que puedan explicar esta situación.

—¡Ese sombrero te sienta de maravilla! —exclama Sara acercándose a la mesa.

Yo ladeo la cabeza a derecha e izquierda y el sombrero oscila siguiendo mis movimientos.

—¡El tuyo también! —respondo con entusiasmo.

El resto del grupo de amigos de Ryan llega poco después y, por las miradas vidriosas y las mejillas sonrosadas, diría que las «copas de antes de la fiesta» han sido un éxito.

Ryan se levanta de la mesa y saluda a sus amigos estrechándoles la mano y dándoles un apretón en el hombro. Si les ha molestado que nos hayamos saltado la fiesta previa, no lo demuestran. Los chicos forman un corrillo a unos pasos de distancia, mientras que Sara ocupa la silla que Ryan ha dejado libre; Beth y Allison traen sillas de la mesa contigua, pero Rachel se mantiene de pie, un poco aparte.

Allison se mueve hacia el borde de su silla y le indica que se siente a su lado.

—Ven. Ponte aquí y la compartimos las dos.

Quizá Rachel estaba indecisa porque no había una silla libre, pero yo creo que era porque preferiría estar con los chicos.

Una vez que están todas acomodadas, Beth se inclina sobre la mesa y dice:

—Me sentiría fatal si me presentara aquí con el mismo sombrero que otras tres mujeres.

Debe de referirse al sombrero con plumas de pavorreal que salen disparadas desde lo alto y caen como una cortina por detrás hasta casi tocar el suelo. Yo ya he visto tres idénticos.

Sara da un sorbo a su copa plateada.

—Por eso hay que comprar en la tienda de Martha. Ella tiene anotado cada sombrero que vende para que no se dupliquen. Y nunca te ofrece los mismos al año siguiente, por si alguien decide recurrir al fondo de armario. —Señala a Allison—. O si no, hay que pedirle a la florista que te haga uno.

El sombrero de Allison es más bien como una manta de rosas rojas —frescas, al parecer—, igual que la que cubrirá al caballo ganador.

No puedo reprimir la risa que se me escapa de los labios. Estos sombreros son un asunto serio. A juzgar por el modo que tiene Rachel de poner los ojos en blanco y mover la cabeza, ella es la única que piensa que esta fiesta es ridícula.

Las chicas siguen analizando a todo el mundo y yo caigo en la cuenta de que podría usar eso a mi favor. Si James Bernard era un viejo amigo de Ryan, también debía de serlo de ellas.

Solo me hace falta una ocasión propicia.

—¡Oh! —exclama Allison—. ¿Podéis creer que Jeana Kilburn ha tenido el descaro de presentarse aquí?

—¿Dónde está? —pregunta Beth.

Allison señala a una rubia bajita y rolliza que lleva una cantidad excesiva de joyas. Está borrachísima. Me he fijado antes en ella, cuando se dirigía desde la cola del bufet a una mesa y casi se ha tropezado con los taconazos que lleva.

—Os juro que nunca entenderé a los hombres —dice Sara—. Si van a ser infieles, ¿por qué hacerlo con alguien tan penoso como Jeana?

Una vez que han terminado de especular sobre quién será la próxima víctima de Jeana, yo comento:

—Ryan se ha encontrado con un viejo amigo al que no veía desde hace años… James Bernard. Parecía muy contento de verlo.

Las cuatro se vuelven en el acto hacia mí.

—¿James está aquí? —pregunta Beth abriendo ligeramente la boca como si mi noticia la hubiera pasmado.

Yo asiento y recorro con la vista a las demás, que muestran diferentes grados de asombro y desconcierto. Excepto Rachel. Para ella no es ninguna novedad.

—Está con una mujer.

No digo su nombre. No me animo a pronunciar ese nombre. Mi nombre.

Allison, Beth y Sara miran alrededor, escrutando la multitud con la esperanza de verlos. Pero Rachel me mira a mí.

Beth se vuelve de nuevo.

—No puedo creer que haya venido —dice—. Debe de necesitar dinero.

Yo le doy un lento trago a mi copa, como si tuviera todo el tiempo del mundo, y luego pregunto:

—¿Por qué lo dices?

Mi serenidad y mi caparazón imperturbable, que suelo mantener en su sitio con toda firmeza, tiemblan y amenazan con desmoronarse.

—Es un tipo problemático —dice Allison—. Casi arruinó a sus padres con el juego. Lo salvaron más veces de la cuenta. Nadie sabe siquiera dónde ha estado en los últimos años.

—¿Qué aspecto tenía? ¿Malo? —pregunta Beth—. Seguro que no tenía buena pinta. Y la verdad, me extraña que haya encontrado acompañante. Ella también debe de ser un desastre.

Me abstengo de comentar que su acompañante estaba lejos de ser un desastre.

—Me sorprende que haya tenido el valor de hablar con Ryan —dice Sara.

—¿Por qué? —pregunto con toda la despreocupación posible.

Allison responde por Sara.

—Ryan intentó ayudarle hace un año. Le consiguió un empleo, un sitio donde vivir, todo. Y James se la jugó de mala manera. Le robó dinero o algo así. Ryan estaba supercabreado.

—Ya, pero todas sabemos que si alguien es capaz de perdonarlo es él. Me pregunto quién será la chica.

Sara agita el hielo de su copa vacía. Como se tome unas pocas más, Ray tendrá que ayudarla a llegar al coche.

Ahora estoy aún más preocupada. El regreso de James no es bien acogido, y su aparición aquí con esa mujer me inquieta. Debo considerar la posibilidad de que ella, la mujer con mi nombre y mis antecedentes, esté utilizando a James para conseguir acercarse a mí.

Rachel está callada. Tan callada que estoy segura de que podría responder a las preguntas que se hacen las demás.

One for the Honey, el caballo con menos posibilidades, ha sido el vencedor en la carrera hace una hora y Ryan ha estado desde entonces en el séptimo cielo porque ha ganado una bonita suma de dinero.

Hemos recorrido la fiesta en círculo varias veces, pero no hemos vuelto a tropezarnos con James y esa mujer. Y, por lo que dicen las chicas, ellas tampoco los han visto. El hecho de que yo haya comentado que andaban por aquí ha estimulado su apetito y todas estaban deseando verlos.

Ryan se inclina y me susurra al oído.

—¿Sabes?, la mejor manera de gastar este dinero sería irnos directamente al aeropuerto y no parar hasta que estemos en una playa de México.

Yo me vuelvo a mirarlo, enrollo su corbata en mi mano derecha y lo atraigo hacia mí.

—Suena de maravilla.

Lo digo con un ronroneo, acercándome más, de manera que estamos prácticamente pegados. Evie Porter tiene muchas cosas, pero un pasaporte no es una de ellas. Ryan ha vuelto a llenar la copa plateada con su monograma varias veces y yo no creo que haya ningún peligro de que esos planes se hagan realidad; además, él nunca se marcharía sin dejarlo todo previamente organizado en el trabajo. Es divertido seguirle la corriente, sin embargo. Y lo que es más importante, una novia como yo no dudaría ni un segundo en hacer una escapada a la playa.

—He estado soñando con verte puesto ese bikini rosa que sacaste de una caja la semana pasada.

Inclina la cabeza hasta pegarme los labios en un lado del cuello. Estamos a punto de montar una escena, porque este no es el tipo de fiesta en el que la exhibición pública de afecto pase desapercibida.

Es la primera vez que lo veo beber tanto. Es un borracho alegre. Sobón. Sus sentimientos hacia mí se reflejan en su bello rostro como en un libro abierto, y todo el mundo nos mira disimuladamente.

—No tenemos que estar en la playa para que te enseñe ese bikini rosa.

Una mirada rápida en derredor me dice que ya nos hemos convertido en tema de cuchicheos entre bastantes personas. Permanecemos así unos minutos más, porque mi objetivo hoy era afianzar mi papel como novia de Ryan, y lo que comentará la gente es que él estaba todo el rato encima de mí.

Pero ahora que parece que James y esa mujer se han ido, yo también estoy deseando marcharme. Cuanto antes salga de aquí, antes podré hacerme una idea de lo que está pasando.

—Pide que te traigan el coche y conduzco yo —digo soltándole la corbata y separándome de él.

Ryan se inclina para besarme y yo no me resisto. Es un beso lento y dulce, el tipo de beso que te da ganas de más.

Pero tener ganas de más es peligroso.

Me doy treinta segundos para vivir en el mundo donde esto es real, donde mi novio manifiesta su afecto por mí delante de toda esta gente y donde no hay nada que impida que esta relación continúe indefinidamente. Donde no hay ninguna duda sobre quién soy en realidad o cuáles son mis motivos.

Pero, demasiado pronto, se agota el tiempo.

—Nos está mirando todo el mundo —susurro contra sus labios.

Ryan mantiene los ojos fijos en mí.

—Bien —dice.

Luego me lleva hacia el puesto del aparcacoches mientras busca en el bolsillo con la mano libre unas monedas para la propina y el tíquet para pedir su coche. Sus amigos se han dispersado y ninguno de los dos hacemos el menor esfuerzo por despedirnos.

En cuanto me pongo al volante, echo los zapatos de tacón y el sombrero a la parte trasera y subo el asiento. Ryan reclina el suyo bastante aunque sin llegar a quedar tumbado. Mientras empieza a tararear una canción que suena en la radio, se le cierran los ojos.

Me gusta verlo así. En los días normales puede estar nervioso, tenso y un poco gruñón si hay algún problema en el trabajo; ahora, en cambio, está relajado, distendido. Hay una parte de mí que odio de verdad, que es cuando el curso de mis pensamientos se desliza hacia lo que podría averiguar de él mientras tiene la guardia baja. ¿Cuántos secretos podré arrancar de estos labios flácidos?

Su mano cruza el espacio que nos separa y entrelaza los dedos con los míos.

—Lucca —dice.

Y esa sola palabra me perfora los pulmones de tal manera que me cuesta respirar. Aferro el volante con fuerza, y es lo único que impide que el coche salga disparado de la carretera y acabe en la cuneta.

Antes de que encuentre algo que decir, él continúa.

—Esa chica que estaba con James. —Todavía tiene los ojos cerrados, así que no presencia mi silenciosa histeria—. Ha dicho algo extraño cuando tú te habías ido al baño.

«Joder».

«Joder, joder, joder».

Inspiro hondo por la nariz. Espiro lenta y regularmente por la boca. Dos veces más.

—¿Qué ha dicho? —pregunto con un tono que espero que suene aburrido.

—Justo antes de que se alejaran, me ha dicho que James estaba deseando reconectar conmigo, pero lo ha dicho de forma que él no la oyera. Y también que le encantaría conocerte.

Esa zorra.

—Ajá —digo—. ¿Y por qué lo encuentras extraño?

—La última vez que vi a James, las cosas estaban más bien... tensas. He aprendido a ser cauto con él —masculla—. Sin embargo, ella parece agradable. Demasiado buena para él.

Estoy que echo chispas. Todavía abierta a todas las posibilidades sobre los motivos de que esa mujer esté aquí. Aunque es imposible que se trate solo de una coincidencia alucinante.

Ryan se pone de lado, con la mejilla apoyada en el asiento y los ojos vueltos hacia mí.

—No voy a volver a salvarlo. No. Ya estoy harto. Ahora James es problema de ella.

Arrastro nuestras manos entrelazadas hasta mi regazo, apretando suavemente. Él abre los labios con una sonrisa beoda y yo confío en que toda esta conversación le resulte borrosa mañana.

—Eh… Te gustaría ver ese bikini, ¿no?

Desenredo mis dedos de los suyos, pero mantengo su mano sobre mi muslo.

Él se espabila. Sus ojos descienden de mi cara a mi cuerpo. Yo deslizo su mano por debajo de mi vestido, guiándola hacia la blonda de mis medias. Ryan abre más los ojos, sorprendido al descubrir lo que llevo, pero agarra sin perder un segundo los tirantes del liguero.

Pocas mujeres llevan medias con liguero ya, y yo estoy de acuerdo en que son un invento del demonio, pero todavía no he encontrado a un hombre capaz de resistirse a esta prenda. Y nunca se sabe cuándo vas a necesitar una distracción garantizada.

Y lo que yo necesito ahora sobre todo es que, cuando Ryan evoque este trayecto de vuelta a casa, el recuerdo que cristalice con más claridad en su mente no incluya a Lucca Marino.

9

Presente

Detesto venir aquí fuera del horario normal, pero después de lo de ayer no podía aplazar esta visita. El local de UPS está cerrado al público los domingos por la mañana, así que introduzco mi contraseña en el teclado numérico para entrar y luego me dirijo lo más rápidamente posible a la parte trasera.

Siempre trato de predecir lo que hará todo el mundo, pero lo único que me resulta totalmente impredecible es lo que encontraré en el casillero de mi apartado de correos.

Cada misión es diferente, y la única manera que tiene mi jefe de controlar la misión —y a mí misma— es manteniéndome en la inopia todo el tiempo posible. Solo recibo la información suficiente para seguir adelante, pero no para poder anticiparme o cambiar el rumbo de las cosas.

Y claro, nunca me dicen quién es el cliente por..., bueno, para mantener el control.

El primer dato que me llega es la ubicación. Aprendo todo lo que hay que saber sobre la ciudad a la que me enviarán.

Lo siguiente es el nombre del objetivo.

Soy una de esas personas afortunadas a las que les basta leer algo una vez para que quede guardado en las profundidades del cerebro. Por eso me resulta fácil recordar el texto impreso en el papel que me presentó a Ryan.

Asunto: Ryan Sumner

Ryan es un hombre blanco soltero de 30 años que reside en el 378 de Birch Dr., Lake Forbing, Luisiana. A los 22 se graduó en Administración de Empresas en la Universidad Estatal de Luisiana (LSU) por la rama financiera. A los seis meses aprobó el examen de Representante General de Valores (Serie 7) y actualmente trabaja como asesor financiero.

Antecedentes: Ryan tiene una hermana, Natalie, tres años mayor que él. El padre, Scott Sumner, sufrió un accidente de tráfico y murió a causa de las lesiones cuando Ryan tenía diez años. La madre, Meredith Sumner (ahora Meredith Donaldson), volvió a casarse antes de que transcurriera un año. Ryan se fue a vivir con sus abuelos paternos, Ingrid y William Sumner, a los doce años, a causa de su incapacidad para llevarse bien con su padrastro. Ingrid falleció hace seis años tras una breve lucha con un cáncer. William falleció un año más tarde de un aneurisma cerebral que reventó mientras estaba en su casa en la cama. Ryan fue quien lo encontró. Los abuelos le dejaron a él la casa y el mobiliario; los bienes monetarios se repartieron entre Ryan y Natalie.

Ryan vive actualmente en la casa de sus abuelos. Esa casa era un santuario para él, así que debes moverte por allí con cautela. Si Ryan se siente lo bastante seguro como para llevarte a su casa, ya lo has conseguido.

El historial amoroso de Ryan indica que es heterosexual. Su relación más larga fue con una mujer llamada Courtney Banning, durante su segundo y tercer año en la LSU. La relación terminó cuando Courtney se fue a Italia para cursar allí el último año de carrera. Cuando Ryan regresó a Lake Forbing reanudó su relación con su novia de secundaria, Amelia Rodríguez, pero solo duraron cinco meses. Desde entonces, Ryan sale con mujeres de modo informal, básicamente cuando necesita una acompañante para eventos sociales o profesionales. Algunas de sus compañías femeninas han surgido de encuentros casuales en un bar o un club nocturno, pero han sido relaciones de una sola vez. **NO RECOMIENDO INICIAR EL CONTACTO EN ESE ENTORNO.** Ryan forma parte de un grupo de amigos estrechamente unido y hará todo lo posible por ayudarlos. Sus amigos lo consideran extremadamente responsable y digno de confianza. La Damisela en Apuros parece el mejor modo de abordarlo.

Durante las semanas previas a nuestro encuentro, me pasé mañana, tarde y noche inmersa en la vida de Ryan. Examiné sus logros en los partidos de fútbol del instituto, fisgoneé en las redes sociales de sus familiares y espié durante horas y horas sus idas y venidas tanto en persona como en vídeos de vigilancia. Y la Damisela en Apuros era sin duda el mejor método para abordarlo.

Después de la ubicación y el objetivo, me dan la identidad que utilizaré para la misión. Un nombre. Unos antecedentes. Todo cuidadosamente elaborado y con la documentación pertinente que necesitaré para vender ese personaje. Estudié las fotos de Courtney y Amelia que iban incluidas en el dosier. Ambas con larga melena oscura; así que Evie Porter tendría el pelo de ese tono y con ese estilo, pero ahí habrían de acabarse los parecidos. Porque aunque Ryan se sienta atraído por cierto tipo de mujer, ninguna de esas relaciones duró. Evie se vestiría de forma llamativa, para ser recordada. Su estilo sería un poquito bohemio, un poquito hippy. Maquillaje mínimo, pero montones de collares y pulseras. Justo lo que un chico bien necesita para vivir algo distinto.

La última pieza del puzle que recibo es la misión.

A veces las misiones son breves y duran entre unos días y una semana. Un viaje rápido de ida y vuelta. Otras veces son mucho más largas. Un par de meses o más.

Me dijeron que quizá pasaría un tiempo con esta identidad.

El trabajo de Ryan en el este de Texas tiene un papel decisivo en esta misión, y conseguir la información que necesito no resultará fácil.

A mi jefe no le gustó cómo concluyó mi última misión, así que ahora estoy en la cuerda floja. Hace seis meses me enviaron a recuperar una información extremadamente delicada que estaban utilizando para chantajear a uno de los clientes más antiguos de mi jefe. Y cuando resulta que ese cliente es Victor Connolly, capo de una las mayores familias mafiosas del noreste del país, el fracaso no es una opción. Aun así, yo no conseguí recuperarla.

En esta nueva misión la perfección es vital. Las segundas oportunidades son muy raras en este tipo de trabajo. Sabía que mi jefe me pondría a prueba esta vez. Necesita comprobar si yo sigo siendo una de sus mayores bazas o si me he convertido en su mayor estorbo. Ya me imaginaba, por tanto, que la misión sería complicada, pero lo que no me esperaba era la aparición de esa mujer.

Lucca.

Su llegada lo cambia todo; por eso estoy revisando el apartado de correos en domingo.

Por suerte está lloviendo, así que sigo con el chubasquero negro ceñido y la capucha puesta. Voy dejando un rastro de gotas a cada paso hasta que me encuentro frente al casillero 1428.

Respiro hondo e introduzco la contraseña. Abro la puerta.

Contemplo el hueco vacío mientras el agua sigue empapando la moqueta.

Cierro la puerta e introduzco otra vez la contraseña para bloquearla. De vuelta en el coche, pienso en cómo debo proceder.

Me enseñaron que es una imprudencia no considerar cada una de las posibilidades mientras estás en una misión; pero mi instinto me dice que a esa mujer la ha enviado aquí la misma gente que me envió a mí. Y como solía decir mamá: «Más vale lo malo conocido».

Hay un número al que podría llamar para informar sobre esta

última novedad, pero me han dicho una y otra vez que solo debo utilizarlo como último recurso. Es un paso a dar cuando necesitas que te saquen de la misión o cuando tu tapadera ha saltado por los aires. Equivale a reconocer tu derrota; o peor, a confesar que te han atrapado.

Mi jefe, en todo caso, no me ha explicado nunca cuál es el protocolo si te enfrentas a una impostora que utiliza tu verdadera identidad.

Estoy pisando terreno desconocido.

Lucca Marino. Ocho años antes

El precio de subasta del viaje a México asciende a doce mil dólares. Ya sé que todo el mundo dice: «¡Es por una buena causa!», pero hay que estar chiflado para pagar más de diez mil dólares por un viaje que vale dos mil como máximo.

Me alegro de que todo el mundo aquí tenga una línea de crédito tan generosa.

Mantengo la bandeja vacía por encima del hombro y deambulo por el salón de baile. Otra noche de sábado en Raleigh, otra colecta de fondos en la que van a subastarse centenares de artículos. Toda esta gente con esmoquin y vestidos de gala ha venido para apoyar al patronato de la ópera local.

Un hombre cincuentón se planta frente a mí y me mira el pecho mucho más tiempo del necesario si lo que pretende es leer el nombre de mi placa de identificación.

—Susan, ¿sería posible un Macallan con hielo? —pregunta.

—Claro, señor Fuller. ¿Cuál es su número de socio?

No le sorprende que sepa su nombre y me recita de carrerilla los cinco dígitos, aunque yo ya los conozco.

Tomo otros dos pedidos antes de volver al bar; luego me paso diez minutos buscando a cada socio para darle su bebida. Algunos son habituales. Vienen para asistir a alguna función cada fin de semana. Pero hay bastantes que no conozco.

Tengo este trabajo desde hace unos meses, y ha resultado más rentable de lo que había creído. Hace unas horas, después de que estuviera todo montado y listo para la velada, he instalado un escáner en uno de los datáfonos. Cuando los invitados paguen los artículos de precio desorbitado que hayan comprado, yo dispondré de una copia del nombre, el número y la fecha de caducidad de cada tarjeta de crédito.

El escáner me ha salido caro y confío en que después de esta noche pueda comprar otro.

El truco está en conservar los datos durante un tiempo. No me vendría nada bien que un montón de socios alertara al club de que les han robado las tarjetas de crédito esta noche, porque entonces empezarían a investigar quién estaba aquí. Como decía mamá: «La avaricia rompe el saco». No, yo solo utilizaré esas tarjetas de crédito aquí y allá para pagar pequeñas cantidades cuando hayan pasado unas semanas. Nunca lo suficiente como para hacer saltar la alarma o dificultar la transacción en el acto. Con tantos números a mi disposición, esas cantidades ínfimas alcanzan rápidamente sumas considerables.

—¡El viaje con todo incluido para cuatro personas a Cabo San Lucas, adjudicado a la señora Rollins por trece mil quinientos dólares! —anuncia el maestro de ceremonias por el micrófono golpeando el podio con el martillo.

Estalla un aplauso entre la multitud.

Sí, no me voy a sentir mal por esa dama.

La banda se pone a tocar en cuanto se subasta el último artículo. A lo largo del fondo del salón de baile se forma una cola para recoger las adquisiciones y entonces los camareros se lanzan a la carga para que a los socios varados allí no les falte de nada. Incluso les guardo a algunos el sitio mientras se excusan para ir al baño.

Cuando la velada va concluyendo, me mantengo cerca de la mesa de los organizadores para recuperar el escáner.

—¿Puedo echar una mano? —le pregunto a la mujer que está al mando mientras su equipo empieza a desmontarlo todo.

—¡Sí! ¡No nos vendrá mal toda la ayuda posible! —dice algo más excitada de la cuenta.

Me da un apretón en el brazo que probablemente quiere decir: «Qué suerte que estás aquí», pero yo siento una punzada en el estómago que me impulsa a erguirme y examinar la situación con ojo crítico. Aquí pasa algo raro. Lleno las cajas con los programas que han sobrado y, sin dejar de observar a los demás, las amontono en el carrito con el que se llevarán todo al aparcamiento. Las cosas parecen discurrir tal como en cualquier otro fin de semana, así que dejo de lado mi aprensión. Espero a que se distraigan, me acerco al datáfono, lo cojo y saco el escáner con un movimiento rápido.

—¿Qué tiene en la mano? —pregunta una voz a mi espalda.

Un escalofrío me recorre de arriba abajo. Giro en redondo y extiendo las dos manos, con la máquina en una y el pequeño escáner en la otra.

—Lo siento mucho. Puede descontármelo de mi sueldo. No sabía que era tan frágil cuando lo he cogido.

Le tiendo los dispositivos al encargado y luego le miro a los ojos. Noto que se queda desconcertado durante unos instantes, pero enseguida vuelve a recobrar la compostura.

—Deje de poner esa carita de inocente. Sabemos lo que ha hecho. Ha estado robando a nuestros socios y sus invitados.

El señor Sullivan me arranca ambas cosas de las manos y hace ademán de pasárselas a los dos agentes uniformados que aparecen a su lado. Pero ninguno de ellos las coge. El que está más cerca le ofrece al señor Sullivan una bolsa de plástico grande para que meta allí las pruebas.

Yo frunzo el ceño, aturdida, y me quedo con la boca ligeramente entreabierta.

Aún hay algunos socios deambulando por el salón y, al ver a los policías hablando conmigo, se acercan a ver qué pasa. Mi mente trabaja a toda velocidad. Estoy pensando en el portátil y el módem que tengo escondidos bajo la mesa de los postres, a solo unos pasos de donde estamos. El equipo de limpieza está a punto de llegar y quitar el mantel, dejándolos a la vista.

Levanto las manos con las palmas vueltas hacia el señor Sullivan.

—Un momento. ¿Cree que he estado robando a la gente? ¿Con esa cosa negra de plástico? —Hablo en voz baja, atragantándome con algunas palabras porque estoy demasiado agitada para pronunciarlas enteras. Me vuelvo hacia los policías y miro rápidamente sus placas de identificación—. Agente Ford, ¡yo solo trataba de ayudar a recoger! —Los ojos se me llenan de lágrimas y, al final, derramo una bien gruesa. Solamente necesito un momento para recoger mis cosas y largarme de aquí. No puedo dejar que me detengan. Estoy contratada con un nombre falso y un número de la seguridad social que no resistirá el menor escrutinio. Tengo que desaparecer.

El señor Sullivan se vuelve hacia el agente Williams, ya que el agente Ford parece dispuesto a creerme.

—Quiero que se la lleven de aquí. Ahora mismo.

Williams asiente, pero saca del bolsillo trasero una pequeña libreta.

—Claro. Pero antes de que nos vayamos necesitaré un poco de información.

Señala una silla junto a la mesa y me indica que tome asiento. Considero durante unos segundos la posibilidad de echar a correr, pero sin mi portátil no llegaré lejos.

Me siento y, mientras Williams habla con los organizadores, con Ford a su lado, recorro el salón con la vista estudiando las caras de los que aún están presentes.

—¿Pueden decirme cómo han sabido que había un problema con uno de los datáfonos? —pregunta Williams a la mujer que me ha dado antes un apretón en el brazo.

—Claro —dice ella sonriendo de oreja a oreja—. Al principio de la velada, hemos pasado una tarjeta de crédito por ese datáfono y hemos visto que salía esa pieza negra junto con la tarjeta. Después de examinar los demás aparatos, hemos descubierto que esa pieza estaba solamente en este, lo cual nos ha hecho preguntarnos qué era. Se lo hemos explicado al señor Sullivan y hemos comprobado que era uno de esos escáneres. Así que no hemos vuelto a usar este datáfono.

El agente va anotándolo todo.

—¿Pueden decirme quién de ustedes estaba trabajando con el aparato en cuestión?

Una rubia bajita que está cerca levanta la mano.

—Yo —dice, y luego me lanza una mirada de disculpa, como si le supiera mal participar en mi detención.

Williams anota su nombre y formula una pregunta tras otra.

El señor Sullivan interrumpe por fin el interrogatorio.

—Usted ya debería saber todo esto. La policía le ha enviado para que vigilara y viera si el delincuente intentaba recuperar ese dispositivo. —Han pasado unos treinta minutos desde que me ha pillado, y el corro de los socios que aún siguen aquí se va estrechando. Evidentemente, está deseando que abandone el salón antes de que puedan meter baza—. Queremos presentar una denuncia y que la saquen de aquí de inmediato.

—Disculpen, alguien ha dejado sus cosas debajo de esta mesa —dice uno de los de la limpieza sujetando el mantel medio enrollado con una mano y señalando el suelo con la otra.

Han encontrado mi equipo. El portátil está protegido con contraseña, así que no podrán acceder al contenido, pero si me lo quitan, lo habré perdido todo.

La mujer de la organización va a echarle un vistazo y luego se vuelve hacia los polis.

—No es nuestro.

Ford se acerca a la mesa y, usando unas servilletas para no tocar nada, coge el portátil y el módem. Me lanza una mirada.

—Supongo que es suyo, ¿no? —pregunta.

No respondo. Él guarda ambas cosas en una caja que le proporcionan los organizadores. También coge mi mochila, que han sacado de la sala de descanso.

—Fuera de aquí —dice el señor Sullivan con indignación.

Williams me levanta de la silla y me gira.

—Deme las manos.

Me pone las esposas y me va leyendo mis derechos. Bajo la cabeza mientras me saca de allí. Ford nos sigue cargado con todas mis cosas. Estoy furiosa conmigo misma, por que me hayan atrapado, por no escuchar a mi instinto cuando me estaba diciendo que pasaba algo raro.

Al llegar al aparcamiento, junto al coche de policía, Ford deja la caja en el suelo para sacar las llaves. En cuanto lo desbloquea, Williams abre la puerta trasera y me indica que suba.

—Supongo que tiene que detenerme —digo, aunque no es realmente una pregunta.

Al menos, no parece muy entusiasmado cuando responde:

—Sí, en efecto. Pero si este es su primer delito, es bastante probable que no sean muy duros con usted.

Ford ya se dispone a meter la caja en el maletero cuando se acerca un hombre mayor con unos pantalones holgados y una chaqueta marrón de aspecto barato.

—Williams —dice.

El agente se vuelve hacia él justo cuando va a meterme dentro del coche.

—Detective Sanders —responde sorprendido—. ¿Le han llamado por esto?

El detective me echa un vistazo y luego se dirige a Williams.

—Sí, algún pez gordo de ahí dentro está preocupado por la información de su tarjeta de crédito, etcétera, etcétera, y ha llamado al capitán. Me ha dicho que viniera enseguida y manejara el asunto para que no nos vengan luego con mierdas.

Extiende las manos, indicándole claramente a Ford que le pase la caja con mi portátil, mi módem y mi mochila. Él obedece sin apenas resistencia.

El agente Williams me señala con un gesto.

—¿Quiere que me la lleve o se la lleva usted?

—Me la llevo yo —dice el detective—. Quítele las esposas. Ya le pondré las mías.

En un abrir y cerrar de ojos estoy libre, aunque solo para quedar en manos de este tipo, que se acerca amenazadoramente.

—¿Puede acompañarme a mi coche sin causar problemas, o tengo que volver a esposarla ahora mismo?

—Colaboraré —digo.

Los agentes se suben al coche patrulla y se alejan mientras nosotros nos acercamos a su vehículo sin distintivos. Pone la caja en el asiento trasero y luego se vuelve hacia mí con un pequeño teléfono en una mano y mi mochila en la otra.

—Llame al número que hay grabado aquí, haga lo que le digan, y recuperará sus cosas.

Al ver que no cojo ni una cosa ni la otra de inmediato, el detective agita el teléfono ante mis narices.

—Yo de usted no dejaría pasar esta oferta. No recibirá otra.

Cojo las dos cosas y lo miro fijamente.

—¿Va a dejar que me vaya?

Se dirige a la puerta del conductor sin decir palabra. Yo permanezco paralizada donde estoy hasta que sus faros traseros desaparecen en la oscuridad.

Un ruido procedente de la puerta del club me impulsa a moverme. La gente que quedaba está retirándose ahora que se ha acabado el espectáculo. Corro a mi coche y saco las llaves de la mochila. Dejó el teléfono sobre el asiento del copiloto, pero no lo toco hasta que me detengo en el garaje del apartamento en el que he estado viviendo.

Corro adentro, tiro la mochila sobre la mesa de la cocina y me llevo el teléfono a la cama. Hay un solo nombre en la lista de contactos: señor Smith.

Lo selecciono.

—Me han dicho que llamara a este número —digo en cuanto descuelgan.

—Te hemos estado observando. —La voz robótica que suena al otro lado de la línea me pilla tan desprevenida que casi se me cae el teléfono. Están usando uno de esos dispositivos para distorsionar la voz—. Primero en Greensboro y ahora en Raleigh. Lamento la muerte de tu madre.

Me quedo helada. Es imposible que alguien haya podido relacionar a la chica de este apartamento con la del parque de caravanas de Eden. Me he asegurado de ello.

O eso creía, al menos.

—¿Por qué me han estado observando?

—Fuiste capaz de llevarte algo a lo que no deberías haber tenido acceso. Hemos necesitado tiempo y recursos para averiguar quién había sido. No me dejo impresionar con facilidad, pero tú te las arreglaste para conseguirlo.

Ay, mierda.

Aunque por dentro estoy muerta de miedo, respiro varias veces para calmarme. La verdad es que no tardé mucho en pasar de las simples piezas de joyería a los cuadros, los objetos de plata y las antigüedades: cualquier cosa que pudiera llevarme, con tal de que fuera lo bastante pequeña para cargarla yo sola. Y cuando indagas a fondo en internet, puedes encontrar un comprador para cualquier cosa.

—¿Necesita que le devuelva ese objeto? —pregunto.

—Ya lo hemos recuperado.

Eso es aún peor, en cierto modo.

—Sin embargo, te has metido en un pequeño aprieto. Mala suerte que tu equipo te haya delatado. Si llegan a llevarte a comisaría, tal vez no habría podido sacarte del apuro.

Me tumbo en la cama y miro el techo. Esto parece surrealista y no sé cómo procesarlo. Nadie ha cuidado de mí desde que mamá se puso enferma, pero no me imaginaba que mi ángel de la guardia sonaría como un robot.

—Supongo que debería darle las gracias. ¿Cómo lo ha conseguido?

—Cobrándome un favor —dice él—. Tengo tu portátil, que me imagino que te gustaría mucho recuperar. Te voy a ofrecer un trabajo y, si escuchas mi propuesta, te lo devolveré.

—¿Aunque pase del trabajo? —pregunto.

—No pasarás. Te la has estado jugando por unos centavos. Yo te ofrezco más dinero del que has visto jamás y puedo guardarte las espaldas para que no te pillen como esta noche.

No respondo porque ambos sabemos que acudiré a la cita.

—Te mandaré la dirección en un mensaje de texto. Ve allí el lunes a las nueve de la mañana.

Y luego se corta la comunicación.

Me gustaría decir que no me generó curiosidad aquel trabajo y que tenía toda la intención de rechazarlo, fuese lo que fuese, pero sería una mentira.

Al llegar el lunes, antes de que salga el sol, espero fuera de la vista, en el otro extremo de la manzana. La dirección es de una agencia de fianzas, donde a partir de las ocho hay un trasiego considerable de gente, cosa que supongo que es normal para un establecimiento de ese tipo después del fin de semana.

No me gusta adentrarme en lo desconocido, y confío en que veré a alguien que me resulte familiar antes de la hora de la cita. La voz del teléfono no me ha proporcionado ningún indicio. No sé si los acentos desaparecen al pasar por un distorsionador de voz, pero algo me dice que si él tenía alguno, hizo exactamente lo mismo que yo, que me pasé años borrando cualquier traza de mi identidad y mi procedencia. Cuando cogí aquel primer empleo en la floristería, no tardé mucho en percatarme de que mi acento nasal creaba una brecha más grande entre las mujeres que entraban allí y yo que la que podrían generar jamás nuestras cuentas bancarias. Tu modo de andar, tu modo de hablar y tu forma de moverte dicen mucho más de ti que cualquier otra cosa.

Los caminos del señor Smith y los míos deben de haberse cruzado alguna vez en el pasado si yo fui capaz de llevarme algo suyo. Y a mí las caras, los nombres, los lugares, los hechos y los números se me quedan grabados en cuanto los oigo o los veo. Pero cuando el reloj se aproxima a las nueve, me resigno a seguir adelante a ciegas porque la única gente que veo en la calle me resulta desconocida.

El achaparrado edificio de ladrillo marrón se encuentra en la mitad de la manzana, flanqueado por otros edificios igualmente deprimentes. Abro la puerta de la agencia, sobre la que hay un rótulo azul que dice: AAA INVESTIGACIONES Y FIANZAS. Y debajo, con letra más pequeña: COBRO DE CHEQUES Y CRÉDITOS RÁPIDOS.

Una oleada de aire caliente con algo de olor a sudor me recibe nada más entrar. La recepcionista me señala la zona de espera una vez que le doy mi nombre; luego levanta el teléfono para anunciarle mi llegada a quienquiera que esté al otro lado de la línea. Hay sillas desparejadas contra unas paredes cubiertas con ese tipo de carteles que combinan fotos de fauna salvaje con citas edificantes, como si un águila calva supiera algo sobre liderazgo. Me acomodo en una silla vacía situada entre dos plantas prácticamente muertas. Las únicas personas que están esperando son una pareja que discute en voz baja en un rincón y un viejo a mi derecha que ronca sonoramente, encorvado en su silla.

Al cabo de unos minutos, la recepcionista dice mi nombre y me señala un pasillo que queda por detrás de su mesa.

—La última puerta a la derecha —dice solamente.

Paso junto a tres puertas cerradas del estrecho pasillo y me detengo frente a la última. Me tomo un par de segundos para concentrarme; luego llamo con los nudillos.

—¡Adelante! —grita una voz amortiguada.

Abro la puerta y miro sorprendida al hombre sentado detrás del escritorio. Yo me había imaginado al típico depravado: un hombre bajito y medio calvo, con una sonrisita lasciva y un cigarrillo humeando en un cenicero. Pero este hombre tiene un aspecto completamente opuesto. Es rubio. Y guapísimo. Cuando entro, se pone de pie, extiende el brazo por encima del escritorio para estrecharme la mano y me la sacude con entusiasmo. La camisa azul celeste armoniza a la perfección con sus ojos, y el efecto es tan deslumbrante que deduzco que su armario debe de estar lleno de camisas del mismo color.

—¡Lucca! Me alegro de verte. Yo soy Matt Rowen.

Es imposible saber si esta es la misma persona con la que hablé anteanoche, pero yo diría que no.

Hago una leve inclinación.

—Señor Rowen.

Él me lanza una reluciente sonrisa.

—Llámame Matt. Siéntate, por favor.

Me siento en el borde de la silla y miro mi portátil, que está en una esquina del escritorio.

Él sigue mi mirada.

—Adelante. Ya es tuyo por presentarte.

Lo cojo del escritorio y me lo pongo en el regazo, resistiendo el impulso de estrecharlo contra mi pecho.

Matt lanza un bolígrafo y lo atrapa en el aire una y otra vez mientras me estudia.

—Tengo que decir que nos han impresionado los sitios en los que has entrado y de los que has salido.

—¿Qué quiere decir ese «nos»? ¿Cuántos tipos sórdidos más hay en su pequeña banda? —pregunto.

Matt sonríe con suficiencia, como si fuera una niña que acabara de contar un chiste. Su móvil empieza a sonar sobre el escritorio. Lo coge y, completamente concentrado, mueve los pulgares con asombrosa velocidad por la pantalla.

—¿Es el señor Smith?

No me hace el menor caso.

Vale. Puedo esperar.

Matt levanta por fin la vista del móvil y dice:

—Tenemos un trabajo para ti. Una oportunidad para ganar una buena cantidad de dinero.

—¿Haciendo qué? —pregunto.

Matt apoya los codos en los reposabrazos de su silla y pone los pies sobre el escritorio, olvidándose por ahora del teléfono.

—Lo que sabes hacer tan bien. Te pondremos en una situación y tú nos conseguirás lo que necesitamos. Sin que nadie se entere. No podrás creerte la diferencia que supondrá tener nuestro apoyo. Te daré todos los detalles en cuanto me digas que aceptas.

Mi mente se divide, mostrándome dos caminos. Esto es una encrucijada, no cabe duda. Aceptar el trabajo que Matt me ofrece supone adentrarme aún más en este mundo, aunque contando con un apoyo que transformará en un recuerdo lejano el tacto de las esposas del otro día en mis muñecas. El otro camino requiere que lo deje. Que abandone esta vida antes de que me meta en un aprieto de verdad. Porque como se demostró el sábado, será solo cuestión de tiempo que algo salga mal.

Mamá siempre decía que para tener éxito en la vida hay que hacer tres cosas: aprender todo lo que puedas, esforzarte al máximo y ser la mejor en lo que haces.

El sábado por la noche me enseñó que tengo mucho que aprender.

Solo de pensar en mamá siento un dolor en el pecho. Pero me lo trago. Ella ya no está y no queda nada para mí en aquella antigua vida. Algún día volveré a ser Lucca Marino, la chica del pueblo de Eden, Carolina del Norte, que vive en una casa de fantasía con un jardín de fantasía, pero aún no ha llegado ese día. Ahora mismo, voy a aprender cómo ganar el dinero que necesito para hacer realidad ese sueño.

—Vale, acepto. ¿Cuál es el trabajo?

10

Presente

Han pasado tres días desde la fiesta del derbi y el casillero del apartado de correos sigue vacío. No estoy más cerca de averiguar el nombre auténtico de esa mujer o de dónde es. Y hasta que no conozca su nombre de verdad, ella no será para mí más que «esa mujer».

Pero que no me haya tropezado con ella en la ciudad no quiere decir que ella haya estado escondida. Allí donde voy, el nombre de «Lucca Marino» aparece en los labios de alguna persona que me cuenta que la ha visto.

Después del derbi me incluyeron en el grupo de mensajes, así que ahora he podido saber en tiempo real que Sara se la ha encontrado en aquel salón de té que me propusieron para nuestro primer almuerzo, y que Beth se ha tropezado con ella mientras le estaban haciendo las uñas. Y pese a lo mal que Allison habló de James en la fiesta del derbi, Cole y ella salieron a cenar anoche con la parejita. Esta mañana nos ha pasado a todas un resumen completo.

Incluso han publicado una fotografía de James y ella, tomada en la fiesta del derbi, en la sección «Gente y lugares» del diminuto periódico local. Su sombrero parecía aún más refinado y elegante en la página impresa que en la vida real.

Mientras que yo me he introducido lentamente en esta comunidad, ella ha llegado como un huracán.

Fui consciente de hasta qué punto llega su audacia al tropezarme en Facebook con un post de la madre de James hablando maravillas de esa mujer y de la sopa casera que le había preparado al padre de James. Había 128 comentarios (y subiendo) sobre lo afortunados que eran los Bernard de tenerla con ellos. Y, como la madre de James la etiquetó, me bastó con un clic para entrar en su página.

Su cuenta no lleva abierta mucho tiempo. La actividad más antigua es la foto del perfil, que colgó una semana después de que yo llegara a Lake Forbing con este pie: «Aj, me han pirateado la cuenta, ¡así que seamos amigos aquí!».

Pero fue el segundo post lo que me confirmó que no era una coincidencia inofensiva el hecho de que hubiera aparecido aquí, con mi nombre y unos antecedentes iguales a los míos.

Cuando yo estaba en sexto curso, mi clase hizo una excursión a una granja de la zona, donde pasamos un día jugando a ser granjeros, haciendo tareas como ordeñar vacas o dar de comer a las gallinas. De algún modo, esa mujer encontró la foto de grupo que nos sacamos al final de aquel día y la colgó con el hashtag #juevesdeantaño y el pie: «¡Mirad lo que he encontrado hurgando en unas cajas viejas! ¡Qué día tan divertido! Añadid vuestro nombre si se me olvida mencionaros».

En la foto aparezco sentada con las piernas cruzadas en la primera fila, la segunda por la izquierda, con mis vaqueros y mi sudadera roja favorita, la que mamá había adornado con una cinta azul marino a cuadros en el cuello, las mangas y el bajo.

Mucha gente con la que fui al colegio —compañeras de clase de las que llevaba años sin acordarme— añadió su nombre al post. La sección de comentarios se convirtió en un reencuentro virtual, pues muchas pusieron mensajes para decirle a esa mujer que están muy contentas de volver a tener contacto con ella, creyendo a pies juntillas que soy yo.

Volví a mirar la foto del perfil y la estudié hasta que se me enturbió la vista. Tiene la cabeza un poco vuelta, con la larga melena cubriéndole la mayor parte de la cara, y está riéndose. Es una foto tremendamente espontánea. La última vez que me vieron todas aquellas antiguas amigas yo era una adolescente, todavía con mofletes infantiles. Resulta fácil entender por qué creen que es quien dice ser.

Si este hubiera sido cualquier otro trabajo, habría cogido mis escasas pertenencias y me habría largado de la ciudad en cuanto me la presentaron; pero las consecuencias de abandonar esta misión se impusieron a ese instinto. No puedo salir corriendo. Aún no. Y menos después de la última misión.

He tenido que hacer un gran esfuerzo por mantener el papel de novia alegre y despreocupada, que ya se había vuelto automático antes de la fiesta del derbi, para evitar que Ryan sospeche que pasa algo raro.

Miro el reloj de la cocina y me pongo en marcha. Enjuago la taza de café en el fregadero y luego cojo el bolso y me dirijo al garaje.

Después de mucho pensarlo, creo que ha llegado el momento de hacer esa llamada que he estado postergando; pero voy a hacerla desde la intimidad de mi coche. Aunque existe una reducida probabilidad de que sea otra persona distinta de mi jefe quien ha enviado a la impostora aquí, me parece que es algo extremadamente improbable. Y si mi jefe tuviera que enterarse de la existencia de esa mujer a través de otra fuente que no fuera yo, habría sin duda graves consecuencias. Informar de esto es lo que se espera de mí, y ahora mismo debo ser predecible al cien por cien.

Con el coche todavía oculto dentro del garaje de Ryan, abro la guantera, cojo el móvil de prepago y lo saco de la caja. Lo usaré una sola vez y luego lo destruiré.

Una vez encendido, marco el número que memoricé al emprender esta misión. Entra la llamada y la voz robótica pregunta: «¿Hay algún problema?». Pese a todo el software de reconocimiento de voz que hay disponible, el verdadero sonido de la voz del señor Smith es un secreto tan bien guardado como su auténtico nombre.

—Algo importante que hace necesaria esta llamada. He contactado con una mujer que se hacía pasar por mí. Utilizaba mi nombre real, decía ser de mi ciudad natal y usaba datos de mi pasado como si fueran suyos. Necesito instrucciones.

La pausa resulta tan larga como incómoda.

—Y, no obstante, has esperado tres días para comunicarlo.

Mierda.

—Quería estar completamente segura de que no era una coincidencia antes de...

Él me interrumpe.

—Pensé que necesitabas un recordatorio de que eres reemplazable. Considera la llegada de esa mujer como una motivación para concluir con éxito esta misión y no incurrir en el completo fracaso de la anterior. Una vez terminada la misión de forma satisfactoria, volverás a ser la única Lucca Marino de Eden, Carolina del Norte, a mi servicio. —Tras una pausa, añade—: Sé lo importante que eso es para ti.

Si la información que yo debería haberle conseguido en mi misión anterior no hubiera sido extremadamente delicada, no creo que el señor Smith hubiera sentido la necesidad de amenazarme de este modo. Yo quizá no sepa hasta qué punto podría dañarme la presencia aquí de esa mujer con mi nombre y mis antecedentes, pero eso no significa que no pueda dañarme. El señor Smith no hace nada sin un buen motivo.

En este tipo de trabajo, que te reemplacen no significa que te despidan sin una carta de recomendación. Aunque yo no conozca el verdadero nombre del señor Smith, sé lo suficiente para deducir que no podré largarme sin más.

Agarro el volante con la mano libre y me trago el impulso de ponerme a gritar. Cuando estoy segura de poder controlar mi tono de voz, digo:

—No me gusta demasiado que penda una amenaza sobre mi cabeza, especialmente después de todas las misiones que he concluido con éxito.

—Todos esos éxitos anteriores hacen que resulte difícil aceptar el último fracaso. Aunque gracias a ellos has conseguido una segunda oportunidad. Recuérdalo cuando comas comida china para llevar en el porche trasero.

Comida china.

Lo que escogí anoche para cenar.

—Nada me gustaría más que terminar esto a su entera satisfacción. ¿Cuándo puedo esperar las siguientes instrucciones?

—No hay una fecha decidida, pero será en las próximas dos semanas. Y, para que quede claro, esto es un recordatorio, no una amenaza. Si estuviera amenazándote, no habría la menor ambigüedad.

Y se corta la comunicación.

No he averiguado todo lo que quería con esta llamada, pero sí lo suficiente. Queda confirmado que Smith envió a esa mujer aquí, y al menos ahora tengo una previsión de cuándo recibiré las siguientes instrucciones.

Pero lo más importante que he descubierto es que, aunque su confianza en mí ha disminuido, no la he perdido del todo.

A pesar de que me siento como una presa fácil, debo terminar lo que he empezado.

Ya es hora de salirse del guion.

Arranco el coche y salgo por el sendero en dirección al trabajo. Cuando llego a una de las calles más transitadas, hago un viraje con un brusco volantazo y el neumático delantero izquierdo choca contra el bordillo de hormigón. Suena un fuerte chirrido y luego el estampido de un reventón. Avanzo con el coche renqueante hasta el taller de reparación que hay al final de la manzana. Un técnico me indica que aparque en una de las plataformas vacías y se acerca a examinar el neumático.

—Ha tenido suerte de que estemos cerca. No podría haber conducido así mucho tiempo —dice cuando me bajo del coche.

—Mucha suerte —digo asintiendo.

Cojo el bolso y entro en la oficina. El hombre del mostrador me saluda cuando me acerco.

—¿En qué puedo ayudarla?

—He topado con un bordillo en la calle y he reventado un neumático —digo poniendo los ojos en blanco, y le señalo mi coche a través de la ventanilla que da a la zona del taller.

Él me pide mis datos y rellena el formulario.

—Tardaremos un par de horas. Hay varios clientes delante de usted.

—No hay problema —digo, y me voy a la zona de espera.

Saco el móvil del bolso y llamo a Ryan. Él responde al segundo timbrazo.

—Ey, ¿qué hay? —pregunta.

—Hola —digo con tono exasperado—. Estoy en un taller de Jackson. Iba despistada, he chocado con el bordillo y he reventado un neumático. Por suerte, estaba bastante cerca del taller y he podido llegar antes de que se complicara más la cosa.

—Los neumáticos y tú no os lleváis bien —dice con una carcajada.

—No, la verdad es que no —asiento.

Él se ríe entre dientes y pregunta:

—¿Necesitas un coche? Puedo llamar a Cole para que vaya a recogerte y te lleve a casa o al trabajo.

Los jueves suelen ser los únicos días que Ryan pasa fuera de la ciudad, pero hoy tenía una reunión con unos posibles clientes en una ciudad vecina, al sur, así que va a estar todo el día fuera.

—No, voy a esperar. Me han dicho que no tardarán mucho. Ahora llamaré al trabajo. No creo que les importe que llegue tarde, ya que me quedé trabajando hasta las tantas en ese evento de la semana pasada.

—Vale. Avísame cuando esté arreglado.

—De acuerdo. Nos vemos esta noche. —Corto la llamada y envío un mensaje a mi jefe explicándole lo que ha pasado y diciéndole que llegaré tarde. Vuelvo al mostrador y me dirijo al hombre que me ha atendido—: Envíeme un mensaje cuando el coche esté listo y pasaré a buscarlo.

—Sí, señora.

Salgo del taller y recorro solo un breve trecho hasta la agencia de alquiler de coches. La chica del mostrador es joven y parece demasiado animada para esta hora de la mañana.

—¿En qué puedo ayudarla? —pregunta alzando la voz más de lo necesario.

—Tengo reservado un coche. Annie Michaels.

La chica teclea en su ordenador y me sonríe de oreja a oreja.

—¡Sí! ¡Lo tenemos todo preparado!

Firmo los documentos y cojo las llaves del sedán negro de cuatro puertas que está aparcado delante. En diez minutos, estoy en la carretera.

Ryan ha adquirido el hábito de pasarse por mi trabajo para verme, así que tenía que aprovechar su reunión imprevista fuera de la ciudad. Pero también debía justificar mi ausencia ante mi jefe. Y, como en esta ciudad todo el mundo se conoce, es necesario que mis historias coincidan.

Al entrar en la interestatal y dirigirme al oeste, aparto los demás pensamientos y me concentro en lo que tengo por delante. Cuando llegué aquí, me pasé semanas vigilando la empresa de Ryan en el este de Texas. Y al recibir por fin las primeras instrucciones, comprendí lo importante que era esa empresa para la misión. El registro de su oficina en Glenview arrojó algunos datos, aunque no bastaron para poder dar por terminado este trabajo. Pero la llegada de esa mujer a la ciudad me ha puesto nerviosa y me ha hecho pensar que debía volver a registrar la oficina para comprobar que no se me había escapado nada, así que, sabiendo que Ryan va a pasar el día fuera, he urdido un plan para volver allí.

Tras la conversación con el señor Smith, la misión ha cobrado para mí una urgencia que no tenía antes. Él pretendía demostrarme que me puede reemplazar. Pero también he visto que, en el intervalo entre esta misión y la anterior, se ha tomado muchas molestias para adiestrar a alguien que asumiera mi identidad. Está claro que hay algo muy importante que desconozco, y es vital que vuelva a empezar de cero y lo examine todo con una nueva mirada.

El juego ha cambiado.

11

Presente

En Lake Forbing, Ryan dirige la sucursal de una firma bursátil que opera en todo el país. Está situada en uno de esos nuevos parques empresariales donde las hileras de edificios idénticos parecen como casitas de campo. La mayoría de los clientes de Ryan son viejecitas que necesitan ayuda para invertir lo que cobran por los derechos de explotación de gas y de petróleo. Él viene a ser el chico de oro en el que confían por completo. Seguramente sería posible emparejar, nombre por nombre, su lista de clientes con el libro de invitados del funeral de su abuelo.

En Glenview, Texas, Ryan dirige una empresa de camiones y transportes que se encuentra en una nave de un polígono industrial de las afueras de la ciudad. La única rotulación en toda la propiedad es un cartel metálico rectangular de color blanco que dice con letras negras: TRANSPORTES GLENVIEW. El número de teléfono te envía directamente a un buzón de voz, y no hay una página web o una red social asociada a la empresa. Él nunca habla de Transportes Glenview, y yo creo que poca gente, si hay alguna, conoce su existencia.

Al cruzar la frontera de Texas, a medio camino entre Lake Forbing y Glenview, reviso mentalmente la página impresa que me pasaron sobre Ryan y este negocio.

William Sumner, el abuelo de Ryan, creó Transportes Glenview en 1985. Scott, el hijo de William, se incorporó a la empresa en 1989 al regresar de la universidad. En sus orígenes, la empresa era un negocio legal que operaba en la zona del este de Texas y el norte de Luisiana.

Todavía sigue funcionando según su propósito original, pero a finales de los noventa, se amplió el modelo de negocio y empezó a incluir servicios de intermediación para la compraventa de bienes robados. Se calcula que actualmente dos de cada tres camiones transportan objetos destinados al mercado negro. Aunque la parte ilegal de la empresa es enormemente más rentable, Transportes Glenview constituye una inestimable tapadera que hay que mantener.

Ryan se hizo cargo de la dirección cuando Ingrid Sumner, su abuela, fue diagnosticada de cáncer, y su abuelo pasó a cuidarla a tiempo completo, pero limitó su presencia en el negocio a un solo día de la semana: el jueves. Con impresionante destreza, Ryan ha mantenido separada la empresa de Texas de su vida en Lake Forbing, Luisiana, tal como habían hecho antes su abuelo y su padre.

Opinión basada en la investigación, pero sin pruebas concluyentes que la respalden: Ryan parece esforzarse lo máximo posible por mantener la empresa que fundó su abuelo y en la que trabajó su padre hasta que falleció en 2004, en Glenview. Creo que este negocio es enormemente importante para él y que lo protegerá a toda costa.

Mi misión anterior fue inusual en el sentido de que supe de inmediato que me habían enviado a recuperar una información delicada que estaban usando para chantajear a Victor Connolly; pero normalmente hay un lapso de tiempo desde que me revelan el nombre del objetivo hasta que recibo las primeras instrucciones. Ese tiempo lo utilizo para indagar a fondo en todos los aspectos de la vida del objetivo, con la intención de estar preparada cuando llegue el momento de ponerme en marcha. Mientras estoy esperando para saber en qué consiste la misión, intento predecir qué quiere el cliente que hagamos, aunque yo nunca conozco su identidad.

Y eso fue lo que hice cuando supe el nombre del objetivo de esta misión: Ryan Sumner.

A primera vista, el despacho de servicios financieros y su larga lista de viejecitas con ingresos por los derechos de explotación de gas y petróleo se presentaba como la respuesta más evidente. Pero cuanto más descubría sobre esa parte de la vida de Ryan, menos probable me parecía. No había nadie en su lista de clientes que me llamara la atención como posible motivo de que me hubieran enviado aquí.

Siempre cabe la posibilidad de que el objetivo sea solo un medio para llegar a uno de sus amigos, pero no tardé en descartar también esa posibilidad. Los amigos de Ryan pueden ser el tipo de personas que hacen trampas al golf, en sus impuestos y su matrimonio, pero sus fechorías no pasan de ahí.

En cambio, cuando indagué sobre la empresa de transportes de Glenview, comprendí que era la razón de que yo estuviera aquí. Es impresionante lo que Ryan ha logrado en los últimos seis años. Se hizo cargo de una empresa de medio pelo y la ha convertido en un lucrativo negocio con fama de prestar un servicio impecable y con clientes en todo el país. Aunque todavía hay alguna que otra carga de consolas Xbox y PlayStation robadas que pasan por su central, él ha reconvertido el negocio y ha pasado al transporte de mercancías de alto nivel y al suministro por encargo de artículos especializados. Se ha convertido en una pieza clave del mercado negro.

Básicamente, Ryan es un ladrón, igual que yo.

Verifiqué mis sospechas al recibir las primeras instrucciones y descubrir que su empresa de transportes se ha vuelto lo bastante rentable como para ser objeto de una oferta de adquisición hostil. No es la primera vez que me asignan una misión de este tipo.

Pero aunque facilitarle al cliente la adquisición de la empresa de Ryan sea el motivo que me ha traído aquí, mi propio objetivo ha variado ahora que el señor Smith ha introducido a una impostora en la ecuación. Los deseos de ese cliente desconocido me resultan ahora irrelevantes. Voy a repasarlo todo para descubrir por qué el señor Smith escogió a Ryan Sumner y esta misión en concreto para ponerme a prueba.

Justo antes de llegar a mi destino, me detengo en una vieja gasolinera y aparco en la parte trasera para poder cambiarme. El coche alquilado puede resultar un poco fuera de lugar en este polígono industrial, pero el disfraz es impecable. He cambiado la falda de tubo y la blusa holgada por unos Levi's anchos y gastados, una camisa caqui y un chaleco de seguridad. Llevo el pelo recogido bajo una peluca corta y, encima, una gorra de béisbol; y las prótesis faciales personalizadas de silicona vuelven más masculinos mis rasgos. Podría pasar perfectamente por un hombre que se dirige al trabajo.

Dejo el coche en el parking del edificio contiguo a Transportes Glenview y luego camino hasta la valla metálica que separa esta parcela de la de Ryan. Esta es solo la segunda vez que vengo aquí, pero la información que recibo antes de contactar con el objetivo es siempre exhaustiva, y he visto innumerables vídeos de Ryan mientras trabaja en la empresa, por lo que sé que reemplaza enseguida el abrigo, los pantalones y los zapatos de vestir con los que sale de casa por unos tejanos gastados, una camiseta y unas botas raídas.

En los vídeos, Ryan sale del edificio por la puerta de la oficina, situada en la esquina de la nave, y se acerca a todos y cada uno de los camiones que paran aquí. El conductor baja la ventanilla y, al parecer, intercambian unas bromas; luego Ryan saca del bolsillo un mando para abrir la puerta de entrada.

La nave, de metal corrugado, es lo bastante grande como para albergar los tráiler de dieciocho ruedas que entran por una de las tres enormes puertas metálicas enrollables de la parte delantera para ser descargados fuera de la vista y luego salir por las puertas de la pared del fondo. Mi plan es entrar en el inmenso edificio, tal como hice la primera vez que vine aquí.

Hoy no hay mucho movimiento. Según los informes, los cargamentos ilegales solo llegan los jueves, cuando Ryan está aquí para inspeccionarlos personalmente. A juzgar por el aumento del volumen de negocio durante los últimos dos años, pronto va a tener que añadir un segundo día para poder asumir toda la demanda. Los transportes legales suponen un tráfico mucho menor. Ryan ha tenido la habilidad de mantener separadas las dos vertientes del negocio, y eso incluye a los empleados. Hoy solo trabaja un reducido equipo, que libra justo los jueves. Debería ser fácil colarme dentro sin que nadie me viera, puesto que estos trabajadores mantienen la guardia mucho más baja que los que están en la nave cuando viene Ryan.

Espero al otro lado de la valla, cerca de donde aparcan los empleados, hasta que llega un camión; entonces me apresuro a hacer una pequeña abertura usando el cortaalambres que llevo en el cinturón. Cuando sale un hombre de la pequeña oficina para recibir al conductor, me cuelo por la valla y recorro la breve distancia que me separa de la parte trasera, tal como haría cualquier otro empleado. Fuerzo la cerradura rápidamente y luego abro con sigilo la puerta metálica.

Solo hay un tipo dentro, pero está en la esquina trasera derecha amontonando cajas. Parece concentrado en su tarea, así que avanzo lentamente por la nave hacia la oficina, que se encuentra en la esquina delantera izquierda. Atisbo por la ventanita de la puerta para cerciorarme de que no hay nadie en la estancia y me deslizo dentro justo cuando una de las puertas de entrada empieza a abrirse para dar paso al camión.

La oficina es un desbarajuste. Hay montones de papeles sobre las tres mesas, además de tazas de café vacías y un par de cajas de pizza. Examinar los archivadores parece una forma mejor de aprovechar el tiempo que ponerme a hurgar entre la basura.

Ya le he pasado información sobre esta empresa al señor Smith dos veces. La primera vez fue un informe más bien general sobre la actividad cotidiana y el personal clave, que pude confeccionar a partir de algunas carpetas que encontré aquí.

Aunque la información resultaba útil, no era lo que necesitaba para terminar la misión. Lo cual no era de extrañar, puesto que varios de los empleados que gestionan la parte legal de Transportes Glenview cuando Ryan no está aquí utilizan también esta oficina. Él no iba a ser tan descuidado con la información delicada. Mi segundo informe incluía datos esenciales para posibilitar la adquisición de la empresa: todos los aspectos financieros, así como dónde está el dinero y quiénes son los clientes. Listas de dónde consigue las mercancías y los bienes robados, y también de sus contactos en la policía local y las patrullas fronterizas que hacen la vista gorda. Toda esa mina de información la extraje del portátil de Ryan, un portátil que lleva consigo en todo momento. Pasé semanas esperando pacientemente el momento adecuado para acceder a él.

Había logrado encontrar todo lo que el señor Smith necesita para quitarle a Ryan lo que se ha pasado años construyendo, y me sorprendió la punzada de remordimiento que sentí al pensar en la enorme pérdida que eso representaría para él. Era la primera vez que me sentía mal por hacer mi trabajo.

La primera vez que deseaba darle a un objetivo una oportunidad de luchar y poder conservar lo que era suyo.

Por lo demás, procuré no analizar por qué me sentía así, sobre todo porque sabía lo importante que es esta misión para mi propia supervivencia.

Así que, aunque he vuelto para examinar de nuevo unos archivos que ya he revisado, no tengo verdaderas expectativas de que vaya a encontrar nada útil. Simplemente quiero echar otro vistazo por si algo me llama la atención, teniendo en cuenta que ahora mi objetivo principal ha cambiado.

El motor al ralentí del camión que ha entrado en la nave es lo bastante ruidoso como para que yo no oiga las voces de unos hombres que se aproximan a la puerta hasta que están a solo unos segundos de abrirla. El pequeño baño es el único lugar donde puedo esconderme. Me meto en la cabina de la ducha y corro la cortina opaca blanca justo cuando se abre la puerta de la oficina y entran dos hombres.

Me agacho, apoyándome en la pared, y pongo la cabeza lo más cerca que me atrevo de la cortina.

Entre la cortina y la pared de la ducha, hay una rendija que me permite ver parte de la oficina a través de la puerta abierta. La silla que tengo más cerca está ocupada, pero solamente veo el lateral, y parte del hombro de alguien.

—Venga, dile que pase.

La voz me cae como un puñetazo en el estómago. Es Ryan. Ryan está aquí. No reunido con unos clientes en Luisiana, sino sentado a dos metros de mí.

Se abre y se cierra la puerta, y nos quedamos los dos solos. Me aparto de la cortina por si entra para utilizar el baño.

Esto ha sido una torpeza de mi parte, y yo nunca soy tan torpe, pese a lo que piense el señor Smith sobre mi último traba-jo. Aunque si pudiera verme ahora mismo, entendería que cues-tionara mi capacidad para cumplir esta misión.

Un ruido de papeles es lo único que me indica que Ryan sigue en el escritorio, puesto que he perdido el ángulo para verle.

Al cabo de unos minutos, oigo que se abre otra vez la puerta y que dos clases distintas de botas se arrastran por el suelo de cemento.

—Ey, ¿qué haces hoy por aquí? —dice una voz masculina.

Su tono es agudo, como si estuviera sorprendido, pero hay un ligero temblor nervioso que lo delata. Está asustado.

No hay respuesta y el hombre sigue hablando como si sus palabras fueran menos peligrosas que el silencio que reina en la oficina.

—Ya sé que se supone que solo debo trabajar los jueves, pero necesitaba hacer unas horas extra esta semana. Mi ex me está acogotando otra vez por el dinero. Quiere mandar a los niños a un puto campamento de verano en Arkansas. Y digo yo, jo-der, no hace falta que se vayan hasta las puñeteras montañas Ozark para jugar al pillapilla y las demás chorradas que hagan allá arriba.

Silencio.

—Lo siento, Ryan. Ya sé que se supone no debería estar aquí hoy.

Su voz se quiebra al pronunciar el nombre de Ryan, lo cual me produce más curiosidad que todo lo demás. Ryan aún no ha dicho palabra y ese hombre está aterrorizado. Al único que yo he conocido es al Ryan encantador. Al Ryan romántico. Al Ryan divertido. Un Ryan terrorífico resulta intrigante.

—Vamos, Freddie. ¿De veras creías que podías montarte un negocio colateral y usar mis camiones cuando no estoy aquí?

La voz le suena ahora un poco más grave.

—No. Fue una tontería. Una estupidez. Una puta estupidez, la verdad —responde Freddie.

El tercer hombre que está en la oficina todavía no ha abierto la boca.

Suena un chirrido, quizá porque Ryan esté reclinándose en la silla y los muelles necesiten aceite. Casi puedo imaginármelo. Tendrá las manos entrelazadas en la nuca. Y puede que los pies encima de la mesa. Parecerá tranquilo, casi despreocupado, pero su voz revela que no es así en absoluto.

—Seth, coge ese cortaalambres de la mesa de Benny —dice Ryan con una voz engañosamente calmada.

Se oye una especie de roce y luego Seth dice:

—Lo tengo.

Y entonces aparece en la voz de Ryan un tono que nunca he oído.

—Ahora vas a decirme quién más está involucrado. O si no, Seth va a disfrutar utilizando ese cortaalambres en tus dedos.

—La silla rechina de nuevo y Ryan añade—: ¿Qué te parece, Seth? ¿Un dedo por cada minuto que nos haga esperar?

—Suena justo, jefe. Aunque este cortaalambres está bastante desafilado y quizá me lleve más de un minuto cortarle uno.

Apenas ha terminado Seth, cuando Freddie rompe a hablar. Recita nombres, planes y fechas a borbotones, a tanta velocidad que espero que Seth se haya olvidado del cortaalambres y haya cogido papel y bolígrafo.

—No me lo estás contando todo —dice Ryan—. Tú y esos cretinos sois demasiado estúpidos para montar algo así por vuestra cuenta. Dime quién más está implicado.

La voz del tipo se quiebra cuando responde:

—¡Nadie más, lo juro!

Oigo que la silla de Ryan rueda un momento. Ahora me lo imagino echado hacia delante, con los codos sobre la mesa y las manos entrelazadas. Suena el golpe seco de un montón de papeles cayendo al suelo.

—¿Crees que no lo noto cuando alguien ha hurgado entre mis cosas?

Ay, Dios. Ese pobre tipo tal vez va a pagar por algo que he hecho yo.

—Seth, quítale el teléfono y luego acomódalo bien en el almacén. Haz que vengan los demás aquí. Avisaré a Robert de que ya están listos para que él intervenga.

—¡Un momento! ¡Espera! ¡No hay motivo para llamar a Robert! —grita el tipo, ahora todavía más aterrorizado.

Por la información que he encontrado, el «Robert» al que se refiere es probablemente Robert Davidson, unos de sus mayores clientes. Y, según lo que sé, Freddie y sus secuaces deberían sentirse aterrorizados ante la posibilidad de que él tome cartas en el asunto.

Ryan aguarda un tiempo intolerablemente largo antes de responder al fin.

—¿Crees que la carga que pretendíais birlar iba a aparecer luego por arte de magia? ¿Crees que Robert no iba a descubrir que no había llegado a su destino? —Su voz se va alzando a cada frase y adquiere un tono más agudo—. Tú y esa pandilla de idiotas amigos tuyos habéis puesto en peligro toda mi operación por unos miles de dólares. Ni siquiera conoces el valor de la mercancía de ese camión. Te crees muy listo porque has buscado a un comprador por anticipado, pero, joder, eres tan gilipollas que cerraste un trato con uno de mis propios colegas. Me enteré de lo que te proponías treinta segundos después de que te pusieras en contacto con él.

—Joder, Ryan, lo siento. Yo no quería hacerlo. Los otros me convencieron.

—Cierra el pico antes de que me cabree de verdad. —Ryan alza tanto la voz que me estremezco—. Tú ya no eres un problema mío. Escogiste el camión equivocado, amigo. Robert quiere tener unas palabras contigo y tus compinches. Seth, sácalo de una puta vez de mi oficina.

El silencio que se hace es casi escalofriante después de los últimos minutos. Nunca había oído a Ryan hablándole a nadie con tanta brutalidad. Cuesta mucho conciliar la imagen del hombre que yo he conocido con el que está en la estancia contigua.

Ryan trabaja en el escritorio un rato más mientras yo me acurruco en la cabina de la ducha. Seth regresa al cabo de poco tiempo y parece que se sienta en una silla. Oigo algunos retazos de su conversación, pero es solo una charla normal entre dos tipos que se conocen desde hace mucho. Hablan de las posibilidades de los Texas Rangers de llegar a la liguilla, y Ryan le toma el pelo a Seth sobre una chica con la que está saliendo. Hay una larga discusión sobre cerveza artesanal que me da ganas de golpearme la cabeza contra la pared, suponiendo que pudiera hacerlo sin delatarme.

Mientras espero la ocasión para escabullirme, este nuevo Ryan va tomando forma en mi mente. Uno tiene que ser implacable en los negocios, y más aún cuando trabaja al otro lado de la ley. Yo sabía que Ryan no podía haber prosperado tanto sin mancharse un poco las manos. Pero si no lo hubiera escuchado con mis propios oídos, jamás habría creído que fuera capaz de amenazar a alguien con cortarle los dedos uno a uno. Sus métodos quizá sean un poco bárbaros, pero también parecen ser efectivos, pues Freddie ha delatado a sus compinches en cuestión de segundos. Me alegro de haber visto este lado suyo. Necesitaba saber con quién tengo que vérmelas.

Por fin, Ryan y Seth salen de la oficina y yo espero unos minutos antes de apartar lentamente la cortina. Los atisbo a través de la ventana, enfrascados en una conversación con un camionero que ha llegado, así que me escabullo por donde he venido, desandando mis pasos hasta que estoy otra vez en mi coche alquilado, en el parking adyacente.

Reviso mi móvil y veo que tengo un mensaje del taller de reparación informándome de que mi coche ya está listo, y otro que Ryan me ha dejado hace quince minutos diciéndome que casi ha terminado su reunión y que se pondrá en camino muy pronto. Sin dejar de observarlo, le envío un mensaje para decirle que compraré algo de cenar en el trayecto de vuelta del trabajo. Menos de un minuto después, él saca su teléfono del bolsillo trasero. Se aparta de los tipos con los que está hablando, dándoles la espalda, lo que significa que ahora está vuelto hacia mí. Como antes no lo he visto, me sorprende lo cansado que parece. Cansado y algo demacrado. Mueve los pulgares por la pantalla y, al cabo de unos segundos, el móvil me vibra en la mano.

Un día de mierda. Me muero de ganas de verte.

Procuro no pensar en cómo me hacen sentir esas dos frases recordándome a mí misma que Ryan volverá esta noche, vestido con el traje con el que ha salido esta mañana, y me mentirá sobre los motivos por los cuales ha tenido un día de mierda. Luego yo le enseñaré la factura del taller de reparación y despotricaré porque me han cobrado de más.

Yo me espero sus mentiras, pero… ¿se espera él las mías?

12

Presente

Cojo mi taza de té y me siento en los escalones del patio trasero. Es uno de esos días en los que el cielo está tan despejado y azul que no puedes resistir la tentación de salir afuera. Ryan coge un cortacésped que parece más viejo que él y lo pone del revés, como si fuera a practicarle una operación quirúrgica.

—¿Cuál es el diagnóstico? —pregunto mientras lo examina.

Él alza la cabeza y veo que tiene un manchurrón de grasa en un lado de la cara.

—Nada que hacer. —Mira su reloj—. Hora de la muerte: las diez cuarenta y cinco.

Me río tontamente mientras él extiende un trapo sobre el aparato, como si estuviera cubriendo un cadáver.

—Creo que me voy al Home Depot.

—¿Quieres que te acompañe? —pregunto.

Entonces aparece esa sonrisa.

—Eso siempre —responde—. Dame solo unos minutos para lavarme.

Entra en casa y yo me echo hacia atrás para contemplar el cielo. Han pasado unos días desde que estuve espiándolo en la nave, y el apartado de correos sigue vacío. Anoche, James y esa mujer volvieron a hacer acto de presencia. Según las redes sociales, estuvieron en una cervecería artesanal escuchando a un grupo musical popular de la zona. Han estado en todos los sitios de moda de la ciudad.

El bebedero de colibrís que cuelga de la rama de un árbol junto al patio atrae mi atención. Observo a los pájaros agitar sus alitas mientras van y vienen para dar un trago. Cada mañana, Ryan rellena ese bebedero como probablemente debía de hacer su abuela.

A mamá le habría encantado este sitio.

Nosotras pasamos muchas noches soñando con la casa de fantasía que construiríamos un día. Yo solía pensar que ella odiaba la caravana. O que le avergonzaba vivir allí. Solo cuando crecí un poco más llegué a comprender que mamá quería para nosotras algo más que un techo de verdad sobre nuestras cabezas. Lo que quería era otra forma de vida. Una vida en la que no tuviera que preocuparse más por si tenía suficiente dinero para la compra, o por lo que pasaría conmigo cuando ella ya no estuviera.

—¿Lista? —pregunta Ryan desde la puerta del patio.

—Sí.

Lanzo un último vistazo a los pájaros y luego me levanto y lo sigo hacia la puerta de la cocina que da al garaje.

Mientras deambulamos lentamente por los pasillos del Home Depot, Ryan examina cada modelo de cortacésped y mira las reseñas en su móvil para ir descartando.

—Voy a mirar las plantas —digo cuando él lleva veinte minutos dudando entre tres cortacéspedes.

—Coge un carrito. Necesitamos algo para el porche delantero. —Aparta los ojos de las máquinas que tiene delante y me lanza una mirada—. ¿Quizá unos helechos?

—¿De los que cuelgan? —pregunto.

Él se encoge de hombros y luego asiente, dándome a entender que decida yo porque, a su modo de ver, la casa también es mía. Somos la viva estampa de una pareja hogareña. Solo nos falta tomarnos un par de cafés del Starbucks mientras hacemos manitas.

La sección de jardinería es un oasis en medio del mar de herramientas, maderas y aparatos eléctricos. Me tomo mi tiempo, pasando frente a bandejas de geranios, petunias y pensamientos, y reflexiono sobre las plantas que añadiría a los parterres del patio de delante si realmente fuera mío y pudiera decidir a mi antojo, como si fuera a estar aquí para verlas florecer. Mientras estoy distraída mirando unas hortensias de color rosa, sin duda las más bonitas que he visto en mi vida, mi carrito choca con el lateral de otro que viene en dirección contraria.

—¡Ay, perdón! —digo.

Y casi me quedo helada al ver que son James y la mujer que se hace pasar por mí.

—¡Ah, hola! —dice ella—. ¡Creo que nos conocimos en la fiesta del derbi!

Espero que la sonrisa que se extiende por mi rostro no permita apreciar cómo estoy poniendo los ojos en blanco mentalmente ante sus palaras. Asiento mirándolos a ambos.

—Sí, claro.

¿Podría ser que ella no supiera quién soy realmente? ¿Que la hayan enviado solo para amenazarme con la posibilidad de reemplazarme por otra? Porque ella es buena. Muy buena. No hay en sus ojos el menor destello de haberme reconocido ni una larga mirada como para evaluar a su oponente. Cabe la posibilidad de que esté aún en la fase de «aguardando datos» de su misión, pero ¿acaso no encuentra nuestro evidente parecido tan chocante como lo encuentro yo? Aunque yo tenga el pelo más oscuro, es algo asombroso.

—Normalmente papá se encarga de arreglarle los parterres a mamá —dice James señalando las plantas que tiene en el carrito—, pero él ahora mismo está fuera de combate, así que hemos pensado que podríamos encargarnos nosotros, ya que hace un día tan precioso.

—Vaya, ¡qué buen hijo! —digo rechinando los dientes.

—¡Hola, James! —oigo que dice Ryan a mi espalda. Se acerca al trote y se dan un apretón de manos; luego le dirige una inclinación a la mujer—. Lucca. —La mira un momento, se gira hacia mí y vuelve a mirarla de nuevo.

Él también se da cuenta del parecido.

Carraspea y, volviéndose a mí, dice:

—Ya he escogido un cortacésped, ahora me lo llevan a la caja; así que he pensado que podía ayudarte con las plantas.

James se echa a reír.

—Maldita sea, ¿cuándo nos hemos hecho tan viejos como para que un precioso día de primavera solo sirva para trabajar en el jardín? Deberíamos estar en el lago, con unas cervezas heladas.

—Sí, cierto —dice Ryan, aunque yo sé que si le dieran a escoger, preferiría que pasáramos el día en el jardín, dejando lo del lago y la cerveza para cuando haya terminado de arreglarlo.

—En otra ocasión —dice James.

La charla intrascendente se prolonga unos minutos más mientras ella y yo nos miramos la una a la otra. Cuando ya están a punto de irse, sin embargo, le pongo a James una mano en el brazo, deteniéndolos.

—Estaba pensado… ¿Vosotros tenéis planes para esta noche? —Le echo una mirada rápida a Ryan y luego los miro a ellos otra vez. Esa mujer ya lleva demasiado tiempo danzando fuera de mi alcance—. Nos encantaría que vinierais a cenar.

Ella sonríe de oreja a oreja.

—A nosotros también nos encantaría —responde James por los dos—. ¿Qué llevamos?

—¡Nada! Nos encargamos nosotros. —Miro a la mujer—. ¡Qué ganas!

Alias: Izzy Williams. Ocho años antes

Esta es la primera vez que mi nombre y antecedentes falsos cuentan con un respaldo que los confirme. Incluso he buscado en Google mi nuevo nombre, Isabelle Williams, Izzy para abreviar, y he descubierto que figuro como socia de un equipo de campo a través que compitió hace unos años a nivel estatal en representación de una escuela de secundaria local. El artículo iba acompañado de una fotografía de grupo con poca definición en la que podría jurarse que yo era la tercera chica por la derecha, con un pelo rubio corto idéntico a la peluca que llevo puesta en este mismo momento.

Lo cual hace que me pregunte cuántas personas tiene el señor Smith trabajando para él. No hablo solo de la gente que envía a las misiones como yo, sino de quienes trabajan entre bastidores, alterando imágenes que aparecen en las búsquedas de internet o creando identidades a partir de la nada.

La única otra persona con la que he tratado es Matt, pero da la sensación de que esta organización, sea lo que sea, es mucho más grande y no se reduce a él y el señor Smith.

Tuve que hacer muchas cosas de cara a esta misión. Me dieron instrucciones sobre cómo recoger mi pelo natural y fijarlo bajo la peluca de manera que no se soltara ningún mechón y quedara a la vista. También me indicaron que me aplicara una gruesa capa de venda líquida en la yema de cada dedo para que, toque lo que toque mientras esté aquí, no quede ninguna huella dactilar. Tengo que volver a aplicármela cada dos horas. Me restriego los dedos unos contra otros, todavía tratando de acostumbrarme a la falta de sensibilidad. Me puse maquillaje de *contouring* y lentes de contacto de color por propia iniciativa. Mamá me enseñó que unos toques de polvos pueden cambiar la forma y el aspecto de toda tu cara, aunque me consta que ella habría querido que utilizara estos trucos para realzar mi rostro, no para volverlo irreconocible.

Hoy es el primer día de mi primera misión para el señor Smith y estoy un poco nerviosa, debo reconocerlo. Para Greg y Jenny Kingston, soy simplemente la nueva niñera de Miles, su hijo. Pero la verdad es que Greg tiene algo en esta casa que mi jefe desea, y yo estoy aquí para conseguírselo.

Me dieron también muchas instrucciones sobre cómo manejar los objetos de la misión. En cuanto consiga lo que me han enviado a buscar, debo depositarlo lo antes posible en un sitio prefijado. Es más difícil que puedan atraparte si ya no tienes lo que has robado cuando te pillan.

Camino hacia el porche delantero y me aliso la blusa y los pantalones cortos antes de llamar al timbre.

Greg abre la puerta de inmediato, como si estuviera esperando mi llegada. Lleva un traje gris con una corbata de un matiz más oscuro, y su pelo parece no haber cambiado desde que era niño, corto y peinado hacia un lado, sin un mechón fuera de sitio.

—¿Isabelle Williams? —pregunta mirándome de arriba abajo.

Voy vestida tal como me indicaron. Un polo rosa y unos shorts caqui que me quedan cinco centímetros por encima de la rodilla. Doy la impresión de estar a punto de jugar un partido de golf.

Extiendo la mano hacia la suya y nos damos un apretón.

—Sí. Señor Kingston, puede llamarme Izzy.

Él asiente y me indica que entre. Mira su reloj por segunda vez desde que ha abierto la puerta y luego grita hacia la escalera curva que asciende desde el vestíbulo.

—¡Jenny! ¡Ya ha llegado!

Nuestras miradas apuntan al rellano del primer piso mientras aguardamos a que Jenny se presente.

Pero ella no aparece.

Greg grita otra vez su nombre y volvemos a esperar.

Está irritado. Y ligeramente avergonzado.

—Disculpe un momento —musita, y se aleja a toda prisa.

Subiendo los peldaños de dos en dos, desaparece en cuestión segundos.

—¿Tú eres mi nueva niñera?

Me giro en redondo y veo a Miles a mi espalda. Está en el umbral de una puerta que lleva al comedor y después a la cocina, según los planos que me he estudiado.

Camino lentamente hacia él, me detengo a un par de pasos y me acuclillo hasta ponerme a su altura.

—Sí. Me llamo Izzy. ¿Tú cómo te llamas? —pregunto, aunque ya sé su nombre y prácticamente todo lo que hay que saber sobre él.

Cuando accedí a trabajar para el señor Smith, Matt me dio un sobre que abarcaba prácticamente todos los aspectos de la familia. Miles tiene cinco años, es hijo único, y yo soy la cuarta niñera que ha tenido este año.

En cuanto me dice su nombre vuelve a meterse el pulgar en la boca, pese a que parece un poquito mayor para eso.

Yo señalo su camiseta.

—Iron Man es mi favorito.

Él se separa la prenda del cuerpo para mirarla, como si le hiciera falta recordar lo que lleva puesto. Es una camiseta con todos los personajes de Marvel en sus posiciones de combate.

—A mí me gusta Hulk. Aplasta cosas —dice, y luego suelta el gruñido y aprieta los puños.

Estoy a punto de hacerle otra pregunta, pero hay un movimiento en la escalera que atrae nuestra atención.

Greg ha localizado a Jenny y va tirando de ella por las escaleras. La mujer casi se tropieza una vez que han bajado el último escalón, como si ignorase que ya no quedan más.

—Izzy, esta es mi esposa, la señora Kingston.

La mano con que la sujeta del brazo es lo único que la mantiene de pie.

Jenny me mira y sonríe, pero solo con la boca.

Otra cosa que sé: Jenny se toma su alprazolam por la mañana, su chardonnay a mediodía y dos o tres vodkas por la noche.

Le tiendo la mano y ella me la agarra con las dos.

—¡Encantadísima de conocerte, Izzy!

Mantiene aferrada mi mano hasta que se vuelve incómodo. Por suerte, Miles se acerca y ella repara de golpe en él.

—¡Aquí estás, cariño! ¿Te has tomado el desayuno?

El niño asiente, pero no dice nada.

—Bueno, vale, yo tengo que irme a la oficina —dice Greg, y luego se vuelve hacia mí—. Usted está a cargo de Miles. Sus horarios están pegados en la puerta de la nevera; mi número aparece abajo. Él mismo puede mostrarle la casa y enseñarle dónde está todo. Yo volveré a las seis.

Le alborota el pelo al niño y gira en redondo hacia la puerta. No le dice adiós a Jenny; ni tan siquiera la mira.

Los tres nos quedamos con aire incómodo en el vestíbulo durante unos segundos hasta que Jenny se agacha, le da un beso en la mejilla a Miles, me dirige una gran sonrisa y desaparece de nuevo por la escalera.

—¿Quieres que te lo enseñe todo? —pregunta Miles.

—Sí, hazme el tour completo —digo, siguiéndolo por la puerta por la que ha aparecido antes.

Mamá solía decir que yo reconocería la vida que estaba destinada a tener cuando la viera. Ahora contemplo esta casa y me pregunto cómo serían las cosas si esta identidad fuese auténtica y yo fuera realmente Izzy Williams, estudiante universitaria y niñera de Miles Kingston.

Una cosa es segura: esta no es, indudablemente, la vida a la que estoy destinada.

Ya han pasado cinco días y aún no he encontrado lo que estoy buscando.

Lo que sí he descubierto es que Miles dirige esta casa. Sabe cuándo llega la asistenta, sabe dónde se guarda el dinero de los gastos para que ella pueda hacer la compra de la semana, y sabe cuándo pasa Jenny de las pastillas a las copas. En cuanto empieza a correr el vino, empiezan también las lágrimas, y nosotros entonces nos esfumamos.

Mientras que Jenny se muestra melancólica con Miles, conmigo casi llega a ser cruel. Cuando Greg está aquí, es toda sonrisas, pero en cuanto él se va, saca las garras. Ella no me quiere en su casa. No quiere que pase horas con su hijo. Pero está demasiado borracha y colocada para poder evitarlo.

Miles y yo jugamos al Lego. Construimos fuertes. Cantamos canciones. Y yo busco, busco y busco.

No voy a mentir. Esta misión me resulta más dura cada día que pasa. Porque en cuanto encuentre lo que me han enviado a buscar, me iré. ¿Y quién se ocupará entonces de Miles?

Aunque es peligroso pensar así. De modo que cada día añado un ladrillo al muro que estoy levantando en mi interior y que, espero, me aísle de este niño rubio de ojos azules que ya es demasiado viejo para su edad.

Al octavo día, consigo entrar en el dormitorio de Jenny.

Por fin.

No suelo tener acceso a esta parte de la casa porque es aquí donde Jenny pasa la mayor parte del tiempo. Y siempre que ella se aventura fuera de su habitación, Miles se me pega como una lapa. Ahora mismo Miles está echando la siesta y Jenny dándose un baño. Una fina puerta la separa de mí.

¿Se pasará horas en la bañera? ¿Es solo un rápido remojón? Quién sabe. Pero no puedo dejar pasar la ocasión simplemente por no saber a qué atenerme.

Deambulo por la habitación, examinándolo todo con ojo crítico. Estoy buscando un pen drive: uno exactamente igual que el que llevo en el bolsillo y que dejaré en su lugar. Hay miles de sitios donde podría esconderse algo tan pequeño. He mirado en cada cajón, en cada rincón y ranura de la oficina de Greg sin que hubiera suerte. Hurgaría en el cajón de sus calcetines si fuera ahí donde ocultara sus objetos de valor.

Empiezo a pensar que aunque los planos no muestren una caja fuerte empotrada, podría ser que la hubieran instalado después de comprar la casa, así que ahora estoy a la búsqueda de una caja fuerte. No quiero fracasar en mi primera misión.

Hay varias joyas de Jenny esparcidas descuidadamente sobre un antiguo y delicado escritorio. Son piezas exquisitas, y yo ya estoy extrayendo mentalmente las piedras de los engastes y calculando el precio que alcanzaría cada una.

Pero no estoy aquí para eso, así que me obligo a mí misma a alejarme de esas joyas.

Abro cajones y hurgo por cada rincón de la habitación. Es un cuarto muy grande, de manera que hay incluso una zona tipo sala de estar en una esquina, cerca de la puerta del baño. Me deslizo hacia allí en completo silencio, sin dejar de escuchar cómo Jenny desafina en la bañera.

El retrato familiar enmarcado que cuelga de la pared muestra a un trío perfecto que no refleja cómo es realmente la vida en esta casa. Estoy segura de que Jenny ha subido la foto a redes sociales para hacer creer a todo el mundo que las cosas son tan idílicas como sugiere esa imagen. Tiro de la esquina del marco, tal como he hecho con todas las piezas murales de la casa, y reprimo un grito de alegría cuando veo que gira sobre sí mismo, dejando a la vista una pequeña caja fuerte montada en la pared. Pruebo la manija, pero está cerrada firmemente.

Mirando el teclado numérico, empiezo a sudar. Sé hacer muchas cosas, pero abrir una caja fuerte no es una de ellas. Saco el móvil que Matt me dio solo para emergencias.

Esto es una emergencia.

Por suerte, responde al primer timbrazo.

—¿Qué pasa?

—Nada —susurro—. He encontrado una caja fuerte. Tiene un teclado numérico y no dispongo de mucho tiempo. ¿Qué hago?

—Saca una foto y envíamela.

Hago lo que me dice y espero a que la reciba.

—Es fácil. No parece conectada a una alarma. Prueba un número de cuatro dígitos y mira a ver qué pasa.

Tecleo 2580 porque una vez leí que es la contraseña más corriente, ya que se trata de la única combinación vertical de cuatro dígitos.

—Un pitido y un solo destello rojo de la lucecita.

Matt se queda callado unos segundos. Luego dice:

—Prueba el cumpleaños del niño.

Leí todas las fechas importantes en el informe que me pasaron antes de empezar y no me cuesta nada encontrar en mi memoria el número exacto. Tecleo 1710. El 17 de octubre.

—Un pitido y dos destellos rojos.

—Mierda —mascula Matt al otro lado de la línea—. Seguro que es un sistema que se bloquea al tercer error. Probablemente se reinicia al cabo de un periodo de tiempo. Quizá veinticuatro horas. Sigue en tu puesto y vuelve a probar mañana.

Y la comunicación se corta.

Me quedo desinflada. Tengo que salir de estar casa. Oigo un chapoteo en el baño que me paraliza; luego Jenny vuelve a tararear la estúpida canción que lleva dos días cantando. Suena otra vez el grifo, probablemente porque hace tanto rato que está ahí que el agua de la bañera se ha enfriado.

Miro el teclado mientras repaso mentalmente los números y fechas importantes del informe de los Kingston. Luego pienso en Greg. Me consta que quiere a Miles, aunque no es el tipo de padre que tenga mucha mano con los niños. Manda mensajes a lo largo del día para preguntar cómo está y, en general, parece interesado en hablar con él cuando vuelve cada noche. La contraseña, sin embargo, no es su cumpleaños.

Jenny suelta una fuerte risotada. A saber lo que pasa ahí dentro mientras se baña sola.

¿Por qué Greg no la ha echado aún de esta casa? Es evidente que tiene dinero para contratar toda la ayuda necesaria. Solo le habla a Jenny cuando se ve obligado a hacerlo, aunque algunas veces lo veo mirándola con tristeza. Una expresión que demuestra que todavía la quiere, aunque no soporte ver en qué se ha convertido. ¿Podría ser que la contraseña fuera el cumpleaños de ella? ¿Tal vez el aniversario de boda? Greg intenta ocultarlo, pero duerme todas las noches en el cuarto de invitados, y junto a la cama hay una sola fotografía. Una de él y Jenny. Están jóvenes y sonrientes, con las caras juntas, mejilla contra mejilla. Detrás, el cielo iluminado con fuegos artificiales. Hay muchas posibilidades de que esa fotografía se hiciera en su primera cita, durante el pícnic del Cuatro de Julio en el club de campo.

Miro el teclado, contengo el aliento y tecleo 0407. Durante unos segundos no pasa nada; luego se enciende la luz verde y oigo cómo se abre el cerrojo.

Vuelvo a respirar y casi suelto un grito. ¡Lo he conseguido!

Abro la puerta de la caja fuerte y veo que solo contiene un pen drive rojo con tapa azul, idéntico al pen drive falso que llevo en el bolsillo y que dejaré en su lugar. No solo es falso, sino que inutilizará cualquier ordenador en el que Greg lo inserte. Se llevará un susto y se preguntará qué ha sucedido, pero no se le pasará por la cabeza que le hayan dado el cambiazo.

Mientras estoy haciendo el cambio, Jenny vuelve a reírse, pero esta vez suena más cerca que antes. Al girarme, veo que ha salido del baño y que me mira fijamente.

—Llevo una semana observando cómo fisgoneabas por mi casa.

Habla con la lengua trabada y los ojos medio cerrados. En el suelo de madera se va formando un charco con el agua que gotea de su cuerpo desnudo, sobre el que lleva un albornoz abierto.

Qué desastre. Qué tremendo desastre. Me ha pillado con las manos en la masa.

—No es lo que crees —digo.

Ella se bambolea y suelta una risa estridente.

—Claro que sí. Es justo lo que creo que es.

Jenny se tambalea hacia mí con las manos extendidas, como si quisiera agarrarme o acaso pegarme, pero se le engancha un pie en el cinturón que le cuelga del albornoz y se desmorona frente a mí antes de que pueda sujetarla. Su cabeza se estrella en el suelo con un fuerte crujido y por debajo del pelo rubio empieza a salir un reguero de sangre. Se ha desmayado.

—Ay, mierda —susurro agachándome a su lado.

Le busco el pulso en el cuello con los dedos.

Vuelvo a llamar a Matt.

—Lo tengo —digo en cuando responde—. Pero la mujer me ha sorprendido. Está borracha, ha tropezado y se ha caído al suelo. La cabeza le está sangrando.

—¿Está muerta? —responde él con calma.

—No, pero necesita ayuda. ¿Llamo a Emergencias?

—¿Para que pueda contarle a la policía que te ha sorprendido robándoles? —mascula Matt—. Sal de ahí de una puta vez y trae el pen drive.

—¿Y Miles?

Aunque no había ningún aprecio entre Jenny y yo, ese crío se merece algo más.

—¡Que salgas de ahí ahora mismo! No pueden atraparte en esta situación. Kingston no tiene cómo coño investigar si tú desapareces. —Matt grita con tal fuerza que su voz resuena en la habitación—. ¡Sal de una vez de esa casa!

Y se corta la comunicación.

Me da mucho miedo volver a tocarla. ¿Puedo dejarla así? ¿Puedo dejar a Miles? Pero si me quedo, podría acabar en la cárcel. Ella contará que les estaba robando. Tal vez me culparán incluso de su caída. Ella dirá que la he empujado.

Me saco del bolsillo mi otro móvil, que es al que llama Greg para preguntar por Miles. El móvil que solamente está encendido cuando entro en casa de los Kingston.

—Hola —responde Greg.

—Hay un problema. He subido para decirle a la señora Kingston que tengo una urgencia familiar y necesito marcharme de inmediato, pero está inconsciente en el suelo. Debe de haberse caído. Miles está durmiendo en el sofá del cuarto de juegos. Tiene que venir a casa. Yo tengo mi propia urgencia familiar y no puedo quedarme.

—Espere...

Pero ya he cortado la llamada. Dejo el pen drive falso en la caja fuerte, la cierro y vuelvo a poner el cuadro en su sitio. Miles es el único motivo por el que me estoy arriesgando así.

Greg puede llamar al 911. Puede volver a casa y encargarse de esto. Yo debo confiar en mi nombre falso, en todas las medidas que he tomado para ocultar mi identidad. Bajo corriendo las escaleras y le echo un último vistazo a Miles. Su carita está sumida en el sueño y con una manita agarra el cisne de papiroflexia que le enseñé a hacer, tal como mamá me enseñó a mí. No le pasará nada. Su padre llegará pronto. Él no es problema mío.

Salgo a toda prisa por la puerta trasera y me deslizo con cautela por el lateral de la casa hasta que llego a la calle y subo al coche que Matt me dio para la misión. Cuando estoy saliendo del barrio privado, una ambulancia pasa por mi lado aullando, seguida por un coche de policía.

Mantengo la cabeza gacha y conduzco sin rebasar el límite de velocidad. ¿Revisarán las imágenes de videovigilancia de la garita del guardia? ¿Tendrán una fotografía mía en este coche? ¿Cuánto tardará la policía en empezar a buscarme?

Tardo diez minutos en llegar a AAA INVESTIGACIONES Y FIANZAS. Me dijeron que nunca volviera aquí, pero obviamente esta no es una situación normal.

Matt deambula por la calle, esperándome.

Antes de que me pare del todo, abre mi puerta de un tirón.

—¿Por qué coño has tardado tanto?

Me saca del coche y me arrastra al interior del edificio. No nos detenemos hasta llegar a su oficina.

—He venido lo más aprisa posible —digo mientras le doy el pen drive y dejo sobre la mesa el móvil que usaba para hablar con Greg.

No menciono la llamada que le he hecho: una llamada que he borrado del registro antes de apagar el teléfono, por si se le ocurre revisarlo.

Me pregunto si Miles se habrá despertado y habrá encontrado a su madre antes de que su padre llegara allí.

No. No debo pensar en él.

Matt tiene el pen drive en una mano y teclea en su móvil con la otra. Lee algo en la pantalla y se estremece cuando el teléfono empieza a sonar.

—Sí —dice taladrándome con la mirada, y me pasa el móvil.

Titubeo un segundo y luego lo cojo.

—Hola —susurro.

—Explícame lo que ha ocurrido esta tarde. Sin omitir nada.

La voz distorsionada del señor Smith oculta el enfado que debe de haber en su voz normal.

Le cuento todo, incluyendo cómo he adivinado la contraseña de la caja fuerte. Todo, salvo la llamada a Greg.

—Te sientes culpable por haber dejado a Jenny Kingston sangrando en el suelo.

No es una pregunta, pero respondo.

—Sí.

—Era solo cuestión de tiempo que sucediera algo así. Si no hubiera sido hoy, habría sido mañana o pasado mañana. Ella llevaba mucho tiempo buscándoselo.

Permanezco callada. Aunque eso quizá sea cierto, no puedo dejar de pensar que no habría ocurrido hoy si yo no hubiera estado en su habitación hurgando en la caja fuerte. Ella habría salido del baño y se habría derrumbado en la cama, tal como ha hecho todos los días que yo he estado allí. O sea que si hoy se ha llevado lo que se estaba buscando ha sido por culpa mía.

—Sí, lo sé —respondo.

—Has terminado el trabajo, pero has sido imprudente. Primero al arriesgarte con la caja fuerte. Y luego al permitir que esa borracha te sorprendiera. Eso no es digno de ti.

Tiene razón. No es digno de mí. Debería haber notado que había dejado de cantar. Debería haber escuchado sus pasos vacilantes en el baño. Debería haber oído cómo giraba el pomo de la puerta.

—¿Qué habrías hecho si no se hubiera caído por sí misma? —me pregunta.

—No lo sé —me apresuro a responder.

Y es la verdad. ¿A qué extremos habría llegado para salir del paso? Supongo que nunca lo sabré.

—Voy a responder por ti. Para salvarte tú y salvar la misión, debes hacer lo que sea necesario. Porque nunca olvides que esto es un trabajo. Tú no formas parte de esa familia. Esa no es tu vida. No es tu mundo. Eres solo un fantasma que se ha deslizado por allí durante un breve lapso de tiempo. A esa gente le importas una mierda, así que a ti también deben importarte una mierda.

Permanezco callada mientras él sigue cargando contra mí. Sus palabras son como un puñal en el pecho.

—Te estuve observando mucho tiempo. Llegaste tan lejos por tu propia cuenta porque eres una persona de recursos, capaz de pensar sobre la marcha. También tienes esa intuición innata que no puede aprenderse. Todo eso son dones. Dones que hoy has estado a punto de desperdiciar. Entiendo que hayas sentido la necesidad de llamar a Matt para pedir ayuda cuando has encontrado la caja fuerte, pero llamar es el último recurso. Pedir ayuda se convierte en una muleta. Yo necesito gente capaz de resolver problemas sin ayuda externa, porque la ayuda no siempre está disponible. Si esa mujer te ha sorprendido es porque tú estabas más preocupada por terminar cuanto antes la misión y por llamar a Matt para pedir ayuda. Deberías haber dado un paso atrás. Haber investigado sobre la caja fuerte. Haber averiguado cómo abrirla sin la contraseña. No delatarte haciendo una puta llamada telefónica mientras la borracha esa estaba metida en la bañera en la habitación de al lado.

Los tacos resultan más vulgares viniendo de una voz robótica. Esta no es la charla que me esperaba, pero sorprendentemente es la que necesitaba. Y tiene toda la razón. Estaba apresurándome para terminar cuanto antes. No quería pasarme otro día allí, apegándome aún más a Miles.

En el futuro debo hacerlo mejor. Lo haré mejor. Esta ha sido una dura lección.

Es apabullante que el señor Smith me haya expuesto la verdad de esta forma. Aunque yo recordaré a Miles y esta misión durante el resto de mi vida, él sin duda se olvidará de mí. Pero el señor Smith se equivoca en una cosa. Yo no soy un fantasma que ha pasado por la vida de los Kingston.

Soy un fantasma que pasa por mi propia vida.

La única que se preocupa de mí soy yo misma. La única que va a ocuparse de mi supervivencia soy yo misma.

Estoy sola.

Por último, el señor Smith dice:

—El dinero por el cumplimiento de la misión será transferido a tu cuenta. En una semana recibirás instrucciones para la siguiente. Tómate unos días para hacer las maletas, porque la próxima misión requerirá un traslado. No puedo arriesgarme a que te tropieces con los Kingston.

—Sí, señor.

—La ambulancia ya se ha llevado a la señora Kingston de la casa y la policía está interrogando en este momento al señor Kingston. La próxima vez que te diga que me lo cuentes todo, no te dejes ni un puto detalle.

Inspiro hondo y retengo el aire hasta que siento un leve ardor en el pecho y una sensación de mareo. Mientras suelto el aire calladamente, susurro:

—Mejoraré. Ni un solo error. —Y añado para mí misma: «Y nunca más volveré a apegarme a la misión».

—Ni un solo error —repite él.

13

Presente

Esta cena será muy diferente de la que dimos hace unas semanas. Estoy poniendo la mesa en el patio trasero, no en el comedor, ya que hace buen tiempo y los mosquitos no son todavía una molestia excesiva. Ryan está colocando la cerveza y el vino que hemos comprado antes en un barreño decorativo de metal galvanizado lleno de hielo que lleva la palabra SUMNER grabada en la parte frontal. Se lo regaló Sara por su último cumpleaños. Si algo he aprendido con los años, es que los sureños creen que el mejor regalo posible es un regalo personalizado.

James y esa mujer llegan cuando Ryan está encendiendo la parrilla.

Vamos a recibirlos mientras suben el tramo de escalones que lleva al porche. Ryan coge uno de los paquetes de doce cervezas con los que va cargado James mientras ella me da una bandeja cubierta de papel de plata.

—Ya sé que has dicho que no trajéramos nada —comenta—, pero es que la madre de James y yo hemos preparado demasiados brownies esta tarde.

Levanto una esquina del papel de plata para echar un vistazo.

—Mmm, huelen de maravilla.

Ya estoy imaginándome la foto que la señora Bernard debe de haber subido a Facebook.

—¿Cómo sigue tu padre de la pierna? —le pregunta Ryan a James mientras se estrechan las manos.

—Va mejorando —responde él—. O por lo menos va mejorando en no quejarse tanto.

La mujer se ríe y le da un codazo.

—Para ya. Él es mucho mejor paciente de lo que lo sería su hijo. —Se vuelve hacia mí—. Hay una partida de póquer ininterrumpida desde que está confinado en casa. Se le están acabando los amigos dispuestos a perder dinero con él. —Le pone a Ryan la mano en el brazo suavemente—. Estoy segura de que le encantaría que te pasaras a verle. Tal vez podrías perder una mano o dos para animarlo, ¿no?

Acaba de llegar y ya tiene a los dos hombres pendientes de cada una de sus palabras.

—¡A Ryan no le cuesta mucho perder a las cartas! —dice James.

Yo me río lo suficiente como para que parezca que es de verdad; luego le indico a todo el mundo dónde sentarse mientras Ryan mete en el barreño la cerveza que ha traído James.

—Tardo solo un segundo —digo, y me voy adentro a buscar los aperitivos que he preparado.

Una vez que vuelvo y me siento, respiro hondo y me relajo. Hace una noche espectacular, con un tiempo del que raramente puede disfrutarse en Luisiana: cálido y refrescante, sin ninguna humedad. Es una lástima tener que desperdiciar una noche tan perfecta trabajando.

La conversación discurre con fluidez, conducida en gran parte por los hombres. Ella, igual que yo, parece aprovechar este tipo de situación para escuchar y aprender.

—Estamos acaparando la conversación —dice Ryan riéndose al cabo de un rato, y se vuelve hacia la mujer sentada junto a James—. Me gustaría saber más sobre esta nueva incorporación a Lake Forbing.

—Sí, no pudimos hablar mucho en la fiesta del derbi..., Lucca.

Me cuesta pronunciar en voz alta su nombre. Mi nombre. Me ha resultado tan amargo como suponía.

Ella se encoge de hombros y le dirige a James una cálida sonrisa.

—No hay mucho que contar. Nos conocimos hace unos meses. Los dos estábamos trabajando en Baton Rouge. Yo soy perito de seguros y estaba allí haciendo el seguimiento de una serie de reclamaciones por el tornado que hubo en otoño.

—Ah, sí. Ese tornado fue terrible —dice Ryan—. Tengo allí un par de clientes. Quedaron destruidas muchas casas.

—Fue algo trágico. —Extiende el brazo y le coge la mano a James—. Te hace apreciar de verdad lo que tienes.

Tengo que hacer un enorme esfuerzo para mantener en su sitio mi sonrisa y mi expresión de interés.

—¿Así que vas viajando de un desastre a otro? —pregunto.

Ella se estremece.

—Básicamente. Es duro a veces. Pero hay momentos de respiro entre medias, como ahora mismo. No tengo que ir a ninguna parte y puedo encargarme del papeleo desde cualquier sitio.

Otra mirada cariñosa a James y otro apretón en la mano, aunque él está demasiado ocupado apurando su cerveza con la otra mano para darse cuenta.

Esta mujer es buena. La historia resulta sólida; el modo de explicarla, impecable. Sus expresiones faciales encajan con sus emociones. Estoy impresionada.

James, por su parte, necesita cierto adiestramiento, aunque estoy casi segura de que es solo un títere. Ella es brillante, mientras que él parece pender de un hilo. Es totalmente inconcebible que la suya sea una relación auténtica.

Yo he estado en la situación de esta mujer otras veces. Forzando las cosas por el bien de la misión. El hecho de que esté todo el rato mirándolo como si fuera maravilloso me impulsa a respetarla más de lo que quisiera.

Ahora se vuelve hacia mí y dice:

—James me ha explicado que no llevas mucho tiempo aquí, Evie. ¿Qué te trajo a Lake Forbing?

—Bueno, he estado moviéndome de un lado para otro. Mis padres fallecieron en un accidente de coche hace unos años y necesitaba cambiar de aires. —Me muerdo el labio inferior y le lanzo una mirada a Ryan: mi vulnerabilidad hace acto de presencia un instante; luego me la vuelvo a guardar. Él se me acerca más y me pone la mano en el muslo—. Al final acabé aquí y me enamoré de este lugar. Me vuelven loca las pequeñas ciudades con encanto —añado con una risita nerviosa—. Y más un tipo guapo que se da buena maña para arreglarte una pequeña avería del coche.

Ryan se ríe entre dientes.

—Si hubiera sido más que cambiar una rueda, habría tenido que pedir refuerzos.

Ella se echa hacia delante con una gran sonrisa.

—Hablando de pequeñas ciudades con encanto, Evie, ¿quién es tu amiga de la universidad que me dijiste que era de Eden? Seguro que la conozco a ella o a su familia. Sería difícil no conocerla en una ciudad de ese tamaño.

Maldita zorra.

Le devuelvo la sonrisa.

—Regina West. Tiene una hermana pequeña, Matilda, y un hermano mayor, Nathan, que quizá hayas conocido. Nos alojamos en su casa durante nuestra visita, aunque no sabría decirte la calle o el barrio.

Veamos lo buena que es y lo exhaustivo que era el informe que le pasaron sobre mí. Regina West es una chica con la que fui al colegio, pero su familia se fue de la ciudad cuando estábamos en séptimo. Fuimos amigas íntimas de niñas, y me encantaría averiguar hasta qué punto conoce el señor Smith mi pasado. Nathan volvió a Eden hace unos cinco años, al terminar la carrera de medicina, y abrió una clínica ambulatoria. En esa zona no hay muchos médicos de familia, así que es muy conocido y respetado en la zona.

Ella arruga la frente como si no supiera cómo responder.

—El nombre me suena…

Su voz se apaga, dejando la frase inacabada.

Nada. Le estoy restando puntos. Obviamente, no investigó por su propia cuenta y confió únicamente en los datos que le dio el señor Smith. Y ella habría sido informada de la existencia de Nathan si hubieran descubierto mi temprana amistad con Regina, porque éramos inseparables antes de que se trasladaran. Estoy llegando a la conclusión de que el señor Smith no averiguó nada de mí de antes de la secundaria.

—¿Tú todavía vives en Eden? —pregunta Ryan—. Me extraña que tu empresa te envíe a trabajar tan lejos.

—No, ahora vivo en Raleigh. Eden es un sitio fantástico, pero resulta demasiado pequeño, ¿sabes? —Se encoge de hombros y luego me mira, dando por supuesto que yo estaré de acuerdo con ella—. Mi empresa va corta de personal, así que no damos abasto. Me envían a donde sea necesario.

—Las dos os habéis movido mucho por el país —dice James con una risotada—. Tú, Evie, si te has venido a vivir con Ryan, supongo que piensas quedarte. ¿Se acabaron los traslados? ¿O esta es solo una parada temporal?

—No hagas preguntas incómodas, James.

En el tono de Ryan hay un punto de la dureza que capté hace unos días en su oficina de Glenview.

La mujer le aprieta a James la mano de tal modo que él suelta un «¡Au!» y luego le dice en voz baja:

—Creía que querías saber si va a quedarse.

Sí, es imposible que él trabaje también para el señor Smith. Esto se le da rematadamente mal. Está claro que ella tendrá que esforzarse más para mantener a raya a su títere.

—Es una pregunta razonable —digo haciendo caso omiso de su último comentario—. No habría aceptado la invitación de Ryan para venirme aquí si hubiera tenido planes de seguir dando vueltas.

Ryan me acaricia la pierna con el pulgar suavemente, así que deduzco que le complace mi respuesta.

—En cuanto vea los planos que estoy diseñando para el huerto y el invernadero, no querrá irse a ninguna parte. Será una labor para dos personas, así que no podrá abandonarme.

Me vuelvo hacia él.

—¿Vas a montar un huerto?

Él menea la cabeza lentamente y acentúa la sonrisa.

—No. —Hace una breve pausa—. «Vamos» a montar un huerto. Dijiste que siempre habías querido tener uno.

El rubor que se extiende por mi rostro es auténtico, y a mí me gustaría no tener que compartir este instante con las otras dos personas que están en la mesa.

La mujer se echa hacia delante, rompiendo el hechizo entre Ryan y yo, y pregunta:

—¿Podrías decirme dónde está el aseo más cercano, Evie?

Pero Ryan ya se ha puesto de pie.

—Yo mismo te lo enseño. Voy a buscar los filetes. Tengo que ponerlos ya en la parrilla, o nos los comeremos de desayuno.

Ella lo sigue adentro. Estoy segura de que aprovechará este momento para husmear entre nuestras cosas. Es precisamente lo que yo haría, pero, lo que es más importante, es lo que yo quiero que haga. He dejado una cosita para que la encuentre y sobre la que sin duda informará al señor Smith. Se trata de una jugada peligrosa, pero necesito que él ponga todas sus cartas sobre la mesa. Estoy harta de sorpresas.

Lo interesante de esta situación es que yo no puedo deducir si esta mujer sabe que estoy aquí en una misión, como ella. ¿O quizá está trabajándome tal como lo haría con un objetivo que no sospecha nada? ¿Le indicaban sus instrucciones que hablarme de Eden, Carolina del Norte, me pondría nerviosa?

—¿Cómo te gusta la carne, James? —pregunta Ryan saliendo al porche con una bandeja de filetes adobados y un delantal que dice: «No hace falta que me beses, pero tráeme una cerveza».

—Poco hecha —responde, y lo acompaña a la parrilla.

Yo bebo unos sorbos de vino, dándole a esa mujer unos minutos más para que revuelva en mis cosas, y luego me levanto de la mesa.

—Me parece que te has olvidado de las verduras. Voy a buscarlas.

Ryan me mira asintiendo y se vuelve otra vez hacia James.

Entro en la cocina, esperando encontrármela allí, pero resulta que está vacía. Miro mi reloj. Está tardando demasiado.

Me deslizo sigilosamente hacia las escaleras. En cuanto llego arriba, la veo salir del baño del pasillo.

—Temía que te hubieras perdido.

Ella da un gritito y un pequeño respingo, llevándose la mano al pecho.

—¡Ay, no te había visto! —Luego adopta otra vez su sonrisita encantadora—. ¡Me he entretenido mientras subía mirando esas preciosas fotos de familia que hay en la escalera! ¡Ryan era un niño adorable!

Desde el pasillo, bajo la vista hacia las fotos y no tengo más remedio que asentir. Era una monada. Unos puntos extra para ella por esa salida. Es una buena excusa.

La mujer se dirige a la escalera y se detiene, como dispuesta a bajar detrás de mí, pero yo me hago a un lado.

—Nos vemos abajo. Tengo que ir a buscar una cosa a mi habitación.

Ella titubea apenas un segundo, pero luego sonríe y empieza a bajar. En cuanto se pierde de vista, voy a nuestra habitación, que está al fondo del pasillo. Solo hay una cosa aquí que ella podía encontrar y espero que lo haya hecho.

Voy a la mesa del tocador y abro el cajón. Había dos bolígrafos y un lápiz colocados de una forma muy concreta sobre un montón de papeles. Ella habría tenido que apartarlos para ver lo que está escrito ahí, y es obvio que ha hecho eso justamente. Cierro el cajón y bajo de nuevo.

Salgo con las verduras, le paso la bandeja a Ryan y, como el sol ya se ha puesto del todo, enciendo las velas que he esparcido por todo la zona.

—Enseguida estará todo —dice Ryan.

—Perfecto —digo asintiendo—. Voy a la cocina a buscar lo demás.

Ryan no tarda en servir un filete en cada plato, junto con una ración de verduras asadas, mientras yo pongo el pan de ajo y una gran ensalada en el centro de la mesa.

—Todo tiene una pinta deliciosa —dice ella—. Os habéis superado.

Corto un trocito de filete, me lo llevo a la boca y lo mastico lentamente.

—Nos encanta tener invitados —digo mirando a Ryan, que me lanza una mueca burlona. Ambos sabemos que necesitó dos semanas para convencerme de que ofreciera la cena anterior.

—¿Cuánto tiempo os vais a quedar en la ciudad? —pregunta Ryan.

Ella mira a James como si no lo supiera.

—Quizá otro par de semanas —dice él—. En cuanto papá pueda moverse un poco mejor por sí solo, me iré más tranquilo.

—Está bien que hayas podido tomarte todo este tiempo libre en el trabajo —dice Ryan antes de dar un trago de cerveza.

Eso es algo que él me ha comentado antes: su inquietud acerca de los motivos por los que realmente ha vuelto James. Si hubiera puesto en orden su vida y tuviera un trabajo estable tal como dijo, habría que preguntarse cómo se las ha arreglado para disponer de todo este tiempo libre.

—Son las ventajas del portátil —dice él riendo—. Puedo trabajar en cualquier sitio.

—¿Qué haces exactamente? —pregunto.

James mira a esa mujer como si ella fuera la única que conociera la respuesta. Y ella lo mira con una expresión peculiar, como confiando en que él no la pifie del todo al responder.

Por fin, James se vuelve hacia nosotros.

—En realidad, fue Lucca quien me consiguió un trabajo en su empresa. Estoy trabajando para ella.

Habría podido venderlo mejor si no lo hubiera dicho con un tono tan sombrío. En vez de hacernos pensar que trabajan a la par, suena como si fuera un caso de beneficencia.

Ryan no estaba entusiasmado con la idea de que los haya invitado a cenar. Ha estado trajinando en el garaje durante una hora y luego se ha pasado el resto de la tarde escondiendo los objetos de valor más evidentes —y más fáciles de trasladar—, incluyendo mis joyas y todos los medicamentos que requieren receta del botiquín. Las chicas contaron que James había robado a Ryan la última vez que estuvo en la ciudad, aunque Ryan nunca me lo ha reconocido. Y por la forma en la que están actuando ahora el uno con el otro, no es posible saber si hay alguna cuenta pendiente entre ellos.

Los preparativos de esta velada han constituido los momentos más tensos que ha habido entre nosotros dos.

Más allá de cuáles sean los temores de Ryan y los motivos de James, a mí solo me preocupa ella.

El resto de la cena discurre entre comentarios intrascendentes. Ryan se mantiene a la par con James, cerveza a cerveza, hasta que los dos están bastante achispados. Nosotras recogemos los platos mientras ellos se lanzan una vieja pelota de rugby en el patio prácticamente oscuro, fallando bastantes más veces de las que la atrapan.

La mujer me sigue adentro y nos ponemos a ordenar los platos y tirar los restos. El señor Smith me dijo por qué está aquí, pero es demasiado buena para desperdiciarla como un simple recordatorio. Y ahora que ha hurgado entre mis cosas, sé que tiene un papel activo; no es solo alguien que observa. Así que he decidido pasar a la ofensiva.

—¿Ya has recibido las siguientes instrucciones o aún estás revisando tu apartado de correos cada día?

Lo digo con tono desenfadado, y al ver que el plato se le escurre de los dedos y cae en el fregadero, deduzco que la he pillado con la guardia baja.

Enseguida se recupera, sin embargo. Una expresión desconcertada aparece en su rostro mientras pregunta:

—¿Instrucciones?

—No espero que respondas. Pero sí que transmitas que estoy aquí para cumplir mi misión y que no me gustan las interferencias. —Su lenguaje corporal me dice que está verdaderamente sorprendida por mis palabras, así que deduzco que ella no sabía que trabajamos para el mismo jefe. Me acerco un poco más y añado—: Tenemos más en común de lo que crees.

La expresión incrédula sigue aún presente en su cara, pero ahora de forma más controlada.

—Perdona, la verdad es que no sé de qué estás hablando.

—¿Recuerdas la gasolinera Sheetz que hay en North Van Buren, en Eden? Dime, ¿cómo se llama la travesía lateral?

Ella entreabre la boca, pero no dice una sola palabra.

—Se llama East Stadium Drive. Es la misma calle que va al instituto. Una calle que cualquier persona de Eden recordaría sin pensarlo —digo—. ¿Ya le has enviado una foto de lo que has encontrado arriba o se la enviarás cuando vuelvas a casa de los Bernard?

Ella se sobresalta ante mi tono.

—No sé…

Me acerco aún más.

—¿Por qué no llegamos a la parte en la que respondes a mi pregunta?

Transcurre un tenso minuto y por fin dice:

—Ya le he enviado una foto.

Ella no podía saber que lo que ha encontrado era inútil, solo que era algo que no encajaba en un tocador y resultaba sospechoso. No necesitaba más para informar al señor Smith.

Y yo no he podido dejar pasar la ocasión de transmitirle a él cómo me sienta la presencia de esta mujer aquí. Él sabe que yo nunca guardaría ningún material delicado en esta casa. Así que creé una hoja de cálculo titulada «Recaudación de fondos del Patronato de la Ópera» con una lista de nombres y números de tarjeta de crédito falsos como la que habría sacado de la subasta en el club de campo si no me hubieran atrapado aquella noche. Bastaba con eso para llamar la atención de esta mujer, pero el señor Smith comprenderá que la he embaucado para que lo encontrara. Quiero que sepa que no me gusta que envíe a alguien a mi terreno.

Ella empieza a alejarse; luego titubea.

—¿Cómo lo has sabido?

—Me esperaba que revolvieras entre mis cosas y te he dejado eso para que lo encontraras. Si no me lo hubiera esperado, no me habría dado ni cuenta.

No sé muy bien por qué me siento impulsada a concederle ese pequeño elogio, ya que no estamos en el mismo lado.

—Será mejor que vaya con James —dice.

Cuando llegamos casi a la puerta del porche, digo:

—Una última advertencia. No hay mucha distancia entre estar en una misión y convertirse en la misión.

Quisiera decir más, pero ya he dicho demasiado, y al señor Smith no le gustará que le haya hablado a esta mujer con tanta franqueza.

Ella abre la puerta y dice con su voz almibarada.

—James, cariño, ¿estás listo?

—Sí, nena. Cuando tú lo estés —responde él.

Ryan y yo los acompañamos fuera, y yo detecto que no solo hay tensión entre nosotras, sino también entre Ryan y James.

Las despedidas son bastante lacónicas en comparación con la simpatía que hemos derrochado durante la cena. Ella se sienta al volante, puesto que James apenas ha podido llegar hasta el coche por su propio pie, y las dos nos miramos a los ojos mientras arranca el coche.

Ryan y yo los vemos salir por el sendero marcha atrás.

—¿Pasa algo con James? —pregunto.

Él se pone tenso.

—La misma mierda de siempre.

En cuanto los faros desaparecen por la esquina, nosotros volvemos dentro cogidos de la mano.

14

Presente

Me despierto más temprano de lo normal para un sábado por la mañana. Lo de anoche ha generado un desfile interminable de preguntas y no he podido dormir bien. Me deslizo fuera de la cama, procurando no despertar a Ryan, y bajo a la cocina. Necesito las próximas dos horas para pensar qué debo hacer mientras espero el siguiente paso del señor Smith.

Pongo en marcha la máquina de café y luego enciendo la pequeña televisión del rincón del desayuno. Una vieja película en blanco y negro runrunea de fondo mientras miro cómo cae el chorro de líquido oscuro.

Suenan unos pasos precipitados en la escalera y me vuelvo a mirar. Ryan entra rápidamente en la cocina con el móvil pegado al oído. Chasquea los dedos señalando la televisión y, tapando el micrófono, dice:

—Pon el canal tres.

Tiene una expresión de pánico.

—Te llamo luego —dice, y corta la llamada.

Cambio de canal y aparece en la pantalla la presentadora de las noticias locales. Está en el margen de la carretera y el cálido resplandor del sol naciente ilumina a su espalda el puente que cruza el lago.

—El accidente se produjo anoche poco después de las once.

Las autoridades dicen que el coche circulaba a gran velocidad cuando se salió de la carretera, atravesando la barandilla del puente y cayendo al lago. Ante la pregunta de si el conductor estaba ebrio, la policía ha declarado que no podrán saberlo hasta que cuenten con el informe toxicológico.

La cámara ofrece una vista panorámica y yo siento una oleada de náuseas. El coche que están sacando del agua con un enorme camión de remolque es el mismo que anoche salió marcha atrás de nuestro sendero. Y luego inunda la pantalla la fotografía de James y esa mujer en la fiesta del derbi.

—James Bernard y su acompañante, Lucca Marino, habían venido de visita desde Baton Rouge. Ambos han sido declarados muertos en el lugar de los hechos, y se ha informado a la familia Bernard poco después —dice la presentadora.

Santo cielo.

Luego conectan con el presentador del estudio.

—Chrissy, la noticia debe de haber sido espantosa para la familia Bernard...

Chrissy aparece en una pantalla dividida.

—Sí, Ed. El señor Bernard está actualmente en casa recuperándose de una caída, y el fallecido, su hijo, había venido a la ciudad para ayudar a la madre a cuidarlo. Han pedido que se respete su intimidad en estos momentos tan difíciles. Hemos contactado con nuestra cadena asociada en Eden, Carolina del Norte, la ciudad natal de Lucca Marino, e informaremos de lo que podamos averiguar sobre ella en el boletín de esta noche.

Ryan mira fijamente la pequeña pantalla con una mano en la boca. Tiene una expresión vacía, como si aún necesitara asimilar lo que está viendo.

Cuando el informativo pasa a la siguiente noticia, apago la televisión. Ryan se deja caer en la silla más cercana con la cabeza entre las manos. Me acerco y deslizo los dedos por sus largos mechones.

—No puedo creerlo. Anoche terminamos mal... y ahora esto. James ha estado jodido toda su vida. Metiéndose en líos, robándome… Pero yo creía que estaba mejor. Y ayer, cuando nos pusimos a jugar con la pelota, me pidió dinero. Yo estaba borracho y perdí los estribos. Le dije que había acabado con él para siempre.

No digo nada; sigo acariciándole el pelo mientras me pregunto cómo pudo producirse el accidente y qué significa.

—Tenemos que ir a ver a sus padres —dice Ryan alzando los ojos—. ¿Ella estaba borracha? ¿Deberíamos haberle impedido que condujera?

Meneo la cabeza. Me cuesta un momento articular palabra.

—No. Solo tomó un par de copas en toda la noche. Estaba en perfectas condiciones para conducir.

No quiero que se culpe por lo ocurrido.

Lo que digo parece procurarle cierto alivio, aunque no dura mucho. De repente se levanta como un resorte de la silla.

—Tengo que ir a ver a sus padres. Su madre estará destrozada. Y su padre también. Joder, la policía querrá hablar con nosotros. —Aprieta los párpados—. Somos los últimos que los vimos vivos. Tendrán preguntas que hacernos.

Está divagando; tengo que lograr que se centre. Y, si es posible, disuadirle de llamar a la policía. Lo último que me hace falta es que la poli sepa algo sobre mí.

—Paso a paso. Vistámonos y vayamos a ver a los padres de James. A ver si necesitan ayuda para organizarlo todo. Ya nos ocuparemos más tarde del resto.

Él asiente mientras deambula en círculo por la cocina.

—Sí, hagamos eso. —De pronto se detiene—. ¿Y qué hay de Lucca? ¿Deberíamos llamar a sus padres? ¿Tú sigues en contacto con esa amiga del instituto que tiene familia allí? A lo mejor los conoce.

Inspiro hondo. Mantengo el aire. Espiro lentamente.

—Empecemos por los padres de James. Quizá ellos hayan llamado a la familia de Lucca.

Ryan vuelve a asentir; luego corre hacia la escalera.

—Estaré listo en diez minutos.

Me dejo caer en la silla que Ryan ha dejado vacía.

«Huye».

Mentalmente, estoy saliendo a toda leche de esta ciudad sin mirar atrás.

Respiro.

Tengo que analizar bien todo esto. Tengo que pensar como si yo fuera el señor Smith. ¿Acaso él iba a gastar el tiempo y la energía necesarios adiestrándola para esta misión y a utilizar sus contactos para poder introducirla aquí solo para matarla poco después de su llegada?

La única manera de que esa hipótesis fuese factible sería que esa mujer hubiera terminado la tarea para la que la enviaron y dejara de resultar útil. No veo cómo podría ser posible.

Me metí en esta misión sabiendo que era una prueba (y no la primera a la que me ha sometido el señor Smith en los ocho años que llevo trabajando para él), así que ya me esperaba que aquí hubiera en juego más de lo que me dijeron de entrada. Lo único seguro es que la aparición de esa mujer estaba relacionada con la insatisfacción de mi jefe respecto a mi última misión, y que ahora ella está muerta.

Por ahora, acompañaré a Ryan a casa de los padres de James y trataremos de consolarlos explicándoles lo feliz que estaba él durante las últimas horas de su vida. Averiguaré todo lo que pueda sobre la mujer a la que enviaron para hacerse pasar por mí. Le sujetaré a Ryan la mano mientras se lamenta por la pérdida de su amigo. A pesar de sus duras palabras, sé que él preferiría que James no hubiera muerto en ese accidente. La muerte hace que se disuelvan esos agrios sentimientos.

Pero lo que es más importante: voy a terminar lo que he empezado.

Al llegar, vemos que hay dos coches de policía aparcados frente a la casa de los padres de James. Sabía que esto era posible, aunque confiaba en que ya se hubieran ido.

Ryan aparca dos casas más allá, en el hueco más cercano que encuentra.

Los Bernard viven en un barrio más antiguo que el de Ryan, situado en el lado opuesto del lago. Las casas, de ladrillo marrón de distintos tonos, con tejados de poca altura y angostos senderos de acceso, se construyeron a mediados de los ochenta.

Hay un nutrido flujo de personas que se dirige hacia la puerta principal, igual que nosotros.

—¿Por qué hay tanta gente? Esto parece la aglomeración que suele haber en un tanatorio —le susurro a Ryan mientras él me guía entre la multitud hacia el costado de la casa.

Como sé que se crio con James y que, de niño, pasó aquí mucho tiempo, no me sorprende que esté evitando la puerta principal.

—Serán en su mayor parte vecinos y gente de su iglesia. Habrá el doble en el tanatorio. Muchas de estas mujeres tienen un guiso en el congelador para este tipo de ocasión. —Se gira para mirarme y, poniendo cara de circunstancias, añade—: Además, vienen a cotillear.

Ryan abre la puerta lateral y me lleva por el estrecho pasillo trasero hacia la sala de estar. Hay gente por todas partes y los techos bajos intensifican la sensación de claustrofobia. Un grupo de viejecitas con placas de identificación y unas batas tipo delantal idénticas —son de la brigada de la Biblia de la iglesia de los Bernard, si no me equivoco— corretean de acá para allá ofreciendo agua o café a los visitantes y encargándose de mantener la sala en orden.

—No están aquí —musita Ryan, y me arrastra de nuevo al pasillo y luego por otra puerta abierta que da a una pequeña oficina.

El frágil y delgado cuerpo de Rose Bernard está encogido en la esquina de un butacón; Wayne Bernard se encuentra a su lado, hundido en un sillón orejero, con la pierna mala en alto sobre una pequeña otomana. Hay un agente uniformado sentado frente a ellos en una banqueta; otros dos permanecen de pie por detrás de él.

Los policías se vuelven hacia nosotros en cuanto aparecemos en el umbral.

Ryan y yo retrocedemos un paso.

—Perdón, no queríamos interrumpir…

La señora Bernard suelta un grito angustiado al ver a Ryan.

—No, no te vayas —exclama—. ¿Cómo ha podido ocurrir esto, Ryan? ¿James estaba bien anoche? ¿Pasó algo en tu casa?

Él entra en la habitación y se acuclilla a su lado, cubriéndole las manos con las suyas.

—No pasó nada. ¡Estaba de maravilla! Los dos se encontraban perfectamente. No habría dejado que se fueran si hubiera creído que no estaban en condiciones.

Los agentes se miran entre sí al comprender que los fallecidos estuvieron en nuestra casa antes del accidente. Hemos pasado de ser unos simples visitantes a unos posibles testigos del estado mental de ambos antes de su muerte.

La señora Bernard se echa hacia delante un poco para que Ryan pueda abrazarla. El señor Bernard traga saliva con dificultad y extiende el brazo para estrechar la mano de su mujer.

Yo no debería haber venido. Debería haber dejado que Ryan se encargara de esto sin mí. Haberle dicho que esto era algo privado, no un sitio para una desconocida. Pero yo tenía tantas ganas de lograr cualquier dato sobre esa mujer que he ignorado los riesgos a los que podía enfrentarme aquí.

Ahora me doy cuenta del enorme error que he cometido. El agente que está sentado en la banqueta tiene la vista puesta en nosotros. Y como parece que el abrazo de Ryan es lo único que impide que la señora Bernard se desmorone del todo, se dirige primero a mí.

—Hola —dice pasando las páginas de su libreta—. Soy el agente Bullock. Estoy recogiendo toda la información posible. ¿Le importa que le haga unas preguntas?

Estoy atrapada. No puedo decir que no sé nada porque está claro que ellos estuvieron anoche con nosotros. Y aunque me gustaría responder a esas preguntas en una situación más ventajosa, ahora tendré que arreglármelas así.

—Claro —digo, y señalo a Ryan—. Hemos venido corriendo

en cuanto nos hemos enterado de lo que ha ocurrido. James y Lucca estuvieron en nuestra casa anoche.

Con el bolígrafo listo sobre una página en blanco, el agente pregunta:

—¿Usted se llama...?

Vacilo solo un segundo antes de responder.

—Evie Porter.

Ahora he mentido oficialmente a la policía.

—¿Evie es un nombre o una abreviación?

—Es Evelyn.

—Bien, señora Porter, ¿cómo conoció al señor Bernard y a la señora Marino?

Ryan se separa de la señora Bernard, prometiéndole que volverá enseguida; viene a mi lado y me rodea la cintura con el brazo derecho. No sé si pretende mostrar un frente unido o si necesita el calor que yo pueda darle.

—Hola, soy Ryan Sumner. James era un antiguo amigo mío. Evie y yo le invitamos a cenar a él y a Lucca ayer noche.

El agente Bullock lo anota en su libreta y formula la siguiente pregunta sin levantar la vista.

—¿La señora Marino estuvo bebiendo ayer?

Ryan me mira antes de responder. El bolígrafo del policía se detiene y alza los ojos hacia nosotros.

—Solo se tomó una copa de vino cuando llegaron a las seis y luego otra en la cena. James bebió una cantidad considerablemente superior, de ahí que condujera ella —respondo.

El agente Bullock aguarda un instante y vuelve a sus notas.

—¿Diría usted que ella estaba en posesión de sus facultades cuando se fue?

—Sí —responde Ryan.

—¿Es posible que consumiera más bebida de la que ustedes presenciaron? ¿Tal vez se tomó a hurtadillas una o dos copas más mientras ustedes no se daban cuenta?

—Es posible, pero no lo creo probable. Estuvo toda la velada con nosotros, salvo cuando fue al baño.

La conducción en estado de ebriedad es el motivo más obvio de un accidente como este. La cuestión sobre el consumo de alcohol de esa mujer quedará aclarada cuando lleguen los resultados de la autopsia, pero estoy segura de que no pudo haber tomado más que dos copas.

—¿El señor Bernard opuso resistencia por no poder conducir a casa? —pregunta el agente.

La señora Bernard se lleva las manos al pecho al oír la pregunta. Ryan, dándose cuenta de lo alterada que está, nos indica que salgamos al pasillo.

—No. En absoluto. Subió voluntaria y gustosamente al asiento del copiloto —dice Ryan finalmente, cuando hemos salido.

El agente asiente. Escribe más cosas de las que decimos, pero el ángulo de la libreta me impide ver sus notas.

—¿Cómo iban las cosas anoche entre el señor Bernard y la señora Marino? ¿Alguna discusión? ¿Una pelea?

—No, en absoluto —respondo.

—¿Sucedió algo que pudiera haber provocado que la señora Marino se distrajera? ¿Un disgusto? —El agente mira a Ryan y se encoge de hombros mientras añade—: ¿Alguna conversación sobre antiguas novias? Ya se sabe lo que pasa cuando unos viejos amigos se ponen a recordar. ¿Ella tuvo que escuchar cómo hablaba el señor Bernard de sus días de gloria y quizá no le gustó lo que estaba oyendo?

—No, no hubo nada de eso —dice Ryan con cierta irritación—. Ninguno de nosotros dos habría querido que Lucca o Evie se sintieran incómodas.

El agente alza una mano.

—Vale, entendido, tenía que preguntarlo. Solo trato de imaginarme qué pasaba en la cabeza de la señora Marino mientras estaba anoche al volante.

Yo sí sé lo que le pasaba por la cabeza. No solamente la desenmascaré, sino que prácticamente la amenacé con la posibilidad de que el señor Smith se volviera contra ella con tanta rapidez como se ha vuelto contra mí. Y Ryan, después de que James le pidiera dinero, acababa de decirle que no quería saber nada más de él. Ninguno de los dos estaba en su mejor momento.

—¿A qué hora se fueron? —pregunta el agente.

—Un poco antes de las once —digo.

Respondemos a todas las preguntas, explicando cómo fue la velada, desde la invitación a cenar que les hicimos ayer por la mañana en el Home Depot hasta que vimos cómo desaparecían los faros de su coche por nuestra calle desierta. El agente Bullock solo levanta la vista cuando Ryan se atasca con alguna respuesta, pero si él está confuso sobre los detalles es básicamente porque bebió al mismo ritmo que James, de manera que estoy segura de que tiene esos recuerdos algo borrosos.

—¿Cuál había sido la última vez que estuvo en contacto con el señor Bernard antes de que él regresara a la ciudad?

Ryan mira a lo lejos, como perdido en sus pensamientos. Por fin responde:

—Hará un año. Necesitaba dinero. Y se lo envié.

Reduce su respuesta al mínimo, y no menciona la petición de ayuda financiera que acababa de hacerle James.

El agente me mira a mí.

—¿Y cuándo fue la última que usted estuvo en contacto con el señor Bernard antes de su regreso?

Meneo la cabeza.

—Yo lo conocí hace una semana.

Ryan añade antes de que yo pueda detenerle:

—Evie se trasladó aquí desde Brookwood, Alabama, hace pocos meses. Ella no conocía a James.

Ay, mierda. Miro cómo anota el agente este último dato, confiando en que los antecedentes inventados de Evelyn Porter se sostengan.

Por fin, el agente se guarda la libreta y el bolígrafo en el bolsillo.

—Estaremos en contacto si tenemos más preguntas.

Yo asiento, pero Ryan lo detiene antes de que se aleje.

—¿Han comunicado ya la noticia a la familia de Lucca?

—Con el brazo que aún mantiene alrededor de mi cintura, me

atrae un poco más hacia sí—. He pensado que quizá quieran hablar con nosotros, ya que fuimos los últimos que la vimos.

—Hemos llamado a la policía de Eden y estamos esperando que nos informen. Ahora mismo están tratando de localizar a cualquiera de sus familiares.

No hay familiares de Lucca Marino en Eden, pero eso lo descubrirá muy pronto.

—Bueno, si tienen alguna pregunta o simplemente quieren hablar, ¿querrá pasarles mi número, por favor? —dice Ryan.

El agente Bullock asiente.

—Desde luego.

Cuando se va la policía, ayudamos a los Bernard a volver a la sala de estar. Aunque hay una cola de gente que quiere darle el pésame, la señora Bernard vuelve a aferrarse a Ryan. Él permanece a su lado en el sofá mientras ella habla con cada una de las personas que se acercan. Parece que vamos a estar varados aquí un buen rato. Yo opto por echar una mano en la cocina, a donde han emigrado la mayoría de las señoras de la iglesia. Nadie chismorrea más que las mujeres temerosas de Dios portadoras de guisos, así que me instalo cerca de la máquina de café, ofreciéndome a llenar las tazas que se cruzan en mi camino, con la esperanza de oír tal vez algo interesante, hasta que vislumbre la ocasión de fisgonear en la habitación que ocupaban James y esa mujer.

Hay tres señoras conmigo en la cocina. Francie parece ser la cocinera del grupo y se ha encargado de tomar el abigarrado surtido de comida que ha traído la gente y dividir la mitad en porciones que puedan guardarse en la nevera para que las consuman los Bernard más adelante. La otra mitad la están colocando en el comedor, en plan bufet, para las visitas. Toni es lo que mamá llamaba «mariposilla». Se le da muy bien aparentar que está ocupada sin llegar a hacer realmente ninguna cosa. Y Jane es la reina de las listas. Hay una lista de gente a la que llamar. Una lista de cosas que comprar. Un lista de los platos que han traído. Una lista de la gente que se ha pasado por aquí. Y una lista de las personas que escribirán notas de agradecimiento a todos los que han traído un plato o venido de visita.

La muerte requiere mucha organización.

Francie desaparece unos minutos en el pequeño lavadero que hay junto a la cocina y reaparece con una gran cesta de ropa doblada.

—Voy a llevar esto a la habitación de James —dice.

Es evidente que el peso de la cesta es excesivo para ella, así que aprovecho la ocasión.

—Déjeme ayudarla, por favor. Yo me encargo de llevarla si me indica dónde es —le digo, ya con las manos en la cesta.

Francie parece aliviada.

—Muy amable, cielo. Estas eran las cosas de James y Lucca. No quería que Rose tuviera que andar trajinando con ellas ahora. Su habitación es la segunda puerta a la derecha —dice señalándome un pasillo.

Salgo rápidamente de la cocina y cruzo el pasillo. Resulta impresionante ver esta habitación tal como la dejaron ayer tarde, pensando que volverían después. Tras posar la cesta de ropa sobre la cama deshecha, dedico un rato a revisar los papeles del pequeño escritorio, pero ahí no hay nada de interés.

En el suelo, al lado de la cama, hay dos maletas abiertas con ropa rebosando por todas partes. La encimera del baño está cubierta de artículos de tocador y maquillaje. Hurgo primero en la maleta de la mujer y solo encuentro ropa y zapatos. Me sorprende que no deshicieran el equipaje ni utilizaran el armario y la cómoda vacíos, teniendo en cuenta el tiempo que llevaban aquí. Deslizo los dedos por el borde interior de la maleta y me detengo al pasar por una zona rugosa y abultada. Hurgo en el forro, encuentro el cierre de velcro y, nada más abrirlo, veo el conocido sobre marrón de 10 por 15.

El mismo tipo de sobre en el que vienen mis instrucciones.

Lo saco y lo abro. El corazón me palpita cuando veo la hoja de papel que aún hay en su interior.

Sujeto: Evie Porter.

Una vez hecho el contacto inicial, prepárate para volver a relacionarte con el sujeto. Si se presenta la ocasión de entrar en su residencia, aprovéchala para registrar sus pertenencias. Concéntrate en su espacio y sus objetos personales. Informa de cualquier cosa que ella haya considerado lo bastante importante como para ocultarla, sea lo que sea. En caso de duda, documéntala y envíamela. Procede con extrema cautela cuando manipules sus cosas y no dejes ningún rastro.

Examino el sobre y veo la dirección de una tienda de mensajería y el apartado de correos 2870. Debe de estar desesperado si la envió a registrar mis cosas. Él sabe que yo jamás guardaría nada de valor en casa de Ryan.

Vuelvo a guardar la hoja en el sobre, lo doblo y me lo meto en el bolsillo trasero de los vaqueros.

—¿Todo bien por aquí? —pregunta Francie desde el umbral, sobresaltándome.

Le echo un vistazo por encima del hombro mientras cojo un montón de prendas que había sacado antes de la maleta.

—He pensado en ahorrar a la señora Bernard la molestia de guardar la ropa de Lucca en la maleta, porque estoy segura de que tendrá que enviársela a su familia. No quería que fuera ella la que tuviera que hacerlo.

Eso me gana una gran sonrisa.

—Ah, fantástico. La ayudaré a terminar aquí. Me estoy escondiendo de Jane para que no me haga lavar los platos.

Francie y yo nos pasamos los siguientes treinta minutos volviendo a meter las pertenencias de ambos en las dos maletas. Yo continúo la búsqueda de las instrucciones previas y de la descripción detallada de mí que ella debió de recibir, pero no encuentro nada más.

Al fin, me dirijo a la sala de estar para buscar a Ryan. Tengo que largarme de aquí e ir a hablar con la única persona que puede ayudarme a decidir qué hacer a continuación.

Alias: Mia Bianchi. Seis años antes

Hay un montón de gente que pretende convertirse en el más brillante colaborador de Andrew Marshall. Ser un pelota y un lameculos son las principales cualidades que poseen todos los empleados y voluntarios que trabajan para él. Yo decido tomar el camino opuesto. Es arriesgado, sin duda, pero me da igual lo hinchado que esté su ego: la cruda sinceridad vale más que la adoración ciega, y si Andrew es lo bastante inteligente para haber llegado hasta aquí, seguro que lo sabe.

Actualmente estoy metida en la campaña política de Andrew Marshall para el puesto de gobernador de Tennessee. En la primera remesa de instrucciones que recibí para esta misión, que incluía una nueva identidad como Mia Bianchi y la dirección de mi nuevo apartamento en Knoxville, Tennessee, había al pie de la página una nota manuscrita que decía: *Estás pasando a la primera división, así que no la cagues.*

Aunque llevo trabajando para el señor Smith algo más de dos años, nunca lo he visto en persona, ni he hablado con él por teléfono desde la misión Kingston, así que supongo que esa nota debía de ser de Matt.

Todo pasa a través de Matt.

La segunda remesa de instrucciones, que recibí una semana después de que me instalara en Knoxville, señalaba a Andrew

Marshall como objetivo y me informaba de que Mia Bianchi empezaría a trabajar en su campaña a la semana siguiente. Mi pelo, mi maquillaje y mi indumentaria debían ser impecables. Yo debía ser la persona más brillante de su equipo. Debía volverme indispensable. Tenía siete días para empaparme a fondo sobre la vida de Andrew Marshall y de todas las personas relacionadas con él, incluidos sus adversarios, de manera que estuviera bien preparada para el primer día de la misión. Como lo único que yo deseaba era ascender, lo hice a conciencia.

He recorrido un largo camino desde aquella primera misión. Entonces fui imprudente, tal como dijo el señor Smith. Actué de forma caótica. Pero la suerte estuvo de mi lado. Jenny pasó una semana en un coma inducido. El golpe en la cabeza, junto con la bebida y las pastillas, constituían una mala combinación. Cuando recuperó el conocimiento, no tenía ningún recuerdo de las veinticuatro horas anteriores a la caída. Yo estaba a salvo. O bueno, lo estaba Izzy Williams.

En los últimos dos años, he comprobado un par de veces cómo seguía Miles. Los Kingston están divorciados y, según parece, él vive ahora con el señor Kingston y la nueva señora Kingston. La última vez que fisgoneé la página de Facebook de la nueva esposa, vi que había un post de la empresa de interiorismo que ella había contratado para borrar todo rastro de Jenny. El post mostraba fotos de la casa recién reformada, incluida una de la habitación de Miles. Al ampliar la imagen de la estantería, vi un cisne de papiroflexia en una balda. Nunca sabré si es el mismo que hice con él aquel día, o si ha aprendido a hacerlos por sí solo, pero ese cisne expuesto en la habitación como si revistiera cierta importancia es una prueba de que yo estuve allí, aunque solo fuera durante un breve periodo de tiempo.

Quizá no soy del todo ese fantasma que creía ser.

Ahora, con la misión Andrew Marshall, es la primera vez que he tenido que instalarme, porque me dijeron desde el principio que pasarían un par de meses antes de que recibiera nuevas instrucciones. Esta es también la primera misión en la que he recibido un grueso sobre de dinero para cubrir el alquiler y los suministros, así como los gastos adicionales necesarios para convertirme en Mia Bianchi. La verdad es que este nuevo peldaño de mi ascenso resulta muy agradable.

Me ha costado tres meses, pero ahora Andrew Marshall recurre a mi opinión para cualquier cosa, desde qué corbata ponerse hasta si debe asistir a un determinado evento. Basta con que yo asienta o menee rápidamente la cabeza para que se deshagan los planes cuidadosamente diseñados por otro.

Andrew Marshall es el único que está conforme con esta situación.

No me hace falta tener ojos en el cogote para ver la diana que llevo pintada ahí. Los miembros de su equipo han indagado en mis antecedentes, tratando de encontrar algo para bajarme de mi trono, pero han salido con las manos vacías.

Soy Mia Bianchi. Aunque solo tengo veintidós años, mis nuevos documentos indican que tengo veintisiete. La ropa y el maquillaje adecuados son esenciales. Me gradué en la universidad Clemson —«¡Vamos, Tigers!»— y fui una alumna brillante en la asignatura de políticas públicas y una auténtica estrella en el equipo de debates. No consigo imaginarme siquiera cómo han podido añadir mi imagen a la fotografía de un debate contra la universidad de Carolina del Norte de hace unos años. Pero ahí estaba. Una imagen lo bastante granulosa como para encontrarme si me estabas buscando, pero no lo bastante clara como para que la cuestionen los alumnos que realmente estuvieron allí.

Después de dos años trabajando con Matt, sé que él no es capaz de hacer lo necesario para insertarme tan plenamente en esta vida fabricada, así que cada vez siento más curiosidad por el equipo que hay detrás del señor Smith. Me pregunto cuánta gente tendrá haciendo esta clase de cosas.

Pero estas cuestiones quedan para otro día.

Hoy el tema de debate respecto a Andrew Marshall es el evento de la Asociación Americana de Abogados en un hotel de lujo de Hilton Head, Carolina del Sur. Es una conferencia de fin de semana en la que unos cuantos abogados que, como el propio Andrew, ya no ejercen, pero mantienen vigente su licencia, obtendrán créditos universitarios entre un partido matinal de golf y unas copas vespertinas. Es tanto una ocasión para codearse con colegas y hacer contactos como para asistir a cursos intensivos de treinta minutos, por ejemplo sobre tecnología puntera para pequeñas empresas. Y, como llegó al fin mi tercera remesa de instrucciones, y dejaba claro que Andrew debía estar allí sin falta, eso es lo que estoy defendiendo.

Pero resulta que hay otra oportunidad en Memphis al mismo tiempo que es mejor para su campaña. Y, dado que se presenta para gobernador de Tennessee y no de Carolina del Sur, la batalla para imponerme es bastante ardua.

La esposa de Andrew, Marie, está harta de mí. Yo no le he dado un solo motivo para pensar que estoy interesada en su marido en ningún sentido, pero las mujeres son extrañas. No hace falta que le dé un motivo para que ella siga temiéndolo.

Lo sorprendente de Andrew Marshall es que es una buena persona. He examinado cada uno de los documentos y archivos personales a los que he podido echar mano. Y, como él no sospecha en absoluto de mí, he tenido acceso a todos ellos. Pues bien, no hay un solo indicio de que haya robado o cerrado algún trato ilícito, ninguna promesa que no pueda reconocer en público; está tan enamorado de su esposa como el primer día, y trata bien a sus empleados. Y, por si fuera poco, sus mascotas son perros adoptados.

Todas mis misiones anteriores se centraban en conseguir algo que el señor Smith quería o necesitaba, ya fueran archivos informáticos, documentos o cualquier tipo de bien o propiedad. Pero esta misión es distinta desde el principio.

Ahora sé por qué estoy aquí. Andrew Marshall será el próximo gobernador de Tennessee y el señor Smith quiere tenerlo en sus manos desde el primer día.

Como no había nada para chantajearlo, tendré que crearlo yo.

Su jefe de personal acaba de exponer todos los argumentos para optar por Memphis y no por Hilton Head. Mis argumentos para escoger la convención ya han quedado expuestos. La opción de Hilton Head es un evento regional, no solo para Carolina del Sur, y habrá allí varios peces gordos de verdad, pues el ponente principal acaba de anunciar que va a presentarse como candidato a la presidencia, de modo que la cobertura mediática será a nivel nacional. Las posibilidades de hacer contactos y encontrar nuevos donantes para la campaña son mayores. Y, dada la forma en que las redes sociales han venido transformando el mundo de la política, para convertirte en gobernador de Tennessee tienes que pensar más allá de Tennessee.

La sala queda en silencio mientras todos los presentes esperan a que Andrew acepte o rechace la invitación a Memphis.

Andrew conoce mi punto de vista. Me lanza una mirada y yo tengo unos segundos para decidir si voy a contribuir a corromper a una persona del todo intachable.

Un leve meneo de mi cabeza sella su destino.

Andrew creía que yo me iba a Hilton Head un día antes que él y el resto del equipo para que estuviera todo preparado y pudiéramos aprovechar al máximo su estancia allí. Pero ese no era el motivo de que yo partiera hacia el este con antelación, y mi verdadero destino era Georgia, no Carolina del Sur. El viernes por la mañana estoy en Savannah, a una hora al sur de Hilton Head, esperando el primer bus turístico del día que va a recorrer el casco viejo.

Cuando llega el momento de subir, me voy directa a la parte trasera del autobús y ocupo el asiento de pasillo de la última fila, en el lado del conductor, confiando en que nadie me pida permiso para ocupar el asiento de ventanilla.

La empresa de estos tours es muy eficiente y en unos minutos hemos subido todos y estamos en marcha. Coge el micrófono un señor mayor muy entusiasta y su voz suena a tal volumen que no solo los ocupantes del autobús, sino también la gente de la calle, reciben una lección sobre la historia de Savannah.

Al terminar el primer recorrido, yo soy la única pasajera que queda del grupo inicial; los demás se han ido bajando en diferentes paradas de la ruta.

En la segunda parada del tercer recorrido, un hombre negro alto y delgado se sube al autobús, avanza por el pasillo y se detiene frente a mí.

Lleva una camiseta y un gorro de los Atlanta Braves y oculta los ojos tras unas gafas de sol.

—¿Está libre? —pregunta señalando el asiento de la ventanilla que he estado guardando.

Encojo las piernas y le indico con un gesto que sí.

Él pasa, se sienta y se pone la mochila en el regazo.

—Devon, supongo —digo—. Me encanta todo este misterio, pero tengo mucho que hacer y perder dos horas dando vueltas no entraba en mis planes.

Él señala el altavoz montado en el techo del autobús y yo reparo por primera vez en la lucecita roja oculta bajo la tela de rejilla que lo recubre.

—Puedes deducir mucho de alguien por su manera de actuar cuando lo dejas esperando demasiado tiempo.

Vuelvo a mirarlo a él.

—Supongo que he pasado el examen.

Aparece durante un segundo en su rostro una sonrisita de suficiencia.

—Con sobresaliente, señora Smith.

Seguramente ha sido una tontería, pero no he podido resistir la tentación de utilizar el mismo apellido falso que mi jefe. Encontré a Devon en internet hace un año, cuando estaba buscando unos equipos tecnológicos que necesitaba para un trabajo y no conseguía obtenerlos por mi propia cuenta. Esta es la primera vez que nos vemos en persona; de ahí que me haya hecho tragarme todos los baches de la ciudad antes de mostrarse.

Menuda paranoia, de todos modos.

—¿Qué es lo que necesita, señora Smith?

Aquí es donde la cosa se complica un poco.

—Aún no estoy del todo segura. Tengo un trabajo en Hilton Head, pero no recibiré todas las instrucciones hasta que esté allí y, por tanto, ignoro lo que me hará falta. Una vez que lo sepa, lo necesitaré deprisa, así que lo que le pido es que esté a mano para poder proporcionarme los equipos y el apoyo necesario.

Él mira por la ventanilla sin decir palabra. No es poca cosa lo que le estoy pidiendo; por eso quería hablarlo en persona y no mediante nuestros canales de comunicación online.

Desde la noche en la que estuvieron a punto de detenerme en el club de campo, he comprendido la importancia de tener gente sobre el terreno que pueda protegerme si las cosas salen mal. La ayuda que el señor Smith me proporciona únicamente me protegerá si él no sale perjudicado. Necesito contar con alguien que cuide de mí y solo de mí. Ya ha llegado el momento de montar mi propio equipo.

Por fin, Devon se vuelve hacia mí.

—¿Qué pasa si necesita algo que no puedo conseguir con tan poca antelación?

—Entonces espero que pueda analizar el problema conmigo y ofrecerme otra solución.

Él vuelve a mirar por la ventanilla mientras el autobús se detiene para que bajen y suban pasajeros.

—Suena como si previera un problema —dice.

Asiento, pese a que no me está mirando.

—Así es. Llámelo un presentimiento. El trabajo está diseñado por alguien que no conoce a las partes interesadas tan bien como yo. Estoy tratando de anticiparme al momento en el que tenga las instrucciones y vea que el plan no va a funcionar.

—No es así como trabajo normalmente —dice él.

—Lo comprendo. Haré que le salga a cuenta. Además, si alguna vez necesita mi ayuda, podrá contar conmigo.

Devon comprende lo que estoy pidiendo: un pacto entre socios. Durante el último año hemos mantenido una sólida relación de trabajo; él sabe que pago bien, y yo que él cumple.

—Estamos en fase de prueba, señora Smith. Al primer indicio extraño, desaparezco.

Asiento y saco del bolso un papel donde figuran todos los datos relevantes para el fin de semana.

—No esperaría otra cosa.

Justo cuando para el autobús y me dispongo a bajar, le hago una última pregunta.

—¿Cómo es que he pasado el examen con sobresaliente?

—Ha estado sentada aquí como si tuviera todo el tiempo del mundo, cuando yo sabía que no era así. Eso me dice todo lo que necesito saber.

Andrew Marshall y el resto del equipo han llegado a Hilton Head. Una vez que he instalado a Andrew en su suite, voy a mi habitación, mucho más pequeña, situada cuatro plantas más abajo. Acabo de quitarme los zapatos y abrir la cremallera de mi bolso cuando suena un golpe en la puerta.

Un tipo con el uniforme del hotel me sonríe cuando abro. Bajo la vista al plato cubierto con una campana que va en el carrito que trae.

—Se equivoca de habitación. Yo no he pedido nada —digo, ya cerrando la puerta.

El tipo empuja el carrito lo suficiente para impedírmelo.

—Matt le envía esto con sus saludos —dice con una voz grave.

Me quedo helada. Nunca he conocido a nadie que trabajara para Matt. Con un vistazo rápido, deduzco que este hombre debe de andar por los treinta y cinco. Tiene el pelo corto, con vetas grises en las sienes, y solo mide unos centímetros más que yo. Según la placa de su uniforme, se llama George. Su cara y su complexión son lo bastante vulgares como para volverlo fácilmente olvidable. Pero, por la forma que tiene de mirarme sin apartar los ojos de mí, me temo que eso no va a cumplirse conmigo.

Abro más la puerta y le indico que pase. Él deja el carrito en el centro de la habitación y sale sin decir palabra. Al levantar la campana del plato veo un pedazo de tarta de zanahoria y un sobre similar a los que suelo encontrar en el casillero del apartado de correos.

Resulta inquietante que sepan que la tarta de zanahoria es mi preferida.

Llevo la tarta y el sobre a la mesita para poder comérmela mientras descubro qué me espera este fin de semana.

Después de leer las instrucciones, sin embargo, llego a la conclusión de que las probabilidades de que este plan funcione son escasas. Es un plan endeble. Superendeble.

Tal como me temía.

Matt había alardeado de que estaría a cargo de esta misión, lo cual me hizo suponer que el señor Smith quería ver de qué era capaz. Supongo que no soy la única que quiere ascender. Pero después de tratar con Matt durante los dos últimos años, yo no tenía claro que él estuviera preparado para actuar por su propia cuenta; de ahí que recurriera a Devon.

Cuando vuelven a llamar a la puerta, ya sé de qué se trata. Un botones, no el uniformado George, entra con un portamaletas en la habitación y descarga tres grandes cajas. Le doy una propina y se marcha. Instalo los monitores, conecto el portátil y entro en la página que figuraba en las instrucciones. La pantalla queda dividida en recuadros que muestran cada uno de los ángulos de la habitación y la terraza de Andrew.

Matt se las ha arreglado para conseguirle a Marie, la esposa de Andrew, una invitación a un prestigioso evento en Nashville y así garantizar que no esté aquí esta noche, cuando una mujer se acerque a Andrew durante el cóctel de recepción y lo engatuse para que la lleve a su habitación. Y yo estaré aquí para encargarme de que todo quede grabado por las cámaras.

El plan es tan estúpido que casi me siento ofendida.

Porque lo que Matt no comprende es que, aunque se le presente la ocasión, Andrew no engañará a su esposa. Por muchas mujeres guapas y ligeras de ropa que se echen a sus brazos, por mucho que tenga una habitación para él solo, por muchas copas que le hagan beber, Andrew no es un marido infiel.

Matt no ha hecho los deberes para esta misión y se nota.

Pero yo no puedo salir de este fin de semana con las manos vacías. Ahora estoy metida en una operación de gran envergadura donde hay mucho más en juego. Ya he dejado atrás los robos de poca monta.

El alivio que me produce haber enrolado a Devon es lo único que me impide entrar en pánico. Hago una llamada y, al cabo de media hora, tenemos un nuevo plan. Un plan mejor.

Mientras Devon se apresura a conseguir lo que necesitamos, saco mi móvil y llamo a Andrew. Él responde al segundo timbrazo.

—¡Hola! —dice—. ¿Ya instalada?

La habitación de Andrew es una de las suites más grandes que ofrece este hotel. Cuenta con una sala de estar y un comedor enormes, además del dormitorio. Y hay cámaras cubriendo cada centímetro, lo que me permite observarlo mientras deambula con el móvil en la oreja.

—Sí. Ya instalada. ¿Tú qué tal?

Él se deja caer en uno de los grandes sillones que hay cerca de la ventana.

—Todo bien por aquí. Estoy deseando darme un pequeño respiro, porque en realidad no tengo que participar en la conferencia hasta mañana por la mañana. Creo que me saltaré el cóctel de esta noche y veré a todo el mundo en el desayuno. Habrá tiempo de sobra para hacer contactos en la conferencia y en la cena de mañana por la noche. Llamaré al servicio de habitaciones y luego espero poder dormir bien toda la noche.

Ese es Andrew Marshall. Un tipo impoluto y un poquito soso.

—Ya sabes que se supone que debo llenar cada minuto que pases aquí con actividades que contribuyan a tu campaña —digo riendo—. Sobre todo teniendo en cuenta que hemos enojado a todo el mundo viniendo aquí en lugar de ir a Memphis.

Veo cómo baja la cabeza.

—Mia, necesito una noche libre.

Empiezo a sentirme culpable hasta que recuerdo la misión Kingston. «Este no es mi mundo. Yo solo soy un fantasma que pasa por aquí». Con eso me basta para acallar esos sentimientos y seguir presionando.

—A ver qué te parece esto: he revisado la lista de asistentes y aquí hay algunos peces gordos de verdad. ¿Y si escojo a un puñado para un cóctel privado de una hora en tu suite? Algo muy discreto. Alternas con ellos durante una hora y luego saco a todo el mundo y te dejo tranquilo el resto de la noche.

Ahora tiene la cabeza apoyada en el respaldo del sillón y se restriega la cara con la mano.

—Una hora.

—¡Entendido! Diré al servicio de habitaciones que suba un mueble bar y algo de comida.

Corto la llamada y pongo en práctica el resto de mi plan.

Todos aquellos a los que he invitado al cóctel privado de Andrew se han apresurado a aceptar la invitación. He sido muy exigente con la lista, escogiendo personas de todos los estados del sur, ya que esta es una conferencia regional y no únicamente de Carolina del Sur. Y, como todas mis misiones de los últimos dos años se han desarrollado en esta parte del país, estoy al tanto de la situación política de cada estado, así como de los aspectos buenos y malos de cada uno de los personajes aquí presentes.

Igual que Andrew, muchos de los abogados que asisten a la conferencia ocupan cargos electos diversos, que van desde la administración local hasta el Senado. Pero yo solo he invitado a los chicos malos que aspiran a hacer carrera. Los mismos que citarán la Biblia y proclamarán su amor a la familia, a la religión y a Dios en su próximo mitin.

Ya de paso, puedo tratar de exprimir al máximo la situación para él desde un punto de vista político.

Andrew recorre la habitación con un ojo puesto en el reloj, contando los minutos que faltan para que esto termine. El alcohol corre generosamente gracias a las chicas que he traído para servirlo. La paso una cerveza a Andrew, que me lo agradece con un gesto. Él raramente bebe, pero cuando lo hace es siempre una Miller Lite. Solo una.

Da un sorbo a la cerveza y dice en voz baja.

—No sé si yo hubiera invitado al senador Nelson o al congresista Burke.

No me sorprende su comentario. Ambos son unos ventajistas sin escrúpulos, pero también lo son todos los demás personajes a los que he invitado esta noche.

—Lo sé, pero esto forma parte del juego. Te guste o no, estos son los tipos con más influencia.

Le hago una seña a una de las chicas y la música aumenta un poco de volumen. Se aflojan los nudos de las corbatas. Las manos empiezan a soltarse.

Andrew capta el cambio en el ambiente y me mira desconcertado. Está sudando un poco. Tiene los ojos vidriosos.

Se me acerca y susurra:

—Quizá deberíamos dar esto por terminado. No me encuentro bien.

Yo le dirijo una mirada comprensiva.

—No tienes buen aspecto. Necesitas que te dé el aire.

Lo llevo a la terraza y lo ayudo a acomodarse en la tumbona. En cuanto apoya la nuca en el reposacabezas, se queda inconsciente. La cerveza se le escurre de las manos y cae al suelo; el líquido adulterado se esparce por las baldosas.

—Perdona, Andrew —susurro, y vuelvo a la fiesta.

Ha llegado el momento de que las chicas hagan su parte.

15

Presente

En cuanto termino de guardar en la maleta las cosas de esa mujer, podemos marcharnos por fin de casa de los Bernard, aunque solo después de prometerles que volveremos mañana para ayudarles a planear el servicio fúnebre de James. Esa visita dejaré gustosamente que la haga Ryan solo, puesto que yo ya he sacado de aquí todo lo que podía sobre Lucca.

Mientras Ryan conduce, echo un vistazo a Instagram y me detengo en el último post de *Southern Living's*, que muestra un porche precioso con un columpio de madera blanca y unos helechos colgantes. Es una fotografía encantadora. Pulso el botón de comentarios y escribo: «¡Con este rincón tan perfecto para reunirse cualquier momento es bueno para una copa de vino! ¡Aunque la primera caiga a las cinco de la tarde!».

Una vez que se carga mi comentario, continúo mirando un rato hasta que acabo de ponerme al día y luego guardo el móvil en el bolso.

En cuanto entramos en casa, Ryan se lanza sobre el diván del estudio, donde aterriza boca abajo. Cuando me siento a su lado, alza la cabeza lo suficiente para que yo me arrime un poco más y él pueda apoyarla en mi regazo. Sus ojos se entrecierran mientras le deslizo los dedos suavemente por el pelo. Ninguno de los dos tiene ganas de hablar.

Mientras lo miro, reflexiono sobre este nuevo acontecimiento, ahora que el shock inicial se ha mitigado.

Solo caben dos posibilidades.

La primera, que esto haya sido un terrible accidente que se ha cobrado la vida de dos personas.

La segunda, que matarlos haya sido una jugada deliberada de mi jefe.

Mi instinto me dice que la segunda es la verdadera y mi cerebro intenta encontrar los motivos. No daba la impresión de que ella hubiera terminado el trabajo. Su adiestramiento para adoptar esa identidad —mi identidad— había sido exhaustivo, y sacarla de en medio ahora parece más bien prematuro. Y, por otra parte, ¿por qué matarlos en lugar de sacarlos de la misión? Tampoco puedo quitarme de la cabeza el momento elegido.

¿Qué se consigue matándolos? Lucca Marino de Eden, Carolina del Norte, está muerta.

Yo nunca oculté que deseaba conservar a toda costa mi verdadera identidad. En aquel primer año, cuando me llamaba para hablar de mi siguiente misión, Matt siempre empezaba charlando de cosas intrascendentes y yo fui lo bastante idiota como para creer que éramos amigos. Mis planes para recuperar mi auténtica identidad y poder vivir como Lucca Marino eran uno de los temas recurrentes. Incluso le hablé de la casa que construiría y del huerto que pondría en el patio.

Pero la muerte de esa mujer no me va a impedir reclamar la identidad de Lucca Marino. Lo hará más difícil, pero no imposible. Matarla ha sido una jugada extrema que ni Devon ni yo habíamos previsto. El señor Smith dijo que la había enviado a modo de recordatorio, pero yo no necesitaba ningún recordatorio de lo peligroso que es este trabajo.

Lo cual me vuelve a llevar a la posibilidad —y la esperanza— de que haya sido realmente un accidente.

Y luego está Ryan.

¿Qué significaría para esta misión que no haya sido un accidente?

Ahora su abrazo se afloja y suelta un suave ronquido. Lo de hoy le ha hecho mella.

Lentamente, aparto sus brazos de mi cintura, me deslizo fuera del diván y le apoyo la cabeza sobre un cojín. Entre la resaca que me consta que tenía esta mañana y la tensión de la jornada, ni siquiera se mueve.

Un vistazo al reloj del horno me dice que ya es hora de ponerse en marcha. Confío en que Devon me esté esperando para que podamos analizar todo lo ocurrido durante las últimas veinticuatro horas.

En los seis años que llevamos trabajando juntos, Devon y yo hemos recorrido un largo camino. Él sabe perfectamente quién soy y de dónde vengo, y yo he entrado en la reducidísima lista de personas a las que les ha confiado su verdadera identidad y su pasado. De hecho, creo que solo figuramos tres personas en esa lista.

Saco el móvil y abro Instagram. En mi cuenta no tengo ningún post y solamente un puñado de seguidores que en su mayoría son bots, pero sigo la cuenta falsa de Devon y también otras cuarenta y siete, el noventa por ciento de las cuales corresponden a empresas o personajes famosos que cuelgan algún post cada día. De esas cuarenta y siete a las que sigue mi cuenta falsa, treinta y dos son seguidas también por la de Devon. Y aunque he dejado antes un comentario en la cuenta de *Southern Living's* para avisarle de que necesito verle esta tarde a las cinco, él me responderá con un comentario en una cuenta completamente distinta, de manera que nadie podrá interpretar nuestros comentarios como una forma de comunicación entre ambos.

Su paranoia no tiene límite.

No puedo reprochárselo, sin embargo, porque es imposible saber cuántas veces nos han salvado sus protocolos en el pasado sin que nosotros lo supiéramos siquiera.

Voy revisando mi feed y me detengo cuando llego a la cuenta de los New Orleans Saints, porque veo un comentario de skate_Life831043. Este comentario de Devon es el único visible en mi feed, puesto que ambos nos seguimos mutuamente y seguimos también esta cuenta, así que me ahorro tener que mirar entre cientos de comentarios para encontrar el suyo.

Su comentario dice: «¿Quién es ese? ¡Ahí está mi tercer jugador preferido! #JustoATiempo».

Lo primero que hace Devon cuando tengo los datos de una nueva misión es inspeccionar cinco sitios donde considera seguro que nos veamos. El tercero de la lista que me dio cuando llegamos a Lake Forbing es el café de la calle principal. Sus hashtag o bien confirman la hora del encuentro o bien me proponen una alternativa. Tengo treinta minutos para llegar allí puesto que él estará #JustoATiempo.

Arranco una hoja del cuaderno que hay junto a la nevera, le dejo a Ryan una nota diciendo que he ido a buscar algo para cenar y salgo con sigilo de la casa.

Llego con cinco minutos de antelación, pero veo que Devon me ha superado.

Tuvieron que transcurrir dos años para que Devon me revelara el primer dato personal sobre él. Estábamos examinando los planos de un edificio de oficinas en el que yo necesitaba entrar fuera del horario laboral, y Devon reconoció un nombre en una lista de personas que tenían oficina en la planta a la que yo pretendía acceder. «Este es un experto en tecnología. Dio una conferencia en el MIT cuando yo estaba allí», me dijo. Yo no quería seguir hurgando, pero al mismo tiempo deseaba descubrir todo lo que pudiera sobre él, así que intenté una broma con la esperanza de sacarle algo más. «¿Y tú mientras resolvías sus ecuaciones complejas en una pizarra en el pasillo?». Su mirada me hizo pensar que había metido la pata, pero luego se echó a reír. Se rio de verdad. Aquello sirvió para romper el hielo entre nosotros. Sus demás datos personales me los fue dando con cuentagotas, pero ahora tengo una imagen completa de quién es realmente.

Devon está sentado junto al mostrador que discurre a lo largo de toda la pared del fondo. Esos lugares suelen ocuparlos personas solas o bien parejas, pues los asientos no resultan propicios para entablar conversación con nadie, salvo con la persona que tienes al lado. Veo que está enfrascado en uno de esos complicados libros de puzles Kakuro que tanto le gustan y que lleva unos enormes auriculares envolventes. Mueve la cabeza y los hombros siguiendo un ritmo, aunque yo sé que no está escuchando ninguna música.

Su coeficiente de inteligencia es estratosférico. Mientras está despierto, necesita mantener ocupado su cerebro, como ahora con ese libro que tiene delante. Devon empezó en el MIT a los diecisiete años, pero me dijo que sabía que no duraría mucho allí; no porque no pudiera asumir la carga de trabajo, sino porque se «aburría mortalmente», según sus propias palabras. Su destino quedó sellado cuando le encargaron el proyecto de diseñar un sistema en red para una compañía publicitaria online ficticia... solo para descubrir que se trataba de una empresa real y que el profesor estaba utilizando a sus alumnos para que le hicieran todo el trabajo de una de sus actividades paralelas.

Amparándose en el sistema de libre empresa, contactó directamente con el cliente y cerró un trato para venderle el proyecto a un precio ligeramente menor; luego informó a todos los demás alumnos de la clase, que siguieron su ejemplo.

Así entró en el mundo de los negocios. No tardó en descubrir que los trabajos más lucrativos no siempre son legales. Su mayor éxito consistía en obtener información que la gente ni siquiera sabía que necesitaba y en ofrecérsela por un precio atractivo. Le encanta moverse en esos territorios oscuros. Es un experto en sortear sistemas diseñados para cerrarle el paso. Y, si le demuestras tu lealtad, él será siempre leal contigo.

Pido un capuchino y me acerco a donde está, pero me siento en un taburete con un espacio entre ambos. Él no mira en mi dirección cuando dice:

—Tengo intervenida la oficina del forense, o sea que me haré con una copia de la ficha dental de ella en cuanto la suban a la web. No creo que surja una coincidencia para identificarla, pero nunca se sabe.

Yo asiento levemente, pero tampoco lo miro. No, no habrá ninguna coincidencia. El señor Smith no sería tan chapucero. Me da rabia pensar que quizá nunca lleguemos a conocer la verdadera identidad de esa mujer.

—¿Y estamos seguros de que realmente es ella, de que realmente murió en ese accidente?

Es algo que él ya debe de haber verificado, pero aun así tengo que preguntarlo.

Devon asiente y con eso me basta para saber que está seguro de que el cuerpo que hay en la morgue es el suyo.

—He encontrado la últimas instrucciones que él le mandó —digo.

Devon vuelve la página de su libro y pregunta:

—¿Qué decían?

Saco la hoja de mi bolsillo trasero y la introduzco en una revista abandonada que deposito en el espacio entre ambos. Él no la tocará hasta que yo me haya ido.

—Míralo tú mismo, pero básicamente le decía que contactara conmigo y registrara mi habitación si podía. Algo bastante inconcreto. Y ella hizo lo que le pedía. Yo le dejé una cosa para que la encontrara.

—Esto no me gusta. No me gusta nada —dice él en voz baja.

—¿No crees que haya sido un accidente?

Él menea la cabeza lo justo para indicarme que no.

—Pero ¿por qué? ¿Crees que ella concluyó su misión, aunque nosotros no lo sepamos?

—O la cagó y él la quitó de en medio.

—¿Qué papel crees que tenía James en todo esto?

—Era un títere —dice Devon sin pensarlo siquiera—. Problemas de drogas y juego. Con grave necesidad de fondos. Tremendamente fácil de manipular. No me extrañaría que Smith orquestara que el padre se rompiera la pierna para hacerle venir aquí.

Joder. No se me había ocurrido esa posibilidad.

—¿Y debemos pensar que Ryan está más implicado en esto de lo que lo estaría un objetivo que no supiera nada?

En una conversación que mantuvimos antes de que me enviaran aquí y me enterase de quién era el objetivo, analizamos la posibilidad de que toda esta misión fuese una trampa. Una vez que me dijeron el nombre Ryan, Devon lo investigó exhaustivamente. Las notas que el señor Smith me envía sobre una misión no pueden compararse con lo que Devon me proporciona. Así fue como nos informamos sobre la empresa de Ryan y sobre lo próspera que se ha vuelto. Tenía sentido que alguien quisiera hacerse con ella. El señor Smith había utilizado los servicios de transportes de Ryan unos años atrás para algunas misiones en las que yo participé, así que resultaba fácil entender por qué tenía a Ryan en mente.

Devon mueve los hombros adelante y atrás un par de veces, como si aún no tuviera claro qué piensa al respecto.

—En primer lugar, sabemos que todo es posible, ¿no?

—Exacto.

—Pues aun sabiendo que es posible, me sigue pareciendo muy poco probable. Más allá de los asuntos turbios que tenga entre manos, Ryan está demasiado arraigado en esta comunidad, lo cual no encaja con las características que busca el señor Smith en la gente que recluta.

Yo era una persona cualquiera sin familia ni conexiones. No se activaría ninguna alarma si desaparecía. Nadie intentaría hacerme justicia si las cosas llegaban a torcerse. En el caso de Ryan, no es así. Él vive en una casa cuyos vecinos literalmente lo han visto crecer desde niño.

—Nosotros solo nos guiamos por los hechos y no hay nada que apunte en esa dirección —dice Devon.

Permanecemos callados un minuto o así, ambos reflexionando sobre el último acontecimiento. Al final digo:

—La acorralé en la cocina. Le dije que sabía para quién trabajaba. Le dije que ella podría fácilmente encontrarse en mi misma situación.

Su lápiz deja de moverse por primera vez desde que he llegado.

—¿Por qué, L?

«L» es lo más cerca que ha llegado hasta ahora de llamarme Lucca y, como es un nombre insólito, a cualquiera que esté escuchando le puede sonar a que me llamo «Elle». Pero incluso con esta precaución, Devon rara vez se dirige a mí de este modo personal, así que no dejo de sentir la carga que lleva.

—Necesitaba saber si ella me consideraba un objetivo cualquiera o sabía que yo también trabajaba para él. No lo sabía, por cierto. Su expresión de sorpresa era genuina. Y tampoco es que yo estuviera revelando un gran secreto, puesto que él había reconocido que la había enviado aquí.

El lápiz de Devon se mueve otra vez y su cabeza oscila siguiendo un compás ficticio.

—La gran habilidad de Smith es mantener a raya a todos los que están a sus órdenes dejándolos en la inopia sobre el resto de su organización y los demás miembros. Nadie sabe ni quién es Smith ni qué lugar ocupa cada uno en la cadena.

El señor Smith es el enigma en el que Devon lleva años trabajando.

—Y la policía conoce ahora la existencia de una tal Evie Porter de Brookwood, Alabama —añado casi susurrando, como si estuviera confesando mis pecados.

Él se vuelve a mirarme un momento.

—Explícate.

Le cuento nuestra visita a la casa de los Bernard y la conversación que mantuve con la policía. Devon continúa trabajando aplicadamente en la página que tiene delante.

—Esto no me gusta —dice cuando termino—. No me gusta no poder ver a dónde va a parar esto. Mejor que nos retiremos.

Me detengo a reflexionar. Nos hemos encontrado en muchas otras situaciones en las que parecía dudoso un resultado positivo, pero él nunca había hablado de retirarse.

—¿Y luego qué? Al venir aquí ya sabíamos que él estaba cabreado porque no le conseguí la información con la que chantajeaban a Connolly. También sabíamos que está tratando de averiguar si en realidad tuve éxito, pero me guardé para mí esa información. Si el señor Smith quiere quitarme de en medio, retirarme no lo detendrá y, en cambio, limitaría enormemente mi margen de movimiento a partir de aquí, en especial ahora que Lucca Marino ya no existe.

—Aun así, no me gusta —dice Devon—. Vas a ser una presa fácil mientras esperas la siguiente remesa de instrucciones. ¿Y qué pasa si no la recibes nunca?

—La única opción que tengo es seguir adelante.

Nos quedamos en silencio, perdidos en nuestros pensamientos. Al cabo de un minuto o dos, pregunto:

—¿Cómo está Heather?

Él baja la cabeza y yo pienso que no va a responder. Pero al fin dice:

—Bien. Está bien.

—Seguimos adelante, Devon. Es la única posibilidad.

Él titubea un momento.

—Tengo los datos del próximo gran envío que pasará este jueves por Transportes Glenview. Están en ese ejemplar de *People* que tienes delante.

—Bien. Creo que dejaré desconcertado al señor Smith cuando vea que sigo trabajando en esta misión, incluso después de la muerte de esa mujer.

En algún momento entre mi primer y mi segundo envío de información sobre los negocios de Ryan al señor Smith, empecé a arrepentirme del papel que estaba interpretando. Tal vez fueron las fantasías de que la casa de Ryan pudiera ser realmente la mía, o el deseo de que esta identidad fuese auténtica, pero lo cierto es que en un momento de especial debilidad alteré algunos datos clave sobre las finanzas y los nombres de los clientes antes de transmitirlos. No lo suficiente como para que el señor Smith haya podido notarlo, pero sí para que Ryan tenga la oportunidad de luchar por conservar su negocio.

Pienso hacer modificaciones similares en esta última remesa de datos antes de enviarlos.

Devon ignora que he hecho esto y me siento mal por ocultár-selo. Pensaría que estoy corriendo un riesgo innecesario.

—Dejaré la información en el apartado de correos de camino a casa.

Él vuelve ligeramente la cabeza hacia mí.

—Esa no es tu casa, L.

Yo me estremezco al oír estas palabras; luego cojo la revista que tengo delante y me la guardo en el bolso. Recojo mi taza y me levanto del taburete.

—Estaremos en contacto.

Justo cuando echo a andar, él susurra:

—Ve con cuidado, por favor.

16

Presente

Tras mi encuentro con Devon, Ryan y yo estuvimos toda la velada atiborrándonos de comida para llevar, dándonos un atracón de Netflix y tratando de olvidar lo horrible que había sido el día. Las llamadas y los mensajes de los amigos de Ryan se volvieron tan incesantes que él acabó desconectando el móvil, cosa que raramente hace. Ninguno de los dos durmió gran cosa, así que este lunes por la mañana resulta especialmente difícil levantarse y ponerse en marcha.

Aunque Ryan va a tomarse libres los próximos días, tiene la jornada totalmente ocupada porque se ofreció a ayudar a organizar el funeral de James. Yo podría haberme tomado también el día libre, pero no quiero estar disponible para volver a visitar a los Bernard ni verme obligada a urdir un plan para desaparecer a la hora del almuerzo y poder volver a reunirme con Devon.

Estoy en la cocina llenando un termo de café para cada uno cuando Ryan baja por las escaleras.

—Me voy primero a casa de los Bernard con algunos de los chicos —dice—. La señora Bernard quiere que la ayudemos a contactar con el trabajo de James para comunicarles lo ocurrido. Luego iremos al tanatorio.

—Ya. No te envidio el plan. —Le doy su café y empiezo a

meter mis cosas en el bolso—. Vaya, me he dejado el teléfono cargando arriba.

Cuando vuelvo a bajar, Ryan está esperando junto a la puerta con su bolsa al hombro, el termo en una mano y sus llaves en la otra.

—No creo que llegue muy tarde esta noche.

Recojo mis cosas de la silla.

—Yo tampoco. Llámame cuando vengas para casa y me escabulliré más temprano —digo, y lo sigo hacia el garaje.

Justo cuando voy a abrir la puerta de mi coche, Ryan me atrae hacia sí y me besa suavemente.

—Me da pánico el día de hoy —dice en voz baja—. ¿Te parece terrible que no tenga ganas de ir?

Le acaricio la cara y luego le rodeo la cabeza con el brazo y lo estrecho contra mí. Él entierra la cara en mi cuello.

—Lo siento mucho —le susurro.

Noto la vibración de mi móvil en el bolso, pero no suelto a Ryan.

No sé cuánto rato pasamos allí abrazados, pero él finalmente se separa y me da un último beso; luego me suelta y se dirige a su coche.

Subo al mío al mismo tiempo que él al suyo. Cuando se abre la puerta del garaje, Ryan me indica que salga yo primero marcha atrás. Empiezo a salir muy despacio, porque es bastante estrecho, mirando por el retrovisor de mi lado para comprobar que no voy a rascar la puerta de su coche.

En cuanto he salido, saco mi móvil para echarle un vistazo, pues rara vez recibo notificaciones de ningún tipo. Es un mensaje de texto de un número no identificado y mi corazón empieza a acelerarse. Seguro que Ryan está preguntándose por qué me he parado en mitad del sendero.

Abro el mensaje.

Número desconocido: Para emergencias, llame al 911.

Mierda. Es una advertencia de Devon para que salga de aquí corriendo. Al levantar la vista, veo a Ryan bajándose del coche y con la atención puesta en la calle, que tengo a mi espalda.

Miro por el retrovisor, temiendo lo que voy a descubrir. Tres coches de policía han parado justo detrás de mí, bloqueándonos el paso a ambos.

Me bastan unos segundos para comprender que es imposible pasar. También se me ocurre que si no me hubiera entretenido con Ryan en el garaje, habría visto el mensaje de Devon en cuanto lo he recibido. Esos minutos quizá me han costado la posibilidad de una huida limpia.

Ryan se acerca a la puerta de mi coche y trata de abrirla, pero está bloqueada porque aún tengo puesta la marcha atrás. Hago un rápido inventario mental para ver si hay algo en este coche que pudiera meterme en un aprieto, pero me consta que no hay nada.

Ryan golpea la ventanilla con los nudillos.

—Abre, Evie.

Tiene los ojos fijos en los agentes que se están acercando.

Con movimientos pausados, pongo la palanca en posición de estacionamiento y apago el motor. En cuanto Ryan oye que se desbloquea la puerta, la abre y me saca del coche.

Su cara se mantiene totalmente inexpresiva. Aunque no lo vi mientras hablaba con aquel empleado corrupto, me imagino que este debía de ser entonces el aspecto de su rostro.

¿Cree que han venido por él porque han descubierto sus actividades en el este de Texas? Agradezco su actitud cuando se interpone entre los policías y yo, pero el mensaje de Devon me indica que han venido por mí y Ryan no puede salvarme de lo que está a punto de suceder.

—No te preocupes —susurra—. Yo me encargo de esto.

Está convencido de que vienen por él.

El mismo agente que vimos en casa de los Bernard, Bullock, abre la marcha por el sendero. Seguramente le centellean los ojos tras las gafas de espejo.

—Señora Porter —dice con las manos en la cartuchera que lleva colgada por debajo del cinturón—. Voy a necesitar que me acompañe a la comisaría para responder a unas preguntas.

Ryan mantiene los brazos en jarras, cerrando el paso al policía.

—¿A qué viene esto?

El agente Bullock se ladea para mirarme a mí.

—Hay una orden de la policía de Atlanta que la sitúa como testigo material en relación con la muerte de Amy Holder.

Veo que se acercan los otros dos agentes y no quiero que la situación se ponga más fea de lo necesario. Los Rogers, los vecinos de la casa contigua, ya han vuelto de su paseo y están mirando lo que pasa, al igual que otras personas apostadas en la acera de enfrente. Varios coches se han parado más abajo. Esta tranquila calle arbolada nunca había vivido algo tan emocionante.

Le pongo a Ryan la mano en el hombro y él se vuelve hacia mí. Asiento sin decir nada, dándole a entender que no importa que me lleven con ellos. Él me mira fijamente uno o dos segundos, tratando de descifrar mi expresión y entender qué está pasando. Los agentes actúan con delicadeza al llevarme hasta el coche patrulla aparcado más cerca. Afortunadamente, nadie se dirige a mi coche, así que espero que siga aquí cuando me suelten.

Amy Holder era el objetivo de mi última misión, aquella que no concluí a la entera satisfacción del señor Smith. Pero mi identidad para esta misión, la de Evelyn Porter, debería estar limpia y no tener la menor conexión con Amy Holder. Que estén llevándome a la comisaría para interrogarme sobre su muerte me indica que mi identidad se ha visto comprometida, lo cual debe de estar relacionado de algún modo con el siguiente paso de lo que el señor Smith me tiene preparado.

Permanecer absolutamente inmóvil requiere más concentración de lo que cabe suponer. No he dado golpecitos en el suelo con el pie ni me he removido en el asiento ni he mirado a otra parte que no sea la pared de color gris claro que tengo delante. Mantengo la respiración relajada, inspirando por la nariz y espirando por los labios apenas entreabiertos. Parpadeo a un ritmo tranquilo, ni demasiado lento ni demasiado rápido.

Sé que me están observando a través de la pared de espejo que está a mi izquierda, pero yo me niego a concederles siquiera un ínfimo movimiento porque no puedo olvidar lo que me dijo Devon la primera vez que nos vimos en persona: «Puedes deducir mucho de alguien por su manera de actuar cuando lo dejas esperando demasiado tiempo».

Ha habido un gran despliegue a la hora de traerme a la sala de interrogatorio y sentarme ante esta mesa. Agentes uniformados y detectives de paisano entraban y salían, como si cada uno quisiera formar parte de la función. Me han ofrecido algo de beber, me han preguntado si quería usar el baño. Me han hecho una pregunta tras otra y yo las he respondido de la forma más lacónica posible. La última pregunta la he formulado yo y ha sido para solicitar un abogado.

He pedido que fuera Rachel Murray, aunque estoy segura de que el propio Ryan ya la ha llamado.

Al cabo de un rato, aparece Rachel y se sienta frente a mí. Permanezco callada mientras ella me estudia abiertamente. Yo no sabía bien qué esperar de ella: regocijo ante mi detención, temor a sentarse frente a una persona que tal vez esté implicada en un asesinato, perplejidad por el hecho de que haya decidido solicitar sus servicios… Pero no encuentro nada de todo esto. Tiene una cara tan inexpresiva como la mía, y yo me alegro de haber decidido tomar este camino.

Ella va a esperar a que hable yo, cosa que respeto.

—¿Me vas a representar? —pregunto.

Me niego a decirle nada que no esté protegido por la relación cliente-abogado.

—Sí —responde, y saca un documento del maletín que ha dejado a sus pies—. He supuesto que no querrías hablar conmigo sin esto.

Es un acuerdo estándar que declara que pasamos a mantener una relación profesional en la cual Rachel es mi abogada oficial. Firmo al pie y luego observo cómo garabatea su nombre debajo del mío.

—Supongo que estás de acuerdo con la minuta que te mandaré, ¿no?

—Claro.

Vuelve a guardar el documento en el bolso y se va hacia la puerta. Entreabriéndola un poco, dice:

—Soy la abogada oficial de la señora Porter, así que desconecten los micrófonos y la cámara de la sala.

Cierra la puerta y se acerca a la ventana para bajar las persianas.

Ahora debo confiar en el sistema y creer que nadie escuchará lo que me dispongo a decirle. Aprovecho esta pequeña dosis de intimidad para removerme en la silla y reactivar la circulación en las zonas que se me han quedado entumecidas.

Rachel me observa entornando el ojo izquierdo.

—Ryan me ha llamado en cuanto han salido los coches patrulla llevándote en el asiento trasero. Cuando has solicitado mis servicios, yo ya estaba aquí. Me he llevado una sorpresa, por decirlo suavemente.

Yo pregunto por fin:

—¿Sabes qué tienen contra mí? ¿Por qué creen que soy un testigo material?

—El agente Bullock introdujo tu nombre y el de Brookwood, Alabama, al salir de casa de los Bernard, y apareció la orden. Esta mañana a primera hora ha hecho una llamada y ha hablado con el agente que lleva el caso de Amy Holder. Tienen motivos para creer que estabas presente en la escena cuando murió y que sabes lo que sucedió en los momentos anteriores a su muerte, o que tal vez colaboraste o fuiste un factor decisivo en ella. Han pedido que te detuvieran y la policía ha ido a buscarte a casa de Ryan.

Evie Porter y Brookwood, Alabama, no deberían tener ninguna conexión con Amy Holder en ningún sentido.

—¿Qué prueba tienen de que yo estaba allí?

—Me han dicho que hay una foto tuya en el lugar de los hechos. La policía de aquí dice que el departamento de policía de Atlanta no se la ha enviado, así que no han podido enseñármela. No sé si eso es cierto o no. En todo caso, he pedido una copia de la foto y me han dicho que pronto la tendrán.

Asiento, asimilando lo que me dice.

—¿Cómo saben que la persona de esa fotografía es Evie Porter?

Rachel ladea la cabeza.

—No entiendo bien qué quieres decir.

Estoy segura de que se está preguntando por qué me refiero a mí misma en tercera persona.

—¿Existe un historial completo sobre Evie Porter? ¿Algo más que su presencia en el lugar donde murió Amy Holder? —pregunto con tono exasperado.

Todavía no estoy dispuesta a contárselo todo a Rachel, pero necesito saber todo lo que ella sabe. No he llegado aún al punto de poder reclamar la identidad de Lucca Marino, y tengo que protegerla un poco más de tiempo hasta saber exactamente qué está ocurriendo. Por ahora, Lucca Marino está muerta y yo sigo siendo Evie Porter.

Rachel se echa hacia delante y apoya los brazos en la mesa.

—¿Quieres contarme qué sucede? No puedo ayudarte si me ocultas cosas.

—Yo conocía a Amy Holder. —Ella no parece sorprendida ante esta confesión—. Pero cuando la conocí, mi nombre no era Evie Porter.

Ella vuelve a ladear la cabeza.

—¿Cuál era, entonces?

—Regina Hale.

—Regina Hale —repite Rachel.

Asiento y ella me mira fijamente.

—¿Y eres Regina Hale? —pregunta.

Niego con la cabeza.

—¿Regina Hale es una persona real por la que te hiciste pasar? —pregunta al fin.

—No.

—¿Respondes con vaguedad a propósito? —pregunta—. Porque si crees más importante guardar tus secretos que confiar en mí, cojo la puerta y me voy.

Por Dios, es una tipa dura de pelar. Pero una tipa dura de pelar es justamente lo que necesito.

—Regina Hale era el nombre que utilizaba cuando vivía en las afueras de Atlanta. Lo que yo tenía entendido es que la muerte de Amy se consideró un accidente.

Rachel se arrellana en su silla y cruza los brazos, estudiándome.

—¿Es Evie Porter tu verdadero nombre? —pregunta.

Titubeo lo suficiente como para que deduzca la respuesta, pero ella sigue esperándola aun así.

—No.

—¿Cuál es tu verdadero nombre? —pregunta.

—No es Evie Porter —respondo.

No estoy dispuesta a contárselo todo. Aún no.

No miramos la una a la otra fijamente, ambas aguardando a ver quién cede antes. Al fin, Rachel se agacha y saca unos documentos de su maletín.

—Todo esto procede de mi propia investigación. Puedo averiguar si la policía tiene algo más que esto.

Aunque yo sabía que ella llevaría a cabo su propia investigación sobre mí, no estaba preparada para el primer documento que me pone delante. Es una fotocopia de un carnet de estudiante de la universidad de Alabama a nombre de Evelyn Porter, con mi fotografía, emitido hace siete años.

—¿Qué es esto? —pregunto.

Reconozco la foto. Es de la primera misión que realicé, la misión Kingston, con el nombre de Izzy Williams. Pero aquí la fotografía figura en un carnet universitario de Evelyn Porter.

Rachel no dice nada, pero me pasa otra hoja. Es una fotocopia de un permiso de conducir emitido hace seis años. Una vez más, la fotografía es mía, pero el nombre que aparece es el de Evelyn

Porter. Esta foto es la que utilicé para la misión Andrew Marshall con el nombre de Mia Bianchi.

Aterriza sobre la mesa otra hoja: el pasaporte de Evelyn Porter emitido hace cuatro años. Lleva una fotografía mía destinada a una misión en Florida para la que utilicé el nombre de Wendy Wallace.

Tres hojas más. Una factura de electricidad, una multa por exceso de velocidad y el informe de una consulta médica. Tres pruebas más de que soy Evelyn Porter.

Me he pasado ocho años ocultando mi verdadera identidad, el mismo número de años que se ha pasado el señor Smith creándome una nueva.

Devon y yo somos muy concienzudos cuando investigamos una ciudad y un objetivo nuevos, pero no haber hecho una investigación a fondo del nombre que me asignaron ha sido un fallo.

Rachel aguarda algún tipo de reacción por mi parte. Cuando comprende que no va a obtener ninguna, se vuelve a arrellanar en la silla y suelta un largo suspiro.

—¿Todavía pretendes decirme que no eres Evelyn Porter?

Ahora vuelvo a estar inmóvil. Calmada. Serena. Aunque mi cerebro esté disparando en un millón de direcciones diferentes, me niego a permitir que lo note nadie.

—Si no eres Evelyn Porter y te niegas a decirme quién eres realmente, ¿cómo voy a ayudarte? —pregunta.

—Necesito salir de aquí. Necesito unos días para arreglar todo esto.

Ella ya está negando con la cabeza.

—Puedo intentarlo, pero no te hagas muchas ilusiones. Llevan buscándote un tiempo y no quieren arriesgarse a que desaparezcas. Lo único que tienen es una petición formal para interrogarte como posible testigo material, no como sospechosa de su muerte. Se trata básicamente de eso, pero no me imagino que vayan a dejarte salir hoy mismo. Seguramente podré sacarte en un día o dos, pero estará supeditado a que vayas de inmediato a Atlanta para que te interroguen.

Lo que ahora necesito sobre todo es tiempo. Espero unos segundos, sopesando mis opciones; luego me acerco su libreta y su bolígrafo, anoto un nombre y se la devuelvo. No quiero decirlo en voz alta por si todavía hay alguien escuchando.

—Llama a este hombre. Dile que tu cliente estuvo en Hilton Head en junio de 2017. Dile que me saque de aquí. Hoy.

Rachel se echa hacia delante y palidece.

—¿A este hombre? Pretendes que lo llame y mencione Hilton Head, junio de 2017, y luego qué... ¿Le pido que mueva hilos para que te suelten?

No es una pregunta, así que no me molesto en responder.

Ella asiente y abandona la sala. Me sorprende que no me haya atosigado sobre ese mensaje tan críptico, pero estoy descubriendo que no valoré a Rachel lo suficiente.

Nunca he querido que se diera lo que estoy viviendo en este momento, pero sí estaba preparada para ello. Ha llegado la hora de cobrarme un favor.

La puerta se entreabre lentamente, pero no ha pasado el tiempo suficiente para que vuelva Rachel. Me relajo en la silla, dispuesta a representar mi papel con los detectives. Y entonces Ryan asoma la cabeza por el resquicio, como si no estuviera seguro de que esta sea la sala correcta.

Cuando Ryan creía que la policía había ido a buscarlo a él, estaba preocupado por protegerme. Ahora me mira con aprensión.

—Rachel ha convencido a la policía para que me dejen verte un minuto. Creo que les da demasiado miedo decirle que no. Pero me ha advertido de que las cámaras y los micrófonos volverán a estar conectados.

Seguramente quieren que entre a verme con la esperanza de que yo le diga algo que puedan usar en mi contra.

Ryan titubea un momento; luego se pone a mi lado, me atrae hacia sí y me abraza. Me sorprende la oleada de emoción que siento yo misma. Es un alivio verle. Me estrecha con fuerza contra su cuerpo y murmura en voz baja:

—Santo cielo, Evie.

Debería apartarme. Separarme de él.

Pero no puedo soltarlo.

No quiero soltarlo. Echo la culpa a mis bajas defensas después de este día tan largo..., de estos últimos días tan largos.

—¿Estás bien? —pregunta.

—Sí —digo—. Ahora que estás aquí, mejor.

Él se separa para mirarme.

—Rachel dice que está trabajando para sacarte de aquí.

—Bien, bien.

Parece cansado. Las últimas veinticuatro horas han sido muy duras para él. Primero pierde a su amigo de la infancia y luego se llevan a su novia en un coche patrulla.

Ryan entrelaza sus dedos con los míos.

—¿Qué está pasando, Evie? Ese poli ha dicho que te buscan para interrogarte como testigo material de la muerte de una mujer en Atlanta. Creen que tú estabas allí cuando murió.

—Sí, es lo que me han dicho a mí también. Yo estaba tan sorprendida como tú de que quisieran hablar conmigo. No tenía ni idea de que hubiera una orden de búsqueda contra mí.

Procuro no decir nada que no pudiera decir ante la policía, pues probablemente están escuchando.

—¿Eso significa que creen que hubo algo sospechoso en su muerte? O sea, ¿por qué, si no, iban a necesitar una orden de búsqueda para hablar contigo?

Yo inspiro hondo y suelto un suspiro.

—No tengo ni idea de por qué creen que sé algo.

Él va asintiendo mientras hablo, como si estuviera sopesando la verdad de mis palabras.

Antes de que Ryan pueda decir nada más, Rachel abre la puerta y entra en la sala. Su mirada se pasea entre nosotros. El juicio que traslucen sus ojos es muy claro: estoy mintiendo a su amigo.

—Evie —dice pronunciando con mucho énfasis mi nombre—. He hecho la llamada. Parece que ha surtido efecto. Lo sabremos con seguridad enseguida.

Asiento porque sabía que funcionaría.

Rachel mira a Ryan.

—¿Puedes darnos unos minutos? Tengo que comentar algunas cosas con Evie.

Ryan nos mira a las dos, sin duda preguntándose qué podemos tener que hablar que él no pueda oír.

Al ver que yo no digo que puede quedarse, responde:

—Claro. Estaré ahí fuera.

Y se retira sin más.

Ella abarca la sala con un gesto.

—Los micrófonos y las cámaras vuelven a estar apagados.

Asiento, aguardando a ver qué es lo que quiere decir que nadie más pueda escuchar.

—¿Vas a decirle quién eres realmente? —pregunta.

—Te he contratado para que gestiones los aspectos legales de mi vida, no los personales.

Ella no se arredra.

—Ryan es amigo mío.

No respondo y las dos nos miramos a los ojos unos segundos. Luego Rachel dice:

—Volveré en cuanto llegue la orden de ponerte en libertad. Si es que llega.

—Llegará —digo.

Ella me lanza una mirada mientras abandona la sala.

Me arrellano en la silla y procuro despejar mi mente para poder empezar a hacer planes.

Lucca Marino. Seis años antes

Me tomo mi tiempo para conducir otra vez desde Hilton Head a Raleigh, Carolina del Norte, con el peso de las últimas doce horas en mi mente. No tendría que importarme lo que Andrew Marshall piense ahora de mí, pero me importa.

Me mantengo fuera del radar. Matt me ha llamado un millón de veces y me ha mandado mensajes con una amenaza tras otra, pero yo no me inmuto.

El lunes a media mañana, casi cuarenta y ocho horas después de dejar a Andrew en ese complejo de Carolina del Sur. Aparco frente a AAA Investigaciones y Fianzas, aun cuando me dieron instrucciones de no volver a poner los pies aquí.

Matt no se espera mi visita.

La última vez que estuve aquí estaba aterrorizada. Acababa de escapar de casa de los Kingston después de dejar a Jenny Kingston sangrando en el suelo y a Miles dormido en el sofá.

Hoy es diferente.

Hoy voy a entrar en su despacho como si fuera el mío.

Hay varias personas en la sala de espera y la misma chica en el mostrador de recepción. Me dirige una sonrisa desganada cuando me acerco, pero su expresión cambia rápidamente cuando rodeo el mostrador y sigo por el pasillo.

—¡Espere! ¡Primero tiene que registrarse! —grita pisándome los talones.

Abro la puerta de la oficina de Matt y ella se detiene justo antes de chocar contra mi espalda.

—¿Dónde coño has estado? —me grita Matt en cuanto me ve; luego mira a la recepcionista—. ¡Tú vuelve a recepción, joder!

La chica da media vuelta mientras yo cierro la puerta de la oficina. Me siento en la misma silla que ocupé hace dos años frente a la mesa de Matt.

Da la impresión de que no ha dormido desde el viernes. Desde la última vez que hablamos. Desde la última vez que pudo ver la señal de vídeo que él había instalado. Justo antes de que yo la cortara.

—¡Mi chica estuvo buscando a Andrew todo el puto fin de semana! ¡Incluso fue a llamar a su puerta! ¿Y tú dónde te metiste? ¡Abandonaste la misión!

Tiene la cara enrojecida y le salen volando de la boca gotitas de saliva.

Yo me lo tomo con calma para responder.

—Tu plan era una estupidez. Yo lo mejoré.

Matt aprieta los dientes y me escruta con ojos enloquecidos.

—¿Eso qué significa? —pregunta al fin.

—Llama al señor Smith —digo.

Ahora parece como si quisiera asesinarme. Rodea la mesa y me mira desde arriba. Se inclina y apoya las manos en los reposabrazos de mi silla para acorralarme.

—Los informes tienes que dármelos a mí —dice.

—No, no voy a hacerlo. Ya no. —Alzo el brazo y miro mi reloj—. Tienes cinco minutos; o me largo. Y tú no quieres que me largue.

Estoy jugando a un juego muy peligroso, pero debo seguir mi instinto. Nunca me falla.

Nos miramos el uno al otro durante un largo y tenso momento.

Algo me sucedió cuando asumí esta misión por mi cuenta y la hice mía. Y no voy a volver al modo de funcionar de antes.

—Cuatro minutos.

Matt le da un empujón tan fuerte a mi silla que casi la vuelca. Extiendo las piernas para recuperar el equilibrio. Él coge su teléfono. Dándome la espalda, habla en voz baja con el señor Smith.

Al cabo de unos segundos, se gira en redondo y conecta el altavoz del teléfono.

—Habla —dice.

Hay un gran silencio al otro lado de la línea, pero no dejo que eso me intimide.

—Andrew Marshall no sirve. Él nunca va a engañar a su esposa. Es un tipo demasiado limpio e impecable. Y si forzáramos la cosa, la vergüenza le haría abandonar la carrera electoral definitivamente. A usted no le sirve de nada tener trapos sucios de alguien que no sea poderoso. Con diez minutos que pasara con ese tipo, se daría cuenta usted mismo.

Los ojos de Matt me taladran. Yo dejo que el silencio del señor Smith inunde el despacho.

—Pero le he conseguido algo mejor. El senador Nelson, que lleva dieciocho años en su puesto por Georgia. Está en todos los comités importantes. Ama a Dios, a su esposa y a su país. También le encanta que le den azotes en el culo mientras lleva puesta una mordaza de bola. Es todo suyo. Dígame a dónde le mando el pen drive.

Obviamente, estoy puenteando a Matt al no dárselo a él para que se lo pase al señor Smith. Lo que no añado es que ahora Andrew Marshall es mío. Pronto será gobernador, y es consciente de lo cerca que ha estado de caer en las garras de alguien y sabe, a la vez, que yo lo he salvado de ese peligro.

Miro a Matt; él mira el teléfono. Le aparece en la frente una fina capa de sudor.

La conversación con Andrew fue difícil. Cuando se despertó a la mañana siguiente en la terraza, tenía muchas preguntas que hacer. Y yo las respondí todas. Precavido. Así es como tendrá que ser a partir de ahora. Sin depositar una fe ciega ni siquiera en alguien que demuestre ser digno de confianza. Es una dura lección que aprender. Me dio las gracias y luego me ofreció toda la ayuda que estuviera en su mano para que pudiera dejar esta vida. Para llevar una vida honorable, no criminal. Porque así es Andrew Marshall.

Yo lo abracé, le di las gracias y me separé enseguida de él.

Sé que si alguna vez lo necesito —si lo necesito de verdad—, podré contar con él.

Al ver que el señor Smith no parece hoy dispuesto a hablar, continúo.

—Quizá no le guste que haya cambiado la misión, y los resultados tal vez no son los que esperaba, pero el plan de Matt habría fracasado. Y el senador Nelson es mejor que un plan fracasado y unos recursos derrochados. Si quiere seguir contando con mis servicios, tengo que tratar directamente con usted. No con Matt. Soy buena en lo que hago. Más buena que él. Y usted lo sabe.

Silencio.

Matt está furioso. Le sube un intenso sonrojo por el cuello y aprieta con fuerza la mandíbula.

Por fin, el señor Smith toma la palabra.

—Matt, dale a Lucca tu teléfono y espera en el pasillo. Lucca, cuando él haya salido, cierra la puerta y quita el altavoz.

A Matt parece que vayan a salírsele los ojos de las órbitas. Abandona la oficina, cerrando de un portazo.

Cojo el teléfono y pulso el botón para apagar el altavoz.

—Aquí estoy —digo.

—Me han dicho que el viernes por la noche hubo un auténtico espectáculo en la suite de Andrew Marshall.

No titubeo.

—Sí. Cuando supe lo que Matt había planeado, invité a varios peces gordos a un cóctel. Era consciente de que si no podía conseguir trapos sucios de Andrew, debía conseguirlos de otro personaje que fuera tan importante o incluso más que él.

Silencio.

Y luego, más preguntas.

—¿Dónde estaba Andrew Marshall durante esa fiesta? Si es cierto que tienes lo que dices tener, ¿presenció él el comportamiento del senador?

—Dejé a Andrew fuera de combate en una tumbona de la terraza. El senador Nelson se llevó a una de las chicas al dormitorio y ahí fue donde se desarrolló la escena entre ambos.

Otro silencio. Los intervalos entre sus preguntas y mis respuestas resultan inquietantes; sin duda ese es el objetivo.

—Recibiste las instrucciones de Matt a las cuatro treinta de la tarde, y enviaste las invitaciones del cóctel en la habitación de Marshall a las cinco cuarenta y cinco. ¿Cómo pudiste encontrar los equipos y el personal para montarlo todo en un periodo tan breve de tiempo? ¿O ya tenías pensado actuar por tu cuenta antes de recibir las instrucciones?

Suponer que él simplemente iba a aceptar lo que yo le dijera era una ingenuidad.

—Como usted ha comentado otras veces, soy una persona de recursos y pienso sobre la marcha. Esto es solo un ejemplo más. No afronté el fin de semana pensando que tendría que alterar el plan, pero habría sido poco profesional no prepararme para cualquier contingencia. Al recibir las instrucciones, me resultó evidente que Matt había tomado las riendas de la misión. El plan era chapucero y amateur.

—¿Y yo he de creerme que saliste del fin de semana sin tener absolutamente nada sobre Marshall? ¿Que en todo el tiempo que has estado a su lado no has descubierto una sola cosa que pueda utilizarse contra él?

—Esa es la verdad. Es un tipo totalmente intachable.

Noto que el señor Smith no me cree. Tras un minuto en silencio, miro el teléfono para comprobar si no se ha cortado la comunicación.

—Aunque el senador Nelson resultará útil —dice al fin—, no era la persona que te enviamos a investigar. Con todo, reconozco que has salvado una misión y lo valoro. En adelante, responderás directamente ante mí. Veremos cómo funciona. Por ahora, eres toda una sorpresa. Vamos a ver si resulta ser buena o mala.

No hago caso de las siniestras resonancias de esto último.

—Mi sueldo reflejará mi nueva posición, ¿cierto?

No me esperaba esa risa ahogada.

—No te importa presionarme, ¿eh?

—¿Usted me respetaría si no lo hiciera?

Él hace caso omiso de mi pregunta.

—Vamos a ver si eres tan buena como te crees. Hay una situación en Florida en la que podrías ayudar. Una pequeña y adormilada ciudad universitaria con mucho dinero. Necesito que vayas allí.

—No hay problema —digo sin vacilar.

Aunque ignoro de qué misión se trata, sé que esta es mi oportunidad para demostrar que merezco un ascenso.

—Ve al Holiday Inn Express que hay junto al aeropuerto. Regístrate con tu alias actual y espera nuevas instrucciones.

La comunicación se corta sin más.

—Ya hemos terminado —grito hacia la puerta cerrada.

Matt la abre al cabo de unos segundos y me arranca el teléfono de las manos.

—Te arrepentirás de esto —dice.

Me encojo de hombros; luego me saco del bolsillo un cisne de papel y lo dejo en la esquina de su mesa.

—¿Qué coño es eso?

—Algo para que me recuerdes —digo yendo hacia la puerta.

En el mismo momento en el que salgo del edificio, se están entregando unas cajitas blancas en diferentes lugares. Cada una contiene un cisne de papiroflexia similar al que acabo de darle a Matt. Al desplegarlo, aparece una fotografía que muestra al destinatario en una situación muy comprometedora, con las palabras «Hilton Head 2017» escritas debajo con rotulador rojo. Nada más.

Acabo de ampliar un poco mi equipo aun cuando sus miembros no forman parte de él por propia elección. La noche en la que estuvieron a punto de detenerme, alguien pidió que le devolvieran un favor y con eso bastó para sacarme del atolladero.

Habrá un momento en el que yo necesite a esos hombres y ellos acudirán corriendo. Ahora tengo en el bolsillo a un puñado de políticos respetados y temerosos de Dios. Un senador, un par de congresistas, varios alcaldes y varios legisladores estatales. Y al pobre juez McIntyre de Luisiana, que se presentó en el cóctel con un amigo.

17

Presente

El juez McIntyre cumplió como un campeón. Tal como yo esperaba. Estoy volviendo a casa con Ryan, y Rachel nos sigue con su coche; ha aceptado responsabilizarse de mis actos, así que parece que ahora no puedo despegarme de ella.

Para salir hoy de allí, he tenido que acceder a reunirme con los detectives de Atlanta el viernes por la mañana y responder a sus preguntas sobre las circunstancias que rodearon la muerte de Amy Holder. Si me hubiese negado, me habrían retenido en la comisaría de Lake Forbing hasta que la patrulla de la policía de Atlanta me hubiera recogido para llevarme allí. Si no me presento a esa reunión el viernes, emitirán una orden de detención por incomparecencia.

Ayer el plan del señor Smith no estaba claro, pero ahora ya sí. Aunque yo creía que siempre podría volver a ser Lucca Marino, comprendo que después de lo de hoy sería casi imposible perder la identidad de Evie Porter. Como condición para que me soltaran, me han fotografiado y tomado las huellas dactilares, así que ahora no solo estoy en el sistema por primera vez en mi vida, sino que además estoy como Evie Porter.

Me cuidé tanto de mantener a Lucca Marino limpia y fuera del radar —como una hoja en blanco que modelar a mi conveniencia— que no tengo nada para demostrar que en realidad soy ella. En cambio, Evie Porter tiene un historial completo, incluyendo fotos, las huellas recién incorporadas a la base de datos y la orden para que me interroguen como testigo material de la muerte de Amy Holder.

Hace ocho años el señor Smith me salvó de una posible detención; ahora me ha tendido una trampa para provocarla.

Hoy es lunes, y ya ha transcurrido la mitad del día, así que solamente tengo tres días enteros para manejar esta situación.

En el coche reina el silencio.

De todas las preguntas que se cruzan ahora mismo por mi mente, la que más me atormenta es: ¿por qué el señor Smith ha elegido precisamente esta misión para apretarme las tuercas? Estaré atrapada en esta ciudad y esta identidad de momento, pero yo he hecho mi trabajo aquí. ¿Ha sido esta una misión real, o era un simple ardid para mantenerme en un lugar?

—Puedes preguntarme lo que quieras —digo por fin, cuando el silencio se vuelve excesivo.

—¿Cómo murió? —pregunta Ryan—. Quiero decir, la mujer sobre la que quieren interrogarte.

—Murió en un incendio.

Él se encoge levemente, aunque mantiene los ojos fijos en la carretera.

—¿Cómo la conociste?

—En el trabajo —respondo.

Lo cual es cierto. Ella fue mi última misión.

Estamos a unos minutos de su casa y no me ha preguntado nada más, así que lo incito a hacerlo.

—¿No vas a preguntarme si yo estaba allí? ¿Si sé algo sobre lo que le sucedió? ¿Si tomé parte en ello?

—No. Y no es porque no quiera conocer las respuestas. —Se vuelve y me mira un segundo o dos antes de volver a fijar la vista al frente—. Es porque tú no estás preparada para decirme la verdad y prefiero que no me mientas.

—¿No te da miedo que puedas estar tirándote a una criminal? —le pregunto sin el menor deje de diversión en la voz—.

¿No te da miedo que prenda fuego a esa enorme y preciosa casa tuya?

Presiono y presiono para que hable.

Su risa desprovista de humor llena el interior del vehículo.

—Toda mi calle ha presenciado que la policía se llevaba a mi novia. Me he pasado el día en la comisaría haciendo todo lo posible para conseguir su liberación. Y ahora ella está buscando pelea mientras volvemos a casa porque no quiero prestarme a ningún jueguecito. —Me lanza otra mirada—. ¿Me gusta lo que está pasando? No. ¿Estoy a tu lado para apoyarte? Sí. ¿Me das miedo? No. Tengo la paciencia suficiente para esperar a que estés dispuesta a hablarme de esto. Pero no voy a mantener contigo conversaciones hipotéticas al respecto.

Sus palabras me impactan de un modo que no esperaba.

Ryan alarga el brazo y me coge la mano, aligerando el ambiente dentro del coche.

—Iremos a Atlanta y les diremos que no sabes nada; responderemos a sus preguntas y luego podremos volver a la normalidad.

Lo dice con tanta firmeza que casi me creo que esa es una opción para mí.

No tengo ni la menor idea de cómo sería una vida normal.

Paramos en el garaje, pero Ryan deja el motor en marcha.

—Tengo que pasar por mi oficina a recoger unas cosas, ya que no he podido ir antes —dice mirando al frente, a través del parabrisas.

Me bajo del coche antes de que acabe diciendo algo que luego lamente. Ese pequeño discurso suyo me ha dado ganas de contarle todo lo que no debería decir en ningún caso, y ahora él está huyendo de mí. Cuando ya estoy a punto de entrar en casa, oigo la puerta del coche de Rachel y el repiqueteo de sus tacones a mi espalda.

—Evie, tenemos que repasar algunas cosas —dice siguiéndome por la puerta trasera.

Yo asiento, pero no me vuelvo a mirarla.

—Primero necesito una ducha. Y un poco de tiempo. Dame una hora.

Ya estoy subiendo las escaleras antes de que ella pueda decir nada más.

Me detengo en seco frente a la puerta cerrada de nuestro dormitorio. Nunca cerramos esta puerta si la habitación está vacía. Pienso en esta mañana, cuando nos estábamos preparando para salir a trabajar, ambos moviéndonos a paso de tortuga, todavía groguis por el fin de semana. Yo he bajado primero; Ryan ha entrado poco después en la cocina, pero entonces yo he vuelto a subir a toda prisa para recoger el móvil, que había dejado cargando junto a la cama.

La puerta estaba abierta cuando he salido de la habitación.

Giro el pomo lentamente y luego le doy un empujón.

La cama está hecha, otra cosa que raramente sucede y de la que, desde luego, no nos habríamos ocupado esta mañana, teniendo en cuenta nuestro estado. Recorro la habitación con la vista y, de repente, me quedo sin aliento al ver lo que me está esperando en mi mesita de noche.

Un cisne de papiroflexia.

Está apoyado en la lámpara y es lo bastante pequeño como para que nadie vaya a reparar en él, salvo yo.

Lo miro durante más tiempo del que debería, concediéndole un poder que no merece.

Al fin, lo cojo y lo despliego. Dentro del cisne hay otro pedazo de papel con dos fotos impresas en una cara. Esto es lo que tiene la policía de Atlanta sobre mí; por gentileza del señor Smith, estoy segura. Y me lo ha hecho llegar del mismo modo que yo le comuniqué al juez McIntyre lo que tengo sobre él.

En la imagen superior aparezco frente a un hotel del centro de Atlanta y Amy Holder se encuentra a solo unos pasos; tiene en la cara una expresión enfurecida y alza las manos para enseñarme el dedo medio. En la segunda imagen sigo a Amy al interior del hotel. El mismo hotel frente al cual, solo unos minutos después, un montón de móviles grabaron desde la calle los penachos de humo negro que salían de la ventana de su balcón. Es evidente que había un problema entre nosotras, y también que yo entré en el hotel detrás de ella.

Recuerdo ese momento perfectamente. Sus palabras airadas. Las miradas de la gente que andaba cerca al oír lo que ella gritaba. Y, más tarde, las sirenas de los bomberos rasgando el aire, los chillidos de la gente, el acre olor a humo.

Una prueba perfecta que me sitúa en el lugar de los hechos, en pleno enfrentamiento con la mujer fallecida. Conociendo al señor Smith, seguro que hay más fotos tomadas desde otros ángulos que resultarán igual de incriminatorias y que él puede pasar a la policía de Atlanta cuando lo desee. Esto es solo un aperitivo para abrirles el apetito.

Por la otra cara del papel me indica lo que quiere de mí.

Hay una foto mía tomada aquel mismo día, pero en otro lugar. Estoy saliendo de un banco situado a pocas manzanas del hotel donde se alojaba Amy.

En la parte inferior de la hoja hay un número de teléfono. Saco del bolso el móvil y lo llamo inmediatamente.

—No esperaba tener noticias tuyas tan pronto. Has conseguido salir de allí más deprisa de lo que suponía que serías capaz —dice el señor Smith.

El timbre robótico suena esta vez más agudo de lo habitual.

—Usted siempre me ha subestimado.

Tengo que hacer un gran esfuerzo para imprimir un toque juguetón a mi voz.

—Vas a entregarme lo que le quitaste a Amy Holder en Atlanta. Si no, descubrirás que esta historia no va a acabar de un modo agradable para ti.

Aprieto los párpados y respiro hondo en silencio.

—Ya le expliqué lo que sucedió allí. No conseguí lo que buscaba. Se perdió. Se quemó en el incendio.

—Entonces, ¿qué hay en la caja de seguridad?

Vuelvo a mirar mi fotografía en los escalones de la entrada del banco.

—Dígame que no me ha puesto en manos de la policía por esta foto.

—Ahora eres tú la que me está subestimando —dice desdeñosamente—. Tengo el vídeo de las cámaras de seguridad que hay en el interior de la sucursal de Wells Fargo en Peachtree Street. Alquilaste la caja de seguridad antes de que los bomberos apagaran las llamas que envolvían el cuerpo de Amy Holder. Tú nunca conservas encima nada importante, y ese habría sido el sitio más rápido y cercano para esconder lo que conseguiste. El único motivo de que estemos manteniendo siquiera esta conversación es que yo no tengo el número de la caja de seguridad ni el documento de apertura del contrato bancario con la firma.

—No es lo que usted cree —digo—. No tiene nada que ver con Amy ni con su muerte.

El gruñido mecánico producido por el distorsionador de voz hace que me estremezca.

—No te hagas la tonta conmigo. Tendrás que volver a Atlanta; pero quiero que estés allí el miércoles. Hay una habitación reservada a tu nombre en el Candler Hotel, en el centro de la ciudad. El jueves, a las diez de la mañana, uno de mis representantes se reunirá contigo en el vestíbulo y te acompañará al banco y al interior de la cámara acorazada. Él mismo retirará el contenido de la caja de seguridad. Si lo que dices es verdad y el contenido no tiene nada que ver con la misión Amy Holder, nos olvidaremos de este asunto de una vez por todas y seguiremos adelante como hasta ahora. Y verás cómo pierden rápidamente su interés en ti los detectives de Atlanta.

—¿Y yo debo creerme que usted detendrá la persecución si le muestro el contenido de la caja de seguridad? ¿Y qué hay de esta misión? ¿La voy a abandonar y ya está? Para ser alguien que odia el fracaso, ¿cómo puede aceptarlo esta vez?

—Con el lío de mierda en el que estás metida conmigo, ¿es eso lo que quieres saber? Lo único que importa es recuperar lo que se llevó Amy Holder. «Todo» lo que se llevó. —Se queda callado un momento y luego añade—: Eras mi mejor activo, y mira lo bajo que has caído.

—Sigo siendo su mejor activo, y ambos lo sabemos.

Su fuerte carcajada me sobresalta.

—Te han detenido y has hablado con la policía. Ahora hay una ficha con tu nombre. ¿Te has resistido siquiera cuando iban a sacarte las huellas dactilares? Hay un vídeo de ti en la sala de interrogatorio. Tu compostura es de elogiar.

Sus palabras son como proyectiles dando en el blanco uno tras otro.

—¿Cuántos jueces McIntyre tienes en el bolsillo?

Yo suelto una carcajada que espero que no suene forzada.

—Los suficientes para seguir esquivando las bolas con efecto que usted me está lanzando.

—Desgraciadamente, Lucca, tú ya has tomado tu decisión; ahora yo estoy tomando la mía —gruñe.

—No actúe como si no me hubiera estado tendiendo una trampa desde el principio. Durante todos estos años he sido una de sus mejores agentes y, sin embargo, solo ha estado esperando el momento para volverse contra mí.

Él chasquea los labios.

—Pues claro. ¿Creías que no iba a tener un plan de emergencia preparado por si uno de los míos se desmandaba? No te pongas sentimental ahora. Esto es un negocio.

—¿La mujer que se hacía pasar por mí sabía lo que iba a sucederle cuando asumió la misión? ¿Le dijo usted que era una sentencia de muerte?

—Esa mujer ha sido una baja lamentable. Tenía potencial. Pero yo siempre estoy preparado para tomar decisiones difíciles. La misión Holder es más importante.

Ahí está: la confirmación de que la muerte de James y de esa mujer no fue un accidente.

—¿Terminó siquiera la misión para la que la había enviado? ¿O le falló de algún modo?

—Su misión era ponerte nerviosa. Y lo consiguió. Era darse a conocer como Lucca Marino. Y lo consiguió. Era también cenar esa noche contigo y que tú fueras la última persona que la había visto viva, de manera que la policía no tuviera otro remedio que interrogarte sobre la velada que pasasteis juntas. Pensé que me haría falta intervenir para que se enterasen de la orden de búsqueda que había contra ti, pero tú me lo pusiste fácil. Si ella fisgoneó en tus cosas fue para sacarte de quicio, porque yo sabía lo mucho que te irritaría. La hoja de cálculo que dejaste para que ella la encontrara me resultó divertida, sin embargo. Buena jugada.

Me entran ganas de gritarle y tirar este teléfono al suelo para que se rompa en mil pedazos, pero no puedo mostrarle lo destrozada que me siento.

—¿Qué garantía tengo de que yo no acabaré como ella? Esa mujer vino aquí a cumplir una misión... ¿Y qué recompensa recibe? Un salto mortal desde un puente.

—Te puedo garantizar que sufrirás el mismo destino si por segunda vez no me entregas lo que te envío a buscar. —Suaviza el tono al añadir—: Sé que harás todo lo posible para alcanzar ese final de cuento de hadas que siempre has deseado. Esa casa grande con jardín con la que tu madre y tú soñasteis durante años mientras ella se consumía en aquella caravana. Todavía puedes conseguirlo. Yo puedo convertir a Evie Porter en un recuerdo lejano y rescatar a Lucca Marino de entre los muertos si me das lo que quiero.

¿De veras piensa que voy a creerme que ese desenlace es posible?

—No sé cuántas veces tengo que decírselo: lo de Atlanta fue un fiasco. Lo que usted quería de Amy Holder, fuese lo que fuese, se lo llevó a la tumba. Esa caja de seguridad no contiene lo que usted cree.

El señor Smith espera unos instantes; luego dice:

—Este número quedará desconectado en cuanto termine la llamada. Ya sabes a qué atenerte. Si no te reúnes con mi socio en el vestíbulo del hotel a la hora fijada, me veré obligado a entregarle a la policía de Atlanta todo lo que tengo. Esas fotos son solamente un adelanto del espectáculo completo. Te queda la posibilidad de huir, pero ahora ya no eres un fantasma. —Antes de cortar la llamada, añade—: Y los policías no serán los únicos que te estarán buscando.

La comunicación se interrumpe. No intento volver a llamarle porque sus amenazas no son en vano.

Me llevo al baño el papel que me ha enviado, lo tiro en el lavabo y cojo un mechero que tengo junto a la bañera para encender las velas. Solo tarda unos minutos en convertirse en cenizas, y me apresuro a abrir el grifo para limpiar los restos y evitar que el humo dispare alguna alarma.

Pongo el agua de la ducha lo más caliente que puedo resistir, me desvisto y me sitúo bajo el chorro. Necesito desesperadamente deshacerme de las huellas de las últimas horas.

Hay un montón de preguntas que requieren respuesta.

Hay un montón de emociones que necesito analizar: la rabia que me produce que el hombre para el que he trabajado todos estos años se haya vuelto contra mí de un modo que jamás podría haber imaginado; la decepción que me ha invadido al oír que él me construyó una identidad desde el principio con el único objetivo de destruirme; la amargura que he sentido al descubrir que estaba planeando mi caída desde la primera misión. Todo ello me afecta mucho más de lo que habría supuesto. Más de lo que yo estaba preparada para resistir.

Pero lo que más profundamente me afecta es la muerte de esa mujer. Ella vino e hizo su trabajo. Que esté muerta es culpa mía. Lo mismo que James. Si yo no hubiera estado jugando este juego con el señor Smith, ella seguiría viva.

Me restriego cada centímetro del cuerpo. Me lavo el pelo. Me froto la cara. Todo lo que haga falta para sentirme limpia.

La muerte de esa mujer me pesa en los hombros, inunda mis pulmones, me nubla la vista.

La puerta del baño se abre rechinando y doy un respingo, aunque ya suponía que Ryan vendría a ver cómo estoy al volver de la oficina.

El vapor ha empañado el cristal, así que no puedo verlo con claridad hasta que abre la puerta de la ducha. Se le forma una arruga en mitad de la frente cuando me mira. Tiene una expresión que no puedo descifrar. Justo cuando creo que va a marcharse, se desnuda en silencio y se pone a mi lado. Me coge la esponja y me gira hacia la pared; luego me pone una mano en la cadera para sujetarme y con la otra me desliza la esponja con largas y amplias pasadas por la espalda y los hombros.

Me doy la vuelta y entierro la cara en su pecho mientras el agua cae a nuestro alrededor. Y lloro. Una vez que he empezado, ya no puedo parar. Grandes sollozos entrecortados que me destrozan por dentro.

Ryan me susurra al oído. Bobadas. Palabras tiernas. Promesas. Su voz suave se abre paso por los resquicios de mi armadura.

Diez minutos para derrumbarme. Diez minutos para impregnarme del consuelo que él me brinda, sin tener en cuenta si lo merezco. Dejaré pasar estos diez minutos y luego me recompondré.

El agua empieza a enfriarse, así que Ryan cierra el grifo. Sin soltarme, se las arregla para coger mi toalla. Yo permanezco inmóvil mientras él me seca.

—¿Quieres meterte en la cama? ¿O prefieres comer algo antes? —pregunta cuando me estoy poniendo unas mallas y una camiseta holgada.

—¿Rachel aún está aquí? —pregunto.

Él asiente, todavía secándose.

—Sí, se considera responsable de ti personalmente. No piensa alejarse hasta que vayamos a Atlanta.

Respiro hondo una vez. Y luego otra más.

—No hace falta que me acompañes a Atlanta.

Ryan se encoge de hombros.

—Claro que hace falta. Pero no vamos a hablar de eso esta noche. Haremos planes mañana.

Mi mente ya está analizando diferentes posibilidades ahora que sé a lo que me enfrento. Iré a Atlanta, pero primero haré varias paradas.

—¿Qué pasa por esa cabeza? —pregunta Ryan.

No me gusta que pueda descifrarme tan bien. Lo cual demuestra hasta qué punto he bajado la guardia con él.

—Solo estaba pensando qué me preguntarán. Y qué harán si no puedo responder a sus preguntas.

Él me atrae hacia sí.

—Yo estaré contigo todo el tiempo. Y Rachel también. Estamos de tu lado. Si hay algo que puedes creer, es esto.

Cojo sus manos entre las mías y me las llevo a los labios, besando cada nudillo.

—Tengo hambre. Pero necesito un minuto para recomponerme.

Él sonríe y me aprieta las manos.

—Voy a buscar algo de comida. Baja cuando estés lista.

Ryan sale de la habitación y yo me desplomo en nuestra cama.

Ya he tenido mis diez minutos de autocompasión. Ahora ha llegado el momento de ponerse a trabajar.

18

Presente

El señor Smith quiere que esté en Atlanta pasado mañana y lo último que necesito es tener a Rachel allí conmigo.

Bajo por las escaleras y veo que ella se ha montado una minioficina en el comedor. En un extremo de la mesa está su portátil y en el resto hay esparcidos una serie de archivadores.

—¿Dónde está Ryan? —pregunto en vez de saludarla.

Ella no levanta la vista mientras ordena unas carpetas junto a su ordenador.

—Ha ido a comprar algo de comida.

La observo el tiempo suficiente para ponerla nerviosa. Deja lo que está haciendo y por fin me presta toda su atención, arrellanándose en la silla de la cabecera de la mesa.

—Tenemos que estar en Atlanta el viernes a las nueve de la mañana, o sea que hay que salir el jueves —dice—. He mirado los vuelos y hay uno directo a las cuatro y media de la tarde. Podemos reservar un par de habitaciones en uno de los hoteles que hay cerca del aeropuerto. Vamos a dedicarnos hoy y mañana a repasarlo todo para estar preparadas.

Me siento en la silla contigua a la suya, apartando unos papeles para apoyarme sobre la mesa.

—Me reuniré contigo en Atlanta el viernes a las ocho y media de la mañana, pero primero tengo que hacer unas cosas. Yo sola.

Ella ya está negando con la cabeza antes de que termine.

—Soy responsable de ti. Si no te presentas, me la cargo. No me cabe duda de que tú podrías desaparecer fácil y felizmente, pero yo vivo en esta ciudad. Toda mi vida está aquí.

—No le haría eso a Ryan —respondo en voz baja.

Ella pone los ojos en blanco.

—Él ni siquiera conoce tu verdadero nombre.

Rachel pretende enojarme y está muy cerca de conseguirlo.

—No hay nada que discutir. Podría deshacerme de ti cuando se me antojara y tú ni siquiera lo verías venir. Pero estoy comportándome contigo al decirte que nos reuniremos el viernes en Atlanta. Solo dime dónde.

Nos miramos fijamente, cada una esperando a que la otra dé su brazo a torcer. El ruido de la puerta trasera nos alerta de la llegada de Ryan con la comida, y necesito dejar esto cerrado antes de que él aparezca.

—Ya sé que quizá no signifique mucho para ti, pero te doy mi palabra. Estaré allí. Y no falto a mi palabra cuando la he dado. Nunca.

Rachel suelta un suspiro entrecortado.

—No crees que debamos dedicar nada de tiempo a repasar el caso, ¿no?

Sí necesito prepararme, pero con Devon, no con Rachel.

—No.

Ryan asoma la cabeza en el comedor. Su mirada se pasea entre nosotras.

—¿Va todo bien por aquí? —pregunta.

—Todo bien —dice Rachel.

—Claro —respondo.

—Venid a cenar —dice, y lo seguimos a la cocina.

Saco los platos y los cubiertos mientras Ryan pone la comida en plan bufet en la isla de la cocina.

—He comprado varias cosas diferentes porque no sabía lo que os apetecería.

Durante el ajetreo para dejar la comida preparada, Rachel nos observa a Ryan y a mí con atención. Mira cómo nos movemos por la cocina, cómo somos siempre conscientes de dónde está el otro. Ella está harta de mí, y estoy segura de que le resulta difícil presenciar esta escena sabiendo lo que sabe.

Estoy sirviéndome una porción enorme de pollo a la parmesana en mi plato cuando recuerdo que se suponía que Ryan debería haber ido hoy a casa de los Bernard.

—¿Se ha disgustado la señora Bernard al ver que no ibas hoy?

Ryan da un largo trago a su cerveza antes de responder.

—La he llamado y le he dicho que me había surgido un problema y que no podía ir.

Me siento a su lado a la mesa de la cocina.

—El funeral será esta semana, así que creo que deberías estar aquí sin falta, en lugar de acompañarme a Atlanta.

—Ya les he dicho a los Bernard que no podré quedarme porque me ha surgido una urgencia fuera de la ciudad.

Yo niego con la cabeza.

—Tienes que quedarte. Rachel y yo podemos manejar las cosas en Atlanta.

Ryan suelta el tenedor sobre el plato. El golpe resuena por toda la cocina.

—Estoy seguro de que puedo decidir por mí mismo dónde debo estar.

Estamos ofreciéndole a Rachel un buen espectáculo, así que decido aplazar esta conversación hasta que nos encontremos en la intimidad de nuestro dormitorio. Ella ya sabe que pienso salir de aquí sola. Alzo la vista hacia ella y digo:

—Supongo que tú también estás dispuesta a perderte el funeral.

—Sí —dice con énfasis—. La última vez que hablé con James fue hace unos dos años, cuando me llamó para pedirme dinero. Se lo di con la condición de que buscara ayuda. Incluso le reservé una plaza en un centro de rehabilitación. Dejó de responderme en cuanto consiguió el dinero. Fui una de las pocas personas de nuestro grupo que no lo vio cuando vino a la ciudad hace un par de semanas.

Ryan resopla.

—Yo podría contar una docena de historias parecidas.

El resto de la comida transcurre entre comentarios anodinos. Ryan y yo nos retiramos enseguida a nuestra habitación y Rachel al cuarto de invitados.

Plantada en mitad del dormitorio, suelto un largo y lento suspiro. Procuro centrarme.

—Tengo que ocuparme de algunas cosas yo sola —digo mientras Ryan prepara la cama sin advertir que alguien nos la ha hecho. Su expresión se tensa, pero yo sigo—. Me reuniré con Rachel en Atlanta. Tú también puedes reunirte allí conmigo si quieres.

Él me mira mientras se desnuda y se mete en la cama.

—No quiero hablar más por hoy.

Sostiene la colcha levantada, invitándome a meterme en la cama con él.

Debería insistir, pero yo también estoy cansada de hablar, así que apago las luces y me acuesto a su lado.

Estoy sentada a la mesa de la cocina, con mi cuaderno delante, cuando entra Rachel. Arranco las dos hojas en las que estaba escribiendo, las doblo una y otra vez hasta que son lo bastante pequeñas para entrar en el bolsillo trasero de mis vaqueros y guardo la libreta en mi mochila; luego me acerco a la cafetera para llenarme el termo.

—¿Dónde están las tazas? —pregunta Rachel.

Le señalo el armario que hay encima de la cafetera y se acerca a coger una.

—¿Te vas hoy por la mañana? —pregunta.

Echando un vistazo al reloj, respondo:

—Dentro de una hora.

Miro Instagram en mi móvil y me detengo al ver el último post de Food Network, que muestra al chef Bobby Flay ante una parrilla con su característica sonrisa engreída. Comento: «¡¡*Beat*

Bobby Flay es el programa número 1 de la televisión!! ¡Es imposible vencerle en 45 minutos! #TodaBuenaRecetaEstáEscrita».

Normalmente le daría a Devon más de cuarenta y cinco minutos para reunirse conmigo en el primer lugar de la lista prefijada, pero, después de lo de ayer, seguro que actualiza su feed cada dos minutos, igual que yo. Y el hashtag no tendrá sentido para nadie excepto para Devon, pero necesito que sepa que tengo algo que darle para que él me diga dónde dejarlo.

Rachel echa un sobre de azúcar y un poco de leche a su café y se gira hacia mí mientras lo revuelve.

—¿Ryan lo sabe?

—Sí —digo mientras sigo mirando y actualizando mi feed.

Devon solo tarda un par de minutos en colgar un comentario en el último post de Spotify: «*See You Soon* de Coldplay está infravalorada. ¡Y los bollitos de nata Twinkies también!».

Parece que tendré que buscar bollitos cuando llegue al punto de encuentro.

Cierro la aplicación y subo corriendo para preparar el equipaje. Meto un poco de ropa en mi bolso y voy al baño a recoger mis artículos de aseo. Cuando vuelvo a la habitación, Ryan tiene sobre la cama su propio bolso abierto a medio llenar.

—¿Crees que necesitaré un traje? —pregunta.

Meto en mi bolso las cosas que tengo en los brazos y voy al armario a por mis zapatos.

—Necesito hacer esto sola.

No me atrevo a mirarle.

—Entiendo que creas que necesitas hacer esto sola, pero tú ahora ya no estás sola. —Él capta mi mirada desde el otro lado de la cama—. Voy contigo.

Le sostengo la mirada.

—Te perderás la jornada del jueves, y yo sé lo importantes que son para ti tus citas de los jueves.

Ahora estoy presionando para ver si puedo quitármelo de encima.

Él ladea la cabeza y entorna los párpados.

—Estoy dispuesto a contarte mis secretos si tú haces lo mismo. —Le sale una voz grave y algo inquietante—. Tú primero.

Ahora hay algo en él del tipo que dirige ese almacén de camiones.

Yo cruzo los brazos y lo miro.

Ryan alza las manos al ver que no acepto su oferta.

—No haré preguntas. No me asusto fácilmente. Y no quiero que hagas sola lo que crees que debes hacer, sea lo que sea. —Seguimos mirándonos el uno al otro hasta que él añade finalmente—: Además, mis dotes prácticas pueden ser útiles en un apuro.

Y aparece esa sonrisa. La que lo vuelve absolutamente encantador.

Y aunque yo pensaba que sonreír era algo imposible en este momento, le devuelvo la sonrisa.

—¿Qué dotes son esas?

Él se encoge de hombros y sigue haciendo el equipaje.

—Llévame contigo y lo descubrirás.

No sé qué hacer respecto a Ryan. El señor Smith decidió que esta era la misión que debía asignarme mientras jugábamos a este juego macabro, y tengo que averiguar por qué.

El señor Smith esperará que vaya sola. Hasta este momento yo quería ser totalmente previsible, pero ahora necesito ser exactamente lo contrario. Además, Ryan está insistiendo mucho en acompañarme pese a que va a perderse el funeral de James y una semana de trabajo. Muy curioso.

Suspiro profundamente de manera forzada, haciendo todo el show de darme por vencida.

—Yo tomaré todas las decisiones. Si tengo que hacer una escapada para ocuparme de algo sola, no dirás nada. Ni una palabra.

Él asiente.

—Ni se te ocurra dejarme tirado por el camino —dice con una sonrisita—. Te lo veo todo en la cara.

Ambos sabemos que esa opción está siempre sobre la mesa.

Rachel está cabreada porque Ryan viene conmigo y ella no.

Guardo nuestros bolsos en mi coche mientras Ryan, todavía junto a la casa, sostiene una discusión acalorada con Rachel. Cierro el portón trasero y me vuelvo hacia la calle mirándola como si no fuera a volverla a ver. La echaré de menos más de lo que estoy dispuesta a reconocer.

Me siento frente al volante y espero a Ryan. Cuando oye que el motor arranca, gira la cabeza y me mira un momento. Rachel lo sujeta al ver que se mueve hacia el coche. Ella sabe cosas de mí que él no sabe, cosas que no puede decirle porque estoy protegida por la relación cliente-abogado, y ahora intenta frenéticamente impedir que venga conmigo.

Ryan no le hace caso.

Se sube al asiento del copiloto y, cuando Rachel se acerca al coche, baja la ventanilla. Él quería que nos lleváramos su Tahoe, pero la que manda aquí soy yo, y si decido dejarlo en algún punto del camino, voy a necesitar mi coche.

Rachel me lanza una mirada que no me gusta especialmente y luego se concentra en él.

—Hablo en serio, Ryan. El viernes a las ocho y media en punto de la mañana en Atlanta. Estoy negociando para que nos reunamos con los detectives en otro sitio que no sea la comisaría; en cuanto sepa dónde, te lo diré.

—Ya me lo has explicado un montón de veces —responde él, y vuelve a apoyarse en el reposacabezas, fijando la vista en el parabrisas.

Rachel tiene puesta la mano en la ventanilla abierta, como si pretendiera impedir por la fuerza que nos alejemos.

Yo me remuevo en el asiento, lista para arrancar. No digo ni una palabra de despedida.

Ryan debe de notar mi incomodidad porque me indica con un gesto que salgamos. Pongo la marcha atrás y suelto el freno lo suficiente para que Rachel aparte las manos y retroceda.

—Te llamaré —le dice él cuando empezamos a movernos—. Y no te sorprendas si tienes que venir a recogerme después de que ella me haya abandonado en algún sitio.

Es evidente que Rachel no encuentra divertido su chiste.

Una vez que el cristal de la ventanilla está subido y que llegamos a la calle, Ryan me pregunta:

—¿Quieres que reserve un hotel en Atlanta? Quiero decir, supongo que es allí a donde vamos.

—Ya lo he arreglado —respondo.

Salgo del barrio y me meto en una de las calles transitadas que cruza la ciudad; luego entro en una gasolinera.

—¿Te encargas tú de llenar el depósito mientras yo voy a buscar unos tentempiés para el viaje?

Él se baja del coche antes de que termine de pedírselo.

—Tráeme una Coca-Cola y unas patatas. Sabor barbacoa —me dice cuando me dispongo a entrar en la tienda.

Recorro el pasillo de los aperitivos cogiendo un par de bolsas de patatas y un paquete de M&M's de mantequilla de cacahuete, y veo a Devon llenándose un vaso en la máquina de refrescos. Saco de mi bolsillo trasero las dos hojas dobladas y las deslizo bajo unos paquetes de Twinkies. Mientras pago en la caja, él se mete por el pasillo para recoger esa carta que lo pondrá al día sobre lo ocurrido ayer y le proporcionará los datos del plan que he ideado. No es que este sea el mejor sistema de comunicación, pero al ser tan de la vieja escuela, el hackeo está descartado. Si todo sale como debería, pronto lo veré en persona.

Cuando vuelvo al coche, ocupo el asiento del copiloto.

Ryan, que todavía está poniendo gasolina, me mira a través de la ventanilla abierta del conductor.

—Deduzco que quieres que conduzca yo, ¿no?

—Sí, por favor —respondo, y doy un trago a mi Diet Dr Pepper.

—Pues si yo conduzco, tendrás que contarme a dónde vamos —dice cuando vuelve a subir al coche.

—Toma la interestatal en dirección este.

Circulamos un rato sin decir palabra. Reina el silencio en el coche. No suena ninguna música. No hay conversación. Solo indicaciones cuando es necesario.

El terreno se allana a medida que nos dirigimos hacia el delta del Mississippi, donde no hay nada excepto cultivos en hilera durante kilómetros y kilómetros. Ahora hemos salido de la interestatal y avanzamos bamboleándonos por carreteras secundarias atravesando las pequeñas poblaciones que aparecen cada hora más o menos. El tipo de poblaciones donde el límite de velocidad desciende de noventa a sesenta sin previo aviso, de manera que el conductor no está preparado para los controles de velocidad, que generan lucrativos ingresos para las arcas municipales.

Volvemos a parar para repostar, y Ryan insiste en pagar. Yo le digo que lo haga en efectivo. Él saca una abultada cartera repleta de billetes de veinte, como si estuviera más preparado para este viaje de lo que yo lo había creído capaz. Me recuerdo a mí misma que Ryan es una persona tan turbia como yo.

—Siento que vayas a perderte el funeral de James —le digo cuando ya estamos otra vez en la carretera.

Él suelta un profundo suspiro.

—Yo también. —Me parece que no va a decir nada más, pero entonces añade—: Me pasé años ayudando a James…, salvándolo. Le di dinero, ropa, un sitio donde vivir. Lo metí en rehabilitación más de una vez. Me convertí en una muleta para él. James sabía que podía contar conmigo. Sabía que lo salvaría. Y claro, ¿para qué molestarte en arreglar todas tus mierdas si siempre hay alguien dispuesto a salvarte?

Transcurren unos minutos hasta que digo:

—Yo no necesito que me salven.

Él se vuelve hacia mí y me mira mientras yo mantengo la vista hacia delante; luego se concentra otra vez en la carretera.

—Ya lo sé. Hay cosas que quizá necesites, pero que te salven no es una de ellas.

Esa contestación me da ganas de hacerle preguntas. Muchas

preguntas. Pero él me lo dejó bien claro: está dispuesto a contarme sus secretos, pero primero tengo que contarle yo los míos. Así que en lugar de hacer preguntas, digo:

—Dentro de tres kilómetros tienes que girar a la izquierda.

Alias: Wendy Wallace. Seis años antes

Me encanta esta ciudad pequeña. En otra vida, al terminar el instituto, me habría venido directa aquí a la universidad. Habría asistido a todos los eventos deportivos, a todas las obras de teatro y exposiciones de arte. Los descansos entre las clases los habría pasado en el patio del campus, quejándome con mis compañeros de las notas injustas que nos habría puesto el profesor en el último examen.

Pero no estoy viviendo esa vida.

Llevaba solo un día en aquel hotel del aeropuerto de Raleigh cuando llamaron a la puerta. Abrí y me encontré con un tipo con el uniforme de UPS. Al mirarlo con más atención, sin embargo, me di cuenta de que era el mismo que me había entregado la última remesa de instrucciones de Matt.

—Eres George —dije.

Él me miró desconcertado.

—¿Quién?

Señalé el punto de mi camiseta donde me habría puesto una placa de identificación si hubiera tenido que llevar una.

—George. Ese era el nombre que ponía en tu uniforme del hotel de Hilton Head. —A él pareció sorprenderle que yo lo recordara—. Aunque puedo imaginarme que ese no es tu verdadero nombre.

El hombre me dio un sobre marrón sin dirección ni etiqueta de envío.

—No, no lo es —dijo.

Yo estaba segura de que él no debía hablar conmigo, sino solo hacerme la entrega.

—¿Vas a decirme tu verdadero nombre o tengo que seguir llamándote George?

Él se encogió de hombros.

—George está bien, supongo.

—De acuerdo, George. —Ya estaba alejándose, pero se detuvo cuando pregunté—: ¿Vienes a Florida conmigo, o tienes más entregas que hacer?

Volvió a encogerse de hombros.

—Ya lo verás.

Y desapareció.

Desgarré el sobre y encontré dentro un permiso de conducir de Florida a nombre de Wendy Wallace, y un papel con la dirección de una tienda de mensajería, un apartado de correos y el nombre de un complejo de apartamentos con el número de uno de ellos. Había también un llavero con dos llaves, una mucho más grande que la otra, y, por último, una foto de un hombre de treinta y tantos años. En el dorso de la fotografía figuraba su nombre, Mitch Cameron; y debajo decía: «Averígualo todo sobre él».

Encontré a Mitch Cameron enseguida. Todo el mundo conoce a Mitch Cameron, puesto que es el entrenador principal de fútbol de una universidad del centro de Florida. Es alguien amado y odiado a partes iguales.

Tiene treinta y siete años y lleva diez casado con Mindy. Mitch y Mandy. Qué adorables, con sus dos hijos pequeños: un niño llamado Mitch junior y una niña llamada Matilda.

Una familia patrocinada para todos ustedes por la letra M.

Tardé solo cuatro días en averiguarlo todo sobre Mitch y sobre su vida cotidiana, aunque, por más que lo intentaba, no conseguía entender por qué un entrenador de fútbol universitario sería el objetivo. Nunca me dicen quién es el cliente, pero estoy deseando descubrir qué pasa con Mitch para que hayan sido necesarios los servicios del señor Smith.

Durante esta semana, he acudido a diario con mi bici al campo de entrenamiento para ver cómo trabaja. Hoy he extendido una manta y me he rodeado de libros de texto, igual que la media docena de jóvenes que están estudiando sobre la hierba en esta tarde de otoño. El sol de Florida le está dando a mi piel un bronceado espectacular. Nunca había pasado tanto tiempo al aire libre.

Mitch parece caer bien a sus jugadores. Es duro con ellos, pero también alentador, y no duda en felicitarlos cuando se han esforzado. Como cada día, cuando termina el entrenamiento y los envía a la ducha, yo recojo mis cosas y me dirijo al centro de mensajería para revisar el apartado de correos. Hasta ahora, siempre estaba vacío cuando he ido a revisarlo, pero hoy presiento que es mi día de suerte.

Se me escapa un gritito de excitación cuando veo un pequeño sobre en su interior. ¡Al fin! Me lo guardo en la cinturilla de mis shorts, me coloco la camiseta por encima y salgo del establecimiento lo más aprisa posible.

No lo abro hasta que estoy a salvo en mi apartamento.

Dentro del sobre hay solo una lista de cinco nombres con una fecha y una hora junto a cada uno.

Me basta con buscar dos nombres en Google para discernir una pauta. Cada persona de esta lista es un alumno de último año de secundaria que vive en un radio de cien kilómetros en torno a la universidad y que ha desarrollado hasta el momento una impresionante carrera futbolística, hasta el punto de que se especula sobre dónde acabará jugando el próximo otoño.

Al principio todo esto me parece absurdo. ¿Para qué estoy aquí? ¿Para vigilar a un entrenador y a un puñado de chicos de dieciocho años?

Indago a fondo sobre el fútbol en secundaria y en la universidad. Descubro la cantidad de millones que ganan las universidades gracias a estos jugadores antes de que se conviertan en profesionales. Suponiendo que tengan esa suerte.

Es un gran negocio.

También se habla mucho de jugadores que reciben dinero bajo mano para escoger una universidad en lugar de otra: historias de emisarios que entregan dinero de noche y se comunican con teléfonos desechables. Todavía más alucinantes son las historias sobre los patrocinadores universitarios que gastan mucho dinero con la esperanza de que su alma mater gane un campeonato. Invierten en los programas deportivos y esperan resultados. Y, si no los consiguen, suspenden sus aportaciones. Por eso se plantea la pregunta de quién dirige en realidad estos programas: el director deportivo de la universidad o los pocos patrocinadores adinerados que extienden los cheques. Basta con buscar en Google «T. Boone Pickens» u «Oklahoma State University» para hacerse una idea.

Hay mucha presión para cambiar las normas y permitir que los deportistas universitarios se beneficien de su nombre y su imagen. De hecho, la mayoría de la gente del sector cree que la Asociación Nacional Deportiva Universitaria permitirá que estos deportistas puedan firmar contratos publicitarios en una fecha tan próxima como 2020 o 2021, aunque por ahora está estrictamente prohibido. Las universidades que paguen a jugadores se enfrentan a multas abultadísimas, e incluso pueden perder la oportunidad de participar en los partidos de postemporada entre los mejores equipos, lo cual desbarataría su posibilidad de fichar jugadores. Pero el mayor castigo es para los deportistas. Ellos pierden su idoneidad para seguir jugando. En cualquier sitio.

En mis últimas misiones, durante este intervalo de tranquilidad en el que he recibido la primera información, pero aún estoy esperando instrucciones precisas, intento adivinar para qué nos ha contratado el cliente.

Desde que me han pasado los nombres de los futbolistas con posibilidades de ser fichados, supongo que ellos tienen algún papel en todo esto. ¿Acaso Mitch hace fichajes corruptos? ¿Será el cliente una universidad rival que quiere crear problemas al programa deportivo de Mitch?

Me concentro en las fechas y los nombres. Localizo en un mapa dónde vive cada jugador, examino sus estadísticas, rastreo sus redes sociales.

Cinco nombres. Cinco fechas. La primera es dentro de una semana. Voy a necesitar algunos dispositivos, así como ayuda para instalarlos, así que sigo los pasos que Devon ha establecido para comunicarnos y le pido que venga a Florida.

Mi plan era observar cómo corteja Mitch Cameron a estos jugadores, pero no había previsto que también sorprendería a entrenadores de otras universidades visitándolos. Estos chicos son lo mejor de lo mejor de esta zona y todo el mundo los quiere. Aunque la universidad para la que Mitch entrena es buena, hay un par de ellas más grandes y mejores no lejos de aquí, así que la competencia es muy fuerte.

Cuando llegó Devon con los equipos necesarios, nos resultó más fácil de lo que creía entrar en la casa de cada jugador para instalarlos. Todos viven en barrios pobres con sistemas de seguridad escasos o nulos. Es casi imposible ignorar la cantidad de dinero que hay en juego para las universidades que tengan una temporada brillante; y, sin embargo, estos chicos no tienen permitido que nadie vinculado con la universidad les pague siquiera una cena. No parece justo.

Al cabo de una semana espiándolos, aparece otra nota en el apartado de correos.

Tienes que entregar todas las grabaciones, vídeos e imágenes de los sujetos de la lista anterior que documenten reuniones, conversaciones o discusiones (incluso discusiones entre miembros de la familia) sobre cualquier programa de fútbol. Un mensajero pasará por tu apartamento cada noche a las diez para recoger el material. No lo dejes en el apartado de correos.

Yo sabía que el señor Smith me vigilaría de cerca, pero no imaginaba que lo haría tan atentamente. Las instrucciones también dan fuerza a la idea de que el cliente sea de una universidad rival. El señor Smith no quiere solo las conversaciones entre los jugadores y Mitch, sino también con todos los demás entrenadores. Pero los entrenadores no son los únicos que vienen a hablar con estos chicos.

Enseguida resulta evidente quién es el jugador más valorado: Tyron Nichols. Tyron vive en una de las comunidades negras más pobres de la misma ciudad en la que se encuentra la universidad. Su casa consiste en tres habitaciones y un baño diminuto, pero alberga a Tyron, a sus padres, a una abuela y a cinco hermanos menores. Los padres trabajan muchas horas mientras la abuela cuida de los niños que aún no están en edad escolar. Es obvio que los padres no saben qué hacer con toda la atención que Tyron está suscitando.

Pero Tyron es listo. Aunque le han ofrecido dinero, no lo ha aceptado nunca. Porque él, a fin de cuentas, es quien más se juega en todo esto. Si pierde su idoneidad, no podrá jugar. Las posibilidades de que llegue a la Liga Nacional, donde por fin cobrará lo que se merece, serán casi nulas si no desarrolla primero una exitosa carrera en el fútbol universitario.

Estoy ante mi pequeña pantalla cuando unos hombres con camisa almidonada se presentan en la puerta de su casa. Veo cómo se comporta Tyron con ellos y luego escucho las conversaciones que mantiene con su hermano, solamente un año menor, sobre lo que le han ofrecido.

A la segunda semana, estoy exhausta. Aunque Devon y yo nos repartimos el trabajo, tardamos todo el día en revisar las grabaciones de las cinco cámaras y en separar las partes relevantes antes de que George llame a mi puerta con su uniforme de UPS.

Lo único bueno es que parece que estoy empezando a caerle bien a George. En las primeras entregas, él actuaba con estricta profesionalidad, pero ahora se demora en el umbral para charlar un poco. Anoche incluso le di unas porciones de pizza para el camino, pues parecía tan cansado como nosotros. Lo cual hace que me pregunte por las dimensiones del área que cubre en un día si tiene que volver aquí cada noche.

Aunque nos hemos enterado de los trapos sucios de algunos entrenadores, Mitch Cameron no se ha extralimitado ni una sola vez en sus reuniones con los posibles fichajes. Manifiesta claramente su deseo de que formen parte de su equipo, es educado con la familia y agradece la comida o la bebida que le sirven. Es el invitado perfecto.

Me vienen recuerdos de mi temporada con Andrew Marshall y tengo un agudo presentimiento sobre lo que quizá me van a pedir.

Ya estoy preparada para saber en qué consiste la misión.

Tras otra larga jornada revisando vídeos, meto el pen drive en un sobre y echo un vistazo al reloj. George debería llegar en cualquier momento.

Desde que Devon vio las últimas instrucciones, no ha querido venir a este apartamento, porque no le gusta la idea de que George ande tan cerca, así que yo he tenido que añadir a mi rutina diaria un viaje para recoger el material revisado por él. El punto de encuentro cambia cada día.

Dos golpes en la puerta me dicen que George ya está aquí

—Hola, George —digo mientras le doy el pequeño sobre. Me mira y frunce el ceño.

—No tienes muy buena pinta.

—Tú siempre tan halagador —digo poniendo los ojos en blanco—. Pásate el día mirando vídeos de vigilancia y veremos qué pinta tienes tú.

Él me tiende un sobre marrón.

—Tengo algo para ti esta noche. He pensado que te ahorraría el viaje al apartado de correos, ya que me pasaba por aquí de todos modos. Pero no vayas a delatarme.

El alivio que siento es evidente.

—Por fin. Y, no te apures, tu secreto está a salvo. —Ya me dispongo a abrir el sobre, cuando veo que George se demora en el pasillo—. ¿Algo más?

Él asiente y dice casi susurrando.

—Esta es la primera misión en la que tratas directamente con él. O sea que, si te parece una prueba, lo es.

Lo miro con los ojos abiertos como platos, suplicándole en silencio que se explique. Pero, tras pronunciar estas crípticas palabras, desaparece sin más.

Desgarro el sobre con ansiedad.

Cameron debe ser apartado de su puesto sin un desenlace negativo para su economía o su imagen pública, sin perjudicar a la universidad, al programa o a cualquier futura promesa deportiva. Sin escándalo.

Yo tenía un montón de teorías sobre lo que me pedirían que hiciera, pero esta no estaba entre las diez primeras. Y aunque el desenlace deseado y los parámetros son muy claros, estas instrucciones me parecen aún demasiado imprecisas.

«Si te parece una prueba, lo es».

Bueno, allá vamos.

Tardé unos días en estudiar las opciones y sopesar sus posibilidades de éxito frente a los riesgos de no cumplir alguna de las condiciones establecidas por el señor Smith.

No puedo descargar un vídeo porno de menores en el ordenador de Mitch y chantajearle para que dimita porque, primero, no hay garantía de que la cosa no se convierta en un escándalo y, segundo, si dimite, renuncia al resto de su contrato —seis millones de dólares—, cosa que le perjudicaría económicamente.

Chantajear a su esposa provocaría los mismos resultados; y chantajear a algún miembro de la universidad los expondría al escándalo y los perjudicaría económicamente, ya que deberían abonarle todo el importe de su contrato.

Tengo la sensación de estar acorralada.

La sensación de que no voy a pasar esta prueba.

Lo único que puedo hacer es volver a empezar desde el principio. El señor Smith no me tendería una trampa para que fracasara inevitablemente, así que hay algo que se me escapa. Él quiere que me ponga a prueba a mí misma, así que debe de haber un modo de cumplir esta misión. Solo tengo que encontrarlo.

El concesionario de Ford es nuevo y reluciente; el salón principal es un gran espacio diáfano con montones de cristal y de cromados. Los vendedores merodean como tiburones frente a la entrada, pero yo me abro paso sin dejar de caminar y sin mirar a los ojos a ninguno de ellos.

En el mostrador de recepción hay una joven rubia que me examina rápidamente de arriba abajo y luego pone una sonrisa gigantesca en su cara.

—¡Bienvenida a Southern Ford! ¿En qué puedo ayudarla?

—Necesito hablar con Phil Robinson.

—No sé si está disponible...

—Dele esto —digo poniendo un sobre blanco sobre el mostrador.

Phil es propietario de cinco concesionarios Ford esparcidos por el centro de Florida, pero mantiene su principal oficina en esta sucursal.

La recepcionista tarda solo un momento en volver y llevarme ante él. Phil nos espera en la puerta. Me escanea con la mirada desde la coronilla hasta la punta de los zapatos. Yo le proporciono los detalles que quiero que retenga. Mi ropa es bonita, aunque no demasiado. La chaqueta parece hecha a medida, pero salta a la vista que la falda es una vulgar prenda *prêt-à-porter*. Luzco pocas joyas, pero tienen gusto. Llevo el pelo recogido atrás y un maquillaje más exagerado del que suelo ponerme. Aparento treinta años fácilmente.

Extiendo la mano al acercarme; él vacila un par de segundos antes de acabar cediendo.

—Gracias por recibirme, señor Robinson —digo mientras nos damos un apretón.

Él me indica que entre en su oficina, y yo la examino de un rápido vistazo. Es un forofo, uno de los grandes patrocinadores de la universidad. Hay camisetas enmarcadas y balones. Fotografías con jugadores y entrenadores, entre ellos, Mitch Cameron. Phil se hunde en su silla tras el escritorio y me indica que ocupe la que tiene enfrente.

—¿Qué significa esto? —pregunta.

Ya ha abierto el sobre y sacado la fotografía que muestra unos montones de dinero sobre la puerta abierta de la trasera de una camioneta Ford. En el parabrisas de atrás se ve una pegatina de su concesionario. No hay margen para empezar con una charla intrascendente.

—He venido para hablar de Roger McBain.

Phil pone cara de perplejidad, pero le sube un rubor por debajo del cuello blanco almidonado de la camisa.

—No conozco a nadie que se llame así.

Yo frunzo el ceño como si realmente aceptara su palabra y estuviera algo desconcertada, pero luego saco más fotos. Fotos de Phil y Roger juntos.

—Vaya, aquí parecen muy amigables.

A continuación, coloco mi iPad sobre el escritorio con la pantalla vuelta hacia él y pongo en marcha el vídeo que tenía preparado. Es una grabación de una cena a la que asistieron Phil, Roger y un puñado de grandes donantes más. La conversación se anima cuando especifican con qué futuras promesas de secundaria quieren que hable Roger y cuánto dinero piensan ofrecerle a cada una. Phil incluso ofrece poner un par de coches, si es necesario. «Cualquier cosa para impedir que vayan a la Florida State», dice. También alardean del éxito que tuvieron el año pasado al conseguir algunos de los mejores fichajes. Detengo el vídeo justo después de que Phil diga: «Valió la pena regalar el F-250 a cambio de aquellos doce tantos».

Phil mira fijamente la pantalla desde el otro lado del escritorio y veo que su rostro se ha quedado desprovisto de color.

El único grupo que no aparecía mencionado en las instrucciones del señor Smith era el de los patrocinadores. Había que proteger al objetivo. También a la universidad. Y lo mismo el programa y las futuras promesas.

De estos ricachones que han invertido demasiado dinero no se decía una palabra.

El señor Smith sabía que yo no solo había visto a los jugadores hablando con los entrenadores, sino que también había sorprendido a tipos como Roger McBain abordándolos de parte de patrocinadores como Phil Robinson.

—Roger trabaja para usted. Usted le dice qué jugadores quiere que fichen por su alma mater y le da los fondos para seducirlos.

He traído pruebas y él lo sabe. Se ha quedado callado y juguetea con un bolígrafo negro.

—Tengo también fotos de usted con el director deportivo, con el rector de la universidad y con la mitad del equipo técnico, así que no resulta difícil suponer que la universidad sabía lo que usted estaba haciendo y que incluso lo consentía. ¿Cree que la Asociación los expulsará durante tres o cuatro años de los partidos postemporada?

Este es mi único farol, porque yo no puedo meter a la universidad en esto, pero Phil no lo sabe. Solo necesito asustarlo haciéndole creer que puedo relacionar a la universidad con sus actividades. Lo último que él desea es ser el tipo que se cargó todo el programa deportivo.

Por fin abre la boca.

—¿Qué es lo que quiere?

Aunque sabía que Phil no iba a permitir que el equipo sufriera las consecuencias de algo que ha hecho él, me siento aliviada al ver que se derrumba bajo mi amenaza.

—Queremos que Mitch Cameron se vaya. Usted y sus amiguitos insistirán en que lo despidan, pero lo harán con delicadeza. Tienen que decir que no están de acuerdo con su visión, que ha llegado el momento de emprender una renovación. Y luego le pagarán el importe de todo su contrato. No hay motivo para que la universidad pierda esos seis millones de dólares cuando toda la culpa es de ustedes.

Robinson estira los labios sobre los dientes como si quisiera soltarme un gruñido.

—Parece creer que tengo más poder del que tengo.

—No. Yo creo en usted, Phil —digo con vivacidad—. Creo que es capaz de conseguirlo.

—¿Por qué? —pregunta—. ¿Por qué Cameron?

—Igual que usted, nosotros queremos lo mejor para la universidad. Estamos en el mismo equipo, Phil.

A él no le gusta mi respuesta, así que no pregunta nada más. Recojo mis cosas, tomándome el tiempo necesario para meterlo todo en el bolso.

—Espero un anuncio oficial no más tarde del lunes por la mañana.

Y desaparezco.

Al cabo de tres días, estoy en mi apartamento con un ojo en el canal de deportes ESPN y otro en la grabación continua de los domicilios de las futuras promesas. No han llegado más notas al apartado de correos ni George ha vuelto a pasarse por las noches. Ahora estoy en compás de espera para ver si mi apuesta ha surtido efecto. No es algo insólito que los patrocinadores quieran echar a un entrenador y que junten dinero para pagar su salida. Pero eso suele suceder al final de una mala temporada, cuando el entrenador no está haciendo bien su trabajo.

Al llegar las noticias de última hora de la ESPN dejo de mirar las imágenes granulosas de la casa de uno de los jugadores y me concentro en las palabras que destellan en la base de la pantalla.

EL ENTRENADOR MITCH CAMERON
DESPEDIDO EN FLORIDA

Y luego los detalles. La universidad ha rescindido su contrato, y el dinero recaudado entre los patrocinadores cubrirá el importe de su salida. El motivo alegado ha sido que el entrenador Cameron y el director deportivo tenían visiones distintas sobre el futuro del programa de deportes.

Ya está.

Menos de un minuto después, suena un golpe en la puerta y casi doy un brinco del susto. Alisándome el pelo, respiro hondo varias veces antes de abrir. Y ahí está el rostro familiar con el uniforme marrón de UPS y un sobre en la mano extendida.

—¡Hola, George! —Cojo el sobre y añado—: Parece que he pasado la prueba.

—Eso parece —dice sonriendo y apoyándose en la jamba—. ¿Cómo te sientes?

—Muy bien —respondo.

Él se demora unos segundos más y después se aparta de la puerta.

—Nos vemos pronto.

Y desaparece sin más.

Desgarro el sobre en cuanto se cierra la puerta. Dentro hay un papel con texto impreso, un recibo y un teléfono plegable.

El papel dice:

> Se ha transferido a tu cuenta el importe de tus honorarios. Detalles adjuntos. Mantén cargado el teléfono y te contactaremos para tu próxima misión.

Ya está. Reviso el recibo del depósito y vuelvo a leer la nota. Echo otra ojeada a la cifra que figura en el recibo. Es un montón de dinero. Y es mío.

Solamente tardo unos minutos en recoger las cosas que necesito del apartamento, pero no voy a volver a Carolina del Norte. Tengo que buscar un sitio donde no puedan encontrarme, un lugar seguro donde aterrizar entre una misión y otra. He reflexionado a lo largo de los años y me consta lo importante que es prepararse para cuando se presenten los inevitables tiempos difíciles. Tal vez podría esconderme en otra ciudad universitaria de este tipo. Una ciudad donde pueda perderme entre la marea de estudiantes.

Me lo imagino. Me veo en una ciudad pequeña y adormilada como esta. Una casita preciosa en una calle tranquila. Un lugar seguro.

Ahora solo necesito que se haga realidad.

Hay algo que tengo que hacer antes de irme. Mi «nuevo» Honda se detiene frente a la casita. Bloqueo las puertas y recorro el corto sendero de un patio diminuto.

Tyron tarda un rato en abrir.

—Hola, ¿puedes salir un momento?

Está claramente desconcertado, pero hace lo que le pido. Vuelvo a mi coche y me apoyo en el maletero; él se sitúa a mi lado en la acera. Aquí hay más intimidad de la que podríamos tener dentro de la casa.

—Tú no me conoces, pero quería darte unos consejos. Tienes un brillante futuro por delante y eres inteligente, pero necesitas serlo aún más. Debes dar por supuesto que alguien te está escuchando. A todas horas. Debes dar por supuesto que alguien te delatará. Sé que te gusta hablar con tu hermano menor sobre todas las ofertas… y los incentivos extra…, pero tienes que dejar de hacerlo. Atente a tu propio criterio.

Me mira con los ojos abiertos como platos. Está asustadísimo.

—Y consigue lo que puedas. Todo lo que puedas. No hagas promesas, y ficha por el equipo que tú quieras sin hacer caso de lo que te ofrezca cualquier otro. Pero sé inteligente también en este aspecto.

Sigo hablando unos minutos más y él parece asimilar todo lo que estoy diciendo. Hace preguntas y yo respondo en la medida de lo posible. Le doy consejos para invertir su dinero y hacer que crezca. Para no llamar la atención. Para no fiarse nunca de la tecnología. Cuando ya me voy a ir, pregunta:

—¿Quién es usted?

Le dirijo una sonrisa y le digo:

—Alguien que ha tenido que crecer deprisa, como tú. —Ya voy a dar media vuelta, pero le hago una última pregunta—. ¿Has pensado dónde te gustaría jugar?

Él se encoge de hombros.

—Todavía no estoy seguro. Probablemente iré a donde acabe yendo el entrenador Cameron.

—Sí, he oído que está buscando una nueva universidad.

—Ya. Él dijo que esto iba a suceder, pero que no me preocupara.

Hay algo en su manera de decirlo que me pone en alerta.

—¿Cuándo te lo dijo?

He espiado todas las conversaciones entre Mitch y Tyron en esta casa y nunca le he oído decir nada parecido.

—Me tropecé con él hace una semana. Estuvo algo críptico y tal, pero yo capté lo que decía. Quería que supiera que contaba conmigo aunque él no estuviera en Florida.

Se tropezó con él.

Hace una semana.

A Mitch Cameron lo han despedido esta mañana. Él no tendría que haber sabido hace una semana que esto iba a suceder.

Muy interesante.

19

Presente

Ya es media tarde cuando Ryan y yo llegamos a Oxford, Mississippi.

Oxford es una ciudad universitaria pequeña y pintoresca en la que cualquier cosa parece posible. Le doy indicaciones a Ryan para llegar al hotel de la plaza que es el sitio preferido de los universitarios. Estudian en el vestíbulo durante el día y, cuando se pone el sol, solo tienen que subir unos pisos en el ascensor para tomarse unos cócteles en la azotea.

—De entre todos los lugares a los que pensaba que me llevarías, nunca se me habría ocurrido este —dice Ryan cuando nos detenemos en el aparcamiento.

Esta ciudad es la sede de los Ole Miss, el equipo de la universidad y uno de los rivales del suyo.

—¿Habías estado aquí alguna vez? —pregunto, más que nada para mantenerlo distraído.

Ha sido un viaje largo y silencioso, y no quiero hablar de los motivos por los que estamos aquí.

—Sí, vinimos una vez cuando jugaban los LSU Tigers. —Echa el freno de mano y se vuelve hacia mí—. ¿Vamos a pasar la noche en este hotel?

Meneo la cabeza.

—No. Ahora necesito que subas al bar de la azotea. Come

algo. Tómate una cerveza. Paga en efectivo. Nos vemos aquí en el coche dentro de una hora.

Abro la puerta y me bajo. Él me sigue.

—Deberíamos permanecer juntos —dice.

Hay un grupo de chicas cargadas de mochilas y bolsos; llevan camisetas con letras griegas y nos miran con curiosidad.

Espero a que hayan pasado de largo y luego me acerco a él y le pongo las manos en el pecho.

—Esto ya lo hemos hablado. Que tú estés conmigo en esta ciudad mientras hago lo que tengo que hacer ya es muchísimo. Aunque sé que crees que te estoy dejando fuera, la verdad es que eres la única persona a la que le he abierto la puerta en muchos años. Pero necesito esta hora. No me obligues a hacerlo de otro modo.

Nos miramos durante un minuto; entonces me atrae hacia él y me da un beso en la frente.

—Una hora —dice—. ¿Necesitas las llaves?

Si el señor Smith está rastreando mi coche, lo cual es posible, quiero que sepa que estamos en Oxford, pero no que averigüe el lugar exacto donde me encuentro. Al menos por ahora.

—No, no voy muy lejos y me apetece estirar las piernas.

Ryan se va hacia el hotel y yo echo a andar en la dirección opuesta. Doblo por una callecita tranquila, no lejos de la plaza, y me detengo frente a una preciosa casita blanca rodeada enteramente por un porche. Hay una explosión de flores rosadas en los arbustos de hortensia que crecen frente a la casa, y los colibrís revolotean alrededor de los comederos colgados de la rama de un enorme roble.

Cada peldaño de ladrillo está flanqueado por macetas rebosantes de flores primaverales. Hay una zona para sentarse en la parte izquierda del porche y un anticuado columpio colgado en la parte derecha. Me detengo frente a la puerta, miro a uno y otro lado y me acerco a la zona donde hay un pequeño sofá y una mecedora, ambos con los colores distintivos de la universidad, el rojo y el azul, y con cojines que llevan estampadas las palabras del grito de guerra de los Ole Miss: «Hotty Toddy!». Ahueco los cojines, sacudiendo la fina capa de polen que se deposita por todas partes en esta época del año, y pongo especial atención en colocar los de la mecedora tal como quiero que estén.

Este es el hogar de mis sueños, el refugio que siempre he deseado.

Lástima que no sea mío.

Aparto esta oleada de anhelo y vuelvo a la puerta. Llamo al timbre y, al cabo de un rato, me abre una adolescente rubia.

—Hola. ¿Está tu padre en casa? —pregunto.

—Sí. Voy a buscarlo —dice ella, y me cierra la puerta mosquitera en las narices.

Oigo cómo lo llama a gritos y luego suenan los pasos fuertes de él acercándose desde las profundidades de la casa.

La puerta mosquitera se abre lentamente y Mitch Cameron pregunta:

—¿En qué puedo ayudarla?

Sabía que era arriesgado intentar localizarlo en su casa, pero a esta hora y en esta época del año no podía estar en otro sitio. Y yo no quería verlo en otro sitio.

—¿Tiene un minuto? Me llamo Wendy Wallace y yo fui quien le ayudó a dejar su puesto de entrenador en Florida —digo.

Mitch retrocede como si lo hubiera golpeado. Echa un vistazo atrás para comprobar que estamos solos, pero no quiere que me vea su familia, así que sale al porche y la puerta se cierra a su espalda.

No esperaba que me invitase a pasar.

—Perdone, no sé a qué se refiere...

Yo me voy hacia la izquierda y me siento en medio del pequeño sofá. Él me observa, tratando de averiguar qué pretendo. Nos miramos el uno al otro durante unos tensos segundos y al final él ocupa la mecedora.

—Realmente no entiendo por qué ha venido, señorita...

—Llámeme Wendy. Y estoy segura de que sí lo entiende.

Dejo que la incomodidad se instale entre nosotros. La invito a que sea el tercer miembro de la conversación. Ella se encarga de desarmar a Mitch como ninguna otra cosa podría hacerlo.

El entrenador alza las manos y adopta un tono de voz más agudo de lo normal.

—Mire, no sé por qué ha venido ni qué quiere, pero a mí me despidieron. Fue algo que me pilló por sorpresa, así que quizá usted haya sacado una idea equivocada.

Yo me echo hacia delante y susurro:

—Voy a dejar de lado todas las chorradas para ir al grano. Usted contrató a mi jefe para que le rescindieran su contrato de entrenador. Usted odiaba al director deportivo, y todos aquellos patrocinadores eran para usted como un grano en el culo. Y, después de conocer a alguno de ellos, entiendo por qué. Dejarlo por su propia voluntad implicaba renunciar a un montón de pasta, así que contrató a alguien para que lo sacara del atolladero. Pero usted es un tipo lo bastante honesto como para no querer causar un perjuicio al programa deportivo. Lo cual significa que actuó con cierto sentido de la decencia.

Mitch se ha echado atrás en la mecedora, con los codos apoyados en los reposabrazos. Parece que le dé miedo moverse.

—Como usted quizá piense que preguntarme lo que busco o lo que quiero podría interpretarse como que está reconociendo algo, le voy a ahorrar la molestia. Necesito dinero. Yo fui e hice mi trabajo. Usted se retiró con un gran cheque y enseguida recibió una nueva oferta. Una oferta que doy por supuesto que usted sabía que iba a llegar. Creo que es simplemente justo que me eche una mano, ya que yo lo ayudé a salir de allí.

El entrenador aprieta la mandíbula mientras me recorre con los ojos de arriba abajo.

—¿Teme que lleve un micrófono? —Me levanto y abro los brazos—. Puede cachearme si quiere.

A Mitch no le está haciendo gracia la situación. Pero antes de que pueda decir nada, su móvil suelta un pitido. Se lo saca del bolsillo, mira la pantalla un segundo y teclea para rechazar la notificación. Enseguida vuelve a guardárselo.

Me siento de nuevo porque no parece que vaya a aceptar mi propuesta de comprobar si llevo un micrófono. Nos miramos el uno al otro mientras él se balancea lentamente en la mecedora. Casi puedo ver cómo giran los engranajes de su cerebro.

—¿Quién es usted en realidad? —pregunta al fin.

—No soy nadie —respondo.

Mitch Cameron está haciendo honor a su reputación de ser un entrenador con los nervios de acero.

—Bueno, señorita Nadie, ha cometido un error. A mí me encantaba mi trabajo en Florida y me habría quedado allí hasta retirarme si me hubieran dejado. He tenido la suerte de caer de pie y ahora este es mi hogar. Y yo protejo mi hogar. Será mejor que se vaya. Ahora mismo.

Yo me desinflo en el diván; él cierra los labios para no decir ni una palabra más. Detecto un deje de compasión en sus ojos cuando me mira.

Me levanto del sofá y voy hacia los escalones del porche. Él permanece en la mecedora.

Cuando estoy a punto de bajar, me vuelvo hacia él y dejo que emerja mi exasperación, toda la rabia por que mi jefe se haya vuelto contra mí después de ocho años. Dejo que salga de mi interior como una explosión.

—¿Sabes qué? Eres un gilipollas. Te hice un gran favor y ahora necesito ayuda… ¿Y sabes? Eres un puto cretino. Que te jodan, que te jodan bien jodido, cabrón.

Con la cara roja, Mitch se levanta tan bruscamente que la mecedora casi se vuelca. Me la quedo mirando y veo que, por suerte, se endereza por sí misma en el último momento. Sería un desastre que ahora se cayera todo del asiento.

Mitch me grita arrojando gotitas de saliva.

—¡Tiene treinta segundos para abandonar mi propiedad! ¡Si no, llamaré a la policía! ¡Nadie me habla así en mi propia casa, chavalita!

Ahora ya no le inquieta llamar la atención.

Tengo que asegurarme de que acabe bien cabreado, así que le

enseño el dedo medio antes de recorrer enfurecida el sendero. Eso surte efecto. Se aparta de la mecedora y se detiene en lo alto de los escalones apretando los puños. Yo ya estoy en la acera, frente a la casa de su vecino, cuando él mira por fin en derredor para comprobar si alguien nos ha oído.

—¡A la mierda, Mitch! —grito por si acaso, y luego echo a correr manzana abajo.

Una par de calles más allá, ya he conseguido dominarme. Ha sido un arrebato descontrolado. Una temeridad. Me he soltado como nunca lo había hecho.

Y me ha sentado de maravilla.

Miro el reloj. Ryan ya debe de estar esperándome en el aparcamiento del hotel. No pierdo el tiempo mirando atrás.

Cuando llego a mi coche, Ryan está sentado frente al volante con el motor en marcha. Me subo al asiento del copiloto y digo: «Vamos».

Hago un gran esfuerzo para esconder la sonrisa que tengo en la cara.

Ryan tiene la mano en el cambio y se vuelve hacia mí. Tuerce ligeramente la boca cuando comenta:

—Esa sonrisa me dice que no te traías nada bueno entre manos. ¿Tengo que salir pitando de aquí como el del coche de un atraco o quieres indicarme aproximadamente a dónde vamos?

—Sal de Oxford y dirígete al norte, hacia Tennessee.

Se está burlando de mí y yo más bien le dejo.

—Te he traído comida —dice señalando el asiento trasero.

Extiendo el brazo hacia atrás y tropiezo con una bolsa blanca de plástico. Contiene una hamburguesa con queso, con todos los acompañamientos salvo cebolla, y una ración de batatas fritas.

—Gracias —susurro.

Cuando arrancamos, cojo la hamburguesa y le doy un gran mordisco. Él guarda silencio mientras como. Me cuesta tragar por el nudo que tengo en la garganta. Ha sido lo de la comida lo que me ha conmovido. Y también que supiera que me gustan más las batatas fritas que las patatas. Y que detesto la cebolla a menos que esté cocinada. La consideración hacia mí que todo eso implica ha sido algo muy poco común en mi vida.

Como deprisa y, cuando termino, meto los desperdicios en la bolsa.

—Entonces, ¿simplemente Tennessee? —pregunta.

Yo asiento.

Ryan aprieta la mandíbula, como debatiéndose sobre si debe guardarse lo que quiere decir. Al final lo suelta.

—Mencionaste expresamente lo importantes que son mis citas de los jueves. Tengo una empresa en Glenview, Texas. Es un trabajo distinto del que hago en Lake Forbing. Adquiero cosas de un modo cuestionable y las vendo con un considerable sobreprecio. No es algo de dominio público en nuestra ciudad y pienso mantenerlo así.

Estoy anonada por su confesión.

—Pero me lo estás contando a mí —digo.

Él me mira, estudia mi rostro y luego vuelve a concentrarse en la carretera.

—He pensado que empezaría yo.

Ninguno de los dos dice nada más. Circulamos así durante kilómetros, él mirando hacia delante y yo contemplando el borroso paisaje por la ventanilla.

—Yo te lo contaré todo. Pero no ahora. Antes tengo que superar el viernes.

Lo digo en un susurro, pero sé que él ha oído cada palabra. El viernes sabré todo lo que necesito saber.

—Me conformo con eso —dice—. Pero cuando llegue el viernes, pondremos todas las cartas sobre la mesa.

Mi teléfono suelta un pitido, lo que me ahorra tener que contestarle, y siento una oleada de alivio al ver la notificación.

Ryan me mira y nota el cambio.

—¿Buenas noticias?

—Sí. Justo lo que necesitaba.

Abro el teléfono y entro en la aplicación que me permite ver una réplica de lo que está pasando en el móvil de Mitch ahora mismo. Y, en efecto, ha hecho justo lo que esperaba que hiciera. Ha contactado con el señor Smith para quejarse de mí.

Ha sido una jugada arriesgada ir a ver a Mitch. Suponía que no me invitaría a entrar en su casa, pero nunca se sabe con los modales sureños profundamente arraigados. Por suerte, no ha querido que tuviera ningún contacto con su familia, y nos hemos quedado en el porche. Y cuando se ha sentado en la mecedora, justo encima del dispositivo que yo había colocado momentos antes, bastaba con que abriera el mensaje que Devon ha enviado a su móvil durante nuestra conversación para que pudiéramos piratearlo.

Que Mitch esté contactando justo ahora con mi antiguo jefe me dice que se lo ha estado pensando un rato, lo que demuestra su serenidad proverbial. Estoy segura de que le inquietaban los riesgos de establecer contacto otra vez, pero mi aparición en su casa era mucho más amenazadora. Para eso justamente he armado un escándalo antes de irme. He notado que al principio él se sentía mal por mí, y así la cosa no iba a funcionar. Necesitaba cabrearlo. Y que tuviera un poco de miedo de mí. Lo suficiente para asumir el riesgo de contactar de nuevo.

Hay muchas cosas que no sabemos sobre el señor Smith. Pese a sus impresionantes habilidades, Devon ha sido incapaz de descubrir su verdadero nombre o dónde vive. La otra cosa que no hemos podido descubrir es cómo contactan los clientes con él y cómo se comunican. Después de tratar con Devon todos estos años, me consta que no puede ser algo tan sencillo como una falsa dirección de email. Y ahí es donde entra Mitch. De todas las misiones que he realizado, esta ha sido la única en la que he averiguado quién era el cliente, y todo gracias al desliz de Tyron Nichols. Mitch Cameron sabía que iban a despedirle una semana antes de que yo abordara a aquel superpatrocinador. Y fue lo bastante astuto para hablarle a Tyron lejos de los dispositivos de escucha que había en su casa cuando le dijo que lo quería en su equipo en cualquier caso, fuese cual fuese la universidad donde estuviera como entrenador. Solo habría podido saber estas cosas de un modo: Mitch Cameron era el cliente.

En este momento está metido en un foro creado por los admiradores de una banda de los años setenta llamada King Harvest. Supongo que la mayoría de estos mensajes están destinados a mi jefe, y que solo unos pocos pretenden expresar su amor al único éxito que tuvo aquella banda, «Dancing in the Moonlight». Se abre una nueva ventana y Mitch empieza a teclear:

Capo Futbolero: Acabo de escuchar por primera vez
«Dancing in the Moonlight».

Ahí está. Así debe de ser cómo establecen el primer contacto con el señor Smith.

—Hora de tomar una decisión —dice Ryan señalando los carteles a los que nos acercamos—. ¿Seguimos a Memphis o vamos a otro sitio?

—A Memphis no. Sigue hacia el noreste —digo, y él pone el intermitente—. Vamos a Nashville.

Él me lanza una mirada.

—¿No a Atlanta?

—Aún no.

Ryan asiente.

—Voy a parar a repostar porque hay un buen trecho hasta allí. Y de paso compraré más tentempiés.

En la siguiente salida llena el depósito y después entra en la tienda.

Yo estoy pegada a mi teléfono, esperando que aparezca una respuesta al mensaje de Mitch. Y aunque el señor Smith quizá esté dudando en responderle, espero que la curiosidad sobre lo que desea Mitch, más la elevada probabilidad de que me esté rastreando y sepa que he estado en Oxford, acaben haciéndole ceder. Necesito que reaccione según mis expectativas; de lo contrario, estoy perdida.

Ahora que sé dónde buscar, abro mi navegador y entro en el foro para poder husmear por mi cuenta, en lugar de limitarme a ver lo que Mitch está mirando. Como Devon también puede ver la pantalla de Mitch, estoy segura de que él está haciendo lo mismo. Hay un montón de mensajes que dicen: «Acabo de escuchar por primera vez "Dancing in the Moonlight"». Siempre he sabido que yo no era la única que trabajaba para mi jefe, pero a juzgar por la cantidad de mensajes, es evidente que tiene muchos más asuntos entre manos de lo que yo había pensado en un principio. Hay algunos usuarios que tal vez podrían corresponder a misiones que he realizado en el pasado, pero solo puedo ver sus mensajes iniciales. Estoy segura de que las conversaciones con el señor Smith tienen lugar mediante mensajes privados.

Solo ha transcurrido un minuto más o menos cuando recibo una notificación de que Mitch ha obtenido respuesta.

Kingharvestmegafan: ¿En qué puedo ayudarle?

Capo Futbolero: Se ha presentado una chica en mi casa. Ha dicho que trabajaba para usted. Wendy no sé qué. Me ha pedido dinero! Estaba totalmente descontrolada. Cuando le he dicho que se fuera me ha mandado a la mierda. Gritaba lo suficiente para que pudieran oírla los vecinos. Le he pagado a usted un montón de dinero como para que ahora se presente una chiflada en la puerta de mi casa!!

Kingharvestmegafan: Le pido disculpas por esa visita inesperada. Le aseguro que nos ocuparemos de ella y que no volverá a molestarle.

—Ahí estás —susurro—. Ya te tengo.

Es tarde cuando llegamos a Nashville. Ryan para frente a un motel destartalado de las afueras. Antes de que él eche el freno de mano ya he abierto la puerta.

—Tú espera aquí. Voy a coger una habitación —digo con un pie fuera.

Ryan apaga el motor.

—¿Estás segura? Puedo...

—Completamente segura. Espera aquí.

Está frustrado conmigo desde que salimos de Oxford porque he eludido todas las preguntas que me ha hecho.

Al cabo de unos minutos, vuelvo al coche y le digo el número de la habitación. Aparcamos justo frente a la puerta, ya que he pedido una habitación de planta baja. Aunque podríamos permitirnos un alojamiento mejor, prefiero estar en condiciones de largarme a toda prisa si es necesario.

Hemos traído poco equipaje, así que no tardamos en estar instalados.

—Voy a ducharme —dice Ryan—. Luego iré a buscar algo de comer.

En cuanto oigo el grifo, saco mi teléfono y miro en Instagram hasta encontrar un comentario que me indica la hora del encuentro de mañana. Pongo un comentario en un post diferente para comunicarle a Devon que he recibido su mensaje.

Cuando se abre la puerta del baño, Ryan aparece solo con una toalla.

Podría pasarme el día mirándolo. Su cuerpo es exactamente de mi tipo: esbelto y fuerte, sin ser demasiado musculoso. Él debe captar el brillo de mi mirada, porque en vez de buscar su bolsa para vestirse, se desliza sobre la cama hacia mí. Ahora está de mucho mejor humor.

Y yo me entrego a este momento. Dejo de lado los planes que me dan vueltas en la cabeza y pongo en pausa todas mis previsiones. Quiero disfrutar estos escasos momentos en los que podemos actuar con normalidad.

Lo atraigo un poco más y él deposita todo su peso sobre mí. Deslizo las manos por su pelo todavía húmedo.

—Ha sido una semana infernal —dice con sus labios a unos centímetros de los míos.

—Y solamente es martes —respondo. Luego me pongo seria—. ¿Arrepentido de haberte embarcado en este viaje?

—Aún no —dice riéndose.

Me besa en ese punto del cuello que sabe que me encanta y me recorre de arriba abajo una oleada de placer.

—¿Y si lo hubiera hecho? ¿Y si hubiera tenido algo que ver en la muerte de Amy Holder?

Mis palabras susurradas se quedan flotando entre los dos. Cómo me saboteo a mí misma…

Ryan permanece inmóvil. Luego alza la cabeza y me mira a los ojos.

—Esa pregunta no me interesa.

Se inclina y sus labios se posan suavemente sobre los míos. No tardamos en estar piel contra piel, y yo me entrego a este momento mientras sus manos y su boca descienden lentamente por mi cuerpo para luego desandar el camino hacia arriba.

Me sujeta con más fuerza, atrayéndome hacia él, como si temiera que fuese a desaparecer; luego entierra su rostro en esa zona tan sensible entre mi cuello y mi hombro. Susurra palabras, frases entrecortadas que no deberían tener sentido, pero lo tienen.

Yo absorbo cada palabra mientras le clavo las uñas en la espalda. Le demuestro que siento lo mismo sin tener que decirlo.

Alias: Helen White. Cinco años antes

Para esta misión soy Helen White y estoy en el punto situado más al este que he pisado en mi vida: Forth Worth, Texas.

Siempre me he preguntado por qué cada misión que me asignan tiene lugar en el sur, pero supongo que el señor Smith debe de contar con gente que trabaja para él en otras partes del país; o sea que mi territorio debe de ser el sur.

Como si formara parte del entramado de una gran empresa.

El caso es que Texas es nuevo para mí. Aquí todo parece diferente. Más grande y más ruidoso, sin duda; pero hay algo más: es casi como un shock cultural.

A primera vista, se supone que la misión de Forth Worth consiste simplemente en recuperar un cuadro: un cuadro valorado en millones de dólares que fue robado hace unos años y que se cree que está escondido en la enorme residencia del magnate del petróleo Ralph Tate. La persona que nos ha contratado para la misión lleva años intentando comprárselo a Ralph, según parece, pero él no quiere venderlo, así que vamos a tener que robárselo.

Pero yo no soy la única en intentarlo.

Al señor Smith le encantan los juegos, y esta misión es el primer ejemplo de lo retorcido que puede ser. Me ha dicho que no soy la única a la que ha enviado aquí, sin precisar cuántos participamos en el desafío. Porque esto es una competición, y el primero que consiga sacar el cuadro de la casa obtendrá una bonificación. Muy cuantiosa.

Yo siento grandes deseos de ganar. A la vista de mis últimas misiones, tengo la sensación de que estoy cada vez más cerca de llegar a lo alto del escalafón, pero conseguir ese cuadro confirmaría que soy la mejor que tiene a sus órdenes.

Tras investigar la pintura en cuestión, me quedé un poco decepcionada porque no es una de las famosas, como esa de las amapolas amarillas de Van Gogh que aún sigue desaparecida. La que estoy buscando vale unos cinco millones de dólares y ni siquiera es bonita. Me dieron los datos de la misión hace treinta y seis horas y, cuanto más indago, más convencida estoy de que el señor Smith quiere el cuadro para él y por eso ha decidido organizar un competición para conseguirlo.

No sería la primera misión en la que no hay cliente.

El sistema de seguridad de la casa de Tate es una pesadilla y no tiene ningún sentido. En absoluto. Parece más bien una carrera de obstáculos. Por mucho tiempo que lleve en esto, creo que nunca entenderé a los ricos.

El viejo Ralph cree que es imposible burlar su sistema de seguridad, pero yo cuento con Devon en mi equipo. No hay nada que le haya pedido que él no haya conseguido, y lo mismo puede decir él de mí.

Entro en el restaurante Buffalo Wild Wings y recorro el local con la vista para buscarlo. Cuando nuestras miradas se encuentran, me hace una seña y me abro paso entre la gente hasta la mesa donde me está esperando.

Me siento frente a él y me pasa una cerveza. Si estuviéramos en un lugar privado le daría un buen abrazo, porque hace tiempo que no nos vemos, pero él se empeña en que no hagamos nada en público que pueda llamar la atención. Al menos, me dirige una pequeña sonrisa y yo le correspondo con una mucho más amplia.

—Te sientan bien esos colores —digo.

Lleva una camiseta de los Cowboys, aunque a mí me consta que los odia. Se la ha puesto porque sabía que más de la mitad de este restaurante llevaría indumentaria de su equipo local. En efecto, al mirar alrededor, veo todo un paisaje de color azul, blanco y plateado.

—No empieces. Hay que ver las cosas que hago por ti —dice poniendo los ojos en blanco y fingiendo que le entran arcadas.

—Me amas, lo sé. —Inclino mi botella para chocarla con el cuello de la suya—. ¡Salud!

—Sí, ya —murmura y da un trago de cerveza—. Es la primera vez que te envían a Texas. No sé si me gusta.

El agobio que le provoca a Devon cualquier novedad es una constante en mi vida.

—Quizá mi territorio se esté expandiendo —digo riéndome.

Él ladea la cabeza con una expresión que me dice que no está tan seguro de ello, pero guarda silencio al ver que la camarera se acerca a la mesa.

—Hola, cielo. ¿Te traigo algo de comer?

Me vuelvo hacia Devon.

—Yo he pedido la hamburguesa con patatas —me dice—. Está buena. Te gustará.

—Lo mismo para mí.

Una vez que se ha alejado la camarera, saco de mi bolso un sobre marrón y se lo paso. Es un informe para ponerle al día de todo lo que sé hasta ahora. Mientras lo lee, doy sorbos a la cerveza y consigo relajarme por primera vez desde que crucé la frontera del estado. Me consta que Devon ha llegado al menos una hora antes que yo y ha revisado el lugar por si había micrófonos o dispositivos de grabación, aunque nadie absolutamente sabía que vendríamos aquí.

Nos traen la comida y observo a la gente mientras Devon lee con atención cada página.

Un chico se detiene a unos pasos de nuestra mesa y dice:

—Este teléfono es una porquería. No consigo bajarme la foto.

Él y su amigo examinan el teléfono y luego se alejan. Yo me río entre dientes y Devon levanta la mirada hacia mí.

Señalo el pequeño dispositivo negro que hay sobre la mesa.

—¿Qué tamaño tiene la zona sin cobertura que has creado?

Devon se ríe mirando al chico.

—Ocho metros de diámetro.

Luego vuelve a concentrarse en los planos que tiene delante.

Echo un vistazo alrededor y observo que todo el mundo tiene problemas similares con su móvil. Devon está generando el caos a nuestro alrededor.

—Todo el mundo está enloquecido.

—Estoy evitándoles a muchos que tomen una mala decisión en este momento. —Vuelve la mirada unos instantes hacia el alboroto que hay en la barra, a poca distancia de nosotros—. Me darían las gracias si lo supieran.

Por fin, pasa la última página y me mira a los ojos.

—Nunca había visto un sistema de seguridad diseñado así.

—¿Puedes piratearlo?

Devon ladea la cabeza y me mira como diciendo: «No te atrevas a insultarme».

—Venga, explícamelo —digo sonriendo.

Él busca entre las hojas y saca el plano del edificio.

—Este sistema es impresionante. Supersofisticado. No hay motivo para que esté diseñado así, lo cual lo hace más exquisito. —Señala una sección y pregunta—: Se supone que el cuadro está en esta habitación en mitad de la casa, ¿correcto?

—Sí. Es su sala de trofeos, donde tiene disecados los animales exóticos que cazó en África. He encontrado algunas fotos del interior de esa sala. Hay también un humidificador de puros y una colección de tequila como para que se te haga la boca agua. —Saco otra hoja del montón—. Y este esquema muestra la extensión que se construyó en la sala poco después de que el cuadro desapareciera. Al parecer, añadieron una falsa pared que puede retirarse. Yo conjeturo que el cuadro, junto con las demás piezas que haya obtenido ilegalmente, puede quedar oculto detrás de esa pared si entran personas de las que no se fía lo suficiente como para que lo vean.

Devon estudia el esquema de la extensión y luego vuelve a la serie de planos principal.

—Tendrás que estar frente al teclado numérico de la entrada de la sala donde supones que tiene el cuadro —desliza el dedo por la hoja trazando líneas que representan cables—. Mientras, yo estaré aquí, controlando el sistema para impedir que se dispare la alarma de inmediato. No se puede acceder por control remoto a ninguna de las dos cosas. Es tremendamente simple pero caótico a la vez. Y solo dispondrás de unos cinco minutos. Cinco minutos en una sala que no hemos visto, así que no sabemos qué más te espera allí. No hay otro modo de entrar. Es una maravilla, la verdad.

Devon no tiene a una persona especial en su vida, pero si algún día llega a tenerla, espero que sienta por ella lo mismo que siente por un sistema de seguridad bien diseñado.

—¿Por qué solo cinco minutos una vez que esté dentro? Si lo desactivas, ¿no se quedará así?

Él menea la cabeza lentamente.

—No. El señor Tate tiene instalado un sistema que graba todo lo que sucede en la sala y si la señal se interrumpe más de cinco minutos, se dispara una alarma. Una alarma que no puedo anular ni eludir porque está dentro de la sala, y a la que tampoco se puede acceder por control remoto. —Señala dos zonas y se enzarza en una descripción de los cables que hay que cortocircuitar y de otras muchas cosas que no entiendo.

—La sincronización debe ser perfecta. Absolutamente perfecta. Al segundo. La alarma solo suena en la caseta de vigilancia, o sea que ni siquiera sabrás que la has activado hasta que ya sea demasiado tarde.

Devon sigue examinando los planos. Mueve la cabeza lentamente como si no creyera lo que está viendo.

—Por mucho que me deslumbre este sistema, hay algo que no encaja. Quiero decir, ¿quién instala algo así? No me gusta que tengas que meterte ahí. Hay algo más en esta historia.

—Creo que es un juego. Ya me dijeron que yo no sería la única que intentaría conseguir el cuadro.

—Pero ¿por qué? —pregunta él—. ¿Smith ha enviado a una serie de personas, o es que intervienen otras partes interesadas?

—Creo que todo se reduce al señor Smith.

—Pero ¿por qué? —pregunta de nuevo—. No tiene sentido.

Me encojo de hombros.

—No sería la primera vez que hace algo así. Creo que se aburre y decide montar juegos. Los ricos son muy raros.

Devon ladea la cabeza.

—¿Puedes rechazar la misión?

Esa pregunta me da que pensar.

—¿Realmente crees que no debería hacerlo?

—No lo sé.

Devon se mordisquea el labio inferior mientras repasa los esquemas.

Me echo hacia delante para tratar de verlos como los ve él.

—No estoy segura de que pueda negarme. Nunca he rechazado una misión.

—Necesito más tiempo para estudiar esto. ¿Cuándo sería lo más pronto que querrías intentarlo?

Me meto unas patatas fritas en la boca mientras reflexiono.

—Ahora tengo que irme unos días a Austin. Tate dará este fin de semana en su casa una gran fiesta del Cuatro de Julio. Quizá sea el mejor momento para intentarlo si tú lo tienes todo planeado para entonces. Consigue todo el equipo que necesitamos mientras estoy fuera.

No deja de ser un riesgo aplazarlo, porque no sé cuántas personas más están tratando de conseguir ese cuadro; pero vale la pena asumir el riesgo, sobre todo teniendo en cuenta que Devon necesita más tiempo.

Hago una pausa y añado:

—Vas a tener que encontrar el modo de asistir a la fiesta. Este no es el tipo de misión en el que puedes aparcar la furgoneta cerca y trabajar desde allí.

—Lo sé.

Devon se siente cómodo actuando en la sombra, entre basti-dores, pero esta vez no será posible.

Bajo la mesa, le doy un golpe en el pie con el mío.

—Tú puedes.

Él unta una patata con un montón de salsa ranchera.

—Ya lo veremos. Supongo.

Esta interpretación de «Sweet Home Alabama» estaría bastante bien si el cantante no desafinara y aullara como un perro, porque el resto de la banda la está clavando. De todos modos, muevo la cabeza siguiendo el ritmo.

He llegado a Austin justo antes de que subieran al escenario y me he mantenido en primera fila durante toda la actuación. El cantante se ha dado cuenta. Me ha estado mirando el pecho a lo largo de las últimas dos canciones, así que tiro hacia abajo de la ceñida camiseta escotada que llevo para ponérselo más fácil.

Cuando ya se retiran, me mira a los ojos y me hace una seña hacia la zona de detrás del escenario.

Me abro paso entre la gente, cruzo el telón y lo encuentro esperándome. Me atrae hacia sí y me besa con fuerza, pasando totalmente de las presentaciones. Yo le dejo hacer un poco y luego me aparto.

—Sonabais de fábula ahí fuera —digo deslizando las manos por su pecho mientras sus dedos se hunden en mi pelo, que me he teñido hace poco de un precioso tono azul cobalto.

—Me gusta este color —dice.

—Soy superfan de Blue Line. —Me restriego contra él—. La mayor fan de todas.

Él señala con la cabeza la puerta trasera del club.

—¿Quieres que nos larguemos de aquí?

Sus compañeros lo oyen y le pegan un grito.

—¡Sawyer! ¡No te vas a escaquear de cargar el equipo!

Él me estrecha con más fuerza, poniéndome el brazo en su

cintura. Yo meto los dedos bajo la pretina de sus vaqueros y le araño suavemente con las uñas.

—Sí, larguémonos de aquí —digo.

—¡Tengo que irme! Os debo una, chicos —grita sin volverse ni una vez hacia ellos.

—¡Que te jodan, Tate!

Estoy segura de que ya lo habrían echado de la banda hace tiempo si su querido papaíto, Ralph Tate, no estuviera financiando este pequeño proyecto musical, porque él es con diferencia el peor miembro de la banda en talento y utilidad.

—¿Cómo te llamas? —pregunta sin hacer caso a todos los que están a nuestra espalda.

Helen White no va a colar.

Arrugo la nariz y me muerdo el labio inferior. Él mira mi boca, tal como yo preveía.

—Kitty —susurro.

Él suelta un maullido. Tengo que hacer un esfuerzo para no poner los ojos en blanco.

Sawyer me sonríe mientras me pone una mano en el culo y abre la puerta trasera con la otra. Este tipo va a ser duro de pelar. Pero si hay algo que yo sé hacer es manejar a un crío forrado de pasta con un enorme ego.

La fiesta de Ralph Tate del Cuatro de Julio es un sarao por todo lo alto con persecuciones de cerdos, competiciones de echar el lazo y un espectáculo de fuegos artificiales programado para justo después de la puesta de sol. Es de las fiestas más exclusivas y resulta muy difícil conseguir una invitación.

A menos que seas una *groupie* de la banda de su hijo.

Sawyer y yo, junto con una veintena de sus mejores amigos, nos presentamos con una hora de retraso. He indagado todo lo que he podido sobre este grupito para tratar de averiguar si alguien más está utilizándole para colarse en la casa, pero ellos llevan colocados desde ayer por la noche, así que creo que soy la única infiltrada. Tampoco vino mal que yo fuese la chica que se presentó con la marihuana; así me aseguré de que siguieran en ese estado.

Paramos en el puesto del aparcacoches, con los otros cuatro vehículos de nuestra caravana detrás. Sawyer le arroja las llaves al pobre adolescente cubierto de espinillas que se encarga del estacionamiento.

—Déjalo cerca. No nos quedaremos mucho tiempo.

Me coloco a su lado, rodeándole la espalda con el brazo, y caminamos hacia la enorme mansión.

—Pero me prometiste que habría fuegos artificiales —digo haciendo un puchero.

—Ya tengo fuegos artificiales para ti, gatita —dice agarrándose la entrepierna.

Aunque esta sea la manera más fácil de asistir a la fiesta, es sin duda la más vulgar.

En cuanto entramos en la casa, oigo a alguien gritar:

—¡Sawyer!

Los dos nos giramos y vemos a Ralph Tate mirándonos desde lo alto de la escalera. Como seré fácil de recordar por andar con Sawyer, me he trabajado mi aspecto. Mis shorts vaqueros son lo bastante cortos como para que se me salga el culito por detrás, y el top bikini con la bandera americana deja escaso margen a la imaginación. El pelo lo llevo de color azul para honrar a mi país en el día de su cumpleaños y expresar mi gran amor a la banda de Sawyer, Blue Line. Unos tatuajes temporales estratégicamente distribuidos, ojos ahumados y un pintalabios rojo bombero completan mi atuendo. Estoy oculta a plena vista.

Ralph Tate se nos acerca lentamente y yo noto que Sawyer se tensa a mi lado. Quiere montar un numerito. Quiere hacer ver que le importan un bledo los millones de papá. Pero yo sé que se desmoronará en cuanto papá amenace con retirarle los fondos. Estos chicos son tremendamente previsibles.

—Hijo, habías dicho que traerías a algunos amigos. —Echa un vistazo al grupo que tenemos detrás—. Esto es un poco más de lo que habíamos planeado.

Sawyer abre los brazos.

—O todos o ninguno.

Este maldito pelele... Contengo el aliento confiando en que Ralph no vaya a echarnos a todos simplemente para poner a su hijo en el lugar que se merece. Por suerte, la señora Tate se interpone para suavizar las cosas.

—¡Cariño, siempre tenemos sitio para ti y tus amigos!

Ella no es la madre de Sawyer, puesto que solo le lleva seis años, pero es evidente que le gusta tanto el espectáculo como a él. Ralph sale fuera mientras la señora nos indica dónde está la comida y la bebida. Yo me saco el móvil del bolsillo trasero y le envío a Devon un mensaje rápido: «Tic, tac».

Sawyer se ve arrastrado por un grupo de chicas que lo conocen desde la infancia y yo me escabullo hacia la barra, oscilando lo suficiente para dar la impresión de que estoy tan colocada como la gente con la que me he presentado.

—Un vodka con zumo de arándanos —digo.

Devon está detrás de la barra. No lo reconocería si no supiera que es él. Va con el mismo uniforme que los demás camareros, pero lleva un bigote superenrollado y unas rastas en lugar de su pelo corto habitual. Cuando me explicó su plan, me sorprendió que estuviera dispuesto a interactuar con tanta gente, pero me alegro de que esté saliendo de su zona de confort. Ya ha permanecido bastante tiempo en las sombras.

Ahora me tiende una bebida que yo sé que no contiene nada de alcohol y luego mira su reloj.

—Sin cambios. Cámaras fuera a las cuatro y diecisiete.

Como sabíamos que no seríamos los únicos que intentarían llevar a cabo esta misión, Devon pinchó el sistema de seguridad unas horas después de salir del Buffalo Wild Wings y ha estado vigilando la casa desde entonces. Anoche me envió un mensaje con el número 4, comunicándome así cuántos intentos fallidos ha habido hasta ahora de llevarse el cuadro. No conozco aún los detalles, pero como ha dicho «sin cambios», es de suponer que nadie lo ha intentado tal como lo hemos planeado nosotros.

—¿Cuántos a bordo?

—Tres, pero confío en que esperarán hasta que empiece el espectáculo —responde.

Asiento y me alejo.

Barajamos la idea de esperar a que empezaran los fuegos artificiales para actuar, tal como él cree que harán las otras tres personas que están aquí para conseguir el cuadro, pero comprendimos que tal vez nos tropezaríamos con demasiada gente si esperábamos tanto. Así que vamos a lanzarnos a plena luz de día.

Me siento en una silla cerca de la puerta del patio y miro el reloj. Hemos programado todo al segundo, así que en cuanto dan las 16.17, dejo mi bebida en la mesita auxiliar y me adentro en la casa. Una vez que he dejado atrás la zona principal, camino con decisión hacia el baño situado al final del pasillo. He memorizado los planos para no equivocarme de camino. Después de entrar, cierro la puerta con cerrojo y saco la bolsa que Devon ha dejado antes en el armario. Hay una peluca negra y un uniforme de camarera, un par de guantes, un reloj y una bolsa grande de basura de color negro. Me pongo la ropa sobre los shorts y el top bikini en un tiempo récord. No debería captarme ninguna cámara, pero Kitty resulta demasiado fácil de recordar si me tropiezo con alguien en el pasillo. Al salir del baño, le envío a Devon un mensaje: «Adelante».

Atravieso la casa y llego al pasillo trasero por el que, girando a la izquierda, se va a la sala de trofeos.

Giro a la derecha.

Mantengo la cabeza gacha al pasar por la cocina sujetando la bolsa negra por delante como un escudo. Nadie me mira porque da la impresión de que voy a sacar la basura.

Varios giros más y me encuentro ante la puerta del lavadero.

Envío otro mensaje: «Lista».

Hay un pequeño teclado numérico en la pared y la luz pasa del rojo al verde. Abro la puerta y entro, dejo la bolsa de basura encima de la secadora y luego saco de ella un pequeño dispositivo negro. Lo coloco sobre las puertas del armario que hay junto a la lavadora e introduzco la serie de números que Devon me ha enviado en un mensaje. Desde fuera, nadie diría que este armario tiene cerradura, pero al cabo de unos segundos oigo un clic y las puertas se abren.

En el interior del armario hay un colgador lleno de ropa de caza. Cogiéndola a puñados, la saco toda y coloco la caja negra sobre el panel que estaba oculto detrás. Devon me envía otra serie de números que introduzco en el dispositivo.

Al cabo de unos segundos, el panel se abre y me encuentro frente a un cuadro muy caro pero también muy feo.

Lo cojo y pongo en su lugar la réplica que estaba dentro de la bolsa de basura. Por suerte, el cuadro no es muy grande. Una vez que toda la ropa de caza vuelve a estar colgada, Devon me va guiando para dejar cerrada de nuevo cada puerta.

En unos minutos, estoy de nuevo en el pasillo frente al lavadero y me dirijo al garaje. El corazón se me acelera cuando uno de los hombres contratados para patrullar por la casa dobla una esquina y casi se tropieza conmigo. Para no perder el equilibrio, se sujeta de mi brazo.

—Disculpe. No debería haber ido tan rápido —dice.

Yo le dedico la sonrisa que está esperando.

—No se preocupe —digo.

Él me muestra una botella de agua casi vacía que tiene en la mano y señala la bolsa de basura que sujeto.

Sin vacilar, se la abro para que tire ahí la botella.

—Gracias —dice.

—De nada —respondo confiando en que el cuadro aguante un poco de agua.

Siempre con la cabeza gacha, salgo por la puerta lateral del garaje, donde están los contenedores de basura. Me quito el uniforme y me quedo otra vez con los shorts y el top de bikini. Meto la ropa y la peluca en la bolsa, junto al cuadro, y luego la ato y la tiro en el contenedor. Una vez que he salido al patio trasero, le envío un mensaje a Devon: «He sacado la basura».

Él se encargará de recoger la bolsa antes de conectar otra vez las cámaras.

Veinte minutos después de haber dejado mi copa en la mesita auxiliar, vuelvo a cogerla. El hielo apenas se ha derretido. Doy un buen trago y me voy a buscar a Sawyer. Está sentado al lado de la piscina y yo me apretujo entre él y una rubia, quitándole a esta el sitio para ponerme a su lado. Ella no parece nada contenta.

—¿Dónde estabas, nena? —farfulla Sawyer.

—Buscándote.

Me rodea con el brazo, atrayéndome hacia él, y luego se pone a hablar con la chica que tiene al otro lado.

Doy un sorbo a mi bebida y respiro hondo. Le debo una muy gorda a Devon por este trabajo. Al día siguiente de que nos viéramos en el Buffalo Wild Wings, él se presentó en Austin.

Nos encontramos en la planta para niños y adolescentes de la biblioteca pública central. Allí estaba, enseñando a jugar al ajedrez a tres niñas de primaria en un inmenso tablero. Pese a todas sus normas y cautelas, es un auténtico blandengue con los críos. Me senté en una de las muchas sillas de la zona y dejé que terminaran. En cuanto las niñas se pusieron a ordenar las enormes piezas para jugar una nueva partida, él cogió el tubo de cartón de los planos y me indicó que lo siguiera a una de las cabinas de estudio privadas. Junto a la caja negra que garantizaba que nadie pudiera escuchar nuestra conversación, nos inclinamos sobre aquellos planos por segunda vez.

—¿Estás completamente segura de que el cuadro está en esa sala? —me preguntó.

Me eché hacia adelante desde el otro lado de la mesa para intentar ver lo que él veía, pero no hubo nada que me llamara la atención.

—Esa sala está más fortificada que cualquier otra parte de la casa. La adición de la falsa pared da a entender que oculta algo allí. Tú dijiste que el sistema es… ¿Cuál fue la palabra que empleaste? ¿Exquisito? Todo apunta a que el cuadro está ahí.

—Pero dijiste que crees que esto es un juego, ¿no? Que tú no serás la única que esté buscándolo, ¿correcto?

Cuando asentí, él señaló un pequeño rincón de la casa.

—¿Ves esto?

Me acerqué y entorné los ojos, como si eso fuera a servirme para ver lo que él quería que viera.

No me sirvió.

—Explícamelo como si fuera idiota —dije al fin.

Devon dio unos golpecitos con el dedo en el recuadro etiquetado «lavadero».

—¿Ves todos los cables que pasan por aquí?

Volví a asentir.

—Esto es un exceso para un cuarto que debe contener como máximo una lavadora y una secadora.

No tardé en pillarlo.

—O sea que tú crees que la sala de trofeos es un señuelo. Un truco para enviar a todo el mundo a una habitación protegida con un sistema sofisticadísimo que no podrán sortear. Y una vez que lo activen…, cosa que acabarán haciendo…, los guardias oirán una alarma que solo suena en su garita e irán a detenerlos. Y, mientras tanto, el cuadro seguirá oculto en otro sitio.

Devon sonrió de oreja a oreja.

—Eso es lo que estoy pensando.

—¿Sigues decidido a entrar allí conmigo e interpretar un papel? —pregunté.

Él asintió.

—Ya estoy trabajando en mi disfraz.

En sus palabras había, de hecho, cierta excitación que no me habría esperado.

Y ha resultado que tenía razón. A estas alturas, Devon ya debe de tener el cuadro y habrá abandonado la propiedad de los Tate. Yo me quedaré todo el rato que Sawyer quiera y luego, una vez que salgamos de aquí, me desharé de él.

Saco el pequeño cisne de papel que me he guardado esta mañana en el bolsillo trasero y lo deposito sobre la superficie del agua. El cisne se bambolea y se desliza zigzagueando por la piscina.

Doy otro sorbo a mi bebida. No tardarán en empezar los fuegos artificiales.

Estoy esperando la llamada, pero me sobresalto igualmente cuando suena el teléfono desechable que he conectado y dejado sobre la mesa de la cocina en cuanto he vuelto de la fiesta.

—Sí.

—El pelo azul te quedaba mejor de lo que esperaba —dice el señor Smith con su voz robótica.

—Va a ser una verdadera lata quitármelo.

Él se ríe por lo bajo.

—En breve recogerán el paquete y te entregarán los datos de la siguiente misión, junto con la confirmación de tu depósito, que incluye la bonificación.

Abro mi portátil y entro en mi cuenta bancaria, donde veo que ya está depositado el dinero. Inicio el proceso para transferirlo, como siempre hago.

—Aquí estaré.

Cuando parece que va a colgar, añade:

—Tengo que decir que estoy impresionado.

—¿A cuánta gente he vencido? —Estoy intentando indagar. No creo que vaya a responder, así que presiono un poco más—. ¿Yo era la que partía con menos posibilidades?

Quiero saber cuántos peldaños más me quedan para llegar arriba de todo.

Él suelta un risita ahogada.

—Siempre has tenido un problema de ego, Lucca.

—Yo lo llamo confianza. Y hasta ahora me ha funcionado bien —murmuro.

El silencio se alarga, pero yo espero. Si no fuera a responderme, ya me habría colgado.

—Voy a decirte algo, ya que has sido la ganadora y has tenido el valor de preguntar —suelta al fin.

Como veo que transcurre un minuto entero sin que diga nada más, insisto.

—Me ha puesto la miel en los labios y ahora me tiene en vilo. Déjese de burlas.

De nuevo la misma risa.

—Digamos que necesitaba saber cuál de los míos llegaría a la meta en unas circunstancias nada ideales. Y quién sería capaz de identificar cuándo el camino más evidente es el equivocado. Enhorabuena.

—¿Había siquiera cliente? No parecía una misión real.

—La misión siempre es real, pero tú quizá no sepas siempre cuál es el verdadero objetivo.

Antes de que pueda responder, el señor Smith dice:

—Ve a abrir la puerta. Estaremos en contacto.

Se corta la comunicación y me voy hacia la puerta. Atisbo por la mirilla y veo a mi hombre con su uniforme habitual de UPS y una pequeña caja en las manos.

—Justo a tiempo —digo al abrir. Él me entrega la caja y yo le doy el cuadro envuelto en papel marrón—. ¿Quieres entrar a tomar una copa? Podemos emborracharnos y contarnos nuestros secretos —digo con un guiño—. Tú sabes que lo estás deseando, George.

—Y tú sabes que no puedo, por mucho que lo desee.

George y yo hemos desarrollado una agradable camaradería con los años. Resulta difícil hacer amigos en este trabajo, dado que yo siempre me estoy moviendo de acá para allá. Devon es el único amigo de verdad que tengo aunque a veces pasemos meses sin vernos. George es la única otra constante en mi vida. Bueno, aparte del señor Smith, pero no sé si él pasará alguna vez de ser una voz robótica a otra cosa.

—Así que pelo azul, ¿eh? —dice.

Sacudo la cabeza.

—¿Te gusta?

—Me gustaba el pelo rubio que llevabas en Nueva Orleans. Ese era quizá mi preferido.

Me echo a reír.

—Bueno, a lo mejor vuelvo a ser rubia cuando me quite este color.

—En fin, Lucca. Tengo que llevarle esto al gran jefe. No te metas en líos.

Cuando empieza a alejarse, me asomo al pasillo y digo:

—¡Un día te ganaré por cansancio y te convenceré para que te quedes a tomar una copa!

Él se detiene y se vuelve hacia mí.

—Si alguien podría tentarme para romper las normas, serías tú. —Retrocede unos pasos y añade—: Pero recuerda: cuanto más importante la misión, más de cerca te están vigilando. Hay ojos por todas partes.

Me quedo mirando cómo se aleja y pienso en sus palabras. No es la primera vez que me hace una advertencia y espero que no sea la última.

20

Presente

Ryan me sigue a la puerta de nuestra habitación del motel, pero no sale fuera. Me vuelvo, me inclino hacia él y le beso suavemente.

—No tardaré —digo en voz baja.

Él me rodea con el brazo, atrayéndome hacia sí.

—¿Seguro que estarás bien? ¿No quieres que te acompañe? Quizá necesites otro chófer para salir huyendo.

Me sale una carcajada lo bastante fuerte como para que parezca auténtica.

—Me gustaría, pero esto es algo que tengo que hacer yo sola. Además, sé que necesitarás echar un ojo a tu trabajo para mantener contentas a esas viejas damas.

Él me cubre de besos rápidos mientras recorre mi cuerpo con las manos.

—Llámame si me necesitas.

Un último beso y me alejo.

Ryan sigue observándome desde el umbral hasta que doblo en dirección al aparcamiento. Hoy es un día importante, y necesito despejar la mente y recordarme el motivo por el que estoy aquí. Dispongo de algo de tiempo hasta mi siguiente parada, así que conduzco un poco al azar mientras me concentro.

Eso me da margen también para identificar a quien me está siguiendo y despistarlo.

Porque me consta que alguien anda detrás de mí. Desde la misión Tate, siempre ha habido alguien ahí.

Mi mente retrocede hacia esa misión mientras circulo por el barrio. Vuelvo a pensar en aquel complejo sistema de seguridad que protegía unos animales disecados, un humidificador de puros y poco más. Aquello no fue una misión, sino más bien un juego retorcido del señor Smith en el que nos lanzó a todos contra todos.

Devon observó aquella casa tan atentamente como mamá miraba al protagonista de su telenovela favorita: o sea, sin pestañear. Estudió quiénes entraban y salían, se aseguró de que yo fuera consciente de cada cámara para aparecer lo menos posible en las grabaciones, e identificó a cada una de las personas que fueron allí para llevarse el cuadro.

Una vez que yo lo entregué y recibí los honorarios en mi cuenta, llegó el momento de pasar a otra cosa. Pero no conseguía dejar de preguntarme por las demás personas que habían participado en la misión y habían fracasado. No dejaba de sentir curiosidad por saber quiénes eran y si aspiraban a algo más en la vida que a pasar de una misión a otra igual que yo.

Devon, siendo como es, me envió justo lo que deseaba casi antes de que tuviera que pedírselo. Ni siquiera me hizo sentir incómoda cuando le dije que quería algo más que capturas sacadas de las imágenes de vídeo. Yo quería nombres y direcciones. El señor Smith nos envió a seis a realizar esa misión, y yo quería conocerlos a todos.

Era la primera vez que estaba cerca de descubrir qué otras personas trabajaban para él, y no quería malgastar la oportunidad. Cabía la posibilidad de que no todos quisieran hablar conmigo, pero confiaba en poder hacerlo al menos con un par de ellos.

Aunque hubiésemos sido adversarios durante la misión Tate, ¿por qué no podíamos ser aliados a partir de entonces? No era la primera misión en la que comprobaba lo importante que era contar en mi equipo con alguien que solo respondiera ante mí. Y en esa ocasión quedó claro que no lo habría conseguido de no ser por Devon. Así que le convencí de que no nos vendría mal contactar con los demás. Podríamos compartir recursos. Y diseñar estrategias conjuntamente.

Podríamos formar una comunidad.

Al final de la búsqueda, Devon solo pudo darme un nombre y una dirección. Hice en coche todo el trayecto hasta Cape San Blas, Florida, en un intervalo entre misiones. Caminé hasta una preciosa casita rosa de cuyo porche colgaban seis campanillas de viento. El felpudo tenía impresos un dibujo de la arena y las olas, y las palabras: AQUÍ SOLO HACEMOS UNA COSA: PLAYA, PLAYA Y PLAYA.

Aquella búsqueda de los demás participantes en la misión Tate, y la conversación que mantuve con la única persona con la que logré hablar, lo cambiaron todo para mí.

Por primera vez, quise dejar este trabajo, esta forma de vivir. Deseé huir y empezar una nueva vida, una vida con un verdadero propósito como aquella de la que me había hablado Andrew Marshall aquella mañana en Carolina del Sur. El reluciente barniz de esta se había gastado, dejando todos los arañazos y abolladuras a la vista. Pero este no es un trabajo al que puedas renunciar con un preaviso de quince días como en cualquier empleo normal. Al menos si quería volver a ser Lucca Marino, con todo lo que ello implicaba.

Así que me quedé. Seguí aceptando las misiones que el señor Smith me ofrecía como si tuviera la opción de rechazarlas.

Cuando me enviaron a Luisiana y me dieron el nombre de Ryan Sumner, pensé que estaba preparada para el trabajo que tenía por delante.

En teoría resultaba fácil creer que podía asumir cualquier misión que me encargaran.

En realidad, era imposible que pudiera prepararme para lo que él había urdido. El señor Smith golpeó donde más dolía.

Ahora es demasiado tarde para huir, así que necesito descubrir la verdad.

Por fin llego a mi destino y encuentro un hueco donde aparcar. Echo unas monedas al parquímetro y entro en una tienda CVS para comprar un teléfono de prepago, un paquete de dosis única de ibuprofeno y una botella de agua. Se me ha ido formando un dolor de cabeza detrás del ojo izquierdo que necesito parar en seco. Me apoyo en la parte trasera del coche, marco para llamar y me coloco el teléfono entre la oreja y el hombro para poder meterme las dos pastillas en la boca y tragármelas con un poco de agua.

Devon responde al segundo timbrazo, pero no dice ni una palabra de saludo.

—Soy yo —digo.

—Hotel Twenty-One C en una hora. La cafetería del vestíbulo.

—¿Número?

—Quinientos quince —dice antes de colgar.

Hay un breve trayecto hasta el hotel y, por suerte, encuentro una plaza de aparcamiento justo en la esquina de la entrada principal. Además de ser un hotel, el Twenty-One C alberga un museo, así que el vestíbulo está abarrotado de gente y me veo obligada a abrirme paso entre la gente sorteando maletines y maletas con ruedas para llegar a la cafetería que queda a la derecha de la entrada. Un gran cartel colgado sobre el pasillo que lleva a las salas de convenciones me llama la atención.

REELECCIÓN DE ANDREW MARSHALL

PROMESAS HECHAS, PROMESAS CUMPLIDAS

Me salto la larga cola frente a la barra y encuentro una mesita desde la que tengo buena vista del vestíbulo.

Cuarenta y cinco minutos después, sonrío de oreja a oreja al ver al gobernador Andrew Marshall cruzar la puerta principal.

Lo acompañan unas cuantas personas, a dos de las cuales reconozco por mi breve experiencia trabajando en su equipo. Las primeras encuestas indican que ganará la reelección por una mayoría aplastante, y su nombre ya empieza sonar como posible candidato a la presidencia.

Dejo mi chaqueta sobre la mesa, para que nadie me quite el sitio, y me dirijo hacia ellos. Él me ve cuando estoy a unos tres metros, y percibo por su expresión que me reconoce a pesar de que mi aspecto no es el mismo que hace seis años.

Separándose de su gente, se me acerca.

—¿Mia? —pregunta.

—Sí, gobernador. Soy yo.

—¿Cómo estás? —dice.

Noto que hace un ademán como si fuera a abrazarme o estrecharme la mano, pero ninguna de las dos cosas parece correcta en estas circunstancias, así que acaba metiéndose las manos en los bolsillos.

—Estoy bien. He seguido tu carrera. No podría sentirme más orgullosa.

Él se encoge de hombros.

—Recibí al principio un buen consejo que creo que me ha ayudado enormemente.

Respiro hondo y pregunto:

—¿Puedo hablar contigo un momento en privado?

Una de sus ayudantes se ha materializado a su lado.

—Lo siento, pero el gobernador Marshall tiene un programa muy apretado. Va a hablar en un almuerzo en solo unos minutos.

Ya le ha puesto la mano en el brazo y está tratando de llevárselo, pero él la detiene.

—No pasa nada, Margaret. Tengo unos minutos.

Señalo la cafetería y él me sigue hasta la mesa que he guardado. Una vez que estamos sentados, me pregunta:

—¿Estás metida en un aprieto? ¿Por eso has venido?

Le dirijo una sonrisa vacilante.

—Quizá un poco. Estoy bien. Por ahora.

Andrew se echa hacia delante apoyando los codos sobre la mesa, y baja la voz hasta casi susurrar.

—Te debo una, y los dos lo sabemos. ¿Qué puedo hacer para ayudarte?

Meneando la cabeza, digo:

—Aún no estoy preparada para pedirte que me devuelvas ese favor; solo quería comprobar que sigue sobre la mesa y que estás dispuesto a hacérmelo.

Nos miramos el uno al otro mientras él trata de descifrar mi expresión, pero yo no dejo entrever nada.

—Si está en mi mano ayudarte, lo haré.

Asiento, consciente de que esto es lo máximo que voy a sacar del intachable Andrew Marshall.

—Es lo que quería oír. Y ahora dejemos de hablar de mí y de mis problemas. ¿Tú cómo estás?

Él se arrellana en la silla sin apartar los ojos de mí.

—Estoy bien. Haciendo equilibrios entre el trabajo y la campaña de reelección, así que es una época muy ajetreada. Pero tengo que preguntártelo, Mia: ¿estás bien?, ¿eres feliz?

Por Dios, si él supiera…

—Solo me quedan algunos escollos, pero ya estoy a punto de superarlos.

Con esto le arranco por fin una sonrisa, aunque más pequeña de lo que desearía. Mira su reloj; obviamente, se nos ha acabado el tiempo.

—Tienes que irte —digo poniéndoselo más fácil.

Andrew se levanta, saca del bolsillo una tarjeta y me la tiende. Mientras la miro, dice:

—Mi móvil particular. Tú solo dime qué tengo que hacer.

Y se va.

Me vuelvo a sentar y observó cómo se aleja. Miro de nuevo la tarjeta, examinándola con atención.

Me distrae un fuerte chirrido y, al levantar la vista, veo que un hombre está apartando la silla que Andrew ha dejado libre. Es

George, solo que en lugar del uniforme de UPS, esta vez lleva un traje oscuro.

Toma asiento y observa el destello de sorpresa que cruza mi rostro antes de que pueda ocultarlo.

—Qué bien te queda el traje.

Él sonríe.

—Se supone que deberías estar en Atlanta —dice.

—Estoy yendo hacia allí. Tenía que hacer un par de paradas antes —respondo.

—¿Qué estás haciendo? —pregunta en voz baja. Su preocupación por mí es evidente—. Estás jugando con fuego. Andrew Marshall no hará nada que implique ensuciarse las manos, eso lo sabemos los dos.

No aparto los ojos de él.

—No sé de qué me hablas. Solo pasaba por aquí y he pensado que estaría bien ponerme al día con algunos viejos amigos.

Él frunce el ceño.

—Puedes mentirle a todo el mundo, pero no me mientas a mí. Y menos aún después de todo este tiempo.

—Entonces no me hagas preguntas que sabes que no puedo responder.

George se pasa la mano por la boca y dice:

—El señor Smith cree que necesitas un nuevo estímulo.

Yo suelto un suspiro exasperado.

—¿Vas a enviarles a los detectives otra foto mía en una calle?

—Yo no —dice—. Yo solo soy el mensajero. La siguiente tanda de imágenes hará que sea todavía más difícil sacarte del apuro. Él no se anda con tonterías.

Asiento lentamente, reflexionando sobre sus palabras.

—¿Algún otro mensaje que debas transmitirme?

Se le arrugan las comisuras de los ojos mientras piensa bien lo que quiere decir.

—Solo uno de mi parte. Ve a Atlanta. Todavía puedes llegar al banco y acceder a esa caja de seguridad mañana a mediodía.

Dale lo que pide. No quiero hacer lo que me dirá que haga si no obedeces. Por favor, Lucca.

Eso me deja un poco impactada. George nunca había sido tan sincero conmigo.

Me limito a decir:

—Gracias por la advertencia.

Cuando él se levanta, me quedo sentada.

—Dile a tu chico que está volviéndose descuidado —me dice—. Lo he visto entrar por la puerta de servicio con un uniforme de mantenimiento.

George siempre llama a Devon «mi chico». Los dos han jugado su propia partida al gato y el ratón a lo largo de los años, cada uno tratando de averiguar quién es el otro realmente, pero creo que ninguno de los dos ha tenido éxito. Al menos me consta que Devon no lo ha tenido.

—Ojalá nos hubiéramos podido tomar esa copa —le digo.

Él se echa a reír.

—Mueve el culo y ve a Atlanta, y quizá podamos. —Cuando ya está a punto de alejarse, se vuelve y añade—: Buena suerte.

Me encojo de hombros y le sonrío.

—¿Quién necesita suerte?

Lo oigo reírse mientras sale de la cafetería.

Me quedo inmóvil en mi sitio diez minutos, repasando una y otra vez nuestra conversación.

El impulso de huir recorre todo mi cuerpo.

Pero huir significaría pasarme el resto de mi vida mirando a mi espalda no solo por si aparece el señor Smith, sino también la policía.

Por fin, me levanto y voy a los ascensores. Una vez dentro, pulso el botón de la octava planta. Recorro todo el pasillo hasta la puerta que da a la escalera. Subo con el ascensor y bajo por las escaleras tres veces más hasta que termino en la quinta planta y estoy segura de que nadie me ha seguido. Conociendo a Devon, él ha tenido cámaras vigilando en bucle esta planta antes de entrar en el hotel.

Llamo a la puerta de la habitación 515.

Devon abre y dice:

—La cara de sorpresa que has puesto cuando George se ha sentado ha sido un toque magnífico.

—Él me dijo en Fort Worth que «hay ojos por todas partes», pero nunca he sabido si es él u otro el que vigila, así que realmente estaba algo sorprendida cuando ha aparecido. —Me siento a su lado—. Me ha dicho que estás perdiendo facultades. Que te ha visto entrar por la puerta de servicio.

El labio superior de Devon se tuerce en una sonrisa.

—¿Acaso cree que he entrado casualmente justo cuando llegabais? —Pone los ojos en blanco y añade—: Él solo me ve cuando yo quiero.

Devon tiene un monitor y una impresora instalados en el escritorio de la habitación. Al estudiar las imágenes de la pantalla, veo que están centradas en George aunque Andrew y yo salgamos también en el plano. Mientras yo hablo con Andrew, se ve a George en el vestíbulo, sentado en un sillón orejero, con un periódico delante, pero observándome.

—Supongo que George ha conseguido el audio también. ¿Habrá oído todo lo que hemos dicho Andrew y yo?

Devon pulsa otros dos botones y reproduce la conversación que he mantenido con Andrew.

—Sí, mira el señor mayor con la gorra de los Titans. Me imagino que el micrófono estaba en su bastón, porque se lo ha pasado a George al salir del hotel, en la calle.

Lo localizo en la pantalla y, en efecto, el bastón está apoyado en su mesa, inclinado hacia mí.

—No sabía cómo iba a reaccionar Andrew al verme, pero ha resultado de la mejor manera posible —digo.

Era arriesgado venir aquí, pero hace seis años quedó claro que él sentía que me debía una, así que yo confiaba en que resurgiera ese sentimiento. Solo necesitaba que lo manifestara en voz alta, y no me ha decepcionado. Estoy segura de que el señor Smith lo interpretará tal y como yo deseo que lo haga. No pensará que Andrew me ayudará solo porque es un buen tipo; pensará que Andrew debe hacerlo porque tengo algo sobre él. El señor Smith siempre creyó que yo había destapado algún trapo sucio de Andrew Marshall, pero que me lo había guardado para mí. Por eso le resulta tan fácil creer que hice lo mismo con la información sobre Victor Connolly. Piensa que yo se la quité a Amy Holder y que me la quedé, en lugar de entregársela.

El hecho de que alquilara la caja de seguridad parece haber sido lo que arrojó dudas sobre mi lealtad.

Y un veredicto de culpabilidad implica que lo único que impide que me vaya de cabeza al lago más cercano es el contenido de una caja de doce por dieciocho centímetros guardada tras la puerta de una cámara acorazada.

—¿Está Connolly esperando tranquilamente o debemos preocuparnos por él? —pregunto.

Devon pulsa unas teclas y la pantalla cambia.

—Por ahora está esperando, pero lo estoy vigilando de cerca.

Miro la fotografía del hombre en cuestión. Sé por mis propias pesquisas que tiene sesenta y siete, pero en las imágenes que ha recogido Devon parece mayor. El poco pelo que le queda está completamente blanco, y tantos años de exposición al sol no han sido demasiado clementes con su piel. Pero aunque pueda parecer solo un viejo, no hay duda de que es extremadamente peligroso.

Los negocios de Connolly son a medias lícitos y a medias ilícitos, como cabría esperar. De alguna manera tiene que demostrar cómo puede permitirse los coches de lujo, los jets privados y las mansiones esparcidas por todo el país. Pero los considerables ingresos que declara en sus impuestos no son nada comparados con los que obtiene por medios criminales.

Esa es la razón de que el señor Smith esté haciendo tantos esfuerzos para mantener satisfecho a Victor Connolly.

Y yo no quiero que el señor Smith me convierta en el chivo expiatorio si Connolly empieza a sentirse insatisfecho.

Así que ahora Devon y yo hemos pasado a la ofensiva.

Ya sabía que el señor Smith tenía más pruebas contra mí, pero no quería esperar a estar en una comisaría para descubrir cuáles son, así que estoy forzándole a quemar ese cartucho ahora. Él cree que va a asustarme por pasarle a la policía el resto de lo que tenga sobre mí, pero a mí me viene bien que salga a la luz mientras aún pueda reaccionar. Mientras aún tenga la oportunidad de huir si es necesario.

—¿Cuánto tardarás en identificar al señor Smith? —pregunto.

El rodeo por Oxford tenía tres objetivos. Primero, quería parecer un poco desquiciada. Que el señor Smith tuviera la sensación de que estoy fuera de control y que le preocupara a dónde voy a ir a continuación. Es difícil prever el siguiente paso de una persona que actúa erráticamente.

Segundo, necesitábamos averiguar cómo contactan los clientes con él. Sabía que el entrenador Mitch solo tendría una persona a la que recurrir cuando me presentara en su casa. «Hola, King Harvest».

Y, por último, aún no conocemos la verdadera identidad del señor Smith, y eso es lo más importante que necesitamos averiguar. Después de descubrir el foro de fans y el nombre de usuario del señor Smith, Devon está rastreando sus pasos en el sistema con la esperanza de encontrar algo que nos lleve hasta él.

—Estoy cerca —es lo único que me dice, y no insisto.

Saca las hojas manuscritas que le dejé ayer bajo las cajas de los Twinkies.

—No es culpa tuya que matara a esa mujer y a James.

Asiento, aunque pienso que debería haber previsto que llegaría a tales extremos y que debería haberle hablado a ella con más claridad aquella noche antes de que se fuera. Haberla prevenido de algún modo.

—¿Todavía crees que deberíamos huir?

Devon inspira hondo y suelta el aire mientras escruta mi rostro.

—Preferiría huir y reorganizarme que seguir por un camino que te conduzca a la cárcel o a la muerte.

Yo ya estoy negando con la cabeza antes de que termine.

—Huir ahora no me librará de ninguna de esas posibilidades.

Un pitido del ordenador que tiene detrás lo interrumpe cuando se disponía a contestar. La alerta indica que por fin ha conseguido entrar en el sistema del departamento de policía de Atlanta.

—Voy a sacar el expediente sobre Amy Holder para ver lo que tienen. —Varias fotografías llenan la pantalla. Devon comenta—: Según las fechas de las entradas, estas imágenes se subieron un mes antes de que tú llegaras a Lake Forbing, así que deben de ser las que justificaron tu orden de búsqueda como testigo material del caso.

Nos acercamos más para ver mejor las imágenes.

—Esta foto tuya sacando a rastras a Amy del coche no es tu momento más glamuroso —dice.

—No hubo otro remedio.

Él sigue pasando las imágenes.

—Te las arreglas muy bien para darle la espalda a la cámara. ¿Sabías dónde estaba tu sombra?

George no suele ser quien me sigue durante las misiones, a menos que sea una especialmente importante, como la primera vez que trabajé sola, en el asunto del entrenador Mitch. Ser mi sombra supone mucho tiempo muerto y estoy segura de que él tiene cosas más importantes que hacer. La mayoría de las veces puedo deducir quién me vigila, pero otras veces no, como aquella noche: estaba demasiado oscuro para ver nada a tres pasos.

Meneando la cabeza, respondo:

—No. Es decir, en la mayor parte de estas situaciones, tenía una idea bastante aproximada de dónde podía estar mi sombra... o de dónde estaría yo si me tocara a mí vigilar.

—Bueno, aquí está. Se han añadido nuevas imágenes al expediente de Amy. Veamos qué es lo que ha enviado Smith. Debes de haberle cabreado de verdad, porque no ha perdido el tiempo.

La nota adjunta a las imágenes hace que parezca que las ha enviado otro departamento que ha tropezado con estas pruebas decisivas mientras investigaba otro caso. Aunque seguramente Devon podría borrarlas del servidor ahora mismo, el señor Smith las volvería a enviar más tarde. Es mejor dejarlo así.

Basta con una combinación de teclas para que veamos la prueba más reciente que tienen contra mí.

Es un vídeo.

Devon pulsa el botón de reproducción y ahí estoy.

21

Presente

Ya es media tarde cuando entro en el aparcamiento del motel. Veo a Ryan andando de acá para allá frente a la ventana abierta de nuestra habitación, con el teléfono pegado a la oreja. En cuanto me ve aparcar, cuelga y sale fuera.

Antes de que me dé tiempo a apagar el motor, ya está junto a la puerta del coche.

—Te he estado llamando.

Noto que está agitado porque no le he respondido en todo el día.

—Te envié un mensaje diciéndote que había llamado a la oficina del motel para reservar otra noche —digo, y me inclino para besarle antes de que pueda responder. Permanecemos abrazados unos minutos, el tiempo suficiente para disipar el temor de que pueda haber algún problema entre nosotros—. Perdona. Ha sido más largo de lo que creía.

Había decisiones que tomar y planes que poner en marcha una vez que hemos visto el vídeo. Debo reconocérselo al señor Smith: prácticamente ha echado la llave de mi celda.

Ryan me sigue a nuestra habitación y me observa mientras saco una muda de ropa de mi bolsa.

—He hablado antes con Rachel —dice—. Llegará a Atlanta mañana por la tarde. Confía en que salgamos hacia allí temprano y así tengáis un poco de tiempo para prepararos antes del interrogatorio del viernes. Parece que es un trayecto de entre cuatro y cinco horas.

—De acuerdo —digo—. Voy a ducharme.

—¿Tienes hambre? —pregunta.

—Me muero de hambre.

—Hay una pizzería al otro lado de la gasolinera. Voy allí de un salto mientras te duchas.

Se me acerca, me da un beso rápido y sale de la habitación.

Llevo mis cosas al baño y hurgo en mi neceser para sacar un ibuprofeno. Me ha vuelto el dolor de cabeza de esta mañana. Me doy cuenta de que el frasco está vacío antes de sacarlo.

Vacilo un instante entre llamar a Ryan y pedirle que me traiga otro o ir yo misma a la máquina del pasillo del ascensor, donde me consta que hay un surtido de paquetes de una sola dosis como el que he comprado esta mañana.

Siento un martilleo en la cabeza, así que me decido por la máquina expendedora, pues la pizza puede tardar un rato.

Todavía estoy vestida, o sea que solo tengo que ponerme los zapatos. Ya estoy en el pasillo cuando una conversación que suena frente a las máquinas expendedoras me impulsa a detenerme. Podría ser simplemente cualquiera de los huéspedes del motel, pero el instinto me pone en alerta.

Me acerco un poco más. Pegándome a la pared de ladrillo, contengo la respiración y cierro los ojos. Invito a mis demás sentidos a tomar el control, confiando en que me indiquen por qué motivo me siento así. Inspiro hondo, espiro lentamente.

Dos voces, ambas masculinas. Una mucho más grave que la otra.

Procuro relajarme, abrirme a esas voces que suenan solo a unos pasos. Las palabras me llegan flotando y no resulta difícil identificar las significativas: «Atlanta» y «Amy Holder».

Me saco el móvil del bolsillo y le envío un mensaje a Ryan:

Quédate en la pizzería hasta que te diga que vuelvas.
No hagas preguntas, por favor.

Pulso «Enviar».

Y de inmediato me llega un conocido pitido desde la zona de las máquinas.

Qué... demonios... es... esto.

El murmullo de voces prosigue mientras veo en mi pantalla los puntitos suspensivos que indican que me está respondiendo. Tengo el móvil silenciado, así que no suena cuando me llega el mensaje:

Ok, dime qué quieres que haga.

—Mierda. Algo la ha asustado.

La voz de Ryan resuena en el pasillo y me quedo petrificada. Se han desplazado un poco más cerca de donde estoy oculta.

Y entonces oigo otra voz conocida.

—¿Ha dicho qué pasa?

George.

Está hablando con George.

—No. Tengo que volver. Te avisaré cuando lleguemos a Atlanta.

—¿Y si mañana no llega a tiempo? —pregunta George.

Inspiro profundamente. No, no, no. Esto no.

—Ya te diré lo que quiero hacer. No me gusta que toda esa información ande por ahí.

—Esperaré tus noticias —dice George—. Ah, toma, recogí esto, pero no pude llevártelo antes de que salieras de la ciudad.

Me alejo unos pasos sigilosamente y luego me escabullo a toda prisa por el costado del edificio hasta nuestra habitación.

Me vibra el móvil en la mano, avisándome de que está entrando una llamada, justo cuando abro la puerta. Aparece en la pantalla la foto de Ryan.

No respondo hasta que estoy dentro.

—Hola.

—Hola, ¿qué sucede? ¿Estás bien?

—Sí, estoy bien. Me he pegado un susto yo sola.

Me sale una voz vacilante, pero espero que se explique por lo que estoy diciendo, no por lo que he descubierto.

—Ya estoy volviendo, aguanta. Enseguida estoy ahí —dice, y corta la llamada.

Me quito los zapatos y los vaqueros y entro en el baño. Después de abrir el grifo de la ducha, me envuelvo en una de las finas toallas blancas que hay en la estancia. Me doy un momento para respirar profundamente varias veces y aplacar mi corazón acelerado.

Entonces oigo que se abre la puerta de la habitación.

—¡Evie!

Asomo la cabeza fuera del baño.

—Estoy aquí.

Ryan está a mi lado en cuestión de segundos. Me atrae hacia sí y me abraza con fuerza. Yo me obligo a hacer lo mismo.

—¿Qué ha pasado?

Si no supiera con quién estaba hablando hace un momento, me sentiría halagada por su inquietud.

Cierro los ojos y cuento hasta cinco. Otra inspiración profunda, otra lenta espiración.

—No es nada. He oído algo fuera. Y al final era un empleado armando ruido cerca de la puerta.

Al abrir los ojos, nos veo reflejados en el espejo que Ryan tiene a su espalda mientras nos abrazamos. Del bolsillo trasero le sobresalen unos papeles enrollados que deben de ser lo que George le acaba de dar.

El espejo va desapareciendo tras la nube del vapor de la ducha que inunda el diminuto espacio. Cuento los segundos entre las gotas de agua que se escapan por una fuga del grifo.

Porque tengo que distanciarme de este momento. Necesito concentrarme en otra cosa que no sea el impulso de reaccionar ante lo que acabo de oír. Necesito establecer un espacio entre él y yo, aunque solo sea mentalmente.

Ryan tiene la boca junto a mi oído.

—¿Estás bien?

Actúa tal como debe hacerlo, y yo repaso todos los momentos que hemos compartido (empezando por el primero, en la gasolinera, con mi neumático desinflado), examinándolos con la certeza de que él está implicado en esto.

Asiento en silencio. No me fío lo suficiente de mí misma para hablar.

Estaba con George. Ha hablado con George con la misma familiaridad con que lo habría hecho yo.

Ha habido muchas ocasiones en las que he intuido que Ryan estaba a punto de contarme todos sus secretos. Incluso me ha hablado abiertamente de su empresa en Texas en el coche. Y ha habido muchas ocasiones en las que poco me ha faltado para confesárselo todo.

Pero Ryan estaba jugando conmigo, mientras que yo estaba dispuesta a arriesgarlo todo por él.

La tristeza me nubla vista. El pensamiento. Toda mi alma.

Sus manos ascienden por mi cuerpo hasta mi rostro. Se echa hacia atrás para poder mirarme. Sus ojos escrutan los míos y los míos escrutan los suyos.

—No es propio de ti asustarte —susurra.

Tiene razón.

¿Me ha estudiado tal como yo lo he estudiado a él? ¿Había un informe que decía: «Le gustan las batatas fritas y dos cucharadas de azúcar en el café»?

—He tenido un dolor de cabeza terrible todo el día. Y ese ruido tan fuerte ahí fuera me ha acabado de desquiciar. —Miro hacia la ducha—. Será mejor que entre antes de que se acabe el agua caliente.

Ryan desliza sus manos por mi espalda una vez más y luego se aparta.

—Le he dado al cajero un billete de veinte extra para que nos traiga la pizza, o sea que debería estar aquí cuando salgas.

No puedo echar el cerrojo cuando cierra la puerta porque no es lo que haría su novia. Me meto bajo el agua caliente. Es la sacudida que necesitaba. Como un puñetazo en la cara. Me libera de la niebla aunque no alivia la pena que me recorre por dentro. Estoy hecha polvo.

Me doy cinco minutos para lamentarme por nosotros, por lo que podría haber sido. Cinco minutos para acabar con la fantasía de que yo fuese tal vez el tipo de chica que podría vivir en una casa perfecta con un tipo perfecto en una calle perfecta.

Y me recuerdo a mí misma que este no es mi mundo.

Yo solo soy un fantasma que pasó por aquí durante un breve periodo de tiempo.

Cuando salgo con ropa limpia y el pelo húmedo, Ryan está despejando la mesita para que podamos comer. Estaba muerta de hambre hace media hora; ahora, solo de pensar en comer me entran ganas de vomitar.

Aun así, me siento a la mesa y engullo una porción de pizza. Lleno el silencio con una charla mecánica. Porque eso es lo que haría su novia.

—Me preocupa que no tengas suficiente tiempo para preparar con Rachel lo del viernes —dice después de sacar las cajas vacías al contenedor de fuera.

Ya no tiene el rollo de papeles en el bolsillo trasero. Espero que no lo haya tirado también.

—Tendremos tiempo de sobra. Te lo prometo. —Me meto en la cama y me acurruco bajo la colcha—. Hace frío aquí dentro. ¿Puedes bajar un poco el aire acondicionado?

Ryan se acerca al aparato que hay bajo la ventana para ajustar la temperatura.

Trajina unos minutos por la habitación y luego se va al baño. No tarda mucho en meterse en la cama a mi lado. Dejo que me atraiga hacia sí. Él no dice nada ni intenta nada más. Estamos conectados de pies a cabeza; siento el latido regular de su corazón pegado a mi espalda. Hay momentos en los que creo que está a punto de decir algo, pero las palabras no llegan a salir de sus labios.

Repaso la conversación entre Ryan y George una y otra vez.

—Pareces abstraída. ¿Quieres hablar de lo que te ronda por la cabeza? —Esa pregunta susurrada junto a mi oído tiene un sabor íntimo. Como si de verdad estuviéramos juntos en esto.

—Solo estoy cansada.

Él no insiste más, pero me desliza los dedos por el pelo tal como sabe que a mí me gusta. Pasa mucho rato hasta que nos dormimos.

22

Presente

Me levanto antes del alba. Anoche me costó una eternidad conciliar el sueño y, cuando por fin me dormí, lo hice muy agitada. Ryan siempre duerme más profundamente durante la última hora antes de levantarse, así que esta es la mejor ocasión para buscar los papeles que traía cuando volvió de su encuentro con George.

En el transcurso de la noche ha aflojado su abrazo, así que me resulta fácil escabullirme de la cama sin despertarlo. Gateando por el suelo, me acerco a sus bolsas. Tiene una de lona con toda la ropa, zapatos y artículos de tocador, y un maletín para el portátil con todos los documentos de trabajo. He registrado un montón de veces ese maletín, y revisado los archivos del ordenador y el historial de internet, pero aparte de las cosas que ya he encontrado para el señor Smith, Ryan es muy cuidadoso con lo que deja a la vista.

Ahora caigo en la cuenta de que es porque él sabía que me dedicaría a buscar. Solo he encontrado lo que él quería que encontrara. Qué idiota.

Pero esos papeles que George le dio deberían estar por aquí, a menos que los haya leído y luego los haya tirado junto con las cajas de pizza.

El aire acondicionado de debajo de la ventana vuelve a ponerse en marcha y ahoga el ruido de la cremallera del maletín. Primero sale el portátil, que es lo que más espacio ocupa. Hay un bloc de hojas amarillas en el que Ryan toma notas mientras habla con los clientes y un prospecto con anillas de un fondo de inversión que le he oído recomendar en varias llamadas que ha atendido desde que iniciamos el viaje.

En el bolsillo interior hay un montón de papeles. Los reviso hoja por hoja y veo que la mayoría están relacionados con su oficina de servicios financieros. Ya me estoy resignando a la idea de que esos papeles no estén aquí cuando observo que los bordes de las últimas hojas del montón se curvan, como si se hubiera activado su memoria muscular.

Estos son los que estaban enrollados.

Al extenderlos, no tardo en reconocerlos.

Se disparan las alarmas en mi cabeza.

Esta es la última remesa de información que dejé en el apartado de correos para el señor Smith. Devon me la pasó en un número de la revista *People* y yo la revisé para decidir qué era lo que quería transmitir. La pequeña nota manuscrita con tinta azul en la esquina inferior de la última página, donde le digo que iré a revisar el casillero al día siguiente, me indica que este es el documento original, no una copia (y lo recuerdo bien porque solo llevaba un bolígrafo azul en el bolso).

Esto no debería estar aquí.

Me vuelvo, miro el bulto dormido de Ryan y todo el puzle empieza a reordenarse en mi cabeza. Incluso considerando la posibilidad de que Ryan ocupe una posición más elevada que yo en la jerarquía, él no debería tener estos papeles, unos originales como estos, y entregados por George. Y menos cuando da la impresión de que George los recogió en el apartado de correos y se los trajo aquí directamente.

La idea de que el señor Smith quería para él la empresa de Ryan parecía la hipótesis más probable. Pero ¿y si es algo más que eso? No hay peligro de que yo pueda estropear la compra hostil de una empresa que ya es suya. Ni motivo para mantenerme en una misión que no es una misión.

Mi mente trabaja a cien por hora debatiéndose entre teorías, especulaciones y sospechas, con el runrún del aire acondicionado de fondo mientras Ryan sigue durmiendo.

El encuentro de Ryan con George ha confirmado un par de cosas. George sabe dónde estamos porque Ryan se lo ha dicho. Y la forma de relacionarse entre los dos denotaba una familiaridad que solo se forja con el tiempo.

Llevo años tratando de ponerle rostro al señor Smith. Mirando otra vez a Ryan desde apenas un metro, me cuesta creer que él pueda ser ese jefe al que he llegado a despreciar.

No, no. No es posible. Es demasiado joven. La cronología no encaja.

Mientras vuelvo a meter todo en el maletín tal como lo he encontrado, repaso mentalmente cada una de las conversaciones que he mantenido con el señor Smith.

La primera vez que hablé con él fue hace ocho años. Ryan aún estaba en la universidad de Luisiana y, además, no tiene ninguna conexión con Carolina del Norte.

El señor Smith me puso en manos de Matt, con quien traté exclusivamente durante los dos años siguientes. No volví a hablar con el señor Smith hasta después de la misión Andrew Marshall, hace seis años.

Hace seis años.

La abuela de Ryan enfermó de cáncer hace seis años. Ryan pasó a ocuparse de la empresa de camiones —tanto de la vertiente legal como de la ilegal—, reemplazando a su abuelo, para que este pudiera quedarse en casa y cuidar a su esposa. Y al final, cuando el abuelo murió no mucho después, se hizo cargo totalmente de la empresa.

¿Se hizo cargo solo de eso?

No.

No.

Ryan está yendo conmigo a Atlanta, donde tendré que hablar con un montón de policías. ¿Se mostraría tan abiertamente?

Entonces evoco la escena en casa de los Bernard. Vuelvo a ver la pequeña habitación donde respondimos a todas las preguntas que nos hicieron; donde aquel detective descubrió que Evie Porter era de Brookwood, Alabama, porque Ryan se lo dijo. «Evie se trasladó aquí desde Brookwood, Alabama, hace pocos meses. Ella no conocía a James».

No, no, no.

Y luego, el lunes por la mañana en el garaje de la casa de Ryan, donde él me entretuvo. No miré el mensaje 911 de Devon porque Ryan no estaba dispuesto a dejar que me marchara. Recuerdo que pensé: «Si no me hubiera entretenido con Ryan en el garaje, habría visto el mensaje de Devon en cuanto lo he recibido. Esos minutos quizá me han costado la posibilidad de una huida limpia».

Pero no, un momento. El señor Smith respondió a Mitch en el foro después de salir de Oxford. Ryan iba conduciendo. Trato de recordar el momento en que vi llegar el mensaje. Yo estaba en el asiento del copiloto de mi coche. Ryan acababa de llenar el depósito y había ido a comprar más tentempiés. Estaba en la tienda mientras yo observaba la conversación entre Mitch y el señor Smith.

Me viene otra vez a la memoria la conversación entre Ryan y George, y la examino bajo otra luz. La familiaridad sigue estando presente; es la misma con la que nos trataríamos George y yo. Pero es Ryan quien toma las decisiones. George se somete a su voluntad. George le entrega a él los papeles.

Esta misión era una prueba. Iba a servir para confirmar o no mi lealtad.

Y, mierda, ahora me doy cuenta: entonces Ryan supo de inmediato que yo alteraba la información sobre su empresa antes de entregarla. Tiene pruebas directas de que no estaba haciendo lo que me habían encomendado. Y yo preocupándome de que perdiera la empresa a manos del señor Smith…

Yo sabía que me vigilarían de cerca.

¿Qué mejor manera de vigilarme que conviviendo conmigo?

No.

No quiero pensarlo. Todavía no.

Resulta fácil precipitarse a sacar conclusiones, pero también es muy peligroso dar cosas por supuestas.

Vuelvo a gatas a mi lado de la cama, cojo mi móvil de la mesita y abro Instagram.

Reviso mi feed, me detengo en la cuenta de Skimm, que resume los cinco titulares más importantes del día y comento: «Menuda noticia! Demasiado candente para que pueda digerirla! #DeNuevoEnLaCarretera #FiestaParaUna».

Es bastante posible que Devon no lo vea hasta dentro de un par de horas, pero quiero que sepa que me largo de aquí y que he abandonado a Ryan.

En cuando se carga mi comentario, cojo el bolso y las llaves y dejo todo lo demás. Ya había planeado parar en Goodwill al salir de la ciudad para agenciarme de segunda mano las cosas que necesito, así que solo tendré que añadir unos cuantos artículos más a mi lista de la compra.

El clic de la puerta al abrirse resuena por la habitación, pero por suerte Ryan no se mueve. En cuestión de minutos, ya estoy al volante saliendo del aparcamiento. En cuando llego a la interestatal, tiro el teléfono que he estado usando como Evie Porter en Lake Forbing; y, gracias a la cajita de Devon, si hay un rastreador en mi coche, no puede transmitir ningún dato. Antes quería que el señor Smith supiera a dónde me dirigía; ahora ya no.

Cuando llevo dos horas en la carretera, hago una parada para comprar un teléfono de prepago y llamo a Devon.

—Hola —digo cuando entra la llamada.

—¿Qué ha pasado?

Le pongo al corriente de todo y nos quedamos unos minutos en silencio.

—Ya sabes lo que estoy pensando —digo al fin, resistiéndome aún a verbalizar quién creo que es Ryan en realidad.

—Ya sabes que yo también lo estoy pensando —responde—. Pero nada de suposiciones…

—Nosotros solo nos guiamos por los hechos —digo antes de que pueda decirlo él.

Este ha sido siempre nuestro mantra.

Todavía sigo en el aparcamiento de la tienda donde he comprado este teléfono. No paro de deambular junto al coche una y otra vez. Me digo que lo hago para estirar las piernas, pero es el miedo lo que me impulsa.

—Estoy en Lake Forbing —dice Devon—. Yo me ocuparé de mi parte; tú ocúpate de la tuya. —Antes de colgar, añade—: Ya me queda poco en el foro de mensajes. Conserva este teléfono para que pueda localizarte si te necesito, porque supongo que no tienes acceso a tu cuenta de Instagram. El riesgo es bastante bajo, de todas formas.

No sé muy bien qué parámetros utiliza Devon para calibrar el riesgo frente al beneficio en este tipo de situaciones, pero confío en él y no cuestiono su razonamiento.

—De acuerdo. —Tras una pausa, añado—: Si mañana por la mañana no parece que la cosa vaya a acabar como esperamos, sal pitando. Deja lo que estés haciendo y desaparece.

—Ya sabes que no voy a abandonarte, L.

—Entre el señor Smith y la policía, los dos sabemos que mis posibilidades de salir de esta son escasas. Y hay otras personas a las que tener en cuenta. Heather te necesitará.

—Lo mismo vale para ti —dice él—. Nunca es demasiado tarde para huir. Solo hay que mover el culo.

—Me pondré en contacto hoy cuando termine —digo antes de colgar.

Toda esta conversación se ha parecido tanto a un adiós que no he sido capaz de decirlo expresamente.

A primera hora de la tarde paso el cartel de BIENVENIDO A EDEN. Ha sido un largo trayecto, únicamente con una parada en la que compré el teléfono desechable para llamar a Devon y otra en Winston-Salem para comprar ropa en Goodwill.

Contemplo la ciudad que en su día consideré mi hogar. Los recuerdos me invaden tan rápidamente que casi me ahogan. Siguen en su sitio el restaurante de comida rápida que frecuentaba con mis amigos y la tienda de telas donde mamá y yo pasábamos horas cada semana examinando las novedades, pero los edificios están muy deteriorados por el paso del tiempo y la dejadez. Doblo por la calle que pasa frente al instituto, y casi me resulta imposible respirar cuando veo en la hierba entre el aparcamiento y la puerta lateral el camino trillado que he recorrido un millar de veces.

La última vez que estuve aquí me parece como de otra vida. Y al mismo tiempo como si hubiera sido ayer.

Pero, por familiar que me resulte todo, ahora soy una extraña aquí. No hay nadie a quien pueda llamar y visitar.

Un último giro y estoy en mi antigua calle. Me detengo en el aparcamiento de caravanas y me bajo del coche sin apagar el motor. Observo cada una de las casas rodantes apretujadas en este espacio, comparando su aspecto de ahora con el de entonces y recordando quién vivía en cada una. Reservo para el final la que está en el medio, en la parte izquierda.

Me estremezco al pensar en lo avergonzada que se sentiría mamá por que alguien pudiera verla en estas condiciones. Aunque no era gran cosa cuando la ocupábamos nosotras, ella siempre se encargó de que estuviera limpia y ordenada y de que hubiera flores plantadas en los estrechos parterres que hay junto a los peldaños. Ahora están llenos de malas hierbas. Hay una lona azul cubriendo algún desperfecto del techo y, al lado de la puerta, una camioneta hecha polvo, aupada sobre ladrillos.

Resulta doloroso recordar a la chica que yo era entonces. La que consideraba esto su hogar. La que fue feliz aquí. Realmente feliz. Incluso cuando mamá enfermó, esa chica joven e ingenua pensaba que podría cuidar de ella. Que podría impedir que muriera.

Pero aquella chica aprendió un montón de cosas en esta caravana. Que por mucho que te esfuerces, a veces no basta. Que la única persona de la que puedes fiarte, la única en la que puedes apoyarte de verdad, eres tú misma.

Una mujer atisba desde detrás de la cortina de la caravana más cercana, recordándome que no he hecho todo este trayecto para recrearme en el pasado.

He vuelto a Eden por un motivo.

De nuevo en el coche, doy media vuelta y salgo otra vez a la calle principal, deteniéndome en una gasolinera Sheetz para repostar y cambiarme de ropa en el baño. Luego solo tardo unos minutos en llegar a la parte más nueva de la ciudad, donde hay una larga hilera de tiendas con escaparates.

Aparco al final de esa calle, cerca de la oficina del doctor Brown, y camino hasta la puerta.

—¿Puedo ayudarle? —me pregunta la recepcionista cuando me acerco al mostrador.

—Sí, me envía el administrador de la propiedad. Estamos revisando los interruptores de cada local. Anoche hubo un problema eléctrico en la tienda de animales, pero afortunadamente había alguien allí y lo resolvió antes de que se produjera un incendio. Solo tardaré un par de minutos.

He tenido la suerte de encontrar en Goodwill una camisa de uniforme y unos pantalones de color caqui para dar el pego.

—¡Vaya! —dice la chica, indicándome que pase—. Por supuesto. Avíseme si necesita algo.

Le dedico una gran sonrisa y me voy hacia la parte trasera. Afortunadamente, todos los empleados están ocupados con pacientes en las salas de exploración, así que nadie me ve cuando me cuelo en el cuarto de los contadores. Dejo de lado el cuadro eléctrico, me voy directa al servidor principal, inserto el pen drive que traía en el bolso e introduzco la combinación de teclas que Devon me ha anotado para subir los archivos.

Acabo en cinco minutos, regreso a la zona de recepción y le hago una seña a la chica.

—Está todo bien. Que pase un buen día.

Al cabo de diez minutos salgo de Eden por última vez.

Llamo a Devon y digo en cuanto responde:

—Hecho.

—Te estoy enviando una captura de pantalla —dice—. La jugada con el entrenador Mitch valió la pena. Ya sabemos quién es el señor Smith.

Mi ritmo cardíaco se dispara instantáneamente y me detengo en la cuneta mientras espero a que se cargue la imagen. Y ahí está. Aunque la pantalla sea diminuta, lo único que veo es esa cara bien conocida. La miro más tiempo del que debería.

Al fin, me vuelvo a poner el móvil en la oreja.

—Ya tenemos hechos —digo.

—Sí, así es. —Devon hace una pausa y añade—: Esto no tiene que cambiar nada, L.

Trago saliva con dificultad.

—Lo sé. Haz las llamadas. Quiero enfrentarme con la policía primero. Luego me preocuparé del banco. Si no puedo zafarme de los polis, el resto no importa. Así que ellos son la prioridad ahora mismo.

—De acuerdo. Recuerda lo que te he dicho. Nunca es demasiado tarde para huir. Solo hay que mover el culo.

Yo asiento aunque él no pueda verme.

—¿Estás ocupándote de todo en Lake Forbing?

—Ya he terminado. He entrado en la casa sin problemas. Avisaré a la policía a primera hora de la mañana —dice—. Y tira ese teléfono en el primer río que cruces. No lo lleves encima cuando vayas a la comisaría.

—Así lo haré. Compraré otro al llegar a Atlanta, o sea que la próxima vez que te llame debería ser cuando haya terminado con los detectives. Si no puedo llamarte, ya sabrás...

—No. Nada de epitafios todavía. Esperaré tu llamada —dice antes de colgar.

Miro la imagen de la pantalla unos minutos más y luego la borro.

Alias: Regina Hale. Seis meses antes

E s la primera vez que me aburro en una misión. Estoy en Decatur, Georgia, y lo único que me han dado es una nueva identidad, un número de socia del club de campo, y el nombre Amy Holder, junto con unas instrucciones.

Amy Holder tiene en su poder una información extremadamente delicada sobre Victor Connolly y los negocios de la familia Connolly. Amenaza con utilizar esa información contra Victor si no se le paga una suma de dinero. No puedo hacer suficiente hincapié en lo vital que es conseguir esa información antes de que pueda cumplir su amenaza. La confidencialidad es indispensable en esta misión. Nadie desea tener en contra a un hombre como Victor Connolly. Debes vigilar a Amy Holder y averiguarlo todo sobre ella. No pases a la acción hasta que yo te lo diga, pero debes estar preparada para actuar en cualquier momento.

Como un mecanismo de relojería, Amy empuja la doble puerta de cristal del bar a las 17.25. Durante las dos últimas semanas ha permanecido en su casa hasta alrededor de las cinco y luego ha recorrido los escasos tres kilómetros que la separan de este club de campo, donde se atiborra de martinis con vodka hasta la hora de cerrar.

Amy es una mujer de metro setenta, con un cuerpo atlético y un pelo de tono rubio miel que le llega justo por debajo de los hombros. Lleva poco maquillaje y ninguna joya, y tiene permanentemente en la cara una expresión hosca.

En cuanto se acomoda en su taburete favorito, un barman cuya placa de identificación dice Morris, vestido con una camisa impecablemente planchada que lleva el logo del club, le sirve la primera de muchas copas dirigiéndole una cálida sonrisa y un alegre saludo. No cabe duda de que, con el paso de los años, Devon se siente cada vez más cómodo actuando sobre el terreno.

—¿Le gustaría ver la carta, señora Holder? —pregunta.

—Quizá un poco más tarde —responde ella.

—Claro. Dígamelo cuando lo desee —dice él mientras se aleja.

Esta conversación es también una constante: la misma pregunta, la misma respuesta. Ella no pedirá la carta y él no volverá a ofrecérsela, pero basta con un leve gesto para que su copa se llene de nuevo en cuestión de segundos.

He entrado y salido de este bar durante los últimos once días, pero esta es la tercera tarde seguida en la que me he quedado todo el tiempo, sin molestarme en disimular mi presencia. Amy da sorbos a su bebida ignorando a quienes la rodean. Si tiene un teléfono, no lo saca para echarle un vistazo ni una sola vez. No hay ninguna persona aquí, incluida yo, que no mire su teléfono al menos una vez, aunque solo sea para consultar la hora.

Pero Amy no.

Ella permanecerá en la barra y se tomará entre cuatro y seis martinis; luego cogerá el bolso y recorrerá en coche el breve trecho que hay hasta su casa, algunas noches saliéndose una y otra vez de la raya amarilla durante todo el trayecto. Vive en una casa adosada que, por su privilegiada ubicación, cuesta más de lo que debería. A la mañana siguiente, se levantará e inicia todo este proceso de nuevo.

Y como no hay forma de entrar en su casa sin perderla de vista, merodear por este club es mi única opción.

Desde mi sitio al otro lado del local, observo a los grupos que entran y salen tal como he hecho una tarde tras otra. La zona de la barra se llena de miembros del club que vienen de jugar al golf o al tenis y se dedican a celebrar su victoria o a lamentarse del partido del día. El restaurante atiende a las familias que desean cenar fuera. Ambas zonas resultan ruidosas y caóticas.

Esto de estar sentada esperando empieza a desquiciarme.

Normalmente suelo disponer de un poco de tiempo antes de que empiece el trabajo propiamente dicho, pero en esta ocasión, a las veinticuatro horas de recibir el aviso del señor Smith, ya estaba cruzando los límites de la ciudad y a las puertas de Decatur. Por lo precipitado de mi llegada, supuse que entraría en contacto con el objetivo de inmediato, pero me han ordenado que haga todo lo contrario. Y ahora ya han transcurrido dos semanas y lo único que he hecho es observar cómo se bebe su única cena.

Lo cual no significa que no sepa lo que está ocurriendo.

El motivo de que esté en un compás de espera es que alguien está maniobrando entre bastidores para tratar de llegar a un acuerdo con ella y conseguir que devuelva la información por propia voluntad. No porque piensen jugar limpio, sino porque es la mejor manera de asegurarse de que recuperan todo lo que se llevó.

Lo único que protege ahora mismo a Amy es que todavía tiene en su poder el material que le permite hacer el chantaje. Y tanto si lo devuelve voluntariamente como si yo tengo que quitárselo, en cuanto salga de sus manos habrá de experimentar toda la cólera del señor Smith y de la familia Connolly.

Tal como me advirtieron después de la misión Tate, no me hago la menor ilusión de estar sola en este asunto. Amy Holder se ha convertido en la prioridad número uno del señor Smith, de modo que nada va a dejarse al azar.

Me acerco a la barra, sentándome a tres taburetes del suyo, con un gran espacio libre entre ambas, y hago una seña para que me sirvan otra copa de vino.

Devon me la pone delante y pregunta:

—¿Le gustaría ver la carta?

Con una sonrisa digo: «No, gracias», y él se aleja para atender a un grupo en el otro extremo de la barra. Aunque no estoy segura de si lo necesito para esta misión, ha llegado un punto en el que ya no quiero trabajar sin él. Nos hemos convertido en un equipo inseparable.

—Usted es nueva aquí —dice Amy.

Miro unos momentos alrededor para comprobar si se dirige a mí. Cuando me queda claro que así es, respondo:

—Sí, me acabo de mudar a la ciudad.

Me giro en el taburete para mirarla, abriéndome a entablar conversación.

Ella me examina de arriba abajo antes de volver a concentrarse en su martini.

—Ya sé lo que está buscando, pero no va a encontrarlo aquí. —Agita con el dedo su bebida y luego se lo mete en la boca y lo chupa—. ¡No lo encontrará! ¡Dígaselo a su gente!

No puedo por menos que encogerme ante su arrebato.

Amy se lleva la copa a los labios y da un largo trago, apurándola; luego mueve la copa vacía en el aire.

—¡Nunca jamás lo encontrará!

Alza tanto la voz que varias cabezas se vuelven hacia ella.

Se gira un momento para mirarme, sonríe enseñándome los dientes y luego vuelve a su posición frente a la barra.

—Lárguese —susurra en un tono demasiado fuerte.

Identifiqué hace unos días al tipo que han enviado para que me vigile mientras la vigilo. Es un hombre mayor que se queda en el rincón del fondo y que va vestido como si acabase de jugar una ronda de golf. Sé que es altamente probable que le esté enviando al señor Smith informes en tiempo real sobre lo que está sucediendo, así que tengo que andarme con pies de plomo, puesto que me dijeron que no contactara con ella. No quiero que me aparten de esta misión.

—Creo que me ha confundido con otra persona. No sé de qué

me habla —digo, y vuelvo a mirar hacia la barra, dando un sorbo a mi copa de vino.

Al señor Smith le cabreará que yo sea el motivo de que Amy esté perdiendo los estribos.

La observo con el rabillo del ojo. Me parece como si sus hombros se desinflaran, de pura exasperación conmigo. La sigo observando unos segundos más y luego veo que sonríe de oreja a oreja cuando aterriza otro cóctel frente a ella.

—¡Morris! ¡Mi héroe! —dice con un gritito.

El interés de la gente por ella se disuelve y el volumen de las conversaciones vuelve a aumentar a nuestro alrededor.

Me giro levemente para poder verla con más facilidad.

Ella lo nota y hace otro tanto.

—La primera vez que usted se presentó en el club fue hace dos lunes a las seis y diecisiete minutos. Llevaba una falda de tenis azul celeste y un top blanco sin mangas. El pelo recogido atrás. Pidió un vodka con zumo de arándanos. Al día siguiente llegó a las cinco cuarenta y cinco, con un vestido recto floreado. Se tomó dos copas de chardonnay. —Me va apuntando con el agitador de plástico mientras recita la hora exacta de llegada de cada una de mis visitas a este bar, así como lo que comí y bebí y lo que llevaba puesto. El volumen de su voz aumenta a medida que avanza—. Y cada noche su Lexus SUV azul oscuro me sigue hasta mi casa.

Incluso recita el número de la matrícula.

Miro alrededor, dándome cuenta de que hemos vuelto a llamar la atención. Mi sombra nos observa abiertamente desde el rincón del fondo. La única vez que alguien me había plantado cara de este modo fue otra mujer borracha, Jenny Kingston. Me vienen a la memoria imágenes de ella tendida en el suelo, con un charco de sangre alrededor de la cabeza, así como la pregunta que me hizo mi jefe después: «¿Qué habrías hecho si no se hubiera caído por sí misma?». Es una pregunta que me ha perseguido durante ocho años.

Tengo que tratar de salvar la situación.

—Soy nueva en la ciudad y este me pareció el mejor sitio para conocer gente.

—Entiendo —dice Amy—. Sé que ellos quieren recuperarlo, pero las dos sabemos que estaré muerta si lo entrego.

Echo un vistazo alrededor, buscando cámaras o micrófonos para poder calibrar cuánto oirá el señor Smith de lo que hemos hablado las dos. No veo nada evidente, pero no puedo descartar esa posibilidad, así que continúo la farsa.

—No sé a qué se refiere, pero si necesita ayuda, yo...

—Usted no está aquí para ayudarme. Nadie puede ayudarme. Pero yo no tenía otro remedio. Ya estaría muerta si no me lo hubiera llevado.

Sin darme tiempo a responder, añade: «Lárguese ya», antes de volver a su cóctel.

Me quedo en la barra el tiempo suficiente para terminarme el vino y pagar la cuenta; luego me bajo del taburete y salgo del bar.

Una vez en el coche, conduzco en piloto automático al pequeño apartamento que me han alquilado. No cabe duda de que el señor Smith ya se habrá enterado de la escena que hemos montado en el bar. No creo que lo ocurrido esta noche vaya a ser suficiente para apartarme de la misión, pero ahora me vigilará más de cerca que nunca.

Pasan tres días antes de que dé el siguiente paso. Estoy escondida delante de su casa, al otro lado de la calle, esperando su llegada. Recibí la segunda remesa de instrucciones la mañana después de que Amy se enfrentara conmigo en el club de campo. Y yo tenía razón. El señor Smith no estaba contento conmigo.

El programa previsto se ha adelantado a causa de tu incapacidad para seguir unas sencillas instrucciones. Utiliza los medios que sean necesarios para encontrar y hacerte con cualquier dispositivo digital, incluidos teléfonos, ordenadores, tabletas, discos duros, etcétera. Sea lo que sea, si puede almacenar información digitalmente, quítaselo. No debería tener que recordarte lo delicada que es esta información y cómo debes manejarla.

Ya nos hemos dejado de sutilezas, por lo que veo, y la advertencia es bien clara: la información que debo recuperar únicamente puede verla él; en caso contrario, me encontraré en la misma posición en la que se ha encontrado Amy Holder. No debo hacerme amiga suya ni acercarme ni sonsacarle. Debo quitarle todo lo que tenga. De inmediato.

Los faros de Amy relucen en el patio cuando entra en el estrecho sendero de acceso, casi rozando el cubo de basura con el lado derecho de su coche. Es una noche de cinco martinis como mínimo, no cabe duda.

El motor del coche se apaga, pero la puerta no se abre.

Pasan los minutos y ella no se baja. Cuando han transcurrido diez, abandono mi escondite y recorro lentamente el sendero hasta donde está aparcada. En cuanto me acerco lo suficiente, distingo el bulto de su cuerpo derrumbado sobre el volante.

Al abrir la puerta del conductor, tengo que sujetarla para que no se estrelle contra el suelo de cemento. Hurgo en su bolso para buscar sus llaves y me las meto en el bolsillo. Cogiéndola por las axilas, la saco del coche y la arrastro por el sendero. En el trayecto, pierde primero un zapato y luego el otro. Me entran ganas de desactivar la cámara que sé que me está enfocando, pero resisto ese impulso y me mantengo en la medida de lo posible de espaldas a la calle. Avanzamos a paso lento pero constante hasta llegar a la entrada. Un grato silencio nos acoge cuando consigo abrir la puerta.

No me detengo hasta dejarla en el sofá. Una vez que está allí tendida, vuelvo atrás para recoger los zapatos y el bolso y me tomo un momento para registrar el vehículo. Está tan limpio y vacío como el día que lo compró.

Empiezo a fisgonear por la casa porque, llegados a este punto, creo que el señor Smith es muy capaz de tener a alguien atisbando por las ventanas para comprobar lo que hago. La casa está tan impoluta como el coche. Aquí no hay dispositivos electrónicos. Hay un teléfono fijo, pero ningún móvil, ordenador o tableta. Tampoco cargadores que indiquen que sí los hay, pero no están a la vista. Hay una televisión, pero los únicos canales que recibe proceden de la antena adosada encima. Registro los escondites habituales, pero es como si en esta casa no hubiera entrado nada posterior a 1980.

Busco incluso alguna libreta, o notas o trozos de papel, por si Amy ha utilizado recursos de la vieja escuela. Nada.

Me siento en una silla y paso un rato mirándola dormir; al fin, decido dar por terminado el registro y salgo de la casa.

Amy se trasladó a un hotel del centro de Atlanta al día siguiente de que yo registrara su casa. De eso hace cuatro días. Estoy en mi coche observando cómo sale del bar de la esquina tambaleándose, tal como le sucede cuando se ha tomado al menos cuatro martinis.

Ahora recibo nuevas instrucciones casi a diario, pues la conducta de Amy cambia a la misma velocidad. Las últimas me indican que el señor Smith ha perdido del todo la paciencia.

Amy está fuera de control. Llévatela de inmediato. Sin excusas.

«Llévatela de inmediato.» Esto es nuevo para mí. ¿Llevármela... a dónde? ¿La atrapo y espero a que venga alguien? ¿La meto en el maletero? El señor Smith está actuando tan erráticamente como ella. Ha entrado en pánico, lo que hace que me pregunte cuánta presión está ejerciendo Victor Connolly sobre él para resolver de una vez este asunto.

Me bajo del coche y cruzo la calle, manteniéndome a una distancia razonable de ella.

Amy empieza a cruzar en cuanto el semáforo se pone verde.

Su abrigo de intenso color rojo ondea tras ella mientras choca con la gente que no se aparta lo bastante deprisa de su camino. A punto está de tropezar con el bordillo cuando llega a la otra acera.

Está poniéndose totalmente en evidencia.

Sin hacer caso de los curiosos que la miran, camina rápidamente por la acera frente a su hotel.

Se detiene delante, y yo me voy hacia la derecha sin bajarme de la acera, pero sin acercarme demasiado.

Se ha quedado parada entre los viandantes, y va recibiendo empujones de la gente que trata de pasar, de manera que gira sobre sí misma hasta quedar frente a mí. Sus ojos se clavan en los míos.

Es evidente por su expresión que me ha reconocido.

Alza la mano y me apunta con un dedo.

—Usted... ¿Qué está haciendo aquí? Le dije que se largase.

Retrocedo unos pasos, yéndome hacia la esquina, pero antes de que pueda escabullirme, se me acerca y grita:

—Ya puede marcharse y decirle a ese soplapollas de Smith que se vaya a la mierda. No es tan listo como él se cree. ¡Se ha pasado años jodiendo a la gente y yo tengo todos los datos! Tengo un montón de mierda sobre él. ¡Más de lo que él imagina!

Con el ceño fruncido, me enseña el dedo y luego da media vuelta y entra tan campante en el vestíbulo del hotel, como si no acabara de perder los papeles en la calle.

El shock por lo que acaba de decirme del señor Smith se traslada a mi rostro. Enseguida me obligo a adoptar la expresión neutra que me he pasado años perfeccionando, porque sé que me están vigilando. Recorro la calle con la vista buscando al tipo mayor que ha enviado el señor Smith. Estoy segura de que el señor Smith desconocía que la información delicada que ha robado Amy no es solo sobre un cliente. Y, sin duda, se pondrá furioso al saberlo. El señor Smith no se fía de mí y no quiere ni que vea la información sobre Victor Connolly, así que no creo que me hubiera enviado a esta misión de haber sabido que lo que tenía que recuperar trataba sobre él. Lo último que querría es que cayera en mis manos algo que pudiera utilizarse contra él. Algo que, precisamente yo, pudiera utilizar contra él.

Durante años he estado buscando información sobre el señor Smith. Cualquier cosa que me diera una pista sobre quién es realmente. Tiene razón al preocuparse sobre lo que haría si tuviera en mi poder información sobre su persona.

«Para salvarte tú y salvar la misión, debes hacer lo que sea necesario». Este consejo que el señor Smith me dio una vez se me ha quedado grabado. Es el consejo por el que me guío en cada trabajo.

Y esta misión está lejos de haber terminado.

Sigo a Amy al interior del hotel, ateniéndome al plan que había ideado. Solo tardo unos minutos en llegar a la puerta del cuarto de limpieza. En un armario de suministros hay una bolsa con un uniforme de camarera de piso dentro. Me cambio rápidamente y me recojo el pelo oscuro en un tenso moño. Hurgando en el fondo de la bolsa, encuentro el micrófono y el auricular. Una vez que he prendido el micrófono en la parte de dentro del cuello del uniforme y que me he metido bien el auricular en el oído, ya estoy lista para ponerme en marcha.

Devon suele estar en contra de este tipo de dispositivos porque resulta fácil captar la frecuencia si estás cerca, pero no hay otro modo de hacerlo.

—Lista.

En el auricular, oigo decir a Devon:

—Bien. Vete con cuidado.

Él entró ayer en el hotel para piratear su sistema y ahora está trabajando desde una furgoneta aparcada junto a la acera. Tendrá un ojo puesto en mí y el otro en las cámaras de seguridad del hotel. El plan es parar la cámara cuando una zona que yo deba atravesar esté vacía y volver a activarla una vez que la haya cruzado. Así, me moveré por el hotel con paradas y arranques, invisible para las cámaras montadas sobre mi cabeza.

Los carritos de limpieza están arrumbados en un lado, esperando a que el turno de noche los vuelva a aprovisionar, pues todas las habitaciones se han limpiado hace horas. Cojo el que tengo más a mano, meto mi bolsa de lona negra en el espacio destinado a las toallas sucias y llamo a un ascensor.

—El ascensor está vacío. Esperaré a que se despeje el vestíbulo antes de abrir las puertas.

—Recibido —digo.

Cuando llega el momento, meto el carrito dentro y pulso el botón de la quinta planta. Luego vuelven a abrirse y saco el carrito al rellano.

—Espera ahí —dice Devon—. Amy acaba de salir del ascensor principal y se dirige a su habitación. Necesitamos que la grabe esa cámara, así que no la voy a desactivar hasta que entre.

Echo un vistazo a mi reloj.

—¿Por qué tarda tanto? Ya debería haber llegado.

Miro a uno y otro lado del rellano, rezando para que a nadie se le ocurra salir ahora de su habitación. No quiero que ninguna persona pueda mencionar la presencia en esta planta de una camarera de piso con un carrito a esta hora del día.

—Ya está en la puerta. En el quinto intento de meter la tarjeta electrónica en la ranura.

—Cielo santo —musito.

—Vale, ha entrado. Ya puedes seguir.

Me pongo en marcha empujando el carrito por el rellano, y al llegar al pasillo giro hacia la habitación de Amy.

Me detengo frente a la puerta, llamo con los nudillos y grito:

—¡Servicio de limpieza!

Amy tarda menos de un minuto en abrir. No le doy tiempo de decir nada. Simplemente empujo el carrito a través del umbral, obligándola a retroceder, y dejo que la puerta se cierre a mi espalda.

23

Presente

Llego al hotel Westin, en el centro de Atlanta, justo a la hora. Rachel está esperándome en el vestíbulo, aunque noto que no le complace que haya llegado tan justa.

Como no me presenté a ocupar la habitación reservada para mí en el Candler Hotel, y me he saltado el plazo límite para acudir al banco, he tenido que ajustar bien mi llegada.

—No sabía si ibas a venir —dice cuando me acerco.

Veo la silueta que se halla unos pasos por detrás de ella.

—Te di mi palabra de que vendría —le digo.

—¿Puedo hablar contigo? —pregunta Ryan acercándose.

—Ryan me llamó y me dijo que lo habías dejado tirado —dice Rachel.

No se me escapa el tonillo ni la ceja arqueada, pero no hago caso.

La miro a los ojos.

—Nuestra cita empieza en unos minutos, ¿no?

Consulta su reloj y me indica con un gesto que la siga hacia el ascensor.

—Ryan, vamos a encargarnos de esto primero y luego ya resolveremos lo demás, ¿de acuerdo?

Rachel cree que tenemos una simple pelea de enamorados. Yo no la corrijo.

Ryan se sienta en una silla del vestíbulo y no deja de observarnos hasta que se cierran las puertas del ascensor.

Cuando llegamos a nuestra planta, aparto a Ryan de mi mente y me concentro en la tarea que tengo por delante.

—¿Cómo has conseguido esto? —le pregunto a Rachel.

Estoy francamente asombrada de que haya sido capaz de cambiar el interrogatorio de la comisaría de policía a una sala de reuniones de este hotel. Es buena, debo reconocerlo.

—Nosotras no sabíamos que existía una orden de búsqueda y hemos hecho todo este trayecto para responder a sus preguntas. Hemos venido de buena fe para poner fin a este malentendido, así que pretender que fuéramos a comisaría habría sido pedir demasiado.

Me alegro de que ella esté de mi lado en esto, aunque después de haber visto el vídeo que me consta que la policía ha recibido, pienso que probablemente aceptaron su petición para no asustarme y correr el riesgo de que no me presentara.

—Recuerda —me dice mientras recorremos el pasillo donde se encuentran las salas de reuniones—. No respondas nada a menos que yo te dé permiso. No digas ni una palabra de más.

Asiento ante su mirada escrutadora. Nos hemos detenido ante una puerta con el rótulo SALA 3.

—Iba a decirte también que no muestres tus sentimientos, pero eso lo tienes más que dominado.

El comentario consigue arrancarme una sonrisa. Por Dios, si ella supiera…

Rachel abre la puerta y yo la sigo. Me esperaba una mesa larga rodeada de sillas, pero resulta ser algo más acogedor. Es una sala pequeña con un sofá y dos sillones agrupados en torno a una mesa de café, junto a unos ventanales que van del techo al suelo y ofrecen una vista increíble de los edificios de Atlanta.

—La clave aquí es que nosotras estamos cooperando y no tenemos nada que ocultar —dice Rachel yendo hacia el centro de la sala. Al ver mi sorpresa por el lugar escogido, añade—: Me gusta la panorámica. ¿Cómo iba a suceder algo malo en una habitación tan cálida y acogedora?

Hay una jarra de café recién hecho y un plato de muffins de arándanos en el centro de la mesita.

—Tú ocupa ese sillón —dice Rachel señalando el que está a la izquierda del sofá—. Y yo ocuparé este. Los detectives pueden acomodarse en el sofá entre nosotras dos.

Tomo asiento mientras ella deja su maletín en el suelo, junto a la mesa.

—No te voy a mentir. No me siento bien preparada. No hemos tenido ni un momento para hablar de aquel día y de cómo vamos a manejar el asunto.

Arrellanándome en el sillón, cruzo las piernas y digo:

—Necesitaré que confíes en mí y que sigas mis pasos.

Ella me mira desde el otro lado de la mesita de café. Sé que tiene en la cabeza un millón de preguntas, pero afortunadamente se las guarda. Antes de que pueda hacerse un silencio incómodo, llaman a la puerta.

—Tú diriges la función —dice Rachel.

Se levanta para abrir la puerta y se hace a un lado para dar paso a un hombre y una mujer. Yo me quedo en mi sitio, obligándoles a acercarse para las presentaciones y apretones de manos.

—Soy el detective Crofton y esta es la detective West —dice el hombre cuando ambos se plantan frente a mí.

Desde su sitio frente al otro sillón, Rachel les señala el sofá y los invita a tomar asiento. La detective West mira el sofá, luego a Rachel y por último a mí. Está dándose cuenta de que no podrá mirarnos a las dos a la vez.

Los dos detectives vacilan unos segundos, pero al final se sientan en el sofá. Necesitan otro minuto para colocarse y acomodarse bien antes de que parezcan dispuestos a empezar.

La detective West es una mujer flaca como un palillo, vestida con lo que debe de haber sido su uniforme permanente durante la última década: blusa blanca, blazer negro y pantalones negros.

La única joya que lleva es un sencillo anillo de oro en el dedo anular izquierdo. Hay alrededor de su boca unas arrugas que me revelan que le encanta fumar. El detective Crofton tiene un aspecto totalmente distinto. Es un hombre negro muy alto y cabe deducir por su físico que jugaba de defensa antes de hacerse policía. Lleva una camisa azul con un estampado de cachemira y unos pantalones marrones con un cinturón muy ceñido que indica que ha perdido recientemente unos kilos alrededor de la cintura. Del cuello le pende una sencilla cadena de oro con una cruz. Y, por lo que he atisbado de sus calcetines antes de que se sentara —unos gatos cabalgando sobre unicornios con un fondo rosado—, diría que tiene sentido del humor.

Pero enseguida me pregunto si todo esto es una representación verídica de ambos.

¿O acaso son como yo y se ocultan tras una máscara?

Porque yo me he vestido esta mañana de un modo calculado para darles de mí la imagen que quiero que tengan. Una sencilla camiseta blanca y unos vaqueros. Nada de maquillaje y el pelo recogido en una cola. Parezco fácilmente cinco años más joven de lo que soy.

—¿Les apetece un café? ¿Un muffin? —pregunta Rachel.

El detective Crofton se da una palmada en el estómago.

—A mí no. Tengo órdenes estrictas de perder diez kilos, y todavía estoy lejos de mi objetivo.

La detective West saca de su bolso una libreta y la abre.

—Empecemos —dice ignorando la invitación mientras el detective Crofton saca una pequeña grabadora y pulsa el botón rojo circular de la parte superior—. Detectives West y Crofton interrogando a Evelyn Porter, testigo material de la muerte de Amy Holder —recita con voz grave y rasposa.

Añade la fecha, la hora y el lugar y luego me mira a los ojos.

Rachel levanta la mano.

—Quisiera hacer constar que la muerte de Amy Holder fue calificada como un accidente. Y que hemos venido aquí a colaborar con los agentes para dejar constancia de que mi cliente,

Evelyn Porter, no tuvo intervención en lo que le ocurrió a la señora Holder.

—Su observación queda consignada —dice la detective West, y se vuelve hacia mí—. ¿Por qué vivía usted bajo la identidad de Regina Hale cuando se encontraba en Decatur, Georgia, en la fecha de la muerte de Amy Holder? —pregunta.

Bueno, estamos yendo directos al grano. Al forzarle la mano, el señor Smith ha optado por darles todo lo que tiene para acabar conmigo. Me vuelvo hacia Rachel y ella se encoge ligeramente de hombros, recordándome que yo decido.

—Estaba metida en una relación tóxica y me mudé para alejarme de mi ex. Él no quería que me fuera, y yo temía que me siguiera. Acudí a la policía, pero ellos únicamente estaban dispuestos a darme una orden de alejamiento, y todos sabemos lo ineficaces que son esas órdenes. Así que utilicé un nombre falso con la esperanza de que no me encontrara.

Esta declaración les da que pensar. Rachel arquea la ceja izquierda, como si estuviera impresionada por mi respuesta.

—¿Dónde estaba viviendo cuando sucedió eso? —pregunta la detective West.

—En Brookwood, Alabama.

Mi jefe se ha tomado muchas molestias para convertirme en Evelyn Porter, residente en Brookwood, Alabama, así que yo estoy aprovechando todo ese trabajo.

—Tendremos que llamar a la policía de Brookwood para comprobar esta historia —dice el detective Crofton en voz baja.

—Claro. Mi ex novio se llama Justin Burns. Su hermano está en el cuerpo de policía de allí. Es el capitán Ray Burns.

La detective West anota el dato en su libreta. Si llaman, descubrirán que el capitán Ray Burns existe y que tiene un hermano, Justin, más o menos de mi edad, con antecedentes. Un par de denuncias por conducir ebrio y otra por alterar el orden público cuando los vecinos lo denunciaron por pelearse con su novia en el patio de su casa.

Aunque no encuentren un informe sobre su altercado conmigo, no pensarán que no se produjo... Pensarán que el hermano de Justin consiguió evitar que figurase en su historial.

La primera mentira gana.

Si algo estoy es preparada.

La detective West parece ser la encargada de formular las preguntas, y aun cuando mis respuestas hasta ahora parecen haberle desinflado un poco las velas, ella sigue a la carga.

—¿Cómo conoció a Amy Holder?

—Las dos éramos socias del club de campo Oak Creek —digo.

Ella consulta algo en su libreta, como si estuviera repasando la lista de las preguntas previstas.

—No se celebró servicio religioso ni funeral por Amy Holder. Era hija única y no estaba casada ni tenía hijos. ¿Sabe si tenía familiares o amigos?

Rachel se echa hacia delante en su sillón.

—No hemos venido aquí a responder preguntas sobre la vida de la señora Holder. Nos dijeron que tenían pruebas concretas de que mi cliente se hallaba en el lugar de los hechos. ¿Podemos pasar directamente a esa parte, por favor?

La detective West revuelve los papeles que tiene sobre el regazo.

—Ya estamos llegando, señora Murray —le dice a Rachel, y se vuelve de nuevo hacia mí—. ¿Cuándo fue la última vez que vio a Amy Holder?

Allá vamos. Hace mucho que aprendí a atenerme a la verdad lo máximo posible.

—Me fui de Decatur a principios de septiembre, y sé que la vi antes de irme, pero no puedo precisar la fecha.

De hecho, se puede decir la verdad si se formula del modo adecuado, con la entonación apropiada. Ellos entenderán, por el tono que yo he utilizado, que «no puedo precisar la fecha» porque no la recuerdo, en lugar de entender la verdad, o sea que «no puedo precisar la fecha» porque eso me incriminaría.

—El veintisiete de agosto, a las seis de la tarde, Amy Holder

298

entró en el hotel American. Veintisiete minutos después, su habitación quedó envuelta en llamas —dice ella con tono inexpresivo—. ¿Ha estado usted alguna vez en ese hotel?

—He comido en el restaurante que hay dentro del hotel.

Lo cual es cierto.

El detective Crofton saca un iPad. Lo deja en mitad de la mesita de café, y Rachel y yo nos inclinamos para ver la pantalla. Crofton pulsa el botón de reproducción mientras la detective West dice:

—Esta es una grabación de las cámaras de seguridad cuando la señora Holder entró en el hotel antes de su muerte.

Todos miramos un vídeo granuloso de Amy abriéndose paso a empujones entre una familia de cuatro personas mientras cruza la calle, y luego topándose con un tipo que va mirando el móvil en lugar de por dónde anda, lo que hace que ella acabe girando sobre sí misma. El abrigo rojo permite identificarla fácilmente, sobre todo cuando agita los brazos y me enseña el dedo. Desde este ángulo, yo aparezco en segundo plano y algo desenfocada.

Cuando concluye el vídeo, la detective West me mira fijamente. La pantalla ha quedado congelada de forma que apenas se me ve en la esquina del encuadre.

—¿Esto le refresca la memoria, señora Porter?

Antes de que yo pueda decir nada, Rachel responde por mí.

—¿Insinúa que esa figura borrosa de ahí detrás es mi cliente? La mitad de las mujeres blancas del estado de Georgia tienen el pelo castaño. Podría tratarse de cualquiera. —Se inclina y pulsa el botón para volver a pasar el vídeo—. Lo que yo veo es una mujer en claro estado de embriaguez. Es sabido que la señora Holder era una fumadora empedernida y que falleció en un incendio provocado por fumar en la cama mientras estaba borracha. Si tienen algo que permita suponer que la señora Porter tuvo algo que ver con la muerte de Amy Holder y, por el amor de Dios, una imagen que se parezca mínimamente a mi cliente, nos gustaría verlo.

Muy bien, Rachel, maldita sea. Estoy impresionada.

El detective Crofton pasa la pantalla al siguiente vídeo.

—Esto fue grabado por un testigo presencial.

El centro de Atlanta no es una zona particularmente ajetreada entre semana, aunque puede estar muy concurrido durante el fin de semana. Devon rastreó todos los vídeos de ese día, desde los de las cámaras de seguridad hasta los que se colgaron en las redes sociales con la etiqueta de esa ubicación o de alguna tienda de las inmediaciones. Nos enteramos de la existencia de este vídeo hace menos de cuarenta y ocho horas, así que deduzco que el «testigo presencial» y yo tenemos el mismo jefe.

El ángulo de la imagen indica que fue tomada desde un piso del edificio de enfrente situado a la misma altura que la habitación de Amy, así que ofrece una vista directa y despejada, a diferencia de las imágenes tomadas por los testigos de verdad que estaban en la calle y que tenían que apuntar sus cámaras hacia lo alto, de modo que solo captaron parcialmente la habitación cuando el humo empezó a salir por el balcón.

Al empezar el vídeo, la cámara recorre el edificio hasta detenerse en las puertas abiertas del balcón de Amy. La baranda es maciza, así que solo puede verse la mitad superior de la habitación; la cama no aparece prácticamente en el encuadre.

El vídeo tiene audio, pero Devon y yo creemos que se añadió después para que no resultara sospechoso que casualmente me hubieran captado en ese preciso momento.

El detective Crofton sube el volumen y oímos una voz masculina.

—¡Atención, camarera de habitaciones supersexy! ¡A lo mejor conseguimos un servicio de cortesía esta noche!

Y entonces aparezco yo, vestida con el uniforme de las camareras de piso del hotel. Estoy al fondo de la habitación, pero a plena vista a través de las puertas del balcón, y mi mirada se dirige hacia donde podría verse la cama si no la tapara el parapeto del balcón. Es una imagen muy clara de mí, a diferencia de la que acabamos de ver.

Recuerdo ese momento perfectamente. Yo había sacado de mi bolso una caja de cerillas y estaba a punto de frotar una en el rascador. Era justo antes de que la cama ardiera en llamas. Transcurren unos segundos y entonces ese recuerdo cobra vida en la pequeña pantalla y mi imagen queda oscurecida por los penachos de humo negro que invaden la habitación.

24

Presente

Mantengo la calma, sin traslucir ninguna emoción, cosa que no me resulta difícil puesto que no es la primera vez que veo este vídeo.

Bueno, ha llegado el momento.

Los dos detectives me miran expectantes.

—Esa es Lucca Marino —digo tras unos segundos en silencio.

Los dos detectives se miran y luego se vuelven hacia mí.

El detective Crofton pregunta:

—¿Lucca Marino?

—Sí, la mujer de ese vídeo es Lucca Marino.

Me he pasado años protegiendo la identidad de Lucca Marino, asegurándome de que podría volver allí y ser otra vez aquella chica. Ya he comprado la parcela para construir la casa con la que soñamos mamá y yo. Ya tengo los planos para el jardín que a mamá le habría encantado tener. Pero cuando ese nombre quedó en entredicho, comprendí que era solo eso: un nombre. Me pasé años protegiendo la idea de Lucca Marino, pero ahora ya no soy aquella chica ingenua. Aunque fue duro tomar finalmente la decisión de dejar que desapareciera, la verdad es que ya había desaparecido hace mucho. No necesito ser Lucca Marino para conservar los recuerdos de mamá. O para hacer las cosas que mamá habría querido que hiciera.

Todos los ojos están sobre mí, incluidos los de Rachel.

—Vamos a dejar esto claro. Usted está diciendo que esa no es usted —dice la detective West.

Alzo las cejas y entreabro la boca. Luego ladeo la cabeza y les dirijo una mirada de perplejidad.

—La mujer de esa habitación de hotel es Lucca Marino. No sé de qué otro modo puedo decirlo.

Podrían conectarme a un detector de mentiras y pasaría la prueba con éxito.

Rachel interviene.

—Mi cliente se refiere a una mujer que estuvo hace poco en Lake Forbing, Luisiana. Sufrió un accidente de coche hace una semana y no sobrevivió.

Asintiendo, añado:

—Lucca vivía aquí cuando murió Amy. Y conocía a Amy.

—¿Sabe cuál era su relación con Amy Holder? —pregunta la detective West.

Ahora ha sacado su portátil y probablemente está haciendo una búsqueda sobre Lucca Marino.

—Les repito —dice Rachel— que no hemos venido aquí a responder preguntas sobre las relaciones de la señora Holder.

Yo levanto la mano y digo:

—No importa, Rachel. Puedo responder. —Tengo que encuadrar correctamente este nuevo dato—. Amy andaba con malas compañías. Lucca era una de ellas. Es lo único que puedo decirles.

Una vez más, todo consiste en el tono.

Ellos me muestran unas cuantas fotos más que yo ya sabía que tenían, incluida aquella en la que aparezco arrastrando a Amy desde su coche hasta su casa.

Las miro y me encojo de hombros.

—La persona de todas estas fotografías es Lucca Marino.

La detective West está absorta en la información que tiene en la pantalla del portátil. El detective Crofton se inclina para mirar y musita:

—El parecido es asombroso.

Deduciendo que ha encontrado su foto, me inclino a mi vez y echo un vistazo. Sí, es la fotografía que colgó en Facebook la madre de James sobre esa estúpida sopa. Va con el pelo recogido atrás, sin maquillar, unos tejanos y una simple camiseta. Podríamos ser gemelas. El señor Smith quizá esté arrepintiéndose de haber encontrado una doble tan perfecta.

Ahora la detective West debería estar bajándose los documentos que ha creado Devon, que mostrarán que Lucca Marino alquiló un apartamento en el centro de Atlanta en el periodo de la muerte de Amy. Por añadidura, habrá también un par de multas a un vehículo registrado a su nombre por aparcar indebidamente en la calle donde vivía Amy, lo que demostrará que ella estuvo en esa zona.

Cuando Devon y yo nos separamos en Nashville, yo me dirigí a Carolina del Norte, pero Devon volvió a Luisiana. Y cuando estos detectives llamen a la policía de Lake Forbing y pregunten por Lucca Marino y por su estancia allí, ellos les hablarán de una carpeta llena de fotos y datos sobre Amy Holder hallada en una bolsa olvidada en la habitación de James. Una bolsa que el propio Devon dejó allí. Además, para cerciorarse de que llegaba a manos de la policía, les llamó haciéndose pasar por un solícito voluntario parroquial y les informó de que había otro efecto personal de Lucca Marino que añadir a los que ya habían recogido.

—¿Por qué la siguió Lucca Marino a Luisiana? —pregunta la detective West.

Me encojo de hombros.

—No tengo respuesta para eso.

No he venido aquí a resolver el asesinato de Lucca y James, sino solo para asegurarme de que investigan en la dirección que deseo.

Mi jefe se esforzó mucho para encontrar a alguien que se pareciera tanto a mí que pudiera asumir mi identidad y hacerla suya. La exhibió profusamente en las redes sociales y se encargó de que se convirtiera en la comidilla de la ciudad. Lo dejó todo bien atado, previendo cualquier eventualidad. Y luego la eliminó.

Al eliminarla excluyó la posibilidad de que se la pudiera interrogar, así que no hay nadie que pueda contradecir lo que estoy diciéndoles ahora a los detectives.

El señor Smith creyó que así estaba poniéndome muy difícil que pudiera recuperar algún día mi verdadera identidad, pero yo me encargué ayer de poner el último clavo en el ataúd, por así decirlo. Gracias al uniforme que compré en Goodwill y a mi última parada en Eden, el historial dental de esa mujer coincide ahora con el que figura en la consulta de un dentista de Eden, Carolina de Norte, con el nombre de Lucca Marino, lo que completará definitivamente la identificación de su cuerpo.

Si voy a perder para siempre a Lucca Marino, tiene que valer la pena.

Los dos detectives están absortos en la pantalla del portátil. Rachel me mira desde el otro lado de la mesa y yo le devuelvo la mirada.

—Detectives —dice ella al fin—. Hemos venido hasta aquí y, sin embargo, no hay absolutamente nada que relacione a mi cliente con la muerte de Amy Holder. Así que a menos que tengan algo más...

—Comprobaremos estos nuevos datos. Pero, para asegurarnos de que hemos abordado todo lo que necesitamos saber de usted, ¿puede decirnos dónde estaba la noche del veintisiete de agosto?

Aún no están dispuestos a dejarlo correr.

Yo me relajo en mi silla. Tranquila. Controlada.

—Revisé mi calendario al saber por la policía de Lake Forbing que había una orden de búsqueda contra mí, de manera que pude comprobar dónde estaba cuando murió Amy. Esa noche fui a cenar a casa de un amigo. Él y su esposa acababan de tener un bebé y me invitaron para que lo viera.

La única mentira en esta respuesta es la fecha de la cena, que tuvo lugar una semana antes.

La detective West sostiene su bolígrafo sobre la libreta.

—¿Puede darnos el nombre y el número de la persona con la que cenó aquella noche?

—Sí, claro. Se llama Tyron Nichols.

El detective Crofton alza la cabeza de golpe.

—¿El Tyron Nichols que juega en los Falcons?

Yo sonrío.

—Sí, es un viejo amigo.

Otra verdad.

Mostrando mi teléfono, digo:

—Le hablé de la cita que tenía con ustedes esta mañana. Y me dijo que lo llamara si necesitaban verificar mi declaración. ¿Quieren que les comunique con él? Me consta que prefiere que no dé su número privado si puede evitarse.

El detective Crofton no vacila en aprovechar la oportunidad de hablar con uno de los jugadores más famosos de los Falcons de Atlanta.

Decido llamarlo por FaceTime porque, ya se sabe, hay que ver para creer.

Tyron aparece en la pantalla. Esta sentado en la silla del estudio de su casa. En la pared de detrás hay fotos, artículos y camisetas enmarcados que reflejan su época de jugador de secundaria en el centro de Florida, luego en los Ole Miss bajo la dirección del entrenador Mitch Cameron y finalmente su ascenso a la liga nacional. Ha recorrido un largo camino desde que era aquel chico ingenuo de dieciocho años cuyo mayor sueño se reducía a conseguir una beca completa para jugar en la universidad, siempre con la esperanza de proporcionarle a su familia algún día una vida mejor.

—Ey, cielo —dice con su voz resonante.

—Ey, Tyron. ¿Tienes un segundo para hablar con estos detectives?

Pongo los ojos en blanco con fastidio para hacerlo más convincente.

—Claro. Pásamelos.

Le doy el teléfono al detective Crofton, que parece completamente aturdido.

—Sí, hola, señor Nichols. Soy el detective Crofton del departamento de policía de Atlanta. Tenemos que verificar el paradero de la señora Porter la noche del veintisiete de agosto. Ella afirma que estuvo esa noche en su casa.

Me arrellano en mi sillón. Rachel vuelve a mirarme y yo le dirijo una media sonrisa.

—Claro —dice Tyron—. Estuvo aquí esa noche. Era la semana de nuestro partido en casa con los Saints. Durante la temporada, la del martes es la única noche que ceno en casa, así que esa era la mejor ocasión para que viniera y viera a nuestro hijo.

El detective Crofton se muestra satisfecho, pero la detective West no está tan embobada y tiene otra pregunta.

—¿A qué hora llegó y a qué hora se fue la señora Porter de su casa aquella noche?

—La recogí al salir del pabellón de entrenamiento, así que debían de ser alrededor de las cinco. Se quedó hasta bastante tarde porque llevábamos tiempo sin vernos. Ella y mi esposa abrieron una botella de vino hacia las nueve o las diez, diría. —Suelta una carcajada—. Y luego, claro, se pusieron a darle al karaoke. Por Dios, esta gente que cree que sabe cantar…

Todo bien atado.

El detective Crofton dice:

—Gracias. Ya tenemos todo lo que necesitábamos. Le agradecemos su colaboración.

—Cómo no. Cuando quieran —dice Tyron.

El detective Crofton me devuelve el teléfono y yo miro a Tyron en la pantalla.

—Gracias por aclararlo todo.

Él se ríe.

—De nada. Vendrás a cenar, ya que estás en la ciudad, ¿no? No te vas a creer cómo ha crecido Jayden.

—¡Claro! Te llamo cuando salga de aquí y concretamos.

Corto la llamada y me vuelvo hacia los detectives.

Ellos me miran y luego se miran entre sí, comunicándose en silencio.

La detective West cierra su libreta.

—Creo que con esto queda cubierto todo lo que tenemos de momento. Si surgen más preguntas para la señora Porter, nos pondremos en contacto.

En apenas unos segundos recogen sus cosas y abandonan la sala de reuniones.

Rachel y yo permanecemos sentadas frente a frente.

—Tú no sabías quién era Lucca Marino cuando ella se presentó con James en la fiesta del derbi —dice.

Yo meneo la cabeza.

—Si lo recuerdas bien, yo dije que él se había presentado con una mujer. No dije si la conocía o no.

Esa es la razón de que diga la verdad siempre que puedo.

Rachel se levanta del sillón y se alisa la falda.

—Bueno, esto parece haber quedado completamente resuelto.

Yo me encojo de hombros.

—Es un alivio que todo haya terminado.

En realidad, no ha terminado. Al menos para mí. Aunque he superado una de las grandes amenazas que pesaban sobre mí, es la otra la que supone un mayor peligro.

Rachel coge su maletín y se va hacia la puerta, pero no la abre.

—Sí, yo también me siento aliviada. No me gustaría pensar que tuviste algo que ver con la muerte de esa mujer.

Mirándola a los ojos, respondo:

—Si algo puedes creer sin reservas es que Lucca Marino era la mujer que estaba aquel día con ella en la habitación.

Nos miramos unos segundos y luego Rachel sale sin decir palabra.

Mientras que ella puede retirarse sin ninguna inquietud, yo me enfrento a una situación distinta. Mi salida no será tan sencilla como mi llegada.

Saco del bolso mi nuevo teléfono y, una vez que estoy en el pasillo, llamo a Devon.

—Todo resuelto con la policía —digo en cuanto responde.

—Bien —dice—. Ahora vamos a encargarnos del otro problema.

—Ryan estaba aquí cuando he llegado. Necesito que desaparezca. ¿Puedes ayudarme a conseguirlo?

Oigo ese sonido familiar que me indica que está trabajando en su teclado.

—¿Cómo va vestido?

Evoco mentalmente su imagen.

—Con vaqueros y una camisa azul oxford.

—Vale. Llamaré a la seguridad del hotel y lo denunciaré por conducta sospechosa. No se sostendrá mucho tiempo, pero seguramente te proporcionará el suficiente para salir del edificio. Enciende el Bluetooth del auricular. Quiero mantenerme en comunicación contigo.

Saco del bolso el pequeño auricular de color carne que Devon diseñó y lo sincronizo con el teléfono. Me suelto la cola de caballo y me introduzco el auricular en el oído derecho. Es del mismo color que mi piel y, al tenerlo oculto bajo la cortina del pelo, resultará difícil de ver.

Me guardo el móvil en el bolsillo trasero y salgo al pasillo. El hecho de que Devon haya insistido en que mantenga esta línea abierta cuando me estoy metiendo en la boca del lobo me llega al alma. Se está exponiendo por mí.

—Por si no puedo decírtelo después, gracias por todo. Gracias por ser mi amigo.

Él carraspea.

—Ahora no vamos a perder el tiempo con chorradas. Concéntrate. Simplemente mueve el culo si es necesario. Nunca es demasiado tarde para huir.

Empujo la barra de metal de la puerta del fondo que da a la escalera. Esa zona está húmeda y oscura, y mi voz resuena en las paredes.

—Bajando.

Cuando llego a la planta baja, empujo la puerta lentamente y atisbo por la rendija justo a tiempo de ver cómo se acercan a Ryan dos guardias de seguridad del hotel uniformados. No oigo lo que le dicen mientras él recorre el vestíbulo con la mirada, pero veo que le indican que los siga. Ryan discute, aún más atento a los ascensores que a los guardias que tiene delante.

Ellos lo sujetan, uno por cada lado, y por un momento parece que va a forcejear, pero enseguida se da por vencido. Mientras se lo llevan, echa un último vistazo a su espalda.

En cuanto ha desaparecido, salgo de la escalera y susurro:

—Voy hacia la salida.

—Estoy conectado a las cámaras de la calle, así que te veré en cuanto cruces las puertas.

La salida más cercana es una puerta que da a una travesía lateral. Estoy a unos pasos cuando oigo:

—Ey, Lucca.

Me giro en redondo y me quedo helada al ver quién es.

—Qué sorpresa verte por aquí, George.

—Llévalo a la calle —dice Devon por el auricular—. Ahí dentro no te veo.

—No deberías sorprenderte, ya que me diste plantón ayer —dice él.

Señalo hacia la puerta para indicarle que sigamos hablando fuera. Él asiente.

—Ya te tengo. Camina en dirección norte hacia el cruce —me dice Devon.

No veo las cámaras, pero siento cierto alivio al saber que hay alguien en este mundo vigilándome aunque ahora mismo no pueda hacer gran cosa por mí.

—Tú eres el plan B por si los detectives fracasan, ¿no?

Tengo que hacer un esfuerzo para mantener un tono firme y no perder el aplomo.

George se echa a reír.

—Se suponía que yo era el plan A. Si le hubieras dado lo que quería, no tendrías que haberte preocupado por esos polis.

Me encojo de hombros y lo miro mientras caminamos.

—Hasta la próxima vez que lo cabree. Y entonces volverá a sacar esa carta. Quiero decir, no hay plazo de prescripción en caso de asesinato.

—Tal vez deberías haber pensado en eso antes de encender aquella cerilla —dice en voz baja.

—Ryan ha salido del hotel —me avisa Devon.

Inspiro hondo y dejo salir el aire poco a poco. Repito la operación.

—Mis motivos de arrepentimiento son muchos, y tendré que vivir con las cosas que he hecho. —En ese momento le miro a los ojos—. No tienes por qué hacer esto.

Nos detenemos cerca del paso de peatones y él me mira escrutando mi rostro.

—No quiero hacerlo. Pero necesito lo que hay en esa caja de seguridad. Los dos sabemos que esa es la única posibilidad ahora. Tengo las manos atadas, Lucca. No me has dejado otra opción.

—Y luego, ¿qué? —susurro.

Él pone los brazos en jarras y se aparta un poco, recorriendo la calle con la vista. Luego vuelve a mirarme.

—Quizá me distraiga mientras reviso la caja. Quizá no me dé cuenta de que tú has desaparecido.

Quiere darme a entender que me dejará marchar. Y tal vez lo haga, pero no tardaré en verlo otra vez a mi espalda.

El semáforo se pone verde y recorremos las dos siguientes manzanas en silencio hasta que nos encontramos delante del banco.

—Si pensabas huir, ahora es el momento —dice Devon por el auricular—. Una vez que entres, no habrá vuelta atrás.

George empieza a subir los escalones de la entrada del banco mientras yo permanezco paralizada.

—¿Vienes? —pregunta.

Sacudo mi temor y lo sigo. Huir nunca ha sido una opción.

Alias: Regina Hale. Seis meses antes

El olor a azufre me pica en la nariz cuando se enciende la cerilla. La sostengo sin moverla un par de segundos para asegurarme de que no va a apagarse y luego la arrojo sobre la cama. Las llamas crecen y se extienden alimentadas por las fibras sintéticas del cobertor y toman fuerza al alcanzar el abrigo rojo.

Meto las últimas pertenencias de Amy en el bolso de lona negra, lanzo otro vistazo a la habitación para comprobar que lo tengo todo y vuelvo a meter la bolsa en el carrito de la limpieza. Las llamas se disparan y el humo negro inunda la habitación. Es el momento de marcharme.

Abro la puerta de la habitación, empujo el carrito hasta el pasillo y me voy directa al ascensor de servicio, que sigue ahí. Devon me está esperando en la planta baja. Cojo el bolso y le paso el carrito. No decimos una palabra cuando nos separamos. Él atraviesa el garaje para salir al otro lado de la manzana y yo cruzo las cocinas hasta la puerta que da al estrecho callejón de un costado del hotel.

Abro mi coche y me desplomo en el asiento del conductor. Las manos me tiemblan cuando saco el teléfono y marco el número de emergencias.

El señor Smith responde al primer timbrazo.

—¿Qué coño ha pasado?

Ya se ha enterado del incendio.

Suelto un suspiro entrecortado que espero que oiga.

—Cuando he entrado en su habitación, ella ya se había acostado. Estaba borrachísima y había encendido un cigarrillo que le colgaba de la boca. Me he acercado con una jeringa de Rohypnol, pero ella se ha puesto violenta nada más verme. El cigarrillo se le ha escurrido de los labios y ha caído sobre el cubrecama. Había una botella de vino vacía a su lado, pero el contenido debía de haber empapado las sábanas, porque toda la cama ha quedado envuelta en llamas en cuestión de segundos. He intentado alcanzarla..., pero ya estaba ardiendo. Su ropa... —Se me quiebra la voz y suelto un gemido tembloroso—. Ha sido horrible. Y muy rápido. Estaba... envuelta en llamas.

Sueno histérica. Aterrorizada. Me tiembla la voz.

Él permanece en silencio.

—¿Había algo útil en la habitación? —pregunta al fin.

—No lo sé. Mi plan era controlar primero a Amy y luego registrar la habitación, pero he tenido que salir en cuanto ha sonado la alarma de incendios —respondo rápidamente—. No he podido llevarme nada.

—¿No te has llevado nada?

—No. Nada.

Me he metido el bolso negro bajo la chaqueta, así que nadie puede haberme visto con él.

Aguardo una respuesta u otra pregunta, pero no hay más que silencio. Al fin, dice:

—Tengo entendido que te ha lanzado una amenaza en la calle, delante del hotel. Una que me implicaba a mí.

—Estaba completamente borracha. Como loca —contesto, pero sin negar lo que él ha dicho.

—Para ti sería muy práctico haber conseguido algo que pudiera utilizarse contra mí y decir que no has encontrado nada.

Habla con un tono gélido que nunca le he escuchado.

Con voz temblorosa, respondo:

—Yo no sé lo que ella tenía sobre usted. No encontré nada en su casa o en su coche, ni tampoco ahora en esa habitación. Si lo tenía allí dentro, ya se habrá convertido en cenizas.

Silencio. Un silencio interminable.

Después de lo que parece una eternidad, dice:

—Estaremos en contacto.

Y corta la llamada.

Apoyo la cabeza en el volante e inspiro profundamente. El corazón me palpita. Tanteo torpemente con la mano, intentando girar la llave de contacto. Tardo un poco, pero al fin consigo arrancar y alejarme de la zona mientras van llegando más y más camiones de bomberos.

A dos manzanas de allí, encuentro una plaza de aparcamiento delante del banco Wells Fargo y camino hacia la entrada.

25

Presente

Una vez que hemos entrado en el banco, nos acercamos al mostrador donde tendré que firmar para acceder a la cámara acorazada.

—Hola. ¿En qué puedo ayudarla? —pregunta la mujer.

Yo le dedico una sonrisa forzada.

—Hola. Necesito acceder a mi caja de seguridad.

—¡Claro! ¿Nombre y número de la caja?

—Regina Hale. Caja número 3291.

Saco el documento de identidad que utilicé en mi anterior misión y la llavecita que he guardado durante meses. La mujer abre el libro de registro por la página correspondiente a mi caja de seguridad y yo echo otra firma debajo de la que estampé la última —y única— vez que accedí a esta caja. O sea, el día que contraté el servicio.

—Tienes compañía fuera. Acaba de llegar. Está cerca de las escaleras —oigo que susurra Devon por el auricular.

Respiro lenta y profundamente mientras George y yo seguimos a la empleada del banco a través de la cámara y llegamos a una sala cuyas paredes están cubiertas de puertitas metálicas y en cuyo centro hay una mesa grande. La mujer introduce su llave en una cerradura mientras yo deslizo la mía en la otra. Las giramos al mismo tiempo.

Una vez que se abre la puerta, ella me dice:

—Puede colocar la gaveta en la mesa y tomarse todo el tiempo que necesite.

Y se retira sin más, cerrando la puerta. Reina el silencio, salvo por un reloj que hay en la pared. Tic, tac, tic, tac. Da la impresión de que las paredes se cierran sobre mí.

George mete la mano en la caja, saca la gaveta, cuyo contenido todavía está oculto bajo la tapa, y la pone sobre la mesa.

Me mira a los ojos. Cinco segundos. Diez. Ambos sabemos que ya nada podrá ser igual después de esto. Percibo un deje de tristeza y quizá de cierto remordimiento en su mirada, pero yo me niego a mostrar ninguna de mis emociones. Al fin, vuelve a concentrarse en la gaveta que tiene delante y, lentamente, levanta la tapa.

Lo único que hay dentro es un pequeño cisne blanco de papiroflexia.

Una expresión de perplejidad cruza su rostro durante unos instantes.

Luego la confusión se transforma en rabia. Una rabia tan intensa que da la impresión de que absorba todo el aire de la habitación. Entorna los ojos y frunce el ceño, juntando las cejas. Aprieta con fuerza la mandíbula.

Tic, tac, tic, tac.

—Supongo que ya no hace falta que siga llamándote George —digo, aunque solo sea para ahogar el sonido del reloj.

Él coge el cisne por una de las alitas y le da la vuelta. Sin apresurarse, lo va desplegando hasta que comprueba que el papel está en blanco. No cabe duda de que aquí no hay ninguna información sobre él o sobre Victor Connolly.

Yo había previsto muchas reacciones distintas, pero esta absorta concentración en la gaveta vacía no figuraba entre ellas.

—Antes creía que habías escogido el nombre de «señor Smith» porque eras un gran admirador de *Matrix*, o por simple falta de imaginación, pero resulta que sí eres el señor Smith. El señor Christopher Smith. Muy ingenioso, en realidad. Tu apellido es uno de los más comunes que existen.

Me estoy dispersando.

Él suelta una risa desprovista de humor.

Al fin, todavía con el papel en la mano, se encara conmigo.

Da un paso, dos. A cada paso que da, yo retrocedo uno.

El papel se le escurre de la mano y desciende flotando hacia el suelo.

Da otro paso adelante.

Yo doy otro atrás.

—¿Cuándo lo descubriste?

—¿Cuándo descubrí que mi jefe y el chico de los recados eran la misma persona? ¿Cuándo descubrí tu verdadero nombre? Ayer por la tarde —respondo.

Él señala con un gesto la caja de seguridad vacía.

—Pero esto lleva esperándome mucho más tiempo.

Yo asiento.

—Aunque me impresiona que hayas sido capaz de descubrirlo cuando muchos otros lo han intentado y han fracasado, el hecho de que sepas mi nombre no cambia nada. —Hay un tono en su voz que me dice que está haciendo un enorme esfuerzo para dominarse—. ¿Dónde está lo que me robó Amy Holder? Saliste del hotel cuando su habitación quedó envuelta en llamas y la primera parada que hiciste fue esta. No vuelvas a mentirme diciendo que no te lo quedaste.

Miro el centenar aproximado de cajas de seguridad que se alinean en las paredes, y deduzco lo que está pensando: que tengo más de una caja y que la información podría estar aquí mismo.

—Bueno, sí, conseguí lo que se llevó Amy; solo que no lo dejé aquí —digo señalando el otro lado de la habitación—. Pero sabía que tú creerías que sí lo hice. Esa fue una de las muchas lecciones que me enseñaste: «Es difícil que puedan atraparte si ya no tienes lo que has robado cuando te pillan».

Ahora solo nos separan unos centímetros y yo tengo la espalda contra la pared. Las asas metálicas de las cajas que tengo detrás se me clavan en la piel. Utilizo ese dolor para no perder la concentración. Aunque esté a su merced aquí dentro, hay un montón de gente al otro lado de la puerta. No le será fácil salir de aquí sin mí, puesto que la mujer que nos ha acompañado está esperando para volver a cerrar la caja.

—Fracasaste en la misión para tu propio beneficio.

—Tú supones que fracasé. En realidad la misión fue un éxito, solo que tú no entendiste cuál era el objetivo.

Le estoy lanzando a la cara sus propias palabras y, por la expresión con la que me mira, no me cabe duda de que ya estaría muerta si nos encontráramos en cualquier otro sitio.

—Por lo visto, somos más parecidos de lo que estarías dispuesta a reconocer —dice cruzándose de brazos—. En vez de cumplir la misión para la que te contrataron, te aprovechaste de la situación.

Sus palabras dan en el blanco, pero no me puedo dejar enredar.

—He aprendido mucho de ti con los años. Pero quizá lo más importante que aprendí fue: «Haz lo que sea necesario para salvarte tú y salvar la misión». Me he esforzado mucho para estar a la altura de ese lema.

—Has hecho un largo camino desde aquel aparcamiento de caravanas de Carolina del Norte. Tenía grandes esperanzas puestas en ti, pero has resultado ser una enorme decepción —dice con una mueca de desprecio.

—Yo era tu mejor activo, y los dos los sabemos. Tú no sabes nada de decepciones.

Se inclina sobre mí, obligándome a echar la cabeza hacia atrás para poder verle la cara.

—¿Cuánto tiempo llevas planeando traicionarme?

—Cuatro años —replico sin molestarme en contradecirle—. Solo la mitad de lo que tú llevabas planeando traicionarme a mí.

Noto que está intentando recordar, tratando de precisar qué sucedió hace cuatro años para que yo me volviera contra él.

Por fin dice:

—La misión Tate.

Asiento.

—La misión Tate.

Se echa hacia atrás y abre los brazos.

—¿Vas a decirme cuál es el sentido de todo esto? Supongo que habrá una razón para montar esta pequeña artimaña.

—Amy te dijo que tenía información sobre Victor Connolly y sobre los crímenes que ha cometido su familia, pero lo que tenía en realidad era información que demuestra que tú has estado haciéndoles el doble juego a ellos durante años. Mala idea jugársela a una de las mayores familias mafiosas de la Costa Este. Amy lo tenía todo: transferencias bancarias, documentos y comunicaciones que demuestran que has estado escamoteándoles dinero, vendiendo secretos suyos y utilizando la información en tu propio beneficio, no en el suyo. Les has hecho creer que los estás protegiendo, cuando en realidad eres la mayor amenaza para ellos. Pero no me servía de nada tener material para chantajearte si desconocía tu verdadera identidad, Christopher.

Todo el sentido del humor ha desaparecido de su rostro.

—Corta el rollo. ¿Qué es lo que quieres, Lucca?

—Absolutamente nada. Y ahora soy la señora Porter. Ya he gastado en ti más energía de la cuenta. Esto es simplemente una advertencia amistosa, ya que nos conocemos desde hace tanto tiempo. Tienes a unos viejos amigos fuera. No deberíamos hacerles esperar más. —Lo miro unos segundos y añado—: ¿Acaso creías que no tendría preparado un plan de contingencia?

Él alza una ceja sin dejar de mirarme. Siempre se le ha dado bien utilizar el silencio como un arma, y ahora también lo hace.

—Hoy no termina todo tal como tú crees —dice con la cara a unos centímetros de la mía—. Más te vale mirar a tu espalda siempre, porque te prometo que un día apareceré yo.

—Ya me has quitado lo único que me importaba. Lucca Marino ha desaparecido; está muerta y enterrada. No te queda nada que utilizar contra mí.

Cuando se aparta por fin, tengo que hacer un gran esfuerzo para no desplomarme. Abre la puerta tan violentamente que la estampa contra la pared.

Justo antes de que salga de la cámara acorazada, digo:

—No te pongas sentimental ahora. Esto es solo un negocio.

Ya está al teléfono en cuanto pisa el vestíbulo del banco. La mujer que nos ha abierto se me acerca, pero yo me la quito de encima con un gesto.

—Ya no necesitamos la caja. La llave está puesta.

—De acuerdo, señora Hale. Solo necesito que firme los documentos de cancelación...

Sin hacer caso, le sigo a él fuera del banco y presencio el momento en que ve a Victor Connolly y a varios miembros de la familia esperándole en los escalones. Tras titubear unos momentos, corta la llamada y se guarda el teléfono en el bolsillo. Parece como si se irguiera ligeramente antes de ir al encuentro del hombre al que le ha robado millones. No se vuelve a mirarme ni una sola vez.

Mientras lo suben al asiento trasero del todoterreno, Victor Connolly me dirige un gesto con la cabeza y luego ocupa el asiento del copiloto. Devon y yo le enviamos anoche a la habitación de su hotel toda la información que consiguió Amy, con la promesa de entregarle hoy al hombre que lo ha traicionado. Estoy segura de que el señor Smith se ha metido en muchos aprietos en el pasado, pero no creo que vaya a salir de esta.

—Maldita sea, L. Ojalá te hubiera instalado una cámara de vídeo también, porque me habría encantado ver su cara cuando ha abierto esa caja —me dice Devon por el auricular.

—Tengo la sensación de que voy a vomitar. —Ahora que todo ha acabado, la adrenalina que me propulsaba me está abandonando rápidamente—. Resulta difícil conciliar al tipo que yo conocía como George con el señor Smith.

—Una puta locura. Coge un taxi. Tu vuelo sale dentro de hora y media.

«Acabo de aterrizar», escribo en un mensaje, y arrojo el teléfono al asiento del copiloto.

Hay treinta minutos en coche hasta mi destino, y estoy exhausta. No sé si seré capaz de recorrer los últimos kilómetros sin quedarme dormida. Afortunadamente, el camino de entrada aparece a la vista poco después. Giro y luego recorro el sinuoso sendero de grava.

La luz de delante está encendida, cosa que agradezco porque afuera está todo oscuro. Salgo trabajosamente del coche y me arrastro con esfuerzo hasta los escalones del porche. Me apoyo en el timbre y no lo suelto hasta que la puerta se abre bruscamente.

—Te pasas un poco, ¿no crees? —dice Devon.

—Han sido los tres días más largos de mi vida. —Me derrumbo en el sofá y me quito los zapatos—. Voy a dormir tres días seguidos.

—Hay una habitación al fondo del pasillo —dice Devon, pero me echa una manta encima y apaga la lámpara de la mesita porque sabe que no voy a moverme.

—Supongo que todo ha salido bien, ¿no? —dice una voz femenina.

Me cuesta un poco, pero levanto la cabeza. Lleva un simple pijama y el pelo le sale disparado en todas direcciones. Mi parte más mezquina se alegra de haberla despertado, después de la semana que he pasado.

—Al final, parece que no voy a pringar por tu asesinato.

Amy Holder se ríe mientras se me cierran los ojos y desaparezco de este mundo.

Lucca Marino. Cuatro años antes

L a misión Tate en Fort Worth, Texas, fue la primera en la que tuve la certeza de que yo no era la única persona que trabajaba para el señor Smith. Como Devon había estado observando las cámaras de seguridad durante los días previos a mi llegada, pudo conseguir imágenes de las otras personas enviadas allí con el mismo objetivo. Y cuando le pedí que siguiera el rastro de todos los que intentaron llevarse el cuadro de la residencia Tate, él hizo lo que pudo.

Esa es la razón de que ahora me encuentre en una calle cubierta de arena de una pequeña ciudad de Florida, contemplando una casa de playa ideal, de color rosado. El mar no se ve desde aquí, pero se oye.

El sendero de acceso consiste simplemente en una hilera de piedras de formas extrañas que conducen al porche. Si ella se parece en algo a mí, ya debe de saber que estoy aquí.

Cuando me encuentro a unos pasos, se abre la puerta.

—Hola —digo con una sonrisa de oreja a oreja.

—¿En qué puedo ayudarla?

—¿Amy Holder? ¿Podemos hablar un minuto?

Está en guardia, como corresponde. Igual que lo estaría yo en su lugar. Tu refugio es un sitio que proteges a toda costa y al que raramente acuden desconocidos sin previo aviso.

—Lo que quiera decir puede decirlo desde ahí.

Asiento, reflexionando sobre la mejor forma de proceder.

—Necesito hablar con usted de la misión Tate en Fort Worth.

Su única reacción es alzar las cejas.

—Tenemos el mismo jefe —añado.

Ella cruza los brazos sobre el pecho.

—Debería marcharse.

Maldita sea. Lo percibo en sus ojos. Está a punto de salir corriendo.

Alzo la mano como si así fuera a impedir que huya.

—Yo me sentiría como usted se siente ahora si alguien se presentara así en mi casa. Es necesario que hablemos, pero el dónde y el cuándo voy a dejarlo en sus manos. —Hurgo en mi bolso, saco un bolígrafo y un recibo de la gasolinera en la que acabo de repostar y anoto mis datos en el dorso. Mirándola a los ojos para dejar clara mi sinceridad, digo—: Mi número. Y mi nombre auténtico. El que solo conocen unas pocas personas. Es importante que hablemos. Estaré en el Panama City Beach hasta que reciba noticias suyas.

Vuelvo a la calle, meto el papel en su buzón y me voy sin que ella diga nada más. Estoy corriendo un gran riesgo al hacer esto, pero no tengo otra alternativa.

Pasan cinco días hasta que contacta conmigo.

Me avisa solo con quince minutos de antelación para que nos reunamos en un mercado de agricultores cerca de la playa. Un sitio abarrotado y ruidoso: precisamente el que yo habría elegido si hubiera estado en su lugar.

—La única Lucca Marino de su edad y origen étnico es la que aparece mencionada en el obituario de Angelina Marino, de Eden, Carolina del Norte.

—Y eso es lo único que cualquiera descubrirá hasta que yo decida otra cosa.

Caminamos entre los puestos, sorteando a niños pequeños, hasta llegar a una zona llena de mesas de pícnic. Hay una vacía en el rincón del fondo, y nos sentamos una a cada lado.

—Bueno, habla.

Voy directa al grano.

—Tengo un amigo que me ayuda en las misiones. Él pirateó el sistema de seguridad de la residencia Tate antes de que yo entrara allí para cumplir la misión. Tú llegaste justo después de mí. Y te llevaste la falsificación que yo había dejado.

Ella permanece callada un rato; al fin dice:

—Me echaron la bronca por entregar una falsificación y no darme cuenta.

—Ese cuadro era seguramente el más feo que he visto en mi vida. Entiendo que no se te ocurriera que alguien pudiera haber hecho una reproducción —digo para romper la tensión.

Ella se ríe. Callada y brevemente, pero eso me basta.

Mi sonrisa se evapora al pensar en lo que voy a tener que contarle ahora.

—¿Sabías que nosotras no fuimos las únicas que estuvimos allí para intentar recuperar el cuadro?

Ella asiente.

—Sí. Me dijeron que era una especie de prueba de mierda. El ganador se llevaba una bonificación.

—Yo creo que era algo más que una prueba —digo en voz baja—. Mi amigo consiguió identificar a todos los demás y los buscamos, tal como te hemos buscado a ti.

—¿Y?

Carraspeo.

—Y no queda nadie más. Nosotras dos somos las únicas que quedamos.

Amy se yergue en su asiento.

—¿Qué quieres decir?

—El señor Smith estaba haciendo limpieza, y esa fue su manera de decidir con quién se quedaba y con quién no. Y, después de todo lo que hemos visto y hecho, no puede simplemente despedirnos.

Recito los nombres de los demás y las causas de muerte. Ella me mira sin pestañear.

—Creo que tú te libraste porque resolviste el enigma y fuiste al lavadero, aunque acabaras llevándote la falsificación.

Cuando le pedí a Devon que localizara a todos los que tenía grabados en vídeo, lo hice por motivos egoístas. Esta es una forma de vida muy solitaria; siempre estás moviéndote y mintiendo sobre tu verdadera identidad. Y yo no veía a los demás como competidores. Los veía como posibles amigos. Como personas que podrían comprender las dificultades de vivir y trabajar así. Me imaginaba un grupo en el que habríamos podido ser nosotros mismos y tal vez ayudarnos mutuamente, aunque solo fuera para pedir consejo cuando tuviéramos entre manos una misión difícil. Devon era un poco más reacio a rastrear a los demás, pero lo convencí. Ninguno de los dos estábamos preparados para descubrir que todos salvo una tal Amy habían sido víctimas de un grave accidente o de una repentina enfermedad fatal poco después de aquella misión.

Amy aún no ha dicho nada.

—Es solo cuestión de tiempo que las dos acabemos entre las perdedoras de una de sus pruebas. De no haber sido por mi amigo, yo no habría sabido que tenía que ir al lavadero. Me salvó la vida.

Ella desvía la mirada y observa a la multitud.

—No voy a esperar a que me liquide —digo.

Por fin, obtengo una reacción. Amy frunce el ceño mientras reflexiona sobre mis palabras y sobre lo que significan.

—Entonces, ¿qué?, ¿piensas dejarlo? Yo lo intenté… y no es posible.

Se le quiebra la voz, y es evidente que hay muchas cosas que no me está contando.

—El señor Smith tiene que desaparecer —digo.

Ella menea la cabeza. Y parece a punto de levantarse. La he asustado.

Ahora ya solo puedo seguir adelante.

—Llevo bastante tiempo pensándolo. Pero no puedo hacerlo sola. Si tú te apuntas, vamos a tener que tomárnoslo con calma.

Reunir todo lo que podamos sobre él. Algo que se pueda usar en su contra. Con lo corrupto que es, seguro que hay gente a la que se la ha jugado. Conseguimos los datos y se los entregamos a esa gente. Que ellos se encarguen de él.

Amy mira hacia un lado apretando la mandíbula.

Yo continúo hablando.

—Y tenemos que averiguar quién es realmente. No sirve de nada contarle a alguien que él se la ha jugado si no podemos revelarle también su identidad.

Ella sigue meneando la cabeza. Le he dicho muchas cosas y no las está asimilando a la misma velocidad que las digo.

—Por encima de todo, nos protegeremos a nosotras mismas —añado—. Y cuando llegue el momento de cambiar las tornas, tendremos que controlarlo todo hasta el último detalle.

Amy se levanta y da el primer paso para alejarse.

—¿Tienes algún familiar a quien él pueda utilizar contra ti? —le pregunto—. ¿Alguien a quien querrías proteger a toda costa?

Reflexiona largo rato sobre si responderme o no.

—Sí, hay alguien.

No dice más, y yo no la presiono.

—Entonces tendremos que encargarnos de protegerle.

Por fin, Amy se vuelve hacia mí.

—¿Y tú?

—No. No tengo a nadie.

Observo cómo se debate sobre lo que quiere decir.

—¿Le has dicho alguna vez que no a una misión? ¿Te has negado a hacer algo que te haya pedido?

Niego con la cabeza.

—No. Nunca.

Ella mira para otro lado y suelta una risita de frustración.

—No tienes ni idea de lo que hará si se entera de lo que estás planeando.

Me inquieta un poco que no diga «lo que estamos planeando», pero al menos no se ha ido. De momento.

—Tratará de acabar con nosotras, pero si nos ponemos a los

mandos, podría ser como una explosión controlada —digo al fin—. Como cuando la única manera de deshacerse de una bomba es detonarla. Controlaremos la operación al máximo, de manera que, cuando todo explote, como sabemos que ocurrirá, la onda expansiva no sea tan fatídica.

Ella vuelve a reírse como si yo fuese una ingenua. Y tal vez lo soy.

—Así que vas a hacerlo de verdad —dice Amy al cabo de un rato.

—No creo que tengamos otra salida —respondo.

26

Presente

En este trabajo hay problemas a corto plazo y problemas a largo plazo, y yo acabo de solventar el más largo que he tenido en mi vida. Me siento un poco descolocada ahora que se ha acabado.

Solo bromeaba a medias cuando dije que iba a dormir durante tres días, porque he estado durmiendo dos días casi enteros. Devon y Amy pasaban de puntillas, se encargaban de que hubiera comida a mano y no me acribillaban a preguntas, como me consta que deseaban.

Porque esta ha sido también una larga misión para ellos.

—Por fin estás despierta —dice Devon dejándose caer en la silla que hay junto al sofá.

—A duras penas —digo—. Es como si tuviera resaca, pero sin la diversión previa.

Él se echa a reír.

—Entonces… ¿demasiado temprano para abrir el champán?

—Nunca es demasiado temprano para eso —dice Amy entrando en la habitación y sentándose en la silla contigua a la de Devon—. Buenos días.

—Si tú lo dices.

Justo cuando estoy pensando que me muero de ganas de tomar un café, Amy me pone una taza delante.

Nos quedamos callados un momento. Luego ella dice:

—Ojalá hubiera podido verle la cara en el banco cuando abrió la caja de seguridad.

Devon se ríe.

—Yo le dije lo mismo.

Encogiéndome de hombros, comento:

—Me esperaba una expresión boquiabierta al verse derrotado, pero solo conseguí que alzara una ceja.

Durante la siguiente media hora, les explico con detalle la reunión con los detectives, ya que Devon tampoco la ha escuchado.

—Dios mío, fue una suerte que él hubiera enviado prácticamente a una gemela tuya; si no, te habrían freído —dice Amy—. Incluso con la coartada de Tyron, habría resultado difícil convencerles de que no eras tú.

—Siempre podríamos haberte sacado de entre los muertos si el riesgo de la cárcel se hubiera vuelto demasiado acuciante. Porque lo cierto es que no soy una asesina.

Amy se ríe.

—Bueno, sí, eso también es verdad.

—Menos mal que Amy ya estaba en la cesta de la lavandería antes de que empezaran a grabar. Revisé el edificio de enfrente justo antes de dejar en la cama el cuerpo de la morgue, y esa habitación que quedaba a la misma altura estaba vacía. —Devon arruga el ceño y añade—: No soporto cuando alguien se me anticipa.

Le doy un golpe en el pie con el mío.

—No te fustigues. Nos has salvado el culo más veces de lo que nos gustaría reconocer. No siempre puede salir perfecto.

Creía que ya le había pedido a Devon de todo hasta que tuve que pedirle que me consiguiera un cadáver. Un cadáver con unas características muy concretas. Reciente. Blanco. Mujer. Alguien a quien nadie echaría de menos, de un metro setenta aproximado, con el pelo largo y rubio, y a quien nosotros le pusimos el inconfundible abrigo rojo.

Para que nuestro plan funcionara, Amy Holder tenía que morir de un modo espectacular.

Cuando empezamos a prepararnos para ese día, para el día en el que nos libraríamos del señor Smith, ninguno sabía cuánto tardaríamos en conseguirlo.

Aunque la ejecución nos llevó más tiempo de lo que deseábamos, el plan en sí mismo era muy sencillo. Mientras trabajábamos en las misiones, buscábamos pruebas que demostraran que él estaba jugándosela a alguno de sus clientes. Algo lo bastante gordo como para que temiera por su propia seguridad si se descubría. Y, lo más importante, teníamos que averiguar su verdadera identidad.

Amy acertaba, sin embargo. No teníamos ni idea de lo que él haría cuando empezara a dudar de nuestra lealtad.

Primero tuvimos que hacerle sacar a la luz todo lo que tuviera sobre nosotras para poder adaptar nuestro plan en consonancia. Amy tropezó con la traición a los Connolly, y eso era todo lo que necesitábamos. Así que ella se convirtió en el chivo expiatorio. Sería la empleada descontenta que se rebelaría en una misión. Si Smith tenía algo en la recámara para meterla en cintura, se vería obligado a utilizarlo.

Y no nos decepcionó.

Amy tardó mucho en hablarme de su hermana Heather. De niñas, las habían enviado a las dos a hogares de acogida después de que su madre muriera de sobredosis y ningún familiar se hiciera cargo de ellas. Las colocaron en familias distintas y perdieron el contacto. Amy localizó a Heather después de empezar a trabajar con Smith utilizando los mismos recursos de los que disponíamos para realizar las misiones. Las dos éramos conscientes de que si Amy había sido capaz de localizarla, Smith seguramente también.

Y fue por ahí por donde la atacó. Smith tenía pruebas que llevarían a la detención de Heather por consumo y tráfico de drogas, y el envío de su hija Sadie a un hogar de acogida. La peor pesadilla de Amy y Heather.

Devon se encargó de Heather y Sadie, trasladándolas a otro estado bajo nombres distintos, justo después de que Smith formulara su primera amenaza contra ellas. Era una solución provisional, pero una solución de todos modos.

Controlamos aquella explosión.

Tampoco vino mal que Heather y Devon congeniaran. Desde entonces, él se ha volcado en proteger a madre e hija.

—¿Qué significará esto para Heather y Sadie? —le pregunto ahora a Amy—. ¿Volverán a Tulsa?

—A ella le gusta Phoenix. No me sorprendería que se quedaran allí. Empezar de cero ha sido positivo para las dos. —Amy sonríe y se vuelve hacia Devon—. Me han dicho que igual tú también te trasladas a Phoenix.

—Quizá —dice él encogiéndose de hombros, aunque la sonrisa lo delata.

Una vez que Heather y Sadie estuvieron fuera del peligro más inminente, Amy se trasladó a Atlanta, donde empezaría a actuar de un modo enloquecido e inestable. A Smith solo le quedaría una salida: enviar a alguien para quitarle la información que había conseguido.

El mayor riesgo era dar por supuesto que me encargaría a mí la misión. Programamos la rebelión de Amy para que coincidiera con el momento en el que yo hubiera terminado una misión y estuviera disponible. La verdad sea dicha, yo era una de las mejores que él tenía a sus órdenes. Disponíamos de un plan de contingencia por si no me enviaba a mí, pero afortunadamente la misión acabó siendo mía.

Y aunque Smith tenía allí gente para vigilarme mientras yo vigilaba a Amy, no observaron con la suficiente atención al camarero que le servía las copas a Amy ni advirtieron que Devon no le ponía nada de alcohol. No les pareció extraño que cada vez que Amy me increpaba a gritos, asegurándose de que se le escapara alguna información esencial en el momento preciso, era siempre en un lugar público, lo que garantizaba que acabaría llegándole a él.

Tampoco les extrañó que Amy escogiera Atlanta para capear la tormenta que ella misma había desatado: precisamente la ciudad de uno de mis amigos más antiguos y famosos, quien me proporcionaría gustosamente una coartada. Tyron se cuidó de advertirnos que los martes por la noche eran los más adecuados para él.

Amy interpretó su papel a la perfección. Apareció en una docena de cámaras de seguridad cuando salió del bar y cruzó la calle para entrar en el hotel, sin dejar de tambalearse ni un momento. No era aventurado suponer que había actuado con descuido mientras fumaba en ese estado. Yo la saqué de la habitación en el carrito de la limpieza y luego Devon se encargó de relevarme y llevarla hasta el garaje donde teníamos preparado un coche para ella. Desde entonces, ha estado escondida en esta casa.

Yo quería que Smith sospechase de mí, pero no estaba preparada para la posibilidad de que él tuviera pruebas sólidas que me implicaran en un asesinato.

Eso fue una sorpresa para todos nosotros.

Después de lo de Atlanta, la primera parte de nuestro plan estaba finalizada. Teníamos lo suficiente para enterrarlo. La «muerte» de Amy garantizaba su seguridad frente a cualquier venganza ulterior.

Lo único que necesitábamos era el verdadero nombre del señor Smith.

Había llegado mi turno. Yo debía empujarlo a utilizar lo que tuviera contra mí. Controlar mi propia explosión.

Del mismo modo que sabíamos que Heather y Sadie eran el punto débil de Amy, estábamos seguros de por dónde me atacaría a mí. Así que yo debía seguir su juego hasta que mostrara sus cartas.

El viaje por carretera fue mi propia versión de una conducta inestable. Estaba convencida de que el entrenador Mitch era mi mejor oportunidad para descubrir quién era realmente el señor Smith y, ahora que teníamos pruebas contra él, podíamos por fin jugar esa carta.

Tenía que azuzar a Mitch, y sabía también que reunirme con Andrew Marshall pondría al señor Smith de los nervios, puesto que él siempre había creído que cabía la posibilidad de que yo tuviera a ese político en el bolsillo.

Aquello encendió la mecha de la bomba que tenía preparada para mí.

O eso creyó él.

—¿Alguna noticia sobre el paradero de Smith ahora mismo? —pregunta Amy, arrancándome de mis pensamientos.

Devon está tecleando en su portátil.

—Ninguna confirmación. Los Connolly se ocuparán de él a su propia manera, con lo cual no creo que encontremos partes corporales identificables.

Me estremezco al escuchar estas palabras. Es lo menos que se merece después de todo lo que ha hecho, pero Devon sabía que a mí iba a costarme ser la encargada de entregarlo a su funesto destino.

Habíamos llegado a un punto, sin embargo, en el que no había alternativa. Era él o nosotros.

—Ahora que todo ha terminado, confieso que hubo algunos momentos en los que pensé que iba a poder conmigo —digo en voz baja.

Devon suelta un gruñido.

—Sí, la falsa Lucca me desconcertó. No entendía a qué venía aquello.

—Ojalá hubiéramos podido avisarla a tiempo —digo.

Amy se inclina y me aprieta el brazo.

—Lo habríamos hecho si hubiéramos tenido la menor idea de lo que él estaba planeando. Pero ella fue su última víctima.

Asiento y trato de consolarme con esa idea.

—¿Has averiguado hasta qué punto está implicado Ryan?

Devon levanta la vista del portátil. He postergado esta pregunta porque no estaba segura de querer saber la respuesta. Después de dejar la carpeta con información sobre Amy en casa de los padres de James, Devon voló a Virginia, donde vivía Smith.

Mientras este me seguía para entrar en el banco, Devon se dedicó a piratear su ordenador personal. Y una vez que supo dónde buscar, se abrieron las compuertas y pudo descubrir todas las facetas de sus negocios.

—Su única implicación era la que ya conocíamos. Smith utilizó sus servicios durante años. A medida que creció la empresa de Ryan, su interés por él aumentó. Yo creo que pretendía hacerse con la propiedad de la empresa, tal como te dijo a ti. Por lo que he averiguado hasta el momento (y tardaré bastante tiempo en revisarlo todo), Ryan lo conocía por esas transacciones previas, pero no estaba al tanto del alcance y la amplitud de la organización de Smith.

Amy se yergue en su silla, mirándonos a Devon y a mí.

—Entonces, ¿por qué Smith estaba pasándole la información sobre su propia empresa?

Devon se encoge de hombros.

—No estoy seguro. Supongo que debía de tener sus motivos, pero como no se lo preguntemos a Ryan, nunca lo sabremos.

—Entonces supongo que nunca lo sabremos —digo.

Amy suelta una carcajada.

—¿En serio? ¿No vas a preguntárselo?

No puedo evitar una mueca.

—¡No puedo preguntárselo!

—Claro que puedes —dice Devon, otra vez concentrado en su portátil.

—¿Qué sentido tendría? La misión ha terminado. Y a partir de ahora pienso volver al buen camino. Se acabaron para mí las actividades ilegales.

Amy pone los ojos en blanco.

—Que pretendas reformarte no significa que hayas terminado con él. Moralmente, tanto Ryan como tú estáis en la zona gris. Y además, él está buenísimo y seguramente es un fenómeno en la cama.

—Le doy tres meses para que me llame y me diga: «Eh, Devon, hay un trabajo...».

Su estridente imitación de mi voz me arranca una carcajada mientras pongo cara de no haber roto un plato.

—Yo le doy un mes —dice Amy.

Les lanzo un cojín a cada uno.

Nos quedamos en la cabaña otros tres días mientras Devon revisa el resto de los archivos que copió del ordenador de Smith. Pero este periodo lejos del mundo real tampoco puede durar eternamente.

—Bueno, señoras, yo me largo —dice Devon, cargado con su mochila y su bolso.

Ya ha metido en el coche todos sus equipos. Él es el primero en marcharse. Amy y yo nos turnamos para abrazarlo, pero solo yo lo sigo al porche.

—Lo conseguimos —digo.

Una sonrisa se extiende por su rostro.

—Cierto. —Hace una pausa y añade—: Cuando se te pase la idea de que has terminado con esta vida, avísame.

—He terminado —digo, aunque con poca convicción—. ¡Y podemos quedar para divertirnos! No tiene que ser siempre por trabajo.

Devon se dirige al coche riendo.

—Pues claro. Cuando tú quieras.

Echa las cosas al asiento trasero y arranca.

Amy es la siguiente en marcharse.

—Me mandarás un mensaje cuando te hayas instalado, ¿no? —pregunta.

—Sí. Y nos vemos dentro de un par de semanas.

La ayudo a llevar sus cosas al coche y luego nos abrazamos y permanecemos así un buen rato.

Y, al fin, también ella desaparece.

Yo permanezco un poco más en la cabaña. Me quedan cosas que hacer, planes que diseñar, decisiones que tomar. Pero durante una gloriosa semana reina la tranquilidad.

Alias: Evie Porter. Cuatro meses antes

Es jueves y Ryan Sumner aparece con toda puntualidad. Se detiene frente al surtidor del extremo más alejado del edificio, como siempre.

Hoy va vestido de un modo algo informal. En lugar de la camisa habitual, lleva un polo de golf con el logo del club local. Me pregunto qué hace que este jueves sea diferente.

Me subo la falda un poquito más y me paso las manos por el pelo, comprobando que me cae como yo quiero.

Sabía al venir que esta iba a ser mi misión más peligrosa. El señor Smith me ha enviado aquí para acabar conmigo.

Esta vez voy a actuar de acuerdo con las normas. No me voy a pasar de la raya ni me voy a anticipar. Dejaré que todo se desarrolle por sí solo. Y esperaré a que el señor Smith me golpee con todo lo que tiene antes de devolverle el golpe.

—Hola —digo acercándome al coche de Ryan.

Él se sobresalta, pero lo disimula con rapidez y facilidad.

—Ey —dice sonriendo de oreja a oreja.

Es más guapo en persona.

Ladeo la cabeza en dirección a mi coche, que se encuentra un poco más allá, con el neumático izquierdo completamente desinflado.

—¿Podrías echarme una mano? Mi padre me enseñó a cambiar la rueda hace años y, en teoría, recuerdo lo esencial, pero la cosa resulta más intimidante cuando te pasa en la vida real.

Su sonrisa se ensancha y le ilumina toda la cara. Y es una cara encantadora, la verdad.

—Claro —dice—. Déjame terminar aquí y doy la vuelta.

Le dedico una sonrisa de alto voltaje y vuelvo a mi coche.

Él aparca a mi lado y me echa una buena mirada cuando se baja. Estoy apoyada contra el lateral del coche, exhibiéndome solo lo justo. Ryan va a su maletero, saca el gato y se arrodilla junto a mi rueda desinflada. Cuando me agacho junto a él, sus ojos se demoran en mis piernas unos segundos, tal como esperaba.

Por lo que he investigado, sé que le gusta jugar al golf y al tenis, aunque no es que sea extremadamente bueno en ninguna de las dos cosas. Sé que estudió en la Universidad Estatal de Luisiana y que fue director social de su hermandad. Sé que salió con una chica durante el segundo y tercer año, pero que ella rompió y se fue a estudiar al extranjero.

—Tu cara me suena mucho —digo mientras él afloja el primer tornillo de la rueda.

Ryan me mira y dice:

—Yo estaba pensando lo mismo.

—¿Conoces a Callie Rogers? Éramos amigas en la uni de Luisiana.

Por su expresión, deduzco que reconoce su nombre, pero no puede situarla. Estudié a las chicas que habían estado en hermandades femeninas en la misma época que él; chicas que aparecían en los mensajes de los amigos de sus amigos, pero no en los suyos. Así, sus nombres le resultarían familiares, pero no lo bastante como para que pudiera preguntarles por mí.

—¿Era amiga de Marti Brighton?

—¡Sí!

—Me parece que la vi una o dos veces estando con Marti —dice, y vuelve a concentrarse en la rueda.

Una vez establecida esa conexión entre ambos, ya no soy una extraña y la conversación discurre con facilidad. Aunque Ryan ya ha terminado de cambiar la rueda, se demora un rato charlando conmigo. Ahora estamos apoyados en el coche, vueltos el uno hacia el otro.

—¡Debería invitarte a una copa! —le digo—. Es lo menos que puedo hacer por salvarme.

Él se inclina un poco más hacia mí.

—Dejaré que me invites a una copa si tú me dejas invitarte a cenar.

Es un tipo hábil.

—Tengo la sensación de que ya te conozco, pero aún no nos hemos presentado oficialmente. —Extiendo la mano; basta con un poco porque ya estamos muy cerca—. Me llamo Evie Porter.

Él me la estrecha.

—Ryan Sumner.

—Bueno, Ryan —digo—. Una copa y una cena parece una idea genial.

—¿Me sigues? —pregunta.

—Venga. Voy detrás de ti.

Paramos en un pequeño restaurante. Él aparece junto a la puerta de mi coche antes de que yo la haya abierto y me tiende la mano para ayudarme a bajar.

Entramos en el local y Ryan pide una mesa en el patio. Todavía hace frío en esta época del año, aunque estemos en Luisiana. La minifalda no me protege nada, pero suspiro aliviada al ver que tienen varias estufas distribuidas junto a las mesas. Hay lucecitas centelleantes entre los árboles que bordean el patio. Es un sitio ideal para una primera cita.

Pedimos vino y aperitivos, y hablamos y hablamos sin parar. Él se inclina hacia mí y yo hago otro tanto.

—Cuéntame más cosas de ti —dice cuando nos sirven el plato principal.

Me vienen ideas sobre mamá y sobre la pequeña caravana que considerábamos nuestro hogar —que mamá convirtió en un hogar— y, por primera vez, no quiero empezar a mentir. Quiero explicarle que ella me enseñó a coser y que hicimos vestidos para cada uno de mis animales de peluche. Que organizábamos tés y actuábamos como si perteneciéramos a la realeza. Quiero hablarle del mapamundi que teníamos en la pared y al que lanzábamos un dardo para estudiar a continuación todo lo que podíamos sobre el país en el que caía.

Sin embargo, me atengo al guion y le cuento que mis padres murieron en un accidente de coche y que estoy intentando encontrar mi camino. Entrevero más verdades de las que debería en mi relato. Le doy más de mí misma de lo que le he dado nunca a nadie.

Su mano se desliza por la mesa hacia la mía y yo me preparo para lo bien que voy a sentirme.

Es una maravilla.

Demasiado.

Así que la retiro ligeramente. No tanto como para que se sienta rechazado, sino solo para poder distanciarme yo misma. Levanto un muro frente a mis emociones, ladrillo a ladrillo. Ryan Sumner es una misión. Algo que no durará. Él está encandilado con Evie Porter, un producto de mi imaginación.

Ya es hora de recordar quién es ella y por qué está aquí.

Es hora de ponerse a trabajar.

Evie Porter. Presente

Ryan está en el patio delantero pasando un cortacésped arriba y abajo por una hierba impecablemente verde. El sol está poniéndose y la casa blanca de dos pisos destella bajo el resplandor dorado de la luz declinante.

Me ve mientras hace la segunda pasada e inmediatamente apaga el motor. Lleva unos viejos shorts de color caqui y una raída camiseta azul celeste.

Me quedo en el sendero observando cómo me observa. Ninguno de los dos se mueve durante varios minutos.

Han pasado tres meses desde aquella mañana en el hotel de Atlanta.

Por fin, él se me acerca a medio camino. Tiene las piernas y los zapatos cubiertos de briznas de hierba, y las manos manchadas de grasa.

Escruto su rostro buscando si hay algún cambio desde la última vez que lo vi.

—Espero que aún quieras hablar —digo.

Ryan se saca un trapo del bolsillo trasero y se limpia las manos con él. Después de un largo momento, levanta la mirada y hace una seña con la cabeza hacia la casa.

Sin esperar a ver si le sigo, empieza a rodearla en dirección al patio trasero.

Reparo en las tres largas hileras repletas de verduras que hay en el rincón del fondo.

Ryan coloca dos sillas de madera frente a frente, en lugar de dejarlas una junto a otra, y me indica que tome asiento. Yo escojo la que me sitúa de espaldas al patio. No puedo mirar ese huerto ahora mismo.

Saca de una nevera portátil dos cervezas y me pasa una.

—He pensado que sería mejor hablar lejos de las miradas entrometidas de los vecinos. Aunque debería darte las gracias: las viejas damas de esta calle me rehúyen desde el espectáculo del sendero y han dejado de ofrecerme a sus nietas.

—Estoy a tu disposición siempre que necesites empañar tu buen nombre —digo, y doy un sorbo a mi cerveza.

—Nunca ha sido tan reluciente como tú creíste en su momento. Podemos dejar de fingir cuando tú quieras.

Inspiro hondo y dejo escapar el aire lentamente, con la esperanza de calmar mis nervios.

—No sé muy bien por dónde empezar. Llevo… llevo mucho tiempo fingiendo.

Ryan ladea la cabeza, estudiándome. Aunque Devon, Amy y o yo podamos especular hasta la saciedad, ignoramos la versión de Ryan sobre todo esto o lo que él sabía del señor Smith. Lo único que sabemos es que Ryan hizo negocios con el señor Smith en cierta medida, pero que él ha sido el único dueño de la empresa del este de Texas desde que murió su abuelo.

Soy consciente también de que hay algo inacabado entre nosotros, y tenía un gran deseo de volver a verlo que el tiempo no ha aplacado.

—Debería hacer que empieces tú, ya que te has tomado con tanta calma el venir a hablar conmigo. —Deja su cerveza en la mesita auxiliar y vuelve a arrellanarse en la silla, apoyando la cabeza en las manos entrelazadas—. Fuiste algo para lo que yo no estaba preparado. ¿Sabía que pretendías obtener información sobre la empresa de Glenview cuando te cambié la rueda del coche? No. Ya incluso antes de conocerte, notaba que pasaba algo extraño. Había cosas movidas de sitio, tanto en el trabajo como en casa. Otras que desaparecían. Y la cosa empeoró después de conocerte. Pero no lo relacioné contigo. En absoluto. —Me dirige una sonrisa torcida y un encogimiento de hombros, como diciéndome que debería estar avergonzado, pero no lo está—. Un socio con el que había hecho negocios de vez en cuando a lo largo de los años me dijo que le habían llegado rumores de que alguien se había infiltrado en mi empresa y estaba vendiendo al mejor postor información sobre mis envíos.

—¿Un socio? —pregunto.

Él menea la cabeza.

—No voy a decir más hasta que me expliques tú un poco.

Da un largo trago a su botella y vuelve a dejarla sobre la mesa.

—Tú eras una misión. Yo… empezaba a tener problemas con mi jefe y él no estaba contento conmigo. Cuando me destinó aquí, yo no estaba segura de si esto era una misión de verdad, como las demás. A mi jefe… le gustaban los juegos. Ponerme a prueba para ver si seguía siendo leal. No hace falta decir que no estaba segura de si tú también estabas jugando conmigo.

Ryan entorna los ojos tratando de entender lo que digo, ya que no estoy hablando tan claro como debería.

—Suena… jodido. Tu jefe parece un capullo increíble.

Mi risa nos sorprende a ambos.

—No te haces una idea. —Ser sincera resulta mucho más difícil de lo que creía—. Si el socio que te avisó de que alguien estaba vendiendo datos sobre tus envíos era el mismo tipo con el que estuviste hablando en el pasillo del motel de Tennessee, entonces es que conocías a mi jefe.

Él se echa hacia delante, abandonando su postura relajada.

—No sabía que nos oíste hablar. ¿Por eso te asustaste y te largaste? Y sí, era él. Pero ¿ese era tu jefe? —Sus ojos se nublan mientras intenta salir de su perplejidad—. Él me dijo que eras tú quien me estaba robando documentos.

—Sí, suena muy típico. Azuzar a una persona contra otra es su pasatiempo favorito. —Más bien debería decir «era» su pasatiempo favorito—. Él creía que esa era la táctica que proporcionaba los mejores resultados. Unos maniobrando contra otros, sin que nadie pueda fiarse de nadie. Y él observando cómodamente desde la banda.

Nos estudiamos el uno al otro. Comparando lo que antes creíamos con lo que estamos descubriendo ahora mismo.

—¿Cuándo te dijo que era yo? ¿Y por qué seguiste conmigo cuando descubriste que te estaba traicionando? —pregunto.

Que Ryan me mantuviera a su lado tenía sentido cuando yo pensaba que él era el señor Smith.

—Me envió un mensaje justo antes de que saliéramos de la comisaría. Me pidió que nos viéramos. Dijo que tenía cierta información para mí. Ahí era a donde iba cuando te dejé aquí y te dije que tenía que pasar por la oficina. —Se ríe, pero es una risa vacía. Mira hacia el fondo del patio—. Retrospectivamente, resulta fácil ver cómo jugó conmigo. Me dijo que ciertas personas que sabían que él había utilizado mis servicios en el pasado le habían ofrecido asociarse con él porque pensaban que estaría interesado en prescindir de intermediarios. Pero me hizo creer que estaba de mi lado. Que estaba ocupándose de que no se salieran con la suya. Dijo que tú estabas manipulándome para poder acceder a mis finanzas, a mi lista de clientes y mi historial de envíos. Me dio «pruebas». Dijo que ibas a reunirte con tu contacto en Atlanta para pasarles el resto de la información que tenías sobre mí, y que ellos te habían prometido ayudarte a resolver tu problema con la policía. Accedí a no separarme de ti. Quería averiguar quién estaba detrás de todo esto. Quién te había enviado a hacer el trabajo sucio. Estaba muy cabreado. Me quedé dentro del coche en el sendero y revisé todos los documentos que él me había dado.

Ryan vuelve otra vez a mirarme y se echa hacia delante en la silla con los codos apoyados en las rodillas.

—Pero entonces me quedé más perplejo que nunca —dice en voz baja pero enérgica—. Todo lo que me dio como prueba de lo que me habías robado estaba extrañamente alterado. Las fechas de los grandes envíos eran una semana más tarde de lo que yo tenía previsto. La carga era más pequeña. Los nombres de los compradores estaban cambiados. Aquello no tenía sentido. Y me bastó para dudar de lo que él quería hacerme creer. Entonces entré en casa y fui a buscarte. Y te encontré en la ducha y tú estabas tan... destrozada. Llorando tanto que pensé que ibas a romperte en mil pedazos. Era tal como yo me sentía. Y me di cuenta de que había una parte importante que se me escapaba. —Me dirige una triste sonrisa—. Así que decidí capear el temporal y ver dónde terminábamos.

Su mirada es tan intensa que tengo que volverme hacia otro lado. Carraspeando para deshacerme del nudo que tengo en la garganta, le digo por fin:

—Él no era el único que estaba tramando algo. Yo necesitaba que se pusiera furioso conmigo. Más furioso de lo que ya estaba. Necesitaba que perdiera totalmente su confianza en mí. Pero tampoco quería que acabara quedándose con tu empresa. No quería que ese negocio se convirtiera en otro engranaje de su organización. Así que cambié los detalles de los envíos.

Ryan se echa hacia delante, sujeta las patas de mi silla y la acerca un poco a la suya.

—Cuéntame el resto.

Inspirando profundamente, le hablo de Devon y Amy sin citar sus nombres. Le hablo de Eden, Carolina del Norte, y de mi vida en aquella caravana hasta que murió mamá. Le hablo del señor Smith y de George, aclarándole que yo no supe que eran la misma persona hasta que casi fue demasiado tarde. Le hablo de la mujer que se hizo pasar por mí y le explico que su vida y la de James quedaron truncadas simplemente para que el señor Smith pudiera formular una advertencia.

En algún momento mientras me estoy desahogando, Ryan me ha atraído a su regazo. Tengo la cabeza apoyada en su pecho y él me acaricia el pelo mientras escucha mis secretos.

—Siento que James se viera envuelto en todo esto. Si hubiera sabido lo que les esperaba, habría buscado un modo de salvarlos a los dos.

—Sé que lo habrías hecho.

Permanecemos sentados tanto tiempo que el sol empieza a ponerse.

Debería avergonzarme de lo fácil que ha sido retomar la rutina cotidiana con Ryan. La única diferencia es que ahora ambos somos sinceros sobre lo turbios que somos los dos.

Es jueves y él se va al este de Texas.

—Volveré sobre las seis —dice mientras llena su termo de café.

Va con vaqueros y camiseta, pues ya no tiene que fingir que se dirige a su oficina de la ciudad.

—Estaré aquí.

Me acerco y lo rodeo con mis brazos.

Él entierra la cara en mi cuello y me cubre de besos.

—¿Quieres que compre unos filetes en el camino de vuelta?

—Hmmm, suena perfecto. Hay un montón de calabaza y calabacín que tenemos que comernos, así que podemos ponerlo también a la parrilla. Los vecinos ahora me rehúyen.

Ryan se ríe.

—Es lo que pasa cuando la mitad del patio trasero se convierte en un huerto y hay que endosar vegetales a todo el mundo.
—Un beso más y luego murmura sobre mis labios—. Procura ser buena chica mientras estoy fuera.

Yo respondo riendo:

—Lo intentaré, pero no prometo nada.

Ryan se va y miro cómo se aleja con el coche hasta que se pierde de vista.

Me lleno la taza de café y me voy a la pequeña oficina que me he montado en una de las habitaciones de invitados. Tardo unos minutos en instalarme y tenerlo todo conectado. Devon se ocupó de diseñar este espacio y adoptamos todas las precauciones necesarias.

Hago la llamada por la línea segura y Amy responde al primer timbrazo.

—Buenos días —dice, aunque suena todavía medio dormida.

Ella ha conservado el mismo nombre de pila, pero ahora utiliza también el apellido Porter. Supongo que yo no era la única que estaba buscando conectarse con alguien.

—Buenos días —respondo mientras accedo al foro de fans de King Harvest.

Se abre la ventana de alerta, indicando que hay nuevos mensajes mientras suenan por los altavoces del ordenador los primeros compases del estribillo de «Dancing in the Moonlight».

—Dos mensajes nuevos —le digo.

Oigo que Amy bosteza y dice:

—Ábrelos y veamos qué andan buscando, señora Smith.

Esta es mi parte preferida de la mañana.

Agradecimientos

Escribir este libro supuso un montón de cambios: pasé del mercado juvenil al adulto y empecé con un nuevo agente y un nuevo editor. ¡Y la experiencia ha sido increíble!

En primer lugar, quiero dar unas gracias enormes a Sarah Landis, mi agente. Desde nuestra primera conversación, tu entusiasmo y amor por *La primera mentira gana* han sido inigualables. No solo gané una firme defensora de este libro, sino también una nueva amiga. Me siento muy agradecida por tu orientación y apoyo.

Gracias a todo el mundo en Sterling Lord Literistic, sobre todo a Szilvia Molnar y al equipo de derechos internacionales. ¡Estoy entusiasmada con la idea de que *La primera mentira gana* vaya a publicarse en todo el mundo!

A mis agentes cinematográficos, Dana Spector y Berni Barta, gracias por creer en este libro y por encontrar a un equipo increíble para adaptarlo. ¡Sois los mejores!

Sucede algo mágico cuando un libro encuentra el hogar perfecto. Pamela Dorman, Jeramie Orton, Marie Michels y Sherise Hobbs: ¡sois el equipo ideal de editoras y me siento muy agradecida por contar con vuestra competencia y vuestro apoyo! Gracias por todo vuestro duro trabajo y vuestra dedicación para ayudarme a convertir *La primera mentira gana* en lo que es ahora. Y gracias a todo el mundo en Viking/Pamela Dorman Books y Headline, incluidos Diandra Alvarado, Matthew Boezi, Jane Cavolina, Chelsea Cohen, Tricia Conley, Tess Espinoza, Cassandra Mueller, Brian Tart, Andrea Schulz, Kate Stark, Rebecca Marsh, Mary Stone, Christine Choi, Molly Fessenden, Jason Ramirez, Lynn Buckley y Claire Vaccaro. Sé que hay mucha gente entre bastidores y estoy agradecida a todos.

A Megan Mirand y Ella Cosimano, gracias por ser absolutamente las mejores críticas y amigas que una puede desear. No me imagino cómo podría haber hecho esto sin vosotras.

Soy afortunada de tener a mucha gente animándome. A mi marido, Dean, y nuestros hijos, Miller, Ross y Archer, gracias por ser mis mayores seguidores. Os quiero mucho y todos los días me siento agradecida de teneros. Gracias mamá, Joey y el resto de la familia por sentiros siempre orgullosos de mí. Gracias a mis amigos, que siempre han estado a mi lado. Y gracias especiales a Aimee Ballard, Christy Poole y Pam Dethloff, que se encargaron de que mi pelo, mi ropa y mi telón de fondo fueran siempre perfectos para todos los vídeos que he tenido que grabar. ¡Hace falta una comunidad entera!

Por último, pero, desde luego, no por ello menos importante, ¡gracias a mis lectores! Tanto si este es el primer libro mío que habéis leído como si me habéis seguido desde el principio, ¡os doy las gracias a todos y cada uno de vosotros!